먼동이 트는 사랑방 이야기

KB193132

먼동이 트는 사랑방 이야기

강외석 지음

국학자료원

먼동이 트는 사랑방 이야기

프랑스의 골방 은둔자 모리스 블랑쇼는 '수다스러운 산문'이라는 소제목 아래 몇 줄, 이렇게 긁는다. "자제하는 글쓰기보다는 흐르고 흘러나오는 말에 더 가까이 다가가 있다. 그러한 의미에서 씌어진 침묵만이 있으며, 찢김 속에서의 삼감이, 상세한 설명을 불가능하게 만드는 깊이 파인 상처가 있다." 그의 말이 절절히 다가온다. 그렇다. 본 졸고도 자제하는 글쓰기보다는 그냥 흐르고 흘러나오는 수다스러운 산문인데, 그 속에는 내내 침묵으로 주리 틀고 있다가 끝내 씌어진 침묵의 소리와 찢김 속에서의 삼감이, 그리고 깊게 파인 상처가 있다.

특이하게 지금은 사라진 사랑방은 내게 '수다스러운 산문'의 공간으로, 지금도 사랑방을 떠올리면 온갖 놀이와 이야기가 쏟아져 나온다. 물론 당시는 어린 나이였기에 사랑방에서의 직접 경험은 거의 없고, 간접적으로만 경험한 기억들이다. 어렸을 적 큰집 아래채에는 종친 어른분들과 동네 사람들이 늘 모여 시끌벅적했다. 대가족 제도랄까. 지금 같은 핵가족 제도에서는 상상조차 못할 일들이 벌어지곤 했다. 할머니, 큰어머니, 작은어머니 그리고 어머니는 늘 안채 부엌에서 그들의 음식 차리기, 술상 차리기에 하루 내내 바쁘시던 장면이 풍경으로 떠오른다. 큰방 아랫목에는 늘 술 담는 큰 항아리가 있고, 그 항아리에는 누룩과 찹쌀 멥쌀을 섞어 넣어 숙성, 발효되는 과정에서 술 냄새가 온 방에 그득, 코를 진동시키곤 했다. 아랫목은 사람이 이불을 펴고 덮고 해서 자야 하는 온돌의 뜨끈한 곳인데도 늘 술 항아리가 차지했던 곳이다. 뚜껑을 열고 그 위에 싼 보자기를 걷어내면 쌀이 둥둥 떠 있는 모습, 그래서 동동주라고 한다는데, 그 동동주를 아래채에 배달하는 역할을 한 번씩 하기도 했다. 동동주는 주로 농경 사회에서 잔치나 축제 때 중요한 역할을 했던 매개체로서 공동체 간의 유대를 강화하고, 해서 공동체 의식을 높이는 역할을 했다. 그래서도 동동주가 그립다.

세세한 기억은 다 잃고 말았지만 아래채 곧 사랑방에서 어른들이 모여서 이야기를 나누고, 새끼 꼬고 가마니 치고 멍석을 만들던 모습들과 각종 놀이를 하던 기억은 어렴풋이 떠오른다. 나이가 어렸기에 한 번도 사랑방 문화를 직접 경험한 적은 없다. 그래서 대상(代償)-책으로 사랑방에서 지인들과 모여서 인간 세상사에 대한 이런저런 이야기를 나눈다고 생각하곤 약 24편의 제목을 달고 이야기를 펼쳐 보았다. 제목을 '먼 동이 트는 사랑방 이야기'라고 잡은 이유이다.

사랑방에서는 쓴소리 단소리도, 웃기는 소리도, 싱거운 씨사이 소리 등등 온갖 세상 이야기들이 자유롭게 쏟아져 나오지 않은가. 말을 하고 싶어도 입 밖으로 발설하긴 어려운, 그래서 침묵으로 숨 쉬고 있었던 소리들도 있고, 이미 원래의 순수한 모습은 훼손, 망가진 채이기에 조심스럽게 가려서 하지만 그렇게 가려서 하는 것도 꺼려지는 까닭에 최대한 삼갈 수밖에 없는 말들도 있고, 상처가 깊게 파인 말들도 있다. 사랑방이기에 대놓고 속 편히 풀어본 것이다.

서투르고 어설픈 글을 긁으면서 늘 머릿속에 떠올려 그리는 장면은 현대판 사랑방에서 교유가 가능한 거엽은 지음과의 실한 만남의 자리인데, 인간 세상과의 불화가 원인이다. 인간 세상은 내가 추구하는 이데아의 방향과는 다르게 돌아가는 낌새가 느껴져 불통과 불신의 불화 관계에 처해진 지 사뭇 오래다. 지성은 몰안시되고 형식과 물질 위주의 자본주의가 주도하는 껍데기 인간 세상, 알찬 속이 헛된 겉-껍데기에 밀려 경시되고 멸시되는 세태의 동향들은 차마 견디기 어려운 역겨운 장면들이다. 그래서 요즘은 자꾸 코로나 택시가 도로를 운행하며 다니던 6, 70년대 시절이 그립기만 하다. 한 번도 타 본 적이 없는 택시 이름이 공교롭게 한때 온 세상을 휩쓸었던 코로나 바이러스 병명과 똑같다. 그래서 동년배끼리 만나면 농담 삼아 종종 말한다. "우리는 옛날 코로나 택시 한 번도 타 본 적이 없어. 그러니까 우린 코로나 바이러스에 걸릴 가능성은 제로야. 그러니 기죽지 말고 생활하자고."

물질적으로 궁핍하기만 했던 그 시절이 그리운 것은 지금과는 달리 겉, 외면보다는 그래도 속, 내면을 무시하지 않고 배려하고 존중하는 웅숭깊은 마음새가 깊숙이 넓게 배어 있었던 까닭이다. 인간다운 세상이 그립기만 하다. 그리운 세상이라면 고향이다. 지금은 고향 상실의 시대, 엘렌트(Elend)에 살고 있는 셈이다. 빠지고 못나면 빼고 무시하는 것이 아니라 그만큼 채워주려고 더 따뜻하게 품고 보듬지 않았던가. 차가운 세상, 그런 세상이면 얼음짱 같이 추운 겨울 세상이라야 맞는데, 요즘엔 폭염이 불길을 뿌리고 설치는, 심지어는 열대야 세상의 뜨거운 여름 세상이라니, 아이러니한 세상이기만 하다. 그 아이러니한 세상은 우리가 살고 있는 세상의 모습일 것, 갈수록 돌아올 수 없는 극단의 그곳으로 치닫고 있다는 불길하고 씁쓸한 생각이 든다.

그래서도 지난날 사랑방 그 시절의 싹수, 속된 말로, 싸가지가 그립기만 한 세상이다. 싹수는 차후 성공하거나 잘될 것 같은 낌새나 징조의 뜻이고, 싹수의 속어인 싸가지는 '없다'는 어휘와 결합, 말과 행동이 불량하고, 사람에 대한 예의나 배려가 없는 태도를 이를 때 사용되는 말로서 부정적인 뉘앙스가 강한데, 오히려 언어유희설이 감응의 언어적 효과가 더 강하다. 그 설에 따르면 인간은 4가지 덕목인 '仁義禮智'를 갖추어야 제대로 된 인간인데, 그 네 가지를 갖추지 않은 인간은 '사(四) 가지 없는' 곧 '싸가지 없는' 이가 되고 만다는 것이다. 살아갈수록 '인의예지'의 사(四)가지, 싸가지가 없어지는 세상, 그래서도 이젠 내려가는 길에 들어서 내려갈수록 기억 속 훈훈한 풍경의 사랑방이 더욱 그립다. 그 기억 속의 사랑방이 '인의예지'의 사(四)가지, 싸가지를 다 갖추어져 행해진 곳이라는 확신은 없다. 없지만 내 머릿속 사랑방은 그렇게 만들고 싶은 것이다. 곧잘 '하나님 도와주세요', 라고 독백으로 말한다. 그러나 여기서 말하는 하나님은 종교의 신을 말하는 것이 아니라 자기 자신에게 말하는 것이다. 불교에서 말하지 않는가. 자신 속에 부처가 있다고, 내가 곧 부처이고 하나님이다. 나에게 믿음을 부치는 것, 사랑방도 그런 믿음으로 만들고 싶은 것이다.

　인젠 다시 몸을 추스르고 정리해서 마지막 남은 길의 행로를 향해 사랑방을 떠나야 한다. 그 길은 소위 먼동이 트는 길이다. 담담히 그 길을 걸어가자. 걸어가려고 마음을 다지니, 새삼 모리스 블랑쇼도 대단하고, 신라시대의 최치원 선생은 더욱 대단하다는 생각이 든다. 은둔이라는 힘든 삶을 감행, 자신만의 고유한 삶의 신념과 철학이 이끄는 대로 먼동이 트는 길을 걸어갔던 분들이니 말이다. 그분들이 걸어간 먼동이 트는 길에 들어선 나도 그 길을 힘써 힘껏 걸어가도록 마지막 힘을 쏟아 붓자. '진실로 그리 되게 하소서'의 뜻이 담긴 히브리어 '아멘(amen)'에 내 간절한 바람을 얹어 부친다. 아멘.

2024년 갑진년(甲辰年)의
선선하고 신선한 가을을 맞아

강외석 쓰다

목차

2부
생각하는 갈대

3부
향기 없는 꽃 세상

4부
'한국 시민입니다'의 선언

1부

먼동이 트는 길

골목 이야기

보들레르는 예술가는 세상을 번역하는 사람이라고 했는데, 번역이라는 말에 눈길에 간다. 번역은 사전적으로는 어떤 언어로 된 글을 다른 언어로 옮기는 언어 행위를 말한다. 그런데 옮긴다는 것은 언어화된 텍스트를 단지 이해하는 언어로 옮긴다는 것에만 끝나지 않고, 잘 알지 못하는 대상 세계, 그러니까 언어 기호 체계가 다르니까 그 속에 담긴 세계가 다르다는 것, 그것을 이해하기 쉽게 풀어서 옮긴다는 뜻이다. 따라서 풀어 옮김의 주체는 풀어 옮김의 혜택 대상을 의식하고 최대한 필요한 정보나 지식을 전해야 하는 것이다. 이제부터는 내가 내 머리와 가슴으로, 내 이성과 감성으로 세상을 읽고 번역하고 싶은 것이다. 내가 번역하고자 하는 대상은 골목의 세계이다.

골목의 세계는 접촉이다. 인간은 상호 접촉이다. 그렇지 않은가. 사람과 사람 사이에 난 '골'의 '목'이지 않은가. 골목의 '골'은 골방의 '골'과 그 어원이 같다고 보는데, '골짜기', '고랑' 등의 '골'을 공유하는 듯하다. '목'은 아마도 길목과 비슷하게 '목'에서 유래했을 듯하다. '목'은 이

쪽과 저쪽을 잇는다는 뜻, 사람의 목이 그렇다. 사람의 목이 숨이 지나가는 가느다란 통로이기 때문에 무언가로 이어지는 통로로서 '목'으로 추정되는바, 신체 부위 '손목, 팔목', '발목' 등이 그렇다.

　골목은 일상이다. 일상의 소소한 삶들이 골목에서 벌어진다. 일상은 우리가 살아가는 지속적인 삶인 만큼 삶의 키-포인트이다. 거창한 철학과 정치, 문학예술이 일상의 삶보다 중요한가. 아니, 그것들도 그것의 본질은 일상을 기반으로 해서 사유되고 축조된다. 무의미가 아니라 의미이고, 비본질이 아니라 본질이고, 주변이 아니고 중심이다. 혹은 사소하고 사소해서 경시되는 감이 없지 않다. 그것은 오로지 일상에 대한 선입견이고 본질이나 중심에 대한 탐구 인식이 결여된 탓이다. 비일상인 여행은 잠시일 뿐이고, 이내 일상으로 돌아오게 마련, 여행에서의 경험만이 독특한 것이고, 그렇다, 독특하다. 그러나 독특한 것이 삶의 본질일 수는 없다.

　골목은 대체로 서민층의 공간이다. 큰길에서 빠져나간 좁은 길이기에 소외된 듯한 골목에는 집들이 앞집, 옆집, 뒷집과 다닥다닥 붙어 있고, 그 집들 간에는 이웃사촌의 친밀한 관계가 형성된다. 높은 담벽과 굳게 닫힌 대문의 큰 저택이나 이웃과는 아예 대화를 거부하는 듯 철문으로 닫힌 아파트와는 달리 골목의 이웃 간에는 늘 열려있는 대문으로 거리낌 없이 들어가 이런저런 이야기를 허심탄회하게 나눌 수 있다. 골목에서는 제약이 없다. 나라님도 잘못하면 욕을 얻어먹는 곳이기도 하다. 골목은 좁은 반면에 구불구불하고 길고 깊다. 사람의 길고 깊은 마음처럼, 사람의 삶처럼 복잡하고 길고 한없이 깊다. 그래서 이런저런 온갖 숨겨진 이야기도 가능하다. 미운 정 고운 정 다 든 오랜 친구, 이웃들이 서로 모여 가슴 속에 담은 비밀도 털어놓고 하소연도 하고, 조언을 하고 듣기도 한다. 그리고 쓴소리도 마다하지 않는다.

그런데 도시에는 왜 골목이 많고, 그곳에 사는 사람들은 대체로 가난한 서민층들이 많을까. 도시라고 하니 근현대 도시만을 떠올리는 경우가 있지만 고대 국가에도 역시 도시는 존재했다. 고조선 시대의 신시(神市)가 그렇고, 신라의 수도 서라벌 혹은 경주도 그렇고, 고려의 개성도 그렇다. 가령, 한양 땅은 조선조 태조가 수도로 선정한 뒤 도시가 형성되었는데, 자연 인구가 불어날 수밖에 없는 일, 많은 인원이 몰려 살다 보면 집들이 촘촘히 들어서고, 또 짓고 또 들어서고 하다 보면, 집들 사이로 난 좁은 길, 이른바 골목이 형성되는 것이다. 그 도시의 골목은 서민들의 공간이다. 양반 계급이나 지배 계층의 경우, 계급 의식상 독립된 영역, 곧 영토라고 할 정도의 대저택인 것이다. 집과 집이 따닥따닥 붙어 있을 수가 없다.

근대 도시의 골목에 대해서는, 자본주의 논리를 펼치는 마르크스의 말이 생각난다. 부르주아지 곧 자본주의(-계급)는 "인구를 밀집시키고, 생산 수단을 한곳으로 모으고, 소유를 소수의 손에 집중시켰다." 물론 한국의 경우, 서울 수도권이 전형적인 부르주아지의 영향권 안에 있는 것이다. 지방 도시의 경우, 서울 수도권에는 미치지 못하지만 역시 마르크스의 논리가 적용된다. 인구가 밀집되다 보니 가난한 이들은 큰 집을 지어 살 수 없는 일이고, 그러다 보니 가난한 서민들이 한 집 한 집 골목골목마다 초라한 작은 집을 짓게 되고, 결국은 작은 집들의 골목이 형성된 것이다. 서울의 골목이 전국 최고의 수위였다는 사실, 지금은 서울을 비롯한 전국의 골목은 거진 다 헐어버려 추억의 골목으로만 남아 있지만.

진주에도 골목이 엄청 많다. 엄청 많은 골목 중에서도 가장 이름난 골목은 백정을 떠올리는 섭천 망경동 골목이다. '섭천(涉川)'은 남강 건너 망진산 기슭의 마을, 현재 진주의 대표적인 골목인 망경동 일대를 가리키는데, 백정의 권리를 처음으로 부르짖은 형평운동이 벌어진 곳이다. 오래전부터 오랫동안 소나 돼지를 잡는 백정들이 이곳 섭천에 모여 살았다. 십분 짐작되고도 남지만 그들의 삶은 어떠했을까. 사람 대접은커녕 천한 관노로 다루어졌다는 사실, 무지막지한 차별 대우와 인간 이하의 부당한 취급을 받으며 근근이 살았던 것, 그런 그들이 골목에서 만나면 무슨 말을 했을까. 강력한 인습과 차별의 장벽 앞에서 무기력한 자신들의 삶에 대한 힘 없는 이야기가 오고 가지 않았을까. 그들이 처한 현실에 대해 기탄없이 속마음을 풀어내면서, 그들이 꿈꾸는 자유롭고 평등한 인간 세상에 대한 바람을 담아 간절하게 말하지 않았을까. 백정으로 부당한 차별 받으면서 살아가는 힘들고 괴로운 이야기를 앞세우며 기존의 사회 제도나 인식 구조에 대한 과격하고 신랄한 비판과 공격적 발언이 이어지면서, 세상에 대한 원망과 절망의 소리, 저주와 분노에 찬 소리 등을 절규에 찬 목소리에 담아 내질렀을 것.

그러나 그런 속엣말이 펼쳐졌을 것이라는 역지사지의, 공감의 상상일 뿐, 그들은 늘 억압당하고 살았기에 기가 죽어 입도 벙긋 못했을 것, 두려움, 공포에 질려서 비록 저들만의 골목 공간이지만 늘 억압되었기에 혹시라도 무의식 중에 내뱉은 말이 밖으로 새어나가는 사건이 발생하면 그 이후는 상상 자체가 끔찍하다. 그들은 평등한 대우를 원했을 터, 노예로 취급된 그들의 삶은 얼마나 비참하고 굴욕스러웠을까. 눈에 보였다 하면, 양반 계층이 아닌 일반 평민들에게서도 모욕과 푸대접, 멸시, 모멸, 억압, 폭력, 학대를 당하고 속에 피눈물이 차지 않았을까. 인도의 카스트 제도 이상의 비인간 취급을 받으며 짐승처럼 굴종하며 살지 않았던가. 그러다가 자신들처럼 역시 인간 이하의 부당한 대우를 받게 될 자식들의 삶에 대한 두려움을 풀어놓았을 것이고, 그러면서 자식들은 자신들과는 달리 인간적 대접을 받으면서 당당히 살아갔으면 하는 소박한 바람을 펼치지 않았을까. 말은 이렇게 하지만 입도 벙긋 못했을 것, 그냥 눈길로만 소통하는 간절한 내적 대화의 화제이었을 것이다. 백정 자신들이 사는 자신들만의 삶의 공간인 섭천 골목인데도 자유로이 속엣말을 기탄없이 털어놓을 수 없었던 현실, 안타깝기만 숨 막히는 골목이다. 백정은 백정이란 신분 때문에 자녀를 학교에 입학시키고 싶어도 백정이란 신분 때문에 입학을 거절당하는 큰 인권 침해를 당하고 있었다.

> 진주의 백정 이학찬이 자제를 학교에 입학시키려고 몇 번이나 노력하였는데, 백정이란 이유로 거절당하거나 입학하여도 학대에 못 이겨 중도에 스스로 퇴학하게 되어 화가 났다.

형평사 창립 위원인 이학찬의 발언인데, 그런데 정작 그에게는 아들이 없었고, 천연두를 앓아 얼굴에 흉터가 많은 딸이 하나 있었다는 주변 이야기는 그의 말의 신빙성을 의문시하게 하지만 당시 백정들의 아이들이 겪는 고역이었던 것은 사실이다. 자식 교육에 대한 국가 사회 체제의 편파성이나 차별성에 대한 불만이 컸음은 짐작할 만한 일이다. 아동끼리의 학대와 집단 왕따 사태 또한 일상처럼 벌어지곤 했다. 자신의 대를 그대로 이어갈 불행한 운명의 자식 걱정에 푹푹 땅이 꺼질 듯한, 백정들의 한숨 소리가 들리는 듯하다.

> 피리 불던 내 고장 산간벽지에서 지나간 날에 나는 몇 번이고 울어
> 도 보고 슬퍼도 보았던 옛 시절의 그 내 고향살이 몸서리치는 당시 사
> 회적 지위에 나는 죽고도 싶었습니다.부모님을 원망스럽게 여겨 보
> 기도 하였습니다.

위 인용 대목은 형평운동의 선도자 강상호 선생이 별세했을 때 구-형평사원 이복수라는 분이 낭독한 추도사에서 채록한 부분이다. 이분의 핏줄도 백정이었던 까닭에 당시 어린 시절 핍박받고 멸시받던 그때를 회상하는 대목인데, 죽고도 싶었고 백정인 부모님이 원망스럽기까지 했다는 진술은 듣는 이로 하여금 가슴 아프게 한다. 차라리 백정의 비극과 불행은 자신의 대에서 종지부를 찍는 방향으로 결단을 내렸어야 하는데, 라는 생각이 지당할 정도이니.

> (그뿐 아니라) 아이들을 학교에 보내려면 민적이 필요합니다. '도한'
> 이라고 쓰여 있는 것을 보면 쫓아냅니다. 그러면 우리는 자자손손, 귀
> 머거리, 벙어리 되라는 말입니까? 이것이 우리의 죄악이라 할런지요.

'도한'은 '屠漢'으로 곧 백정을 지칭하는 말이다. 이 말은 형평사 창립에 창립 위원으로 적극 참여한 장지필의 증언의 한 대목이다. 그는 의

령의 부유한 백정 집에서 태어나, 백정 신분 때문에 정식 학교에 다니지 못하고 독학으로 글을 배우다가 일본 메이지대학교 법학과에 입학하여 3년을 다니다가 중퇴하고 귀국했다. 이후 그는 형평사에서 자신의 진력을 쏟았다.

"섭천 소가 웃는다"는 진주 속담이 있다. 이 속담은 사전에도 올려져 있지 않아 진주 사람 아니고서는 무슨 말인지 알 수 없다. '섭천 소'는 섭천에 사는 백정들이 길러 키우는 소일 수도 있지만 섭천에 있는 도축장으로 끌려와 도살될 운명에 처한 소일 가능성이 크다. 그런데 섭천 소가 웃는다니, 무슨 일이기에 죽음에 처한 소가 웃는다는 것일까. 그 소의 웃음은 듣고 보는 자가 섬뜩한 기분이 들게 한다. 이 웃음은 찜찜한 기분의 쓴웃음과는 층이 한참 다르다. 즐겁고 호탕한 마음의 표현이 아닌, 황당하고 어처구니없는 사태에 대한 본능적 표현인 그 웃음에 겹쳐 백정들이 오랜 세월 동안 짓밟히며 당하고 산, 비참하기만 했던 죽음의 삶이 떠오른 까닭이다. 이 속담은 백정 제도에 대한 신랄한 비아냥 소리로 들린다. 아니, 이 속담을 적용하기에는 백정 제도의 황당하고 잔혹한 제도 외에 더 무엇이 있을까. 세상에, 백정 제도라니, 섭천 소가 웃을 일이다. 1862년 미국 제16대 대통령 에이브러햄 링컨이 중대한 발표를 했다. "1863년 1월 1일을 기해 모든 노예가 영원히 해방되었음을 선언하는 바이다."(On January 1, 1863, all slaves were declared liberated forever.)라고 '흑인노예해방' 선언을 한 것이다. 링컨의 '흑인노예해방' 선언이 있은 뒤 회갑 년이 되는 1923년 4월 25일에 이 나라에도 놀라운 선언이 터졌다. 진주의 강상호 선생이 '백정해방운동'인 형평사 창립을 고고히 선언한 것이다. 형평(衡平)은 글자 그대로 '저울처럼 평등한'이란 뜻이니,

자유와 평등의 해방운동이라는 점에서 시간을 뛰어넘어 두 나라의 두 선언은 공동 선언인 셈이다. 섭천 골목에 가면 그 선언이 귓전에 들리는 듯하다. 그 골목이 지켜져야 하는 이유인데, 지금은 어쩐지 그 소리가 분열되어 흩어지고 있는 느낌이다. 골목이 더 이상 골목이 아니도록 지방자치단체에서 골목의 정체를 지우고 대로로 만들고 있는 까닭이다.

진주의 골목길, 하면 떠올리는 또 하나의 골목은, 형평운동이 일어났던 섭천 망경동 골목과 더불어 역사성이 묻힌 명명의 장대동 달동네 골목이다. 장대동(將臺洞)은 진주성의 동장대(東將臺)에서 유래된 동네인데, 동명의 유래인 동장대(東將臺)는 을사늑약이 체결되고 난 이듬해인 1906년 12월에 일본인 자객들에 의해 하룻밤 사이에 파괴되었다고 한다. 임진왜란 때 왜군이 진주성을 공격할 그때에도 동장대는 함락된 적이 있었는데, 일본과는 어째 인연이 상극인 모양, 아주 고약하다. 어렸을 적, 어렴풋한 기억으로는 상봉동 골목, 계동 골목 등 몇 골목에서 살다가 국민학교 입학과 동시에 장대동 골목으로 이사를 와서 대학 졸업하기 전까지 살았다. 하나같이 미로같이 구불구불하고 복잡한 골목이었다. 처음 우리집을 방문하는 친척분이 오시면 아무리 집 위치 설명을 해봐야 소용이 없기에 아예 골목길 접어드는 큰길 가에 서 있다가 모셨다. 눈을 감아도 골목길이 훤히 눈에 그려졌다. 장대동 골목은 달동네 골목이었다.

골목을 돌아보는 심리의 흐름은 과거의 삶에 대한 그리움도 있고, 아쉬움도 있다. 그리움의 삶이라면 그 삶을 지금 현재에 되살리고, 미래에도 지속시켜 그리움의 추억어린 삶이 될 수 있기를 바라는 마음에서

이고, 아쉬움의 삶이라면 지난날들을 진지하게 돌아보고 반성하고 고쳐서 오늘과 내일에는 지난날의 초라하고 볼품없는 삶과는 달리, 하루하루 새롭고 값진 삶을 생성시켜 이생의 남은 인연을 만끽하며 살았으면 하는 마음에서이다.

골목의 삶은 골목에서 살아본 자만이 안다. 골목은 일단 가난의 공간이다. 골목은 골목에 대한 삶의 추억이 남아 있는 이들에게만 그리움의 대상이다. 골목길이 사라진 시대에 태어나 자란 세대들은 골목에 대한 추억이 있을 리 없다. 굳이 골목길이 삶의 길이니 하는 의미 부여는 억지 소리가 될 개연성이 높다. 솔직히 말해서 골목길은 지금 처지로서는 살기가 여간 불편하지가 않다. 집집마다 자가용이 없는 집이 있는가. 골목길은 자가용이 없던 시대에 맞는 도시 공간 형태이다. 왕왕 자본 논리가 골목을 없앴다고 운위하는 소리를 들으면 정작 골목에서 태어나 자란 사람으로서는 황당한 논리로 받아들여진다. 달동네 골목에 대한 기억이 있는 사람이면 골목의 세계는 그다지 밝지 않다. 왕왕 골목의 세계에 대한 추억을 그리는 책이 나오고 있긴 하다.『골목의 시간을 그리다』『골목 인문학』 등의 저서에서, 골목에 대한 이런저런 이야기들을 들어보면 꼭 초가집에 살아본 경험이 없는 이들이 초가집에 대한 낭만성을 부여하는 것과 같이 들린다. 가난은 가난을 모르는 사람만이 가난을 낭만화시키는 것이다. 골목은 사라질 운명이다. 자본 논리가 아니라도 골목은 현실에 맞지 않다. 거기에 살기가 한 마디로 불편하기 짝이 없다. 길도 골목길인 만큼 좁지만 사는 집도 지금의 생활 환경을 받아들일 수 있는 공간이 전혀 아니다. 당시에도 골목-집에서 살던 골목 사람들은 하나같이 골목을 떠나는 게 꿈이었다. 실제로 당시 골목을 떠나는 사람들은 다 이웃의 부러움 섞인 축하를 받고 어깨를 쭉 펴고 '이 가난한 달동네 골목을 떠나서 뿌듯한 기분이요.' 하는 포즈를 취하며 자랑스럽게 골목을 나갔다. 남은 골목-집 사람들은 이사가는 이웃을 보면서 어떤 생각들을 했을까. 말 낭비이고 감정의 소비이니 굳이 그 생각을 구체화할 필요가 전혀 없다. 현실과 낭만의 극단적인 다름 현상, 그것이다.

골목에서 살았던 경험이 있는 이들의 솔직한 마음 표백이었지만, 그러나 골목은 늘 머릿속에, 가슴 속에 그리운 추억으로 촉촉이 남아 있다. 삶의 생생한 현장인 까닭이다. 장대동 골목을 떠나온 지 한참 지난 뒤에 그곳에 대한 추억이 끊임없이 머릿속을 헤집기에 찾아갔더니 살던 집은 온데간데 없었다. 아니, 아예 골목이 사라지고 없었다. 도시 계획에 따른 조처였다. 개인의 기억이나 역사는 고려하기 어려운, 나라의 도시 계획이다. 프랑스의 시인 보들레르가 살았던 시대는 나폴레옹 3세의 명에 따라 대규모 파리 재건축 공사가 행해졌다. 자신이 태어나 살았던 오트푀이여 거리를 포함하여 여러 중세 마을이 파괴되는 것을 목격한 그는 공사로 인해 옛 파리에 대한 기억과 추억이 사라지는 것을 애석하게 여겼다. 옛 도시의 소멸은 시인의 우울을 고조시키고, 그로 하여금 현대 세계의 희생자들, 모든 망명자와 고아의 공모자로 만들었다. 보들레르는 시「백조」에서, "이제 옛 파리는 없다(아! 도시의 모습은 사람의 마음보다 더 빨리 변하는구나.)"고 안타까움을 표하면서

파리가 변한다! 그러나 나의 멜랑콜리 속에서는
그 무엇도 변하지 않았다! 새 궁정들, 비계飛階들, 돌덩이들,

옛 변두리 동네들, 그 모든 것이 내게는 알레고리가 되고,
내 소중한 추억은 바위보다도 무겁다.

보들레르는 급속한 개발로 옛 모습을 잃어가는 파리를 보며 깊은 상
실감에 빠진다. 허물어진 건물의 돌 더미 가운데 추방당한 사람처럼 방
황하는 백조 한 마리, 자신 역시 고향을 잃은 백조의 형상이다. 「백조」
를 지배하고 있는 것은 사라져 가는 것에 대한 아쉬움과 노스탤지어인
데, 나 역시 보들레르와 같이 내 어리고 청년 시절을 지냈던 장대동 골
목이 사라진 데 대한 아쉬움이 크다. 그곳에는 내 소중했던 가족, 아버
지 어머니와 형제자매가 살았던, 기쁨의 공간이기보다는 늘 가난의 아
픔과 슬픔이 자리하고 있는, 그래서 지난날을 되돌려 그 아픔과 슬픔을
조용히 품고 싶다. 과거의 그 기억을 통해 지금 현재의 삶을 다지고 싶
다. 모든 사람은 각각 다른 기억을 가지겠지만 그런대로 그 기억은 하
나의 조화된 삶을 상기하게 하는 것이라 할 수 있다. 골목의 세계는 인
간적인 정과 따뜻함, 고요함이다. 현대성의 도시 세계는 난장판에 소란
과 소음이다. 골목이 사라지니 아쉬웠다. 지난날의 삶이 사라진 아쉬움
때문, 더욱이 내 개인의 삶이 흔적도 없이 사라진 기분이 들어서였다.
나 역시 보들레르의 심정이 투사된 백조가 된 셈이다. 또한 그처럼 망
명자 내지 고향 상실의 고아가 된 듯한 기분이 들어 우울증이 심해지고
있다.

시간이 과거의 추억을 만드는 동력인 것 같다. 골목길 집들의 삶은
살기가 빠듯하고 힘들었을 것인데, 그런데도 가난했던 골목의 그 시절
을 추억하게끔 하는 중요 인자는 바로 시간인 것, 골목의 이미지는 금

방 사라지는 것이 아니라 오래 지속되다가 마음속 깊이 새겨져 남는 삶의 풍경인 까닭에서이다.

서양에도 골목은 많다. 그렇지만 근대화 도시화로 인해서도 골목은 사라질 수 없다. 한국과 서양의 차이점은 한국의 골목에 있는 집들은 철거해도 아무런 문제가 없지만 서양의 골목에 있는 집들은 없앨 수가 없다. 그것은 집들이 가진 역사성에 있다. 한국의 집들은 초라하기 짝이 없을 정도로 그냥 없애는 게 나을 정도인 반면에 서양의 집들은 역사적으로 수백 년 혹은 그 이상이 될 정도로 오래되었다. 그러나 한국의 골목집에도 역사는 있다. 눈에 보이는 건축물로서의 역사가 아니라 가난했던 삶의 치열한 흔적으로서의 역사성이 있는 것이다. 삶의 처연함은 부자들의 삶에서는 찾을 수 없고, 가난한 이들의 생존을 위한 처절한 투쟁에서 나타난다. 따라서 한국의 궁핍하기 그지없는 골목에도 역사다운 역사가 있다. 그것은 바로 삶의 투쟁사이다. 우리가 그 분명한 증거이다. 투쟁이라면 외세와의 전쟁을 먼저 떠올리는데, 가장 치열한 투쟁은 생존을 위한 가난과 고통스러운 삶과의 투쟁인 것이다. 또한 골목의 세계를 그리는 것은 이웃이 있는 건강한 사회에 대한 바람 때문이다. 마실의 허심탄회한 이웃이 있는 골목 세상이 그립다. 추억의 과거가 있어야 새로운 추억을 만들 미래가 있는 것인 까닭이다. 문명과의 추억이 아닌, 사람과의 추억이 본래의 추억인 것, 지금의 추억은 어떠한가.

아그네스 헬러는 『편견』에서 자신의 견해를 피력한다. 현재 이전의 과거는 집단적 서사가 존재하는 집단기억 속에 있으며, 그것이 인간의 문화를 구성한다. 예컨대 호메로스가 없었다면, 그리스인은 존재하지 않았을 것이고, 아테네 사람, 스파르타 사람들만으로 존재했을 것이다. 그래서 호메로스의 『일리아드』와 『오딧세이』는 모든 그리스인들의 집단기억이라고 한다. 불쑥 헛된 자긍심, 자부심이 솟는다. 그래, 보들레르의 말대로 내가 있기에, 내가 있어서 장대동 골목을 번역, 재생시킨다. 물론 역으로는 달동네 장대동 골목이 있었기에 지금 내가 존재하는 것이지만, 말이다. 골목의 과거를 실하게 야무지게 살렸으면 좋으련만. 골목 이야기는, 호메로스가 읽은 『일리아드』와 『오딧세이』가 그리스인들의 집단기억인 것처럼, 골목에서 함께 같이 살았던 골목-인들의 '집단적 서사가 존재하는 집단기억'인 것을.

골목 한담은 물론 인간 세상사에 대한 기탄없이 내뿜는 이야기이지만 절대로 현학적이고 난해한 이야기는 곤란하다. 거창한 이야기보다는 소소한 일상 이야기로부터 진지하면서 편안하게 풀어내는 속이야기이다. 골목의 삶은 대체로 어렵고 힘든 삶이지만 그래서도 앞날의 밝은 삶을 꿈꾸는 이야기가 오고 간다. 미래는 다음 세대들의 세상, 현재 우리가 누리는 세상은 그들로부터 미리 빌려와 누리고 있는 세상, 그렇게 빌려온 세상인 만큼 아름답고 값진 세상으로 만들어 돌려주어야 할 듯. 골목 이야기는 과거 삶의 기억과 회상 곧 '집단기억'의 이야기이다. 막스 피카르트의 목소리가 들린다. "자기 자신을 진정으로 사랑할 줄 아는 사람은 자신의 과거를 가슴으로 보듬는다. 자신의 과거를 사랑할 때, 과거는 현재와 만나 밝은 미래를 열어준다." 피카르트의 말은 내겐 접목시키기엔 과하게 넘친다. 난 나 자신을 진정으로 사랑한 적이 없었고, 그래서도 과거를 가슴으로 안아본 적이 없다. 그렇지만 억지로라도 나에게 강요하고 싶다. 지난날을 사랑하라. 그리고 남은 날들을 열심히 밝게 살아보라는 강요를, 내게 부치고 싶은 마음이다. 그 강요를 부쳐도 될 희망의 미미한 근거는 장대동 골목에 대한 사랑이 내 속에서 움트고 있는 까닭이다.

골목은 생생한 삶의 현장, 따라서 과거를 미화하거나 과장 내지 과포장하려는 의도와는 척진다. 골목에 대한 진솔한 소회는 이중적이다. 생활적으로 보면 골목은 사라지거나 넓히거나 해야 마땅한데, 그래서 앞에서 골목에 대한 낭만적인 피력에 대해서는 부정적인 견해를 표명하기도 했지만, 그러나 골목에서의 생생한, 오래전 오랫동안 살았던 지난날의 삶을 떠올리면 현장을 원형 그대로 지킬 필요가 있기에, 개인적인 바람은 골목이 그대로 지켜졌으면 하는 이중성이 가동되는 것이다. 골목이 지켜져야 골목-인의 집단기억 속 추억의 아름다운 잔재이자 여운 역시 고이 지켜지는 법이고, 또한 골목이 있어 그 '목'의 뜻대로 다음 세상의 길목으로 이동, 새로운 기억을 만들 삶의 기회가 줄지어 부여되니, 말이다. 동장대의 장대동 골목이 그립다. 그리운 만큼 골목은 내 그리움 속에 꽁꽁 뿌리 깊게 살아있다. 내 목이여, 내 모가지여, 장대동 골-고랑 모가지여.

먼동이 트는 길

— 내려가는 길에 서서

뭔가 할 수 있는 게 남아 있다고 생각키는 게 축복이라고 생각되는 나이가 되었다. 내년 내후년이 되면 소크라테스가 이승의 삶을 살다 간 그 나이대가 되는데, 이른바 모질(耄耋)의 나이—모(耄)는 일흔의 나이로 늙어(老) 백발(毛)이 성성하다는 뜻이고, 질(耋)은 여든 나이로 늙어(老) 기력이 끝(至)에 이르렀다는 뜻임—에 가까이 이르렀는바, 에릭 H. 에릭슨이 규정한 인간 발달 단계 중의 8단계로 들어선 셈이다. 그는 60세 이후 노년기를 인생의 9단계 중 8단계로 구분하여 넣고, 그 노년기를 자아 완성 혹은 통합 대 절망감 및 혐오감의 단계라고 명명했다. 이 시기는 살아온 인생을 돌아보는 시기인 만큼 과거의 삶을 돌아보고 나름 좋고 궂은 평가 곧 성공과 실패의 평가를 내린다. 자신이 살아온 인생이 좋았느냐 궂었느냐, 성공이냐 실패냐, 로 가름해야 하는, 노년기의 위기인 셈이다. 자연 이 과정에서 우리는 만족과 평화의 감정을 얻거나 절망과 후회를 느낄 수도 있다. 자아 통합은 전자의 평가, 그러니까 지난날에 대해 만족과 평화의 '질서와 의미를 찾는 경향' 곧 지난날의 삶의 모든 경험에 대해 그 나름의 질서와 의미와 가치를 부여한다. 해서 궁극적 통합에 이르게 되면 죽음을 두려워하지 않게 되며 지금까지의 자신의 삶을 만족과 감사로 수용한다. 그러나 통합과 성숙이 이루어지지 않고 지난날에 대해 후회하고 원망하는, 곧 자신이 살아온 삶에 대한 혐오감이나 절망감이 나타나게 되면, 의기소침과 불평 및 자기 경멸, 타인 경멸에 빠지게 되어 죽음을 두려워하게 된다. 혹은 인생 자체를 혐오하게 된다.

에릭슨은 노년기의 온전한 성숙에 어울리는 최종적인 목적으로 지혜와 완성을 앞세운다. 노년의 위기를 극복하기 위해서는 자신을 완성하고, 노년기의 핵심 덕목인 지혜를 전달하고, 세대를 연결하는 자유롭고 유쾌하고 품위 있는 노년에 대하여 프로이트를 뛰어넘은 자기만의 세계관을 펼친다. 에릭슨은 노년기의 정체성을 두고 다음과 같이 말한다. "나에게서 살아남은 것이 나다(I am what survives of me, 살아서 여기까지 온 내가 바로 나다)." 지난날의 자기 자신과 삶을 수용하고, 인생의 불가역성을 인정하는 지혜가 담겨 있다. 완성은 글자 그대로 삶의 완성이다. 소설가 김훈도 같은 맥락의 말을 던졌는데, "나무의 늙음은 낡음이나 쇠퇴가 아니라 완성이다."

사람의 몸은 소멸적이고 파괴적인 시간의 힘에 의해 훼손되고 파편화되고 사라질 위기에 처하게 된다. 곧 늙고 죽는다는 뜻이다. '늙다'의, 사전상의 뜻은 '한창때를 지나 오래되었다는 뜻으로, 언젠가는 그 생명의 기는 소멸되고 사라진다'로, 혹은 '식물 따위가 지나치게 익은 상태가 되다'로 풀이되어 있다. 그런데 사전상 '늙다'는 '낡다'와 같은 말, 둘 다 오래되어 많이 헐고 너절하게 되었다는 뜻인데, 물건이 오래되면

'낡다'로, 사람이 오래되면 '늙다'로 표현한다. '낡다'는 '내려가다'에서 온 말이라는데, 낡음은 곧 늙음이니, 늙으면 내려가는 길이 된다. 시간 논리상 젊음이 올라가는 것이라면 늙음은 내려가는 길이 되는 것, 내려 가는 길에 들어서면 모든 것을 내려놓고 가야 한다. 그동안 품었던 세 속적인 관점의 욕심이나 야망이나 질시, 미움, 원망 등을 다 내려놓아 야 한다는 것, 달리 말하면, 훌훌 다 초월해야 한다는 것이다. 그래야만 뒤를 이어 오는, 삶의 마지막 단계인 죽음을 편안하게, 순순히 받아들 이게 된다. 죽음을 초월한 노년은 죽음을 삶의 한 부분이자 단계로 받 아들이고 삶의 시간과 공간을 좀 더 넓은 의미에서 바라보는 시선과 안 목을 갖추게 된다.

그런데 몽테뉴는 늙음에 대해 신통찮은 심사를 드러낸다. "어리석고 비생산적인 자존심과 진력나는 잔소리, 까다롭고 비사교적인 성격, 미 신 그리고 쓸모없는 부富에 대한 꼴같잖은 취향 같은 것 말고도, 나는 노년에서 더 많은 시기심과 부당함과 심술궂음을 발견한다. 노년이 되 면 얼굴보다 정신에 더 많은 주름살이 생긴다. 늙으면서 시큼해지고 곰 팡내 나지 않는 영혼이란 없으며, 있다 해도 매우 드물다." 물론 연륜이 쌓인다고 지혜가 저절로 생기는 것은 아니다. 연륜과 지혜는 비례하지 않는다. 나이 먹은 사람들이라고 다 경험이 풍부하고 지혜로운 것은 아 니다. 그런 사람은 열에 한 명도 안 된다. 대다수의 연륜은 헛것이다. 몽테뉴의 발언은 꼭 꼰대 같은 늙음에 대한 비아냥이다. '꼰대'는 일반 적 은어로 늙은이를 이르는 칭호로, 나이 많은 사람은 일단 꼰대의 카 테고리에 들어서게 마련, 노인의 가장 추한 면이 꼰대로 자리잡는 것인 데, 나이 들어서 피해야 할 비-존재성의 우선 순위는 이 '꼰대'이다.

순간에 집착하는 맥락 없는 세상이기도 하지만 긴 호흡이 살아있는 한결같은 세상이기도 한 세상에서 지혜로운 노인의 안목은 오래고 길고 멀다. 야콥 그림의 말을 들어보라. "백발노인이 정원을 돌보고, 벌을 치는 모습은 얼마나 아름다운가! 꿀을 따고, 나무의 접을 붙이는 모든 노고는 자신을 위한 것이 아니다. 오로지 후손을 위해 하는 일이다. 새로 심은 나무가 자라나 시원하게 드리운 그늘에서 즐겁게 쉴 후손을 위해"(『나이에 관하여』) 자기가 떠난 뒤의 다음 세상의 후손까지 내다본 안목과 생산적 기능의 차원에서 그는 정원을 돌보고 벌을 치는 것이다. 수(壽)를 보면 노인의 존재를 알게 되리라. 흔히 '오랜 나이'로 옮겨지는 수(壽)는 나이 든 누구에게나 붙일 수 있는 한자는 아니다. 수(壽)는 士와 尋의 합성으로, 사물의 이치를 넓고 높고 깊게 살피는 심(尋)의 경지에 이른 어른(士)의 단계, 또한 수(壽)는 그 어른의 지칭인 사(士)가 머리에 위치해 있어 이성적인 혜안을 갖추었다는 분명한 기호로 분석되는 까닭이다. 따라서 수(壽)는 60대 이상의 나이대에 들어야 가능하지만 지혜가 갖추어지지 않은 노년은 여기에 해당 사항이 없다.

그것은 늙는다는 것이 기(氣)의 이론에 따르면 몸 속의 기가 위로 올라가는 이치에서 나타난다. 기는 사람이 태어나면서 발에서 발단하여 몸의 위로 올라간다. 늙음의 단계에 이르면 기는 머리로 올라가 자리한다. 이런 경우는 지혜로움의 경지가 되는데, 가령, 소크라테스나 플라톤, 공자나 맹자의 경우가 된다. 그런데 기가 머리에 올라가는 대신 밖으로 빠져나가는 경우가 있다. 이 경우는 두 가지 현상이 나타난다. 하나는 죽음이고, 또 하나는 생각의 실종 상태인 치매나 알츠하이머와 같은 노망 증상이다. 이 상태는 누구든 피하고 싶지만 의지대로 되지 않는다. 그 앞 단계인 육십 대에 들어서면 기가 입으로 올라간다. 입은 말의 창구인 것, 그래서 사변의 말과 사변이 없는 말의 주체로 나뉜다. 지혜로운 가르침의 말보다는 쓸데없는 말만 많은 노인네가 압도적인 이유이다. 그래서도 늙는다는 것은 두려움이다. 소멸로 가는 길이기 때문이기도 하지만 추해서이다. 피부가 탄력을 잃어 쭈글쭈글 주름 잡히고, 노인 냄새 풍기는 데에서 추한 게 아니다. 고집스럽고 말 많고 남을 배려하지 않는 데에서 그렇다. 그런 노인은 몽테뉴에게서는 꼰대로 취급되고, 노인을 쓰레기 취급한, 나치의 히틀러에게라면 내다 버려야 할 쓰레기에 지나지 않을 것이다. 그러나 늙는 것은 아름다운 일, 겉모습의 은발에서도 그렇지만, 지혜와 온화함을 갖춘 단아한 늙음은 아름다움의 절정을 치닫는 데에서 그렇다.

늙는다는 것은 나이만 든다는 것을 의미하지는 않는다. 에릭슨이 말하지 않았던가. 노년기의 온전한 성숙의 하나인, 곧 오랜 삶의 경험을 통해 지혜로움과 인식을 갖는다는 것, 그것이 바로 늙을수록 아름다운 사람-되기이다. 황순원의 소설 「아버지」에서, "나는 남자라는 것은 저렇게 늙을수록 아름다워질 수도 있는 것이로구나"하는 걸 느낀다는 그의 목소리가 들린다. 그 남자는 남강 이승훈 선생과 황순원의 부친인 황찬영이다. 아름답게 늙어가는 그 두 남자는 우선 몸가짐이 바르고, 강인한 정신력과 곧은 의지의 바탕 위에 인간 세상에 대한 깊고 넓고 높은 통찰력의 안목을 갖추고 있다.

그래서 나는 제안하는 것이다. 나이가 들면 대감 소리를 들어야 한다는 고언성(苦言性) 제안이다. 조선조 높은 벼슬아치들에게 붙이는 대감(大監)이 아니라 대감(臺監), 그러니까 천문을 조감하는 높은 곳인 대(臺)의 눈으로 세상을 본다(監)는 뜻으로서의 대감, 말이다. 나이가 들면 대감(臺監)이 되어 인간 세상을 바라볼 수 있어야 한다. 젊은 애들과 다른 점은 멀리 높게 깊은 혜안 곧 지혜와 안목의, 통찰의 힘이다. 그 지혜로움이 자신이 지금껏 일구며 가꾸어온 삶의 전체를 완성시킬 수 있는 것이다. 인생의 가장 큰 맹점은 미완성으로 끝나는 비극이다. 그래서도 늙음은 반드시 자기만의 완성을 꾀하는 시간으로 도정되어야 마땅하다. 대감 호칭의 두 번째 요건이다. "인류의 정신적인 진보는 노인들 덕분에 이루어졌다. 노인들은 보다 선량하고 보다 지혜롭다."고 한 톨스토이의 말이 진실인 것으로 먹혀들기만을 기대할 뿐이다. 그래서도 세상에 대한 혜안을 갖춘 '대감'이라는 소리를 듣는, 선량하고 지혜로운 노년이 많기를 바랄 뿐이다. 그래서 대감의 길에 따른 호칭은 지혜와 자아 완성에 달려 있다고 본 것이다. 나이듦은 지난날에 대한 회상을 통해 자신의 삶에 대한 피드백 곧 되먹임을 실천하게 한다. 회상과 피드백은 나이 든 이에게만 주어진 특권이다. 피드백의 전제는 지나온 삶에 대한 성찰의 지혜로움이다.

2022년 12월 17일 위암 진단을 받았다. 위암 진단을 받았다고 해서 '이제 죽었구나'하며, 죽는 걸 겁내는 건 아니다. 또 뛰어난 의학의 발달로 인해 그 정도 병세로 당장 죽는 것도 아니다. 죽음에 대한 인식을 불러 세우는 데 있어, 물론 사람에 따라 다르겠지만, 가장 큰 영향력은 큰 병의 진단인데, 그러나 그 인식은 죽음에만 그치는 것이 아니라 남은 삶에 대한 소중한 인식인 것이다. 죽음에 직면함으로써 삶에 대한 진중한 사유가 가능해진다. 그런 뜻에서 죽음에 대한 인식은 소중하다. 불

완전하고 미진해서 완벽히 못 갖추었던 지난날들을 돌이켜 보고, 고치고 보완하고 채우고 해서 조금 야물어진 길을 향해 힘차게 걸어야겠다는 다짐을 하게 되는 것이다. 그리고 마지막 그날이 올 때까지 이어령 선생을 보며 벼리기도 한다. 선생은 죽음을 앞두고 병원 치료를 거부하고, 다양한 인문학적인 인터뷰와 대담을 하면서 인간과 세상에 대한 자신의 철학과 세계관을 줄곧 밝혔다. 그분의 미래는 죽음의 세계가 아니라 현재 자신에게 남은 시간에 대한 충실한 열정, 그것이었다. 미래를 헤아리고 따질 이유도, 겨를도 없다. 오로지 현재에 최선의 열정을 바쳐야 한다. 비록 내일이 그 열정의 시간이 끝나는 날이더라도 말이다. 현명한 늙음은 오늘 지금, 바로 이 현시점에 충실한 것이고, 찾아오는 죽음도 담담히 맞아야 하는 것이다.

사도 바울의 말이 있다. '나는 매일 죽고 매일 태어난다'. 그의 말은 신의 존재를 전제로 한 발언이다. 신의 존재에 대해서는 무관한 불가지론자인 나도 그렇게 살고픈 사람이다. 매일 아침이면 태어나 잘 밤이면 죽고, 또 태어나서 살다가 죽는 사람으로 말이다. 하루에 대한 인식이 그렇다면 누가 과연 하루를 헛되이 소모하겠는가. 그렇게 새롭게 매일 태어나는 사람으로 사는 게 가장 행복하고 창조적인 운명이리라. 다석 유영모 선생도 하루를 살고 또 하루를 사는, '하루살이(一日一生)' 인생이었다. 죽음은 허무 그 자체이지만 삶의 귀중함에 대한 인식의 최종 단계이다. 살아있음을 귀중히 여기고 강렬하게 그 살아있는 시간을 값지게 쓸 수 있어야 한다. 그렇지 않고 시간을 헛되이 쓰면 그것은 자신에 대한 죄악이다. 쇼펜하우어의 말대로 매일은 각기 작은 생명이다. 눈을 뜨고 잠자리에서 일어나는 작은 탄생이고, 신선한 아침은 하루 중의 청춘

시대이며, 저녁은 하루 중에서 노년기에 해당한다. 그리고 밤이 되어 잠자리에 드는 시간대는 작은 죽음의 때이다. 그렇다. 우리에게 남은 하루하루의 현재에 대해서는, 앞의 쇼펜하우어가 한 말과 맥락이 통하는, "하루하루를 독립된 개개의 생명으로 보아야 한다"는, 고대 로마의 철학자 세네카의 말도 깊이 새기며, 우리의 현실인 하루하루의 시간을 최대한 뿌듯하고 소중한 시간으로 만들도록 노력을 기해야겠다.

언덕에 서서 마지막 황혼을 맞는 사람의 마음에서는 박이문 선생의 '먼동'이 가장 강렬한 인상으로 다가온다. 그는 말했다. "노동으로부터, 욕망으로부터, 무지로부터 해방된 노년기는 인생의 황혼이 아니라 먼동이 될 수 있다. (⋯) 늙음의 어느 지점에서 필연적으로 만나게 되는 죽음은 인생의 영원한 휴가이며 절대적 자유이고 무한히 깊은 명상이며 절대적으로 새로운 존재로의 탄생이다." 죽음에 대한 긍정적인 인식이라기보다는 죽음을 담담히 받아들이는 자세이다. 누구든 죽음은 피하려고 한다. 무서워하고 터부시한다. 그렇다고 죽음을 영영 멀리하고 피할 수는 없는 일, 차라리 죽음을 현실로 수용하는 자세가 더욱 의미 있는 일이다. 그래서도 알베르 카뮈가 발한 잠언 하나가 놀랍기만 하다. "병은 죽음을 치유하는 약이다." 두려워 마냥 피하기만 한, 심지어는 죽음을 두려워해서 자살까지 생각한다는, 그 죽음을 인식하고, 기꺼이 받아들일 수밖에 없는 계기를 바로 병이 제공한 까닭이다. 그래서인가. 진정으로 삶을 살아가는 사람은 죽음을 두려워하지 않는다고 한다. 유죄 선고를 받은 소크라테스가 값진 노년의 인물로 남게 된 것은, 그가 살기를 원했다면 충분히 살 수 있었을 것, 그러나 그가 추하게 살기보다는 떳떳하게 죽기를 원했기 때문이다. "악법도 법이다"는 말을 남기며 악법의 추악함을, 자신의 죽음을 통해 세상에 널리 알리지 않았는가.

젊음 속에 노년은 자라서 익어가고 노년 속에 그 젊음은 완성된다. 젊었을 때 정작 젊음은 안 보이지만, 늙었을 때 그 젊음이 어떠했는가가 비로소 나타나는 삶의 이치, 늙음은 젊음의 반영이다. 젊음은 어찌 보면 잘 늙음을 위해 있는 것이다. 충실하지 못한 젊음은 늙어서 반드시 늙은 추함을 드러내며 나타난다. 결론적으로 젊음의 완성이 곧 늙음이다. 말은 이렇게 입에서 나오는 대로 툭툭 던지지만 과연 나는 이런 말을 당당히 발할 수 있는가. 내 젊음은 한없이 초라하고 늘 쪼들리며 살기만 했는데, 그 젊음의 완성이 늙음이라면 내 늙음은 이미 정해진 모습이다. 나는 내 모습을 잘 보지 못한다. 나를 깊이 배려한 하늘의 뜻이다.

남은 일은, 내게 다가온 노년기는 인생의 황혼이 아니라 먼동이 될 수 있도록 하는 일인데, 글쎄. 그러나 언젠가 마지막 순간이 오면, 박이문 선생의 말씀대로, 영원한 휴가로, 자유로, 명상으로, 새로운 존재로의 탄생으로 받아들일 마음은 충분히 다지고 있다. 김수환 추기경의 말씀이 떠오른다. "당신이 이 세상을 떠날 때는 당신 혼자 미소 짓고 당신 주위의 모든 사람이 울도록 그런 인생을 사십시오." 그분은 그런 삶을 살다 갔기에 그 말은 진실이다. 그러나 내가 이 세상을 떠날 때 내 주위에 있는 사람들이 울도록 하는 그런 삶은 내가 걸어온 삶과는 무관한 길이기에 그냥 머릿속으로만 좋은 말이구나, 하고 받아들일 뿐이다. 물론 그분의 말씀 가운데, '이 세상을 떠날 때는 당신 혼자 미소 짓고' 운운은 살짝 마음이 가는데, 그러나 김수환 추기경의 드높은 정신 단계까지는 이를 수 없기에 미소 짓기까지는 어렵긴 하지만 모든 욕망을 다 비우고 담담하고 평온한 얼굴로 갈 수 있도록 정신 수양을 해야겠다. 반드시 그렇게 갈 것이다. 니체는 자기가 죽거든 친구들 외에는 일체

조문객을 거절한다는 유언을 남기기도 했다는데, 글쎄, 나는 니체보다 한 걸음 더 멀리, 일체의 사람들 운운은커녕 혼자 조용히 갈 수 있도록 고종명(考終命)의, 귀천(歸天)의 길을 향한 마지막 남은 삶의 의지를 벼려야겠다. 그렇게 생각하니 새록새록 내 황혼의 먼동이 트는 듯하다.

사랑방 문화의 한 변주(變奏)

—울-모임에 부쳐

하품 나는 물음이지만 길을 가다가 날이 저물었는데 먹고 잘 곳도 없는 상황에 맞닥뜨린다면 어떻게 해야 할까. 박목월의 「나그네」의, 그 나그네는 술 익는 마을에 이르면 어디서 숙식을 하였을까. 전국이 일일 생활권에 든 지금은 그런 일은 일어나지도 않을 뿐더러 설사 타지에서 밤을 맞게 되는 일이 생기더라도 그런 질문은 질문이 안 된다. 돈만 내면 잘 수 있는 숙박지가 얼마나 많은가. 그런데 박목월의 「나그네」의 나그네가 나그네의 길을 걷던 당시에는 도시급 정도는 되어야 숙박이 가능한 여관이 있었을 것, 시골 마을의 경우라면, 숙식할 곳은 사랑방 행랑채가 있는 집 정도였을 것이다. 주인 성품에 따라 나그네를 차갑게 거절하는 집도 있었지만 대체로 길손 나그네에게 하룻밤 숙식을 제공했다고 한다.

60년대 초 어렸을 적 시골 큰집에서 생활을 많이 했는데, 기억이 아슴아슴하지만 큰집 아래채, 일명 바깥채가 기억난다. 출입문인 대문은 없었던 것 같고, 사립문 정도를 지나면 바로 나타나는 집이 그곳이었다. 그곳 바깥채에 대한 기억은 동네 사람들이 많이 모여서 새끼줄도 꼬고, 화투 놀이, 윷놀이를 하거나 술판을 벌이는 자리이다. 지금은 진주 남강댐 건설로 인해 수몰 지역이 되어 흔적도 찾을 수 없는 곳이 되었지만, 어쩌다 그곳을 지나치면 저물녘 낯선 사람이 지나치다 머물기도 했던 기억이 아련히 나기도 하는, 그래서 사랑방에 대한 기억은 지금도 여전히 아름다운 추억이다.

사랑방(舍廊房) 또는 행랑채는 한국의 전통 주택에서 가장의 생활 공간이자 손님을 맞는 접객 공간이다. 양반 사대부의 집에는 반드시 사랑-채가 갖추어져 있었는데, 학문과 예술로 마음을 닦아 맑게 하고, 손님을 접대하며, 묵객들이 모여 담소하거나 취미를 즐기던 공간이다. 일반 극빈층의 초가삼간 주택에서는 사랑방 자체가 있을 수 없었고, 있더라도 양반 사대부와는 달리 농경이나 가내공업 등을 위한 작업공간 또는 남자들이 모여 한담을 즐기는 공간 기능에 불과했다. 사대부를 비롯한 민간에서 사랑방은 주거 공간 이상의 특별한 의미가 있었다. 평소엔 선비가 학문에 정진하고 취미 활동을 영위하는 사적인 공간이다. 손님이 찾아오면 그를 맞이하여 교류하던 공적인 공간으로 바뀐다. 그만큼 사랑방은 개방성의 공간으로 낯선 다양한 사람들의 교류의 장이었다. 생뚱한 언어유희이지만 사랑방(舍廊房)은 공교롭게 사랑의 큰 힘으로 똘똘 뭉쳐진 곳이라는 통 큰 풀이의 유희가 가능하니, 사랑방은 상호교류와 소통의 멋진 전통 공간이다.

내가 생각하는 사랑방은 양반 사대부가에 있는 으리으리한 기와집을 가리키는 것이 아니다. 그냥 서민층에 있는, 안채 외 바깥채를 가리킨다. 그 바깥채는 주로 남정네들이 많이 거처한 곳으로 마을 사람들이나 길 가는 나그네 곧 길손들이 하룻밤 묵어가는 그런 곳을 지칭한다. 그래서 그곳은 인정이 넘치는 따뜻한 공간으로 인지되는 곳이다.

한 러시아 외교관이 쓴 글이 있다. "조선인은 자신이 아무리 가난할지라도 어떠한 경우든 다른 사람에게 잠자리를 제공하기를 거절하지 않으며, 오막살이에 자신의 가족을 먹일 만큼의 식량밖에 안 남은 경우가 아닌 한 지나가는 행인에 대한 식사 제공을 회피하지 않는다."(미하일 알렉산드로비치 포지오, 『러시아 외교관이 바라본 근대 한국』)

아무래도 나그네, 방랑객, 하면 김삿갓 이야기가 가장 먼저 떠오른다. 김삿갓 이야기는 떠돌이 방랑객-살이의 전형이자 표상이다. 김병연은 태어나 4세 되던 해, 평안도 선천 부사로 재직하던 조부 김익순이 순조 때에 난을 일으킨 홍경래에게 패하곤 항복하는 사태가 벌어졌고, 그는 오랜 뒤에 그 사태를 인지하게 됨으로써 김삿갓으로 변신하는 비극의 주인공이 된다. 조부 김익순은 난이 평정된 뒤 처형당하고, 집안은 풍비박산이 난다. 그는 조부의 행적을 전혀 모른 채 만 20세 때 영월 향시(鄕試)에서 조부 김익순의 죄상을 비난하는 시를 지어 장원급제를 하지만 이내 집안의 내력 곧 자신이 역적의 손자라는 것과 손자인 자신이 조부를 비난했다는 것을 알게 된 그는 오래 괴로워한 끝에 가족과 작별하고 전국 방랑의 길을 떠난다. 전국 방방곡곡을 방랑하던 김병연, 그의 삶 자체가 떠돌이의 삶이었다. 인심이 좋았던 당시라고 하지만 돈 한 푼 없이 떠돌던 김삿갓의 마음이 어디 편안했을까. 방랑길에 숙식은 가장 문제가 되는 것이었으리라. 비가 내리고 날은 어두워 오니 하룻밤을 보낼 곳을 찾아 헤매는 마음은 얼마나 초조했을까.

그런데 그의 방랑 생활은 반드시 낭만적 관습이거나 일방적 인식의 방향이지는 않다. 그의 방랑 시절 하룻밤 행랑살이를 그려낸 한시를 보면 그의 애환이 드러나 있다.

二十樹下三十客 스무나무 아래 서른 나그네가
四十家中五十食 마흔 집안에서 쉰 밥을 먹네.
人間豈有七十事 인간 세상에 어찌 일흔 일이 있으랴.
不如歸家三十食 차라리 집으로 돌아가 서른 밥을 먹으리라.

조롱의 뜻을 담은 풍자시이다. 함경도 지방의 어느 부잣집에서 냉대를 받고 나그네의 설움을 한문 숫자의 절묘한 새김을 이용한 시이다. 가령, '三十客'의 '三十'은 '서른'이니 '서러운', 그래서 '三十客'은 '서러운 나그네'라는 뜻이고, '四十家'의 '四十'은 '마흔'이니 '망할'의 뜻, 그래서 '四十家'는 '망할 놈의 집'이고, '五十食'의 '五十'은 '쉰'이니, '쉰'은 '상한'의 뜻, '五十食'은 그래서 '쉰 밥'이고, '七十事'의 '七十'은 '일흔'이니 '이런'의 뜻으로, '七十事'는 '이런 일', 그리고 '三十食'의 '三十'은 '서른'이니, '선' 곧 '未熟'의 뜻이니, '三十食'은 '설익은 밥'이라는 뜻이다. 재치와 기지가 번득이는 풍자의 시편이다.

심지어 김삿갓이 산골 서당에 가서 하룻밤 재워 달라고 하니, 훈장이 시를 지으면 재워주겠다고 하면서 시를 짓기 어려운 '멱(覓)'자 운을 네 번이나 불렀다는데, 이에 김삿갓은 훈장을 풍자하여 재치 있게 '멱(覓)'자 운자에 맞추어 기승전결 네 구절을 다 읊기도 했다. 방랑객의 하루 행랑채-살이가 결코 녹록치 않았음을 시사한다.

이에 반해 산골의 가난한 농부 집에서 하룻밤을 묵으면서, 대접할 먹거리가 별로 없어 미안해하는 주인에게 감사의 뜻을 담은 시 한 수를 짓는다.

四脚松盤粥一器 네 다리 소반 위에 멀건 죽 한 그릇
天光雲影共徘徊 하늘에 뜬 구름 그림자가 그 속에서 함께 떠도네.
主人莫道無顔色 주인이여, 면목이 없다고 말하지 마오.
吾愛靑山倒水來 물 속에 비치는 청산을 내 좋아한다오.

"가난한 사람들은 (이와 같이) 손님을 환대하는 관습 덕분에 주머니에 동전 한 푼 가지지 않은 채 먼 거리를 여행하고는 한다. 그들은 자신들에게 음식물을 제공하고 밤에는 안락한 잠자리를 제공할 누군가를 언제든 찾을 수 있다는 것을 알고 있기 때문이다. 여행을 하기에 날씨가 나쁠 경우에 그와 같은 불청객들이 손님을 환대하는 집에서 이틀, 사흘 혹은 일주일 이상을 머무르는 경우도 있다. 물론 주인의 완벽한 부양을 받으면서 말이다."(『러시아 외교관이 바라본 근대 한국』)

이런 글을 쓴 러시아 외교관은 이런 관습적 현상에 대해 격려와 칭송을 받는 일로도 보지만, 나태와 구걸을 극단적으로 확산시키는 일로 보기도 한다. 어쨌든 러시아 외교관의 눈에는 그만큼 한국인 속이 크고 넓었다는 것이다. 경주 최 부잣집의 6훈 가운데 하나는 "나그네를 후하게 대접하라."였다고 한다. 한 해 거두어들인 곡식의 약 1/3가량은 나그네를 대접하는 데 사용되었다는데, 누가 와도 넉넉히 대접하여 하룻밤 잠자리까지 마련해 준 후 보냈다고 한다. 오천 년 동안 한국인은 경제적으로 풍요롭게 살아온 경험이 없다. 그러나 속은 한없이 풍요로웠다. 세계 10위 권의 경제국이 된 지금은 어떨까. 글쎄. 그 역방향이 자꾸 솟아오른다.

그런데 사랑방 문화, 하면 나그네를 챙겨서 하룻밤 자게 하는 것도 중요한 컨셉이지만, 가장 중요한 컨셉은 동네 사람들이 마실 가서 노는 곳이다. 마실, 하면 지금 세대에서는 서서히 죽은 말이 되어 가고 있는 실정이다. 마을의 옛말이, 말+'ㅿ'+을>마슬>마실인데, '이웃에 놀러 간다'는 뜻이다.

사랑방에 모여 노인들은 노인들끼리, 젊은이는 젊은이들끼리 모여서 음주나 장기 화투 등 오락을 하기도 하고, 동네 현안이나 시국에 대한 담론이나 인간 세상사 돌아가는 일들에 대해 자유롭게 화기애애하게 때론 논쟁을 벌이기도 하면서 의견을 터놓고 나눈다. 사회문화적 교유의 통로이기도 한 사랑방 문화는 기탄없는 대화를 통한 화합과 공존의 장이기도 하다. 농촌에서 가장 중요한 시기인 농번기 때 서로 돕고 돕는 품앗이 일도 의논한다. 마실의 사랑방 문화는 우리의 전통 농어촌의 경우, 품앗이를 비롯하여, 향약, 계, 두레 등등 서로를 지탱하게 한 튼실한 이웃 관계의, 한마디로 돈독한 공동체 의식의 문화이다.

그런데 지금 어디 사랑방이 있기나 한가. 다 아파트 아니면 일반 땅-집 주택 공간인데, 후자의 공간이라도 이전처럼 그런 마실 문화가 있는가. 생활 시스템이나 삶의 공간이 혁명적으로 바뀌지 않았는가. 사랑방 문화는 시대의 각종 조류에 밀려 영영 사라지고 말았는가. 여기서 눈을 돌려 문화에 대한 생각의 관점을 시대의 흐름에 맞춰 조금만 돌려서 보면 문득 지인들 간의 모임이 사랑방 문화에 겹쳐 떠오른다. 사랑방의 핵심은 이웃의 모임인 것, 따라서 사랑방은 지인들이 모이는 장소, 그곳이 되는 것이고, 마실 간다는 것은 지인들이 모이는 그 장소로 놀러가는 것이다. 그래서 모여서 이런저런 화제로 대화를 나누기도 하고, 친목을 도모하는 길이 되는 것이다. 모임은 현대적 의미의 사랑방 문화이다.

사랑방 문화의 한 변주(變奏)인 울-모임이 있다. 한자로는 우리회(友籬會)이다. '울'은 나와 너를 비롯한 집단을 뜻하는 '우리'의 줄임말이고, 또 '울'은 울타리라는 뜻이다. 그 두 의미를 합쳐서 우리가 서로 울이 되도록 하자, 는 협심과 화목을 통한 친교의 관계를 강조한 것이다. 한자 역시 소리는 '우리'이니 우리말 '우리'와 '울'의 맥락으로 연결되고, 한자 뜻을 풀이하면, 벗(友) 곧 우리가 울타리 리(籬)가 된다는 뜻의 울-모임(會)인 것이다. 만약 서로가 하나로 뭉치는 우리와 서로의 울타리가 되지 못한다면 우리회(友籬會)는 우리회(友離會)로 추락하고 만다. 우리회(友離會)는 우리가 헤어진다는 뜻이다. 그래서 언제든지 벗도 서로의 관계가 친소의 여부에 따라 헤어지는 관계가 되고 만다. 우리회(友籬會)가 곧 우리회(友離會)로 추락할 여지는 늘 존재한다.

사랑방 문화가 탄탄한 관계를 지속하기 위한 동력은 역지사지와 존중, 그리고 사변독행(思辨篤行) 곧 깊은 생각과 냉철한 판단, 그리고 돈독한 행동이다. 잘난 놈은 잘난 대로 살고, 못난 놈은 못난 대로 산다는 속된 말 그대로 살게 되면 사랑방은 언젠가는 폐쇄 처리될 것이다. 잘난 놈, 못난 놈이 아니라 서로를 배려하고 존중하는 화목과 소통의 공간이라야 진정한 사랑방이다. 울-모임도 사랑방의 마실 문화의 계승이니, 사랑의 큰 힘으로 똘똘 뭉쳐진, 상호 교류와 소통의 멋진 공간이다.

　사람다운 행동거지를 거창하게 어떻게 설명할까. 형암(炯庵) 이덕무 (李德懋)의 말을 옮겨 전한다. "나보다 훌륭한 사람은 존경하여 흠모하고, 나와 동일한 사람은 서로 아끼며 사귀되 함께 격려하고, 나만 못한 사람은 딱하게 여겨 가르쳐 준다. 이렇게 한다면 온 세상이 평화롭게 될 것이다." 존경에 격려, 그리고 진정한 가르침의 자세가 요청되는 것이다. 진정한 모임은 이렇게 되어야 하는데, 첫째 경우에는 다 그렇게 적극 실천한다. 그러나 마지막의 경우에는 실천이 어렵다. 존재의 실종 사태가 발생하는 까닭이다.

　혈연과 학연, 지연의 줄은 찾지 않는 정도가 아니고, 아예 끊어버리고 산다는 아나키스트 박홍규 같은 분들이야 모임 일체를 거절하고 산다지만 일반인으로서는 그렇게 살기란 외롭고 힘들다. 박홍규 씨는 자신에게 책 친구, 생각 친구는 있어도 죽마고우나 동창 친구는 없다고 하는데, 외롭고 쓸쓸할 것, 그런데 그는 오히려 사람을 만나면 더 외롭고 괴롭다고 한다. 그럴 것이다. 남다름에 그 원인이 있다. 남들과 같은 사유를 한다면, 아니 남들이 자신과 같은 수준의 사유를 한다면 외로울 이유가 있을까. 그렇지 않기에 그 자리는 외로운 자리가 될 수밖에 없다. 그런 데다가 그는 아나키스트인 만큼 모임 조직을 통한 모임의 강제성에 따른 자유의 구속이 그로 하여금 불편한 자리가 되게끔 한 동인인 것이다. 아나키스트들의 사유는 일반적인 흐름을 따르지 않는다. 독자적인 사유의 세계를 추구하는 것이다.

울-모임은 고등학교 동기동창 15인들이 합심해서 결성한, 소박하고 알찬 모임이다. 고교 학창 시절, 지금부터 50여 년 전이니, 70년대 중반 무렵에 고교 생활을 했던, 추억의 동기생들이다. 다 성정이 선하고 자신의 일에 최선을 다하는 성실한 사람들이다. 처음엔 교사, 공무원, 회사원, 사업자 등의 사회 활동을 한 친구들인데, 어느새 세월이 흘러 근무 정년을 거의 다하고, 사업하는 친구는 여전히 그 사업에 전념하고 있다. 모임 결성의 목적은 주기적인 만남을 통해 친교와 친목을 다지고, 길·흉사시 적극 동참을 통해 우의적 관계를 다짐으로써 모임인 간의 관계를 풍요롭고 알차게 가꾸는데 두었다. 한마디로 서로가 서로의 울이 되는 것이다. 당연히 그 '울'은 순수 그 자체인 삶의 '울'이지, 어떤 정치적이거나 사회적인 성향의 목적을 전제한 들러리로서의 '울'이 아니다. 외로움이나 괴로움, 슬픔, 기쁨 등등의 생의 현실에 봉착했을 때 서로가 적극 동참함으로써 이겨내는 것이다. '울'은 지킴이면서, 외로움 슬픔의 간난을 떨치고 다시 일어서게 하는 힘이다.

　그 '울'은 볼테르의 『캉디드 혹은 낙관주의』의 끝부분에서 주인공 캉디드가 한 말, "우리의 정원은 우리가 가꾸어야 합니다."에서 힘을 얻게 되는바, 우리 각자의 삶의 '정원'을 우리 각자가 '가꾸어' 나가는 데 적극 일조하려는 '울'인 것이다. 의당 자신의 삶은 자신의 희생과 노력과 헌신으로 개척, 개발하여 이룩하는 것이다. 그 벅찬 삶을 위해서 서로 돕고 겯고 해서 이룩하는 데 사랑방 문화의 묘미가 있다. 볼테르는 "너그러운 마음이 많이 아는 것보다 소중하다."고 했는데, 울-모임-인들은 너그럽다. 나이-대가 저물녘에 들었지만, 불온한 키워드인, 세칭 권위적 가부장을 뜻하는 명명으로 추락한 마초(macho)—본래의 뜻은 '기백있고 늠름한 남성'이었음—나 꼰대는 별로 없다.

각종 모임을 가진 사람들이 하는 말이 있다. 술 몇 잔 들어가면 그때부터 자리가 심히 불편해진다. 이념의 차이 때문이다. 한국 사회는 여전할 것이다. 여전히 치명적이다. 지금도 이념은 여전히 한국인들의 명제이다. 그런데 실은 이념은 정치 이념만이 아닌데도 한국에서는 이념, 하면 공산-사회주의, 자본주의를 떠올린다. 이념에 대한 지식 한계이고 지식 불량이다. 이념 곧 이데올로기의 사전적인 정의는 대략 이상적인 것으로 여겨지는 생각이나 견해 곧 진리 의식인 것. 가라타니 고진(柄谷行人)이 "진리는 객관적인 데이터에 의해 확립되는 것이 아니다. 반대로 그것을 진리로 삼는 인식론적 패러다임의 데이터를 발견한다. 따라서 이데올로기란 진리 의식이다."고 말한다. 누구든 진리 의식에 대한 소신은 있기 마련이다. 그래서 이념은 서로 갈라질 수가 있다. 그런데 한국의 경우, 특히 정치 사상적 이념에 대한 갈등은 심각함을 지나쳐 광기 수준이다. 광기 수준이면 그 이념은 진리와는 척진다.

　울-모임에도 이념이 각자 다를 수 있다. 그것이 정상이다. 자리마다 그렇지는 않지만, 어쩌다 한 번 이념적 테제가 나와 목소리가 갈라지는 경우가 있기도 했다. 당연한 일, 진리는 개인마다 다를 수 있다. 개인 의식이 다르니까 말이다. 위에서 가라타니 고진이 "진리는 객관적인 데이터에 의해 확립되는 것이 아니다."고 하지 않았나. 진리 의식인 이념의 자리는 당연히 객관적인 데이터와는 거리가 먼 것, 그렇지 않은가. 그래서 다른 이념의 목소리가 나오는 자리는 건강한 진리 의식의 자리일 수도 있지 않은가. 다르다는 것은 하나같이 똑같은 인형 인간이 아니라는 것, 각자의 생명에 있는 의식대로 가는 것이다. 그렇다고 해서 눈을 부라리고 서로 침을 튀기며 상대를 험하게 공격하는 경우는 지금까지 한 번도 접한 적이 없다. 알베르 카뮈가 말한 대로 "우파의 아카데미즘은 불행을 무시하고 좌파의 아카데미즘은 불행을 이용한다."고 했는데, 울-모임인들 중 좌·우파—이 극단적인 명명은 삭거-처리하고, 대신 진보·보수로 명명해야 한다. 그 이념적 명명에 대한 역사적 사실을 모르는 무식의 극치가 좌·우파인 까닭이다.—에 가늠되는 인물이, 글쎄, 카뮈의 말에 적용되지는 않은 것 같다. 현실의 불행을 무시하지도, 그 불행을 이용하지도 않기 때문이다. 만약 그렇다면 이념-쟁이, 이념-꾼으로 추락하기 마련이다. 진정한 보수는 앞날의 미래를 여는 진보의 지향성을 인식, 지원하는 법이고, 참된 진보는 보수의 생명성을 인정, 존중하는 법이다. 그렇지 않은가. 울-모임-인들에게 파스칼의 말을 부친다. "사람은 어느 한 극단으로 쏠림으로써가 아니라 양극단에 동시에 닿음으로써 자신의 위대함을 보여준다."

사랑방 문화는 상대와 토론과 논쟁을 벌이기도 하지만 영영 등지고 척지지는 않는다. 의견이 달라야 창조가 있는 법이다. 같은 의견에서는 새로운 것이 만들어질 리가 없지 않은가. 달라야 새롭게 만들어지는 법이다. 사랑방에서는 온갖 이야기가 나온다. 당시 사람살이의 가장 중요한 일인 농사일, 세상 돌아가는 일에 대한 이야기, 시국담, 놀이, 음담패설 등등. 그런데 어느 한쪽으로 일방적으로 화제가 몰리거나 하나마나한 '그러려니' 하는 투의 화제일 경우, 누군가는 멍때리고 앉았거나 침묵하는 자가 늘어나기 마련, 그렇게 되면 형식적으로 만나는, 시간 낭비의 소모적인 자리가 되고 만다. 니체는 짜라투스트라의 입을 빌려, "사람들과 함께 산다는 것은 어려운 일이다. 왜냐하면 침묵을 지키기란 참으로 어려운 일이기 때문이다."고 말했는데, 사람들과 자리를 함께한 뒤에 발하는 침묵 운운은 듣기 상그러운 언어이다. 그 침묵의 메시지는 "오직 침묵만이 최고의 경멸"이라고 한 생트 뵈브의 표현대로라면, 경멸일 수도 있다. 하긴 니체는 군중들에게 세칭 '귀신 씨나락 까먹는 소리' 대접을 숱하게 받았을 듯, 해서 타자의 존재성을 고려한 타자성(他者性)보다는 '초인 의지'의 철학적 사유에 대한 자가성(自家性)이 승한 탓에 그들과의 소통에 대한 우려감이 표명된 발언으로 읽힌다. 소크라테스 공자 맹자 역시 그랬을 것. 하산한 짜라투스트라가 초인에 대한 큰 가르침을 군중들에게 설했는데, 그에게 돌아온 군중들의 반응은 시큰둥, "우리는 줄타기 광대에 대해 이제 충분히 들었다. 어서 재주나 보여달라!"며 짜라투스트라를 비웃기까지 했다니, 그럴 만도 했겠다.

그래서 한 가지 상그러운 소리를 올린다. 대체로 모든 모임이 그렇지만, 울-모임 역시 화제가 빈약한 편이다. 하나마나한 이야기, 들을 이야기도 별로 없고, 뻔한 스토리 위주이다. 그렇다고 매번 정치 사회적 주된 사안을 중심으로 하여 주목을 끌게끔 하라는 뜻은 아니다. 진지한 이야기는 가장 가까운, 바로 곁의 작은 데에서 시작되는 법이다. 그것은 늘 대하는 일상의 삶에서인데, 그 일상을 화제로 삼아 이야기하더라도 듣는 순간 생각에 잔잔히 잠기게 하고 자신만의 깊은 생각과 지혜가 번득이는 말씀들이 나왔으면 하는 것이다. 사랑방 문화의 아쉬운 한 한계이다. 저물녘의 대화는 인간 세상사에 대한 혜안을 바탕으로 이루어졌으면 한다. 그래야 사랑방 문화에 마실 모임의 어젠다(agenda)가 생기기 마련이다.

울-모임-인들도 이젠 저물녘이다. 대체로 늙음은 추함과 같이 떠오르지만, "인류의 정신적인 진보는 노인들 덕분에 이루어졌다. 노인들은 보다 선량하고 보다 지혜롭다."고 한 톨스토이의 말에서 극-전환의 긍정적인 에너지를 받았으면 하는데, 우리도 톨스토이의 말대로 그렇게 진보적으로 살자. 여기서 말하는 진보는 이념적인 그 진부한 쪽인 진보가 아니다. 진정한 의미의 정신적인 진보라고 하지 않았는가. 그것은 노인만이 가진 지혜로서 이룩된다. 정신적인 진보의 지혜로운 울-모임-인들이여.

오랜 시간이 쟁이고 쟁인 사랑방 문화의 아름다운 변주인 울-모임 곧 우리회는 끝까지 우리회(友籬會)이지 우리회(友離會)는 아닐 것, 믿음을 부친다. 우리회(友籬會)여, 오래오래 튼실하라. 80년대 정권에서, 대학에서, 문단에서 고위직 감투를 제안해도 과감히 거절한 황-고집 황순원 선생은 "어떻게 죽을 것인가 하는 문제는 곧 어떻게 살 것인가 하는 문제와 같다"는 신념 아래 고종명(考終命)하셨는데, 잘 사는 게 잘 죽는다는 말인 것, 그분은 곧고 반듯하게 자기 신념을 칼같이 지키며 사시다가 가셨으니. 우리도 그분처럼 잘 살다가 잘 죽기 위해서도 울-인들이여, 울이여, 우리여, 우리에게 남은 길을 치양지(致良知)의 반듯한 자세로 걸어가 보세그려.

아버지 생각

—보이지 않는 아버지의 눈물

박목월 시인이 '어머니'를 시집 제명으로 한 최초의 시집 『어머니』(≪삼중당≫, 1967)를 출간한 이후, 조병화 시인의 『어머니』(≪중앙출판사≫, 1973)와 김초혜 시인의 『어머니』(≪한국문학사≫, 1988)가 그 뒤를 이었고, 시집 아닌 산문집 『신은 모든 곳에 있을 수 없기에 어머니를 만들었다』(정채봉 · 류시화 엮음, ≪샘터≫, 1998)를 엮어내기까지 했는데, 부모의 한 분인 '아버지'를 제명으로 한 시집은 이정록 시집 『아버지 학교』(≪열림원≫, 2013.)가 있고, 소설은 김정현이 쓴 (1996년) 『아버지』『아버지의 눈물』이, 그리고 수필집으로는 최남숙의 『아버지의 밥상』(≪성안당≫, 2024)이 있다. 아버지를 그린 시가 얼마나 될까, 하는 의구심에 한 번 찾아봤더니 어머니에 대해 쓴 시편에 비해서는 비교가 아니라 대조가 될 정도로 적지만, 그래도 김현승 시인의 「아버지의 마음」을 비롯해서 약 800여 편 정도의 시편이 눈에 들어온다. 실은 그 정도도 기대는 안 했는데, 그나마 다행이다. 아버지의 숨소리가 희미하게나마 들린다. 아버지의 존재감이, 그 무게감이 전해진다.

세상은 늘 냉혹하다. 평화 공존 화해 등등은 세계를 추상적으로 인식, 접근하는 핵심 단어들이다. 한 마디로 세상은 투쟁하는 곳인데, 지금은 여자들도 투쟁의 공간인 세상으로 다 진출해서 치열한 삶을 살고 있지만 이전에는 대체로 남자들이 그 일들 수행했다. 물론 자신의 삶을 위한 것이지만 가족들을 위한 삶의 치열한 투쟁이었던 것이다. 아버지의 한자 父는 갑골문이나 금문을 보면 손(又)에 막대기(丨) 같은 것을 들고 있는 모습이며, 설문해자에서는 이를 보고 '손에 막대기를 든 모습'이라고 풀이하고 있다. 혹은 이 막대기를 돌도끼라고 해석하여, 父는 '도끼를 들고 일을 하는 남자'로 뜻을 매기는바, 도끼 부(斧)도 아버지 父와 연원과 맥락을 같이 한다. 도끼는 가족의 삶을 책임진 가부장의 모습이고, 막대기 혹은 채찍과 회초리는 자식 교육에 대한 부성의 역할과 의무를 상징하는바, 둘 다 아버지의 표상이다.

그런데 막대기에 대한 새로운 해석이 있다. 막대기는 자식을 훈육시키는 채찍이나 회초리가 아닌 집안의 혈통을 이어주는 씨앗을 전달하는 남성의 심볼이라는 것이다. 그런 해석에는 터무니가 있다. 아버지의 어원 가운데 하나가 '아이받이'라는 것인데, 함경도 사투리 '아바지'가 곧 '아이받이'라는 것이다. 아(아이)＋버지(받이, 바지) 곧 아버지는 아이를 받은(준) 남자 즉 자식을 낳게 한 남자라는 것, 어머니는 어(어린애, 애, 아기, 아, 아이)＋머니—무언가 담을 수 있는 것의 뜻으로, 주머니, 가마니 등등의 언어 예가 있다—에서 생긴 말이라는 것이다. 그래서도 父에는 가장과 부성의 아비라는 뜻 외에도 '만물을 낳게 하여 기르는 것'이라는 뜻으로 확대되니, 아버지의 본질은 '생명을 태어나게 하여 기르는 존재'가 된다.

혹은 또 하나의 해석으로, '아버지' 혹은 '아빠'의 뿌리는 '압'으로서 근엄한 존재인 父를 뜻한다고 한다. 압+엇(친족을 뜻하는 접미사) 혹은 압+어지>압어지>아버지로, 압+아(부름씨)>아바>아빠로 되었다고 한다. (박갑천, 「語源隨筆」) 엄마의 '엄'은 부드럽고 유연한 느낌인 데 반해, '압'은 어쩐지 강하고 근엄한 어감이다. '압'은 신의 뜻이고, '어지'는 작은 것을 뜻하는 말로, 가령, 망아지, 송아지, 강아지의 '아지' 등등에서 그 용례가 있는데, 따라서 아버지는 작은 신의 뜻이라는 해석도 있다.

그래서 우연의 일치인지 모르지만, 아버지는 구약시대(舊約時代) 히브리 민족의 뿌리이자 하나님 신앙의 조상이자 족장인 '아브라함'과 뿌리가 통한다고 한다. '아브라함'의 원래 이름인 아브람의 어원을 살펴보면 히브리어로 '압'(아버지)과 '룸'(칭송받다, 찬미받다)이 합쳐져 '존귀한 아버지'를 뜻한다고 한다. 아브람이 아흔아홉이 되었을 때 하나님인 신이 새 언약을 세우며 아브람을 '많은 사람의 아버지'라는 뜻으로 아브라함이라 불렀다고 한다. 전적으로 부정하기도 그렇고, 그렇다고 긍정하기도 묘한 인상의 두 어휘이다.

우리 세대의 아버지는 그다지 크게 기억에 남아 있지도 않고, 닮고 싶지도 않은 외로운 아버지의 형상이다. 하마면 '미운 아버지'로 불리어지기까지 할까. "한 생을 깡소주를 마시고/ 담배를 피우며/ 행상 하시던 어머니를 울리던 미운 아버지"로 가슴 깊이 낙인이 된 허전의 '미운 아버지'(「미운 아버지」), 자식에게 아버지는 '미운 아버지'로 남을 개연성이 있을 수 있다. 그러나 그 '미운 아버지'도 반전의 놀라운 숨은 모습이 있다.

내가 몸 다쳐 사경을 헤매일 때
하느님께 무슨 죄가 많아
새끼가 먼저 죽어야 하냐고
울부짖던 속 다르고 겉 다른
미운 아버지

이제 배갯잇을 물어뜯으며
너만은 부디 잘 살라고 통곡하며 가슴 치는
미운 아버지

"아, 내 심장이 울컥울컥 토해내는/ 뜨거운 핏속에 숨어 슬피 우는/ 미운 아버지". 가족에게는 냉랭하고 자애롭지 않고 늘 엄격하게 꾸지람하고 훈계하는 아버지의 모습, 어머니를 함부로 대하고 억압하는 미운 아버지의 모습이 일반적인데, 그러나 그 아버지의 겉 다르고 속 다른, —가증스러운 위선의 모습이 아닌 순수한 진실의, 이면의 모습이 드러난다. 자식의 고난 앞에서는 자신을 자책하고 자식의 앞날을 간절히 기원하는 모습을 보이기도 하는, 그래서 위선의 아버지로 비치기도 했지만, 그런 아버지의 모순된 모습에서 아버지의 진지한 사랑을 느끼는 것이다. 심지어 남은지는 「목마」에서 '아버지를 죽였다'는 섬뜩한 패륜적인 선언을 한다. 그런데 아버지를 죽였다는 것은 단순히 축자적으로 해석하기보다는 중의적, 함축적으로 접근해야 옳다. 죽였다고 하니 아버지에 대한 오래전 기억의 경험들이 고통스러웠다는 반증이니 아버지에 대한 그런 감정의 표현일 수도 있고, 그러나 아버지의 그런 기억을 지금 와서 돌이켜보니 아버지에 대한 오인에서 비롯된 짧은, 잘못된 생각에서 나온 것이기에 그런 오해의 아버지에 대한 기억을 삭제

한다는, 혹은 자신의 잘못된 생각에 대한 청산과 정정을 의미할 수도 있다. 그러나 분명한 것은 '목마'로 유추되는 어린 시절, 아버지와의 괴로웠던 관계, 그 기억들에서 환기되는 가부장적 절대 권위의 이미지인 과거 한국의 아버지-상에서 흔히 추론되는 '꼰대' 상이다. 그만큼 아버지는 가족에게 엄격하고 권위적인 절대 존재였다.

칼 구스타프 융이라는 스위스 태생의 정신분석가가 있다. 그는 아버지의 영향을, 아니 아버지의 사랑을 받고 자랐다. 그에게 아버지는 "언제나 의지할 수 있는 존재였다"고 회상하기도 하는 드문 아버지였다. 칼 융에게 학교 생활은 따분하고 다니기 힘든 공간이었다. 수학도, 체육도 다 감당하기 어렵기만 한 과목이었다. 감수성이 풍부한 그에게 연속적인 개념의 수학은 견디기 힘든 과목이었고, 기계적이고 세련된 동작을 요하는 체육도 싫기만 했다. 심지어 급우의 심한 장난으로 인해 넘어져 돌에 머리를 부딪히는 바람에 의식을 잃기도 했다. 부담스럽고 고통스럽기만 한 학습 현장인 학교에서 휴학을 하게 되고, 어느 날 아버지가 한 친구분과 나누는 대화를 듣고 자신에 대해 과감한 선택을 결단하게 된다. "칼을 위해서라면 모든 것을 다 바쳐도 좋은데, 만일 끝내 치료가 불가능하다면 그의 장래가 어찌 되겠는가?"하는 비탄에 젖은 아버지의 말을 엿듣곤 마음을 다진다. 그 다짐의 아름다운 끝이 오늘날, 프로이트와 쌍벽인 정신분석학의 대가 칼 구스타프 융의 우뚝한 정립이다. 칼 융의 아버지는 꼰대-상인 한국의 마초적인 아버지와는 차별화된 아버지로 인식될 법도 하다. 그러나 칼 융의 아버지도 칼 융의 면전에서 그렇게 부성애를 드러낸 것이 아니고, 친구분과 대화를 나누는 중에 우연히 칼 융이 그 부성애를 몰래 듣게 된 것이다. 한국의 아버지도 겉으로는 냉혹하고 엄격하고 위압적인 이미지가 뚜렷하지만 한국의 아버지 역시 그렇다. 드러내놓고 표 내지는 않지만 속으로는 자식에 대한 무량의 깊고 찐하며 짠한 사랑을 품고 있는 것이다.

세상의 아버지들은 살아생전에 가장 오해를 많이 받는, 진실성이 거의 전해지지 않고 떠나고 난 뒤 비로소 그분의 참모습을 알게 되는 운명의 불우한 분들이다. 대놓고 자식들과 가족에게 사랑이란 것을 대중적인 차원으로 사랑스럽게 표하지를 못한다. 얼마나 외로울까. 그렇다고 자신의, 가족에 대한 사랑의 진실을 대놓고 표하기는 진실의 위상에 걸맞지 않고, 진실은 본인이 표하는 것이 아니라 본인의 진실을 인식하는 데에서 그 진실이 진실답게 드러나는 것이니, 진실의 드러냄은 참으로 외롭기만 하다. 모성의 부드럽고 따뜻하고 포근함에 비해 아버지의 사랑은 거칠고 무뚝뚝하고 침묵적이니, 그래서도 모성에 비해서는 한참 밑지고 들어가는 사랑이다.

부성의 그 사랑은 시적인 표현으로는 곧잘 눈물로 유추된다.

　　아버지의 눈에는 눈물이 보이지 않으나
　　아버지가 마시는 술에는 항상
　　보이지 않는 눈물이 절반이다.
　　아버지는 가장 외로운 사람이다.
　　　　　　　　　　　　　—김현승, 「아버지의 마음」

김현승과 서로 소통했는지 모르지만, 고종만도 "마시는 술에는 눈물이 절반"(「아버지」)이라고 하고, 하청호도 "힘들고 슬픈 일이 있어도/

아버지는 속으로 운다는 것을/ 그 속울음이/ 아버지 등의 땀인 것을/ 땀 냄새가 속울음인 것을"(「아버지의 등」)이라며 동의하고 있다. 그런데 여기서 운다는 것은 반드시 눈물을 흘리며 운다는 슬픈 표정으로만 받아들여서는 안 되고, 운다는 것은 괴로움, 슬픔, 아픔, 고민 등등을 의미하는 행위로 받아들여야 한다. 사실 그렇다. 가족을 지키고 보살펴야 하는 책임과 의무를 부여받은 아버지의 가장으로서의 면모는 가족 앞에서 약한 모습을 보이지 않는다는 것이다. 강하고 믿음직하고 듬직한 든든한 아버지의 모습, 가장의 모습을 보여야 한다는 가부장제의 일종의 프레임이다. 나아가 아버지라는 존재의 페르소나이기도 하다.

아버지의 페르소나는 남자로서는 약하지만 가족을 위한 아버지로서는 강하다. 김종순의 「아버지의 일터」는 그런 이중성 운명의 아버지를 그리고 있다. "바이킹도 못 타던 아버지가/ 구름다리도 못 건너던" 연약한 아버지이지만 가족을 위한 아버지는 "35층 빌딩 꼭대기에/ 대롱대롱 달려 있는 은빛 두레박"인 '장군'이 되어 "가난을 물리치"고 "하늘에서/내려준/ 은빛 두레박"을 타고 "우리 가족 웃음 철철 길어올리신다"고 한다. 약한 한 남자이지만 가족을 생각하는 아버지이기에 그는 용감한 '장군'이 되는 것이다.

한나 아렌트로부터 악의 평범성이란 생소하면서 낯익은 명명을 받은 독일의 아돌프 아이히만은 독일 나치스 친위대 중령으로 제2차 세계대전 중 유대인을 학살한 혐의를 받은 전범이었다. 그는 가족을 위해서, 가족의 가장으로서, 아이들의 아버지로서 히틀러의 살인 정책에 적극 가담한 인물로, 유대인을 가스실에서 죽게 하였지만 그런 그도 집으로 돌아오면 평범한 아버지였던 것, 한나 아렌트가 아이히만에게서 악의 평범성을 찾은 결정적 이유이다. 아이히만은 광신자나 사디스트 혹은 치정 살인자가 아니라, 아주 평범한 가장, 다시 말해 자신의 사생활을 무엇보다 우선하는 '가정을 충실하게 돌보는 가장'이었다. 그는 아내와 아이들의 안정된 생존을 위해 의견과 명예, 인간적 존엄을 철두철미 희생시킬 각오가 되어 있던 사람임이 드러났다. 하지만 안타까운 부성으로 추락하고 말았다. 우문이지만, 아이히만의 부성을 받은 아이히만의 자식들은 어떻게 세상을 살다 갔을까. 아이히만의 자식이라는 사실을 숨기며 살 수밖에 없었을 것, 안타깝고 가슴이 미어진다.

지금에사 나는 아버지의 외로움이 절절히 공감되고, 돌아가신 뒤 한참 뒤에야 아버지의 심정을 헤아리니 가슴이 찢어질 듯 아프고 부끄럽다. 일제 식민지 치하에서 아버지는 진주사범학교를 다니셨다. 그 당시 학교 상황을 알 수 없기에 정확히는 모르지만, 당시 사범학교는 지금의 SKY로 통하는 대학 수준 이상으로 알려진다. 면에서 한 명 합격자가 나타나면 소문에 소문이 꼬리를 물고 큰 인물의 출현으로 엄지손가락 평판이 날 정도였다고 한다. 고 박정희 대통령도 대구사범학교를 졸업했다. 광복 이후 사범학교를 졸업한 뒤 국민학교 교사를 지내던 중 6.25 전쟁이 발발하였는데, 참전하게 되면 열에 아홉은 전사인 터이라 불가피하게 기피를 하시게 되었고, 결국 군대 기피가 아버지의 앞날을 가로막는 운명의 고리가 되었다. 물론 휴전된 뒤 군복무를 마치시긴 했지만 기피 전력은 지워지지 않았고, 기피 전력은 아버지의 자의식에 늘 꼬리를 물고 다녔다. 그런 심리적 불안과 쫓김에서 순간이나마 탈피, 해방되고자 하는 심리적 유혹에 따른 관성의 몸짓이 오랜 음주였다. 그러나 군대 기피 전력으로 인한 승진 순위 제외와 그에 따른 열등의식에 위축되어 늘 쫓겼고, 그렇게 한 생애를 끝내셨다. 나름 성격은 반듯한 편이셨다. 승진욕에 꽂히셨다면 간도 쓸개도 빼놓고 승진의 길을 찾기 위한 온갖 비열한 길을 모색할 수도 있었을 텐데, 그러지 않으셨다. 사회적 자아에 대한 자긍심이 약하다 보니 자의식적으로 부성과 가부장으로서의 의무나 책임 또한 소홀해지고 약해져만 갔다. 게다가 자식들이라곤 겉이든 속이든 유전적으로 하나같이 기대에 못 미치는 까닭에 자긍심, 자존심이 심히 상하셨을 것으로 가늠이 된다. 지금에사 아버지의 그 심리적 힘듦에 십분 공감하지만, 당시에는 가족에게 위압적이고 사랑 결여의 행동만 접하고 경험했기에 늘 두려움과 거부감이 앞서 아버지에 대한 반항은 극에 달했다. 심지어는 자식에게 불손한 반항을 당해 수모를 겪기도 하셨으니 그 참담하고 무참한 심정을 어떻게 말로 표현할 수 있을까. 무겁게 닥치는 후회막급과 송구함에 일언반구의 변명은커녕 아예 뵐 낯이 없어진다. 부끄럽다. 먹먹해지고 눈시울이 시큰해진다. 목이 메인다.

세상의 아버지들은 참 책임감이 크고 할 말이 많다. 자식이 요행 잘되면 탈이 없지만 자식이 그렇지 못하면 뼈아픈 후회와 책임을 다하지 못한 데 대한 아픔을 되새기고 자신을 질책, 학대하게 된다. "자식은 부모의 행위를 비추는 거울이다."고 한 허버트 스펜서의 말처럼, 자식은 아비의 거울이라는 말을 절감하면서 자신을 채찍질하며 산다. 특히 한국의 아버지들은 사실 안타깝고 억울한 처지이기도 하다. 인간의 성정은 부드러움과 강함이 겸비되어야 하는 것인데, 아버지의 역할은 아무래도 강함에 있다. 그러다 보니 안목은 거안(巨眼, 사물을 거시적으로 파악하는 안목)이면서 거안(炬眼, 사물을 잘 분별하는 안목과 식견)이 되어 자연 멀리 내다볼 수밖에 없는 일, 높고 크고 멀리까지 미쳐야 하는 것이다. 자연 부성애는 냉철해질 수밖에 없는 일, 세상이 그만큼 차갑고 엄정하다는 사실이다. 약한 자는 밀리고 강한 자만이 살아남을 수 있는 약육강식의 구조인 것, 입에 발린 소리로 늘 사랑, 사랑, 운위하지만 세상의 이치나 논리는 사랑의 힘만으로 세상을 버팅기는 힘을 키우는 것은 아니다. 그것을 견뎌내는 힘은 결국 부성이 맡아야 할 역할이다. 멀리 내다보는 안목의 힘, 그것이 바로 강한 부성의 힘이다. 문제는 그런 부성을 갖추지 못한 아버지와, 먼 안목으로 강한 자식의 미래를 계획한 그런 부성애를 받아들이지 못하는 자식이다.

부모의 원리이자 이치는 세상의 원리나 이치와 결부된다. 안과 바깥은 음과 양, 물과 불, 곧 모든 게 우주의 원리이다. 그런데 그 둘은 서로 극인 듯하지만 상보적이어야 생명을 탄생시키고 이어가는 것이다. 부드럽고 약함만 가지고는 오래 지속됨이 어렵다. 거칠고 강함 역시 마찬가지, 따라서 그 둘의 성정이 상보 보완이 되어야 한 생명체는 지속 가능한 것, 그러니까 그 둘은 위아래이든 앞뒤이든지 서로 겯고 받쳐야 한다는 것이다.

모성은 절대적이다. 그 사랑이 자식의 뛰어남 여부와는 관계없이 절대적인 것이다. 모성도 남의 자식과의 비교가 없는 것은 아니지만 그럴수록 열등의 자식에 대한 사랑은 더욱 강해지고, 그래서 모성의 사랑은 절대적이 되는 것이다. 그런데 부성은 자식의 열등이 포착되면, 마하트마 간디를 비롯하여 역사적으로 뛰어난 위인들도 그랬지만, 속에 열불이 나서 그것을 감내하기가 힘들어지는 것이다. 자식에 대한 사랑은 사실 부성이든 모성이든 차이가 날 턱이 없다. 그러나 부성은 꼭 비교를 해서가 아니라 자식의 열등이 눈에 비교로 나타나기에 힘들어지는 것이다. 그것을 모성처럼 더욱 자식에게 사랑을 쏟아붓는 부성은 사실 쉽지가 않다. 부성은 사회성의 것이기 때문이다. 사회성은 혼자만 존재하는 것이 아니라 여럿 모인다는 전제 아래 형성되는 것이지 않은가. 여럿 모이면 필시 순위 서열이 정해지는 것, 그 순위 서열을 부성은 어떻게 받아들일까. 무덤덤하게 앞이든 뒤이든 꽁무니든 초월해서 생각할까. 아무래도 아버지는 자식의 외적 무게 곧 페르소나에 무게를 두기 마련이다. 모성이 안의 세계 곧 내적 자기만의 세계를 중시한다면 부성은 바깥 세계 곧 사회적인 관계를 중시하는 것이다.

그래서인지 아버지의 부성은 적은 양의 물을 필요로 하는 식물에게도 자신의 사랑 방식대로 그 식물이 필요로 하는 이상의 많은 물을 제공하기도 한다. 그것이 식물의 생명에 치명적일 수 있는 데에도 자신만의 사랑을 견지하는 것이다. 여기서 문제가 발생하는 것이다. 모성애역시 그렇다. 그렇지만 모성애는 강압적이지 않은 데 있기에 그 사랑이 지나쳐도 큰 문제를 유발하지 않는 것이다. 하지만 아버지의 사랑은 치명적이다. 에릭 프롬은 말한다. "단순히 사랑만 하는 것으로는, 다른 생명체가 '잘되기를 바라는' 것만으로는 충분하지 않다. 식물이, 동물이, 아이가, 남편이, 아내가 뭘 필요로 하는지 모르고 무엇이 상대에게 최선인지 정한 내 선입견과 상대를 통제하려는 욕망을 버릴 수 없다면 내 사랑은 파괴적이다. 내 사랑은 죽음의 키스인 것이다." (『우리는 여전히 삶을 사랑하는가』) 자칫 지나치게 넘치면 아버지의 사랑 곧 부성은 파괴적인, 죽음의 키스일 수가 있는 것이다. 여기에 부성의 치명성이 도사린다.

거목 밑에서는 새끼 나무가 자라지를 못한다. 중국의 추연(鄒衍)에 의해 태동한 음양설이 먹혀드는 셈이다. 음양의 기운이 차단되는바, 땅 밑으로 보아서나 하늘을 보아서나 그렇다. 하늘은 햇볕과 바람을 통한 기운을 뜻하고, 땅은 뿌리가 왕성하게 번져나가야 나무가 튼실하게 자라는 법이니 뿌리가 땅속을 헤집고 뻗어나갈 자유롭고 넓은 영역이 필요한 것이다. 그런데 거목 아래에서는 우선 하늘의 햇볕과 공기가 차단되고 억제되는 것이다. 그러니 성장에 큰 장애가 되는 것이고, 땅속은 거목의 뿌리가 전-영역을 점령하고 있으니 작은 나무의 뿌리가 성장할 터무니가 박탈당하고 마는 것이다. 그래서 시들시들 작고 왜소한 채로 존재성을 상실하게 되는 것인데, 인간 역시 그렇다. 통상적인 생각은 자식은 부모를 닮는다고 해서 부친이 두드러지고 뛰어날수록 자식 역시 그럴 것이라는 인식이 강하다. 물론 그런 경우가 없지는 않지만 그런 방향과는 역방향으로 치닫는 경우가 일반적이다. 간디를 보라. 자신이 뛰어나고 발군의 인물이기에 자식 또한 그렇게 되리라고 압력을 가해서가 아니라 저절로 무의식중에 압력이 가해지게 되는 것이다.

이런 일화가 있다. 한 유명 대학의 총장 아들이 있고, 그 대학 경비직에 있는 경비원 아들이 있는데, 그 둘은 동년배인데, 누구든 다 총장의 아들이 사회적으로 성공한 인물이 되리라고 예상을 했지만 경비원의 아들이 더 성공하더라는 것이다. 그것은 부(父)의 위치에 따른 압력과 압박일 수도 있는 것이다. 총장은 자신이 총장의 위상이 있기에 자식에게 부드럽고 너그럽게 가정 교육을 하는 것이 아니고, 일방적으로 명령과 지시 위주인 데 반해, 경비원은 자신이 사회적 명망과는 무관한 위치에 있기에 아들이 자신보다는 낫게 산다면 더 이상 바랄 것이 없고, 그것으로 충족한다는, 자식에게 전혀 부담을 가하지 않는 부드럽고 너그러운 아버지의 가정 교육 아래 성장하다보니 마음 편하게 자신의 뜻대로 자신의 노력에 따른 역량을 발휘할 수가 있었던 것인데, 그래서 그 결과는 경비원 자식의 성공으로, 총장 아들은 경비원 아들에 비해서 실패로 끝난 것이다. 지나친 기대와 그로 인한 부담이 늘 문제이다. 부담은 역량을 좀먹는 해로운 정신의 영역이다. 자식이 자식의 뜻대로 자신의 삶을 개척하도록 하기 위해서는 적절한 거리가 필요하다. 그렇다고 멀리 떨어져서 일체 관여나 간섭을 억제하라는 것이 아니고, 자식의 뜻을 최대한 인정, 그들의 삶이 삶답게 개척, 영위될 수 있도록 일정한 거리를 둔 부성의 위치가 가장 중요한 것이다.

그런데 성공이라는 성취도 문제가 있다. 성공이란 어휘는 대체로 사회적인 명망 또는 경제적 성취도와 맥락이 연결되어 있기 때문이지만, 인간 존재론의 층위에서 지상의 유일한 존재인 자신이, ―그래서 인간은 각기 하나의 소우주인 존재인 것, 존재의 표상인 이름은 유일한 것이 그 반증이다. 물론 동명의 두 주체가 있을 수 있지만 동명의 두 존재는 각기 다른 유일한 존재이지 않은가―, 추구하는 과제는 '추구'라는 상승적인 측면에서 비교당해서는 안 된다. 가령, 한국의 경우, 관료성이 강한 편인데, 그래서 공무원, 하면 고시를 통한 벼슬 성취에 그 목표를 두고 있다. 그 목표는 성공을 의식, 전제한 마음 현상이다. 만약에 서로 오랜 지인의 관계에 있는 두 부성이 있을 경우, 한 지인의 아들은 고시를 통해 고위직에 오를 것이 정해진 지위에 있는 반면에 한 지인의 아들은 낮은 급에 있는데, 그 두 지인이 만날 경우, 낮은 급의 위치에 있는 지인의 심사는 과연 편할까. 고위직이 정해진 부성의 경우야, 당당하고 너그러운 마음을 표할 수 있겠지만 낮은 급의 부성은 늘 마음이 졸이고 쪼그라드는 법이다. 그것이 정상 현상이다. 그런데도 아버지는 바로 뒤에 언급될 '떡두꺼비'가 되어야지 싶다. 삶의 철학이 없는 아버지는 자식이 남보다 무조건 잘나고 뛰어나야 한다는 출세 지향 의식에 사로잡힌 자이고, 철학이 있는 떡두꺼비는 자식의 뜻대로 삶의 목표를 설정, 추구하여 살아가게끔 적극 배려, 정신적인 도움을 아끼지 않는 자이다.

"떡두꺼비 같은 아들을 낳았다"는 말이 있다. 그런데 '떡두꺼비'의 어원은 '아비'에 있다고 하는데, '똑똑한 아비'가 바로 떡두꺼비라는 것, 똑똑＋아비＞똑또가비＞똑도가비＞떡두꺼비로 변형, 정착되었다고 한다. 그래서 모든 아버지의 바람은 떡두꺼비 같은 아들인데, 문제는 본인이 떡두꺼비여야 되고, 떡두꺼비가 되도록 노력해야 한다는 것이다. 혹 헛-떡두꺼비이면서 떡두꺼비로 자가당착을 일으키는 경우가 많은데, 자신의 정체성이 헛-떡두꺼비임을 제대로 알아야 할 터, 헛-떡두꺼비가 떡두꺼비 역량을 발휘할 수 없는데, 떡두꺼비 역할을 할 수 없음은 정한 이치인 것, 하지만 떡두꺼비라는 자가당착에 빠져 떡두꺼비 노릇을 하지 않는 것만 해도 역설의 떡두꺼비가 되어 자식에게 큰 도움이 될 것이다. 명문대학교 경비원을 보라. 자식에게 억압과 부담을 가하지 않고 자식의 뜻을 존중, 그 뜻대로 살아갈 수 있도록 한 것, 그것이 자식에게는 훌륭한 떡두꺼비였던 것. 그 떡두꺼비가 아니면서 떡두꺼비가 되어야만 했던 아버지의 마음은 어떠했을까. 가족을 지키려 애태우며 가족에게는 보이지 않는 눈물을 흘렸을 것, 보이지 않는 눈물이 절반인 아버지의 술 한 잔, 그 술잔을 들며 몰래 혼자서 우는 아버지의 마음이 내 속으로 전해져 조용히, 그리고 깊숙이 울린다.

> 아버지는 가정을 지키는 수호신이기에
> 가족들이 보는 앞에서
> 약해서도 울어서도 안 된다는 것을
> 그래서 아버지는 혼자서 운다
> 아무도 몰래 혼자서 운다
>
> ─이채, 「아버지의 눈물」

아호(雅號)의 뜻대로 살다

근자에 길을 걷고 있는데, 인근 한 건물 바깥에 차양을 위해 마련된 자리에서 이름을 부르는 소리가 들렸다. 순간, 내 이름이지만 전혀 낯선 동네인 데다 내 이름자 호명이 워낙 오랜 만인지라 귀를 의심했다. 주로 호명은 '강 선생' 아니면 호(號)를 부르거나 '강 박사'라는 칭호였는데, 그래서 잘못 들은 게 아닌가, 하고 그냥 지나치려는데 계속 부르는 것이었다. 그래서 멈추고 호명하는 자를 주시했더니 고교 동기생이었다. 무려 오십 년 전이었는데, 놀라웠다. 이름을 다 기억하고 있다니. 나는 기억하는 이름이 몇 명 되지도 않고, 내 이름을 부른 저 동기생 이름을 기억하지 못했다. 그런데 이름자 호명이 워낙 오래 전의 일이라 너무 불편하고 낯설고 어색하기만 했다. 지금이 조선조인가. 왜 그럴까. 이름을 부르는데 마치 모욕과 멸시를 당하는 기분이니, 내가 시대적 착란 현상을 겪고 있는가.

인간이라는 말은 '홀로'가 아니라 남들과의 사회적인 관계가 전제된 언어이다. 인간의 '間'이 그 관계를 지칭한다. 사람과 사람 사이. 남들과 관계를 통한 사람살이는 실로 여러 가지 형태이다. 그런데 왕왕 난처한 경우에 처해지는 상황이 있기도 하다. 상대의 이름을 어떻게 불러야 하는가, 이다. 서양에서는 위아래 관계없이 서로 그냥 이름을 그대로 부른다. 성명 호칭 문화가 있는 우리로서는 낯설고 어색하며 불편하기 짝이 없는 호명 행위이다. 우리 문화는 위아래가 엄격한 편이라 설혹 손아래라도 성년이 되면 이름을 부르기가 불편하고 어색하다.

과거 동아시아권에서는 제왕, 성인, 존경받는 사람, 부모, 윗사람 등의 이름을 귀중하게 생각했기 때문에, 그 이름을 함부로 부르는 것을 금기로 여겼다. 그래서 본명을 직접 부르지 않고 돌려 부르는 관습이 생겼다. 이른바 이름 휘(諱) 피할 피(避) 곧 피휘(避諱)라고 하는데, 기휘(忌諱)라고도 한다. 그리고 군이 부모나 조상의 이름을 언급해야 할 경우, '홍길동'이라 하지 않고 '홍, 길 자, 동 자'라고 조심해 칭하는 것도 같은 맥락이다. 한학의 대가인 허권수 교수도 말한다. "대상 인물에 대한 칭호의 사용을 보면, 대우하는 정도가 다르다는 것을 알 수 있다. 대상 인물의 호를 쓴 경우에는 아주 존경한다는 의미를 담고 있고, 자를 썼으면 정상적으로 존중한다는 뜻이고, 이름을 썼으면 아주 경멸한다는 뜻이다. 남에게 자기의 이름이 바로 불린다는 것은 매우 경멸을 당한다는 것을 의미한다."

지금과는 달리 조선조 양반 가문에서는 남자의 경우, 무려 세 개의 호칭을 지니고 있었다. 가문의 항렬에 따라 족보에 올리게 되는 명(名)과 자(字)와 호(號)가 그것이다. 유교적 관례상 이름은 함부로 부르지 못하게 되어 있는 까닭에 남자의 경우, 관례(冠禮)를 치르고 나면 관자

(冠字)라 해서 짓는 이름 곧 자(字)를 지어 부르고, 그 이후에는 호(號)를 지어 불렀다고 한다. 자(字)를 지을 때는 일종의 불문율이 있었는데, 자(字)는 반드시 이름(名)과 연관 지어 짓는다는 점이다. 따라서 대개 자설(字說)은 이름(名)과 자(字)의 상호 연관성 혹은 상호 보완성을 밝히는 내용으로 이루어졌다. 자(字)는 집안에서 친족들이 부르는 호칭이고, 호(號)는 대외적인 호칭인바, 명(名)과 자(字)가 집안과 관계있는, 그래서 생물학적 자아라고 한다면, 호는 자신의 뜻을 어디에 두고 있는지를 나타내는, 이른바 사회적 자아를 표상한다고 할 수 있다. 호(號)는 사회적 인격을 드러내는 외적 자아이기에 일종의 페르소나이다.

자(字)는 이름에서 항렬자를 뺀 이름자를 가지고 그 뜻을 밝혀 정하는바, 받는 이의 정신적인 자세, 나아갈 방향 그에 대한 기대 등을 제시하였다. 그래서 자(字)를 관명(冠名), 또는 표덕(表德)이라고 했다. 제갈량(諸葛亮)의 자(字)는 공명(孔明)이다. 공명(孔明)은 매우(孔) 밝다(明)는 뜻인데, 이름인 량(亮)은 밝다는 뜻으로, 곧 어둠 속에서 비추는 밝은 빛을 의미한다. 조식(曹植) 선생의 자(字)는 건중(楗仲)인데, 문빗장(楗)과 같이 중간(仲)을 지킨다는 뜻으로, 식(植)은 뿌리를 땅에 묻다, 일정한 곳에 근거를 두게 하다는 뜻에 부합된다.

지금 세대에서 자식에게 자(字)를 짓는 경우는 아주 드물다. 사적인 이야기지만 아들에게 자를 지어 지금도 자를 부르고 있다. 케케묵은 옛 방식으로 자를 지어서 부를 생각은 전혀 없었다. 그렇기에 자를 지어 부르는 데에는 그럴 만한 이유가 있다. 아들 이름자를 집안의 누군가가 인면수심의 파렴치한 절취를 하는 바람에 부득불 개명을 하게 되었고,

오랫동안 불러왔던 이름을 절취당하고 보니 분노를 삭힐 길이 없어 개명자를 부르지 않고 뒤늦게 자를 지어 부르고 있기 때문이다. 개명자인 동휘(東輝)의 휘(輝)의 이름자를 풀이해서 여빈(黎彬)으로 정한 것이다. 새벽의 검은 빛(黎)이 서서히 밝아지면서 빛난다(彬)는 뜻으로, 아들의 미래가 그렇게 서서히 동트는 세계같이 자신만의 독자적인 새로운 삶의 밝은 세계를 이루었으면, 하는 바람을 담은 것이다.

호(號)는, 자신이 지향(志向)하는 이상(理想)과 신념, 특별한 취향, 그리워하는 고향의 지명이나 산천 이름, 배워서 닮고자 하는 사람이나 사물, 산 강 바다 해 별 초목과 꽃 등의 자연물 등등을 가지고 호를 삼았다. 나이가 육십을 넘어 저물녘을 바라보고 있는데, 아무리 오랜 친구라고 해서 이름을 바로 호명하는 것은 품위가 사라지고 만다. 호(號)를 사용하여 호명하는 행위가 서로 품위를 지키는 일이라 할 수 있다. 허권수 교수의 말에 따르면, 호는 4세기 후반 중국 동진(東晋) 때의 시인 도연명(陶淵明)이, 자기 집 앞에 다섯 그루의 버드나무를 심고 자신을 오류선생(五柳先生)이라고 부른 데서 비롯되었다는데, 공자(孔子)나 맹자(孟子)도 호가 없었다고 한다.

호(號)에 대한 개인 취향이지만 나는 작호 시 가장 먼저 자신의 삶의 철학이나 지향하는 신념이나 이상에 중점을 둔다. 따라서 자신의 반듯한 삶의 태도나 지향성을 먼저 염두에 두는 것이다. 물론 호의 당사자의 내적 인격이나 외적 인격과는 어느 정도 매치가 되어야 한다. 지금까지 지난 인물들의 호를 보아서는 미당(未堂) 서정주의 호가 가장 눈길을 끈다. 미당(未堂), 아직 완성되지 못한 집, 겸손의 뜻이 강한 호라고 풀이해서, 내 마음을 끌었는데, ≪論語≫〈先進〉篇에서 미당(未堂)이 또 눈에 띄었다. "孔子曰, 由之瑟 奚爲於丘之門 門人 不敬子路 子曰 由也升堂矣 未入於室也." (공자께서 말씀하셨다. "유의 거문고를 어찌 나의 집에서 연주하겠는가", 하시자 다른 제자들이 자로(子路)를 공경하지 않았다. 공자께서 "由―由의 학문―는 堂에는 올랐으나 아직 방(室)에 들어오지 못한 것이다.") 학문의 세계에서는 스승에게 배우는 제자가 어떤 고수가 되는 과정을 두고 '升堂入室'로 비유하곤 한다. 그 제자는 논어에서는 '안회'―공자가 가장 아끼는 제자로서, 문일지십(聞一知十) 곧 '하나를 들으면 열을 안다'는 말의 출처인 주인물로 32세에 요절하자, 공자가 "하늘이 나를 버리시는도다, 하늘이 나를 버리시는도다." (天喪予! 天喪予!)라고 탄식했다고 한다.―이고, 그보다는 못 미치지만 마루에서 듣는 제자도 있다. 다음은 마루 밑 마당에서 듣는 제자도 있다. 이를 '門人'이라고 한다.

서정주가 호를 미당이라고 한 것은 겸손의 뜻인데, 아직 마루에도 오르지 못한 시인이라는 겸손의 뜻이다. 선명하게 그 호의 이미지가 각인되면서 분명히 그 아호가 가장 마음을 울린다. 친일 문제, 정통성이 없는 부도덕한 정권을 옹호한 이력이 늘 그에게 붙어다니는 치욕이지만 문학에 있어서는 미당(未堂)이 아닌 승당(升堂)이고 입실(入室)까지 한 시인이 아닌가 생각된다. 그의 삶에 먹물을 튀기는 일이 있기도 했다. 일본어로 된 시 「航空日に」(≪國民文學≫, 1943년. 10월호)를 발표하기도 했는데, 그래서 그는 친일파 문인으로 낙인되었다. 몇 줄만 잠시 인용한다. "아아 날고프구나 날고 싶어/ 부릉부릉 온몸을 울려/ 사라진 모든 것/ 파랗게 걸린 저 하늘을/ 힘차게 비상함은/ 내 진작 품어온 바

램!" (「航空日に」, 5연) 그는 말한다. "그것은 우리나라에서 뽑혀 간 학병들의 모습이 더러운 개죽음이 아니고 의젓하다고 한 것이었다." "몽고 침략을 당하며 살던 고려인들의 이상이 어떠했었는지는 모르지만 나는 이조 사람들이 그들의 백자에다 하늘을 담아 배우듯이 하늘의 그 무한한 포옹을 그렇게 체념하며 살기로 작정한 것이다."고 그의 심정을 토로한다. 그는 일제 말기 1943년 최재서의 인문사(人文社)에 들어가 ≪國民文學≫의 편집일을 맡으면서 부득불 살아남기 위한 방도로 일문시와 종군기, 그리고 수필을 조선총독부의 기관지≪每日新報≫등에 발표하기도 했다. 또한 광복 이후 6.25 사변이 터지고 이승만, 박정희, 심지어는 전두환 정권에까지도 그 정권을 전격 지지, 옹호한 정치 행적을 벌이기도 했다. 그의 말을 빌면, 그가 일제에 순응하여 문필 활동을 한 것은 일본 파시즘을 지지해서도 아니고, 권력에 빌붙어 이익을 보려 한 계산에서도 아니었다. 궁하고 각박한 세상살이를 어떻게든 모질게 견디고 살아남으려는, 궁지에 몰린 절실한 체념에서 비롯된 일이었다. 국권 상실로 인한 이민족 통치 지배와, 같은 민족 간 전쟁을 통해 그가 겪은, 기아와 죽음에 직면했던 참담한 체험은 그로 하여금 나라 잃음에 대한 극도의 실존적 불안과 공포를 불러일으켜 끝내는 현 정권들을 적극 지지하고 따르게 된 요인이었던 것으로 간주된다. 1944년 봄에 그는 고창 경찰서에 구속된 적이 있었다. 조선 독립을 고취하는 연극 운동을 지도했다는 혐의로 체포되어 두어 달 수감살이를 하다가 석방된 적이 있었다.

남명은 ≪莊子≫ '內篇'의 <逍遙遊> 첫 장에 나오는 '남녘의 아득한 바다(南冥)'에서 따왔다고 한다.

북녘의 아득한 바다에 물고기가 살고 있다. 그 이름은 곤(鯤)이라고 한다. 곤은 어느 날새로 변신하는데, 새가 되면 그 이름을 붕(鵬)이라고 한다. 붕이 한 번 떨쳐 힘차게 날아오르면 그 펼친 날개는 창공에 드리운 구름과 같다. 이 새는 바다에 큰바람이 일어나면 남녘의 아득한 바다(南冥)로 날아가려고 한다.

(≪莊子≫, <逍遙遊>)

붕새의 등장에서 아나키즘의 자유와 해방의 몸짓이 느껴지는 듯 곧 모든 욕망과 권력 그리고 세속의 더러움으로부터 자유로운 삶과 위민(爲民)과 안민(安民)의 철학이 반영되어 있다. 그 붕새가 날아드는 곳이 남녘의 아득한 바다, 남명(南冥)이 아닐까. 그래서 조식은 한반도의 아득한 남명인 산청 덕산에 터를 잡는다. 그곳에서 인재를 발굴, 양성하겠다는 그런 뜻이 담겨 있지 않았을까. 벼슬에 뜻을 두지 않고 자유롭게 살면서 인재를 키우겠다는 그런 의지의 표명일 것, 실제로 남명은 그랬다. 그가 발굴, 양성한 인재들 가운데 태반이 임진왜란 때 나라를 지키기 위해 의병을 모집하여 왜병과의 전투에 나섰다. 곽재우를 비롯한 숱한 지사들, 정인홍, 김면 등 3대 의병장과 조종도를 비롯한 50여 명의 의병장이 선생의 문하에서 배출되었다. 그들의 의병 활동으로 인해 관군의 패주와 흩어진 민심을 수습하여 반격의 계기를 만들었고, 일본군의 전투 기세를 추락시켜 국난을 종식케 하는 큰 역할을 하였다. 남명 선생은 붕새가 날아가는 아득한 바다의 뜻이라는, 그 호에 담긴 깊고 넓고 높은 뜻대로 삶을 구현했다. 그의 <단성소>는 그 삶을 그대로 반영한 상소이다. 절대 절대권력에 굴하지 않고, 부정부패나 부조리나 불합리를 자행하여 백성들의 삶을 힘겹게 하는 왕이나 조정 권력자들의 작태에 대해 과감히 비판의 소리를 내는 남명 선생이었다. 선생은 호의 뜻대로, 그 뜻에서 한치도 빗겨남이 없이 곧고 바르고 반듯한 삶을 살다가 가신, 조선의 선비-상을 구현하신 분이셨다.

조선조에서 가장 많은 호를 가진 이는 추사 김정희가 있고, 이덕무가 있다. 추사는 약 100여 개의 호를 가졌다고 하기도 하고, 200여 개의 호를 가졌다고 하기도 한다. 이덕무는 매번 글을 지을 적마다 호를 만들었다고 하니 그 역시 자신도 알 수 없을 정도로 많은 호를 사용했다. 김정희와 이덕무는 내 관심 밖이다. 한 마디로 실없다. 오직 하나의 호에 자신의 삶과 철학을 담아 자신만의 삶의 길을 걸어가는 것을 중요시하기 때문이다. 남명 선생이 남명 말고 또 다른 호가 있는가. 호가 많으면 신빙성이 떨어져 경상남도 진주 사투리로 하는 말, '씨사이' 소리를 듣게 마련이다.

호에 대한 일화가 하나 있다. 1966년 2월 15일 당시 박정희 대통령이 대만을 국빈 방문했을 때 장개석 총통이 아호를 증여한 것이다. 휘호(諱號)는 '시산(矢山)'이었다. 그런데 박정희 대통령은 예의상 그 호를 받긴 했지만 그 호를 사용하지 않았다고 한다. '시산(矢山)'에 대한 인상을 피력하면, 그 호에 대한 호오와는 관계없이 '시산(矢山)'은 발음이 '씨사이'로 잘못 들리기도 하는데, 그 '씨사이'는 진주 지역에서 사용하는 사투리로서 '주책없고 헛소리나 토해내는 실없는 사람'을 낮잡아이르는 말이다. 그래서인지 모르지만, 그분은 그 호를 표내지 않았다고한다. 하긴 그는 호를 지어주겠다는 사람들에게 하는 말이, "필요없다. 박정희 이름 하나로 충분하다"며 과감히 거절했다는데. 그런데 도대체 '시산(矢山)'에 담긴 장개석 총통의 깊은 속뜻은 무엇일까. 화살(矢)과

뫼(山)의 결합체가 '시산(矢山)'인데, 화살 모양의 듬직한 뫼라는 뜻으로 해석되면서 곧 뫼로 표상되는 나라를 지키는 든든한 지킴이 노릇이라는 뜻일까. 대만 총통 장개석과 대통령 박정희는 공통되는 점이 공산 체제에 대한 민주 체제의 지킴이라는 데에서 서로 통하는 바가 있는 듯하다.

그런데 자(字)든 호(號)든 이젠 낯설기만 한 호명이 되었다. 지금은 태어나면서 작명한 이름으로 불리지, 자나 호를 지어 불리는 이는 전무한 편이다. 지금과 같은 디지털 시대에 아호(雅號) 운운하니 아호에 대해 무지식인 사람이 태반이지만 선지식이 있다고 해도 구닥다리 보수 취급을 하는 경우이다. 나는, 그런데, 고전적인가. 고리타분 구닥다리인가. 지인을 비롯하여 친근한 이에게 호를 지어 주고 그 호를 부른다. 그런데 호를 그냥 부르기 좋게, 듣기 좋게만 짓지 않는다. 그 사람이 어떻게 자신의 삶을 걸어가야 할지 나름 깊이 사유한 끝에 호를 짓는다. 그러니까 작호 대상의 삶의 길에 대한 철학을 부여하는 것이다. 작호사(綽號詞)를 역부러 짓는 이유이다. 이름은 존재의 확인이다. 주체적 존재의 확인이다. 임제 선사의 '무위진인(無位眞人)'은 '어느 누구도 닮지 않은 주체'가 된다는 뜻, 자나 호라는 이름 역시 그렇다. 그래서 작호 대상의 실존성 부여-차 작호사를 짓는다.

발설하기 쑥스럽지만 같이 삶을 공유하는 아내의 호를 지은 적이 있다. 대체로 가부장제의 아내는 한 인간으로서의 정체감이나 실존의식이 아무래도 남자에 비해 떨어지는 편이다. 여러 가지 존재감 실종 사안을 거론하기는 쭈뼛하고, 호칭만 보더라도 여자로서의 존재감이 없다. 시집을 가게 되면 누구 며느리, 누구 아내, 누구 엄마, 누구 할머니 도대체 두루뭉술, 가족 집단의 표상적 존재로 무명화되고 만다. 모계제 사회였더라면 저랬을까. 아니, 우리가 늘 사용하는 아들, 딸만 보더라도 인류사의 처음 단계에 모계 중심 사회가 있었다는 사실을 반증하고 있지 않은가. '딸'이 무슨 말인가. 모계사회에서 어머니를 '따르는' 혈통이라는 뜻으로서의 '딸'이 아닌가. 그러면 '아들'은 무슨 말인가. 첫째, 안 따른다는 뜻으로, 아+딸>아달>아들이 되었다는 설과, 둘째, '앗 또는 앚'(작다)+딸>아들 곧 작은 자식 곧 소자(小子)의 뜻이라고 한다. '앗 또는 앚' 곧 작다는 뜻을 가진 말은 '아우'라는 말이 있고, 앗(앚)+어미>아즈미>아주머니 그러니까 작은어머니─경상도 사투리로는 아즈미>아지메─, 또 앗(앚)+아비>아자비>아저씨 곧 작은아버지─경상도 사투리로는 아자비>아제─와 같은 경우를 보더라도 여자의 위상은 높았는데, 부계제로 바뀌면서 낮아진 것이다. 그래서도 아내의 존재감을 높여야겠다는 생각 아래 '자원(滋苑)'이라고 작호했다. 자(滋)는 생명을 키운다는 뜻이고, 원(苑)은 동산이라는 뜻으로, '자원(滋苑)'이면 생물학적으로 이루어진 가정이라는 동산에서 같이 살아가는 모든 생명체를 살갑게 단단히 키운다는 뜻이다. 그렇게 '자원(滋苑)'했으면, 하는 마음이 아니라, 당연히 열정으로 '자원(滋苑)'하기에 감사하는 마음을 표하고픈 뜻에서, 나아가 자원(滋苑)도 자신의 삶을 자원(滋苑)하며 살기를 기하며, 호를 그렇게 작했다.

어설프게 지인에게 호를 지어 부친 적이 있다. 지인 가운데 병으로 고생하는, 그래서 수명이 늘 우려되기에 지은 호가 미산이었다. 처음 미산은 '米山'으로 장수를 기원한다는 뜻인데, 미(米)는 팔십팔이라는 한자, 한자를 풀면 아래 위 八이 두 개, 가운데 한자는 열 十, 해서 팔십팔이라는 뜻으로 장수이며, 게다가 山은 십장생의 하나이기에 그렇게 기원의 뜻을 담아 지은 것이다. 이후 생각하니, 그 호의 작호 의도가 눈에 선히 보여서 유치한 감이 느껴지고 해서 동음의 한자이지만 뜻이 다른 한자로 바꾸었다. 미(米) 대신 미(眉)로의 변경이다. 눈썹 眉인데, 눈썹달이라고 명명되는 초승달이 있지 않은가. 초승달은 완성의 절정 단계인 보름달을 향해 나아가는 달을 일컫는데, 그믐달과 모양은 같으나 아래위로 뒤집힌 형상이다. 영원한 보름달을 향해 가는 달 곧 눈썹 달인 것, 영원한 생명의 달이다. 다행히 지인은 짧은 수명으로 끝나지 않고 아내와 함께 가시버시 나란히 삶의 바위를 튼실히 밀어 올리고 있다. 비단 몸 건강으로만이 아니라, 평상시 도서관이나 시인의 집으로의 일상적 걸음을 통한 정신 사유의 건강을 더하여 마지막 정상의 길을 향해 미산(眉山)의 눈썹달처럼 줄기찬 걸음으로 정정히 오르고 있는 중이다.

그리고 한 시인에게 호를 작하여 부친 적이 있다. 작호-명은 '여천(呂泉)'이다. 작호사 전문을 그대로 실어 본다.

세상에는 헛도는 말이 지나치게 많으이. 그 말은 대체로 진실과는 척지는 말이니, 하마면 주(周)의 금등지사(金縢之詞)를 통해 헛도는 말에 묻힌 자신의 진실을 밝혔으랴. 헛말을 타기하는 금등의 말은 진실한 말이니, 그 말은 이른바 선비의 곧은 말(口)이라. 선비의 곧고 진실한 말(口)과 말(口)을 음률로 부드럽게 연결한 말이 있으니 곧 여(呂)의 말이라. 여는 부드러운 진실의 말 곧 시인의 말이라.

확고한 목표가 없는 영혼은 방황한다.
사람들 말마따나, 어디에나 있는 것은
어디에도 없는 것과 같기 때문이다.
막시무스여, 어디에나 있는 자는
아무 데에도 없는 자이다.

　　　　　　　　—마르티알리스(고대 로마의 시인)

'어디에나 있는 것'이 아닌 것은 시이고, '어디에나 있는 자'가 아닌 자는 시인이지만, 현금 세상에 시는 어디에나 있고, 시인 또한 어디에나 있는 자이니, 무량히 안타깝기만 하다. 어디에나 없는 시여, 시인이여, 있다면 화답하라.

어디에나 없는 시는 끊임없이 솟아나는 샘(泉)과 같으니, 생명의 물길이로다. 그 어디에나 없는 시와 시인의 뜻은 언제나 비빌 언덕 없는 힘없이 외롭고 가난한 사람들을 향해있으니, 아름답다. 그 아름다움이 샘처럼 영원히 솟아나 어디에나 없는 시인이 되기를 바라는 간절한 마음을 담아, 시인 ○○○에게 여천(呂泉)이라 지어 부치다.

니체는 말했다. "밤이다. 나의 갈망이 이제 샘물처럼 나의 내부로부터 솟아오른다. 나는 말하기를 갈망하는 것이다. 밤이다. 솟아오르는 모든 샘물은 이제 소리 높여 이야기한다. 나의 영혼 또한 솟아오르는 샘물이다." (『짜라투스트라는 이렇게 말했다』) 샘물처럼 내부에서 솟아오르는 갈망 곧 그의 말하기는 무엇일까. 인간 초극의 의지를 담은 통찰의 목소리일 것, 그러나 무더기로 쏟아져 나오는 시편들에서 그런 목소리는 가뭄에 콩만큼이나 듣기 어렵고 해서, 그 시인에게 니체의 목소리를 빌어 그 바람을 부친 것이다. 시인이라는 존재감을, 시를 부지기수로 엄청 쏟아내는 데 부여하지 말고, 인간과 세상에 대한 깊은 성찰과 통찰의 인식을 담은 시를 생명의 물인 샘물처럼 샘물로 맑게 솟아올리기를 바란 것이다. 샘은 양은 적지만 끊이지 않고 솟아오르지 않은가. 그 샘물처럼 시를 쓰라는 것이다. 보통 시인들을 보면 나이가 차면 시를 쓰지 않는 이가 태반이다. 시가 죽은 것이다. 그러나 '呂泉' 호를 가진 시인은 숨이 다할 때까지 샘물의, 생명의 시를 생명의 샘물의 시처럼 썼으면 하는 바람을 부친 것. 그리고 물도 오염이 된다. 강물도 그렇고 바닷물도 그렇다. 그러나 샘물은 오염되지 않는다. 오히려 오염된 세상을 맑게 정화시킨다. 그런 삶을 사는 시인이 되었으면 하는 바람을 그 호에 실어 부친 것이다.

아호는 상대에 대한 절대 존중이고 경칭이다. 존경하는 '남명 선생'으로 부름말을 올릴 때의, 그런 존중이고 경칭이다. 따라서 칭호(稱號)에서는 예의범절이 처음이자 끝이다. 가령, '남명 선생'으로 부름말을 올릴 때에는 남명 선생이 제3자로 올려질 경우이다. 그러니까 '선생'은 2인칭 상대로서의 부름말이 아니고, 재귀대명사로서의 극존칭 부름말인 것이다. 그리고 아호는 손윗사람이 손아랫사람을 호칭할 때에도, 가령, '여천(呂泉)아'라고 부르면 절대 안 된다. 호는 상대에 대한 극-존중이다. 이런 식의 무례하고 몰상식한 칭호는 호에 대한 지식이 전무하다는 반증이다. 당연히 손위이거나 존중해야 할 대상의 아호를 그냥 부르는 것은 몰상식, 결례이다. 아호 다음에 존중의 칭호가 반드시 뒤따라야만 한다. 그 존중의 칭호는 공식화되어 있지 않은데, 가령, '남명 선생님' 하거나 존중의 뜻이 충분히 반영된 호칭을 해야만 바른 호칭이다.

호에는 삶의 철학이 있는데, 호가 상징하는 상징적인 삶을 살아갈 이유가 절실하다. 세상은 온통 디지털 문명 위주로 돌아가는데, 그 끝은 어디일까. 아날로그 시절이 인간다운 삶을 지니고 있지 않은가. 디지털 시대는 이미지, 영상, 소리, 레이아웃(layout) 등의 다양한 미디어 매체를 포함한 복합양식으로 소통하는 시대이다. 기계적이고 틀에 박힌 인간관계의 시대이다. 갈수록 인간 세상은 디지털의 인공지능이 이끄는 시대로 굴러가고 있다. 인간에 대한 배려와 존중, 심지어는 희생까지도 감수하려던 아날로그 시대는 이젠 영영 전설의 신화 민담 시절로, 신화의 민담 전설 시절로, 민담의 전설 신화 시절로 영영 기억될 것인가, 아니면 망각될 것인가. 그 시절의 인간다운 낙원 시절로 돌아가고 싶다. 이름이여, 아호여,

주례 또는 공감 그리고 번역의 길
―이차 글쓰기의 길을 접다

지금까지 내가 살아온 길을 돌아보니 남들이 들으면 고개를 갸우뚱거리겠지만 한마디로 주례의 삶을 살아온 길이었다. 주례, 하면 으레 떠올리는 장면은 혼인례이다. 신부와 신랑이 하나로 합쳐지는 성스러운 의식(례)이 혼인례가 아닌가. 주례는 신부와 신랑이 하나로 합쳐 그들만의 삶의 길을 개척, 완성해 나가기를 바라는 축사 곧 주례사를 바친다. 그 주례사에 혹 불길이 잠재한 비판적인, 불길한 뭔가가 있을까. 무조건은 아니고, 주례사에는 가능한 한 좋은 말을 전하는 것이 인간적인 도리이지 않겠는가. 그 혼인의 부당함과 부조리를 트집 잡아 그 혼인을 비방할 수는 없는 일, 좋은 일에 좋지 않은 낌새가 묻어나는 불길한 소리를 할 수가 있겠는가. 그들의 혼인이 그들의 삶을 좋은 길을 향해 가도록 기원하고 축의를 보내야 마땅하지 않은가. 그래서 혼인사에서 주례사는 필연적이다. 그래야만 혼인의 당사자들이 자기들의 삶을 미래지향의 긍정적이고 뜻깊은 행복의 길로 주도해 가려고 최선의 노력을 다 펼치지 않겠는가. 비평 역시 마찬가지다. 그런데 혼인 주례사와 비평-글은 궁극적으로 달라야 하는 점이 있다. 비평-글에는 예리한 분석과 비판이 들어가야 한다는 것이다. 요즘 왕왕 거론되고 있는 비평의 주례사 혹은 주례사 비평은 일방적인 찬사를 갖다 바치는 경우의 비평을 겨냥해서 명명한 것이다. 그래서 '비평의 불구화 현상'으로 인식 처리되기도 하고, '특정 시인의 신화화'라고도 비판된다. 일일이 거명할 수는 없지만, 이러한 비판이 충분히 가납되는 저명한 시인과 소설가들이 있다.

비평가들은 작품집 해설을 피하는 경우가 많다. 작품집 출간은 그 작가가 드물게 벌이는 힘든 잔치가 아닌가. 잔치가 벌어지는 자리에 초대가 되었는데 어떻게 잔치의 주체를 험담하고 깎아내리고 경멸하는 투의 무례하고 몰상식한 인사치레를 할 수 있을까. 참, 어정쩡하다. 완벽이라는 게 있긴 한가. 그렇다고 비평가가 완벽한 존재인가. 문학은 완벽이 아니지 않은가. 완벽은 신만의 영역인데, 그 완벽을 추구하려면 문학은 저리 제치고 성서나 보는 게 낫지 않은가. 요는, 완전치 않아야 문학이다. 그래야 한계를 인식, 그 한계를 극복하고 완전을 추구할 수 있는 까닭이다. 이런 전제 상황을 다 꿰고 있으면서도 참 묘한 상황에 빠진다.

이런 경향을 심하게 비판한 비평서가 있다. 제목에서부터 전투적인 불길이 느껴지는 강한 인상의 『비판, 비판 그리고 또 비판』이라는 비평서이다. 기존의 비평에 대한 비평으로, 그 비평의 이데올로기와 해석학에 대해 문제점을 포착, 비판적으로 접근하는, 일종의 메타-비평이다. 그 비평 저자는 생각과 견해의 차이, 객관성과 주관성의 무게 정도, 관점의 차이 등등을 핵심-항으로 올려놓고 읽기가 불편하고 낯이 화끈

거릴 정도로 제어 불가능의, 강한 비판의 목소리를 높이고 있다. 비평가의 생각과 견해의 차이는 인정해야 하지 않은가. 객관성과 주관성의 차원에서 대상 비평가에게 꼭 싸움을 거는 것 같은 느낌, 아니, 이분의 비평은 완전히 싸움-글이다. 참고로 한 대목을 들어본다.

> 대학 내부에서의 충돌 회피와 상호 토론과 상호 비판의 부재 현상에 대한 일차적인 책임은 삼류 중의 삼류인 김우창에게 있고, 우리 한국 사회의 백만 두뇌가 그 '예의와 겸손'의 채찍을 맞고 모조리, 철두철미하게 무력화된 것도 김우창에게 일차적으로 책임이있다. (…) 비평의 무대는 논쟁의 무대이며 전쟁의 무대이지, '예의와 겸손'의 무대가 아니다. 또한 비평의 무대는 '아니다', '그렇지 않다'라는 말 대답이 가능한 무대이지, '충성의 강도'나 따지는 무대가 아니다. 김우창의 『궁핍한 시대의 시인』『지상의 척도』『정치와 삶의 세계』등도 서양이라는 타자의 베끼기의 쓰레기더미에 불과하고, 강준만의 모든 저서들도 마찬가지이다.

> (「강준만 비판」에서)

사적 감정을 드러내고 있다는 착각이 들 정도로 읽기 불편한 강한 비판의 글이다. 아니, 맹비난이다. 김우창이라고 해서 비판의 대상에서 제외되라는 법은 없다. 그 역시 누군가에게는 비판의 대상이 될 수 있는 것이다. 그런데 아무리 험해도 그렇지, '삼류 중의 삼류' '서양이라는 타자의 베끼기의 쓰레기더미', 어떻게 과연 이런 험악한 소리를 내뱉을 수 있는가. 전생에 무슨 악연이 졌거나, 철천지원수지간인 것 같은 섬뜩한 기분이 든다. 김우창을 모르는 사람이 들어도 낯이 화끈거릴 정도의 악-소리들인데, 명색이 인문학을 공부한 사람이라면 김우창을 모를

리 있겠는가. '삼류 중의 삼류'의 근거가 무엇일까. 김우창이 서양 인문학의 대가들 곧 철학자이거나 사상가, 지식인들을 자신의 글에 무게 있게 인용하여 자신의 사유를 뒷받침한 것은 사실이다. 대화와 소통의 차원에서 그들을 초청하여 대화를 나누겠다는 취지의 인용 아닌가. 그런데 왜 '서양이라는 타자의 베끼기의 쓰레기더미'와 같은 과도한 표현을 부려 쓴 것일까. 삼류 인간은 대체로 남을 욕하고, 추악한 소리는 입에 달고 다닌다. 쓰레기를 입에서 발하는 순간 본인이 쓰레기가 되고 만다. '예의와 겸손' '충성의 강도' 운운은 주례사 비평을 겨냥한 것으로 짐작된다. 김우창 씨가 쓴 글 가운데 한용운, 피천득 씨에 대한 글 정도는 그럴 것이다.

비평이 논쟁과 전쟁의 담론인가. '아니다', '그렇지 않다'를 입에 발린 듯 달고 살아야 하는가. 오래전 한 비평가가 시인들의 작품 발표회에 초청되어 작품에 대한 소회를 발표하게 되었는데, 비판적인 소리를 냈더니만 그 비판의 소리를 들은 한 시인이 그 뒤부터 적의에 찬 언행으로 비평가를 대하더라는 일화를 들은 적이 있다. 한심한 일화이지만 앞의 논리대로라면 '예의와 겸손'의 부족을 들 수밖에 없는 일이다. 주례사 비평이 아닌 냉철한 비판의 비평이었던 까닭이다.

자아 환상이나 자아 망각에 빠진 이들이 곧잘 있다. 남들이 보내는 헛-칭찬에 빠져 자신에 대한 반성과 자신을 진지하게 돌아보는 성찰을 전혀 갖지 않는 것이다. 칭찬은 거의 의례적이고 형식적인 공치사에 그친다. 상대에 대한 예의와 배려 차원의 인간적인 격려인 것이다. 그런데 그것을 너무 크게 받아들이는 문제가 발생한다. 자신의 존재에 절대적 가치를 부여하는 것인데, 이것이 문제이다. 자신에 대한 환상이랄까, 자기애가 너무 넘치면서 분란을 야기하는 경우가 있다. 가령, 누군가가 바르게 지적을 하면 자신을 폄하하거나 폄훼한다고 간주하곤 그를 적으로 몰아붙이는 것이다. 바로 앞의 비평가에 대한 한 시인의 태도가 그렇다.

그런데 작가들도 곰곰이 생각해 보아야 한다. 가장 경계하고 자신을 다그쳐야 할 때는 남들의 칭찬-소리이다. 아이들의 경우 정신적으로 아직 미약하고 채워지지 않은 인격체이기에 부추기고 올리고 해서 자존감을 세워주고 존재감을 높이도록 하는 좋은 방법이 될 수 있지만 지나치면 아이들의 성정과 인격 형성에 큰 장애가 된다는 사실이다. 잘못된 일이 있으면 그 잘못을 일깨우고 해서 자신들을 반성할 수 있는 계기를 만들어 주어야 성인이 되어서도 바른 인간, 나아가 자신의 삶을 바르게, 반듯하게 살아가는 인물로 성장하게끔 하는 것이다. 칭찬을 듣고 거기에 빠지는 어른이 있다면 모자란 인간이거나 어리석은 인간이다. 남의 입에서 칭찬 소리가 나올 때 어쨌든 가장 경계하고, 자신을 더욱 살펴서 다독이고, 더욱 탄탄하게 단단한 인간으로 만들어야 한다. 거짓 칭찬, 하면 근대 이전의 시대 왕조 시대 때 간신배들이 임금에게 충성, 갖다 바치면서 뒤로는 저들 이익이나 챙겨 먹던 그런 거짓된 행태가 떠오른다. 간신배들의 아부, 아첨, 그들식 충성에 임금은 나중에 바보가 된다. 이성적 합리적 사고와 비판력과 판단력은 마비되고 무력화된다. 사실 엄밀히 따지면 간신이라는 말은 애매모호하다. 서로 코드가 맞으면 일치하는 바가 크다. 그런데 바른 소리는 코드가 맞지 않은 경우에 가능한 일이다. 그래서 간신 운운은 참 모호한 언어이다.

메타 글쓰기 곧 비평-글에 대한 작가들의 호의적인 반응은 찾기 어렵다. 비평가를 두고 심지어 비평 글쓰기까지 한 괴테가 개, 헤밍웨이가 문학 위를 기어다니는 이(虱)라는 경멸적 비칭에서부터, 자신의 작품에 대한 비평으로 인해 자신의 작품이 '신의 작품'이 되었다고 감격했던 앙드레 지드 말고는 호의적인 반응은 찾기 어렵다. 그 가운데 가장 공감적인 반응은 프랑수아즈 사강이 비평가에 대해, 그들의 상상력과 창의력에 대해 놀라움을 표하며, 특히 자신에게 있지도 않은 의도를 발견하더라는 소회이다. 대다수의 비평가들이 사강의 말에 해당하는 대상들이지 싶다. 비평은 고도의 독서 행위이고, 비평가는 고도의 독서 행위를 통해 작품의 새로운 창작에 기여하는 존재자라는 사실을 반증하는 셈이다.

비평가의 페르소나는 과찬이나 주례사 혹은 낯 간지러운 아부나 아첨이나 올려바치는, 간도 쓸개 없는 소인배 같은 행위가 아니라 과감히 비판할 것은 비판하는 인격이다. 그런데 만만찮다. 바로 앞에서도 언급했지만, 비판을 하면 같잖은 소리로 치부하며 콧방귀를 끼거나 아니면 무시하고 말 터, 혹은 역으로 그 잘난 네가 써 봐, 지는 쓰지도 못하는 주제에 이러쿵저러쿵 비판이나 하는 행태를 벌인다며 비웃는 것이다. 하긴 냉철히 사안을 바라보면 비웃음이 가당하기도 하다. 그런 비평을 하려면 신의 눈이 되어야 가능한 일, 그런데 인간의 눈으로 특정 작품을 이리 따지고 저리 짖히고 일목요연하게 정리해서 잘못된 것을 신랄하게 비판한단 말인가. 그래서도 칼로 자르듯 '아니다', '그렇지 않다'의 신랄한 비평을 해야만 비평가의 역할을 다한다는 투의, 그 비평가에 대해 의문이 든다. 그래서 비평은 죽어가고 있는지도 모른다.

어쨌든 비평은 불편한 처지에 놓였다. 그 불편함은 괴테도 체험했었던가 보다. 하마면 "예술은 말로 표현할 수 없는 중개자이다. 그러므로 예술을 다시 말로 중개하려는 것은 어리석어 보인다."는 말까지 남길 정도이니, 비평에 대한 관점의 시선이 짐작된다. 게다가 그 위에 덮친 비평의 문제는 비평이 지나치게 현학적으로 치닫고 있다는 사실이다. 제16회 <김수영 문학상>에 김혜순이 선정되었는데, 정과리의 시집 평설이 문제적이 된 적이 있다. 그때 신경림 씨가 언급한 말이 "해설은 시를 더 어렵게 만들고 있다"며 해설의 난해함, 난삽성을 문제화하기도 했다. 비평의 현학적 담론이 독자들과의 소통을 가로막는 장애 요인이 되고 있다는 사실이다.

주례사 비평보다는 공감 비평은 작가와 독자 모두에게 먹혀든다. 공감은 사유와 감성의 층위에서 작가와 비평가가 함께 소통, 교감하면서 움직이는 읽기의 상태이니 비평 생명의 가장 핵심이자 본질이 아닌가. 프랑스 비평은 대체로 공감 비평이다. 그리고 한국의 비평가 김 현 역시 공감 비평이었다. 자기 독백적인 어조를 통해 작가와 독자와의 정서적 일체감을 추구하는 동일화의 전략을 추구하는 비평으로, 작가를 의식해서 작가와의 교감을 추구해야 되지만 독자를 의식하지 않고서는 비평은 성립될 수 없다. 그의 가장 뛰어난 공감 비평은 김지하의 시「무화과」를 텍스트로 하여 쓴 「속꽃 핀 열매의 꿈」이라는 비평-글이다. 공감의 공기가 절절하게 기술되고 있는, 다음 대목이다.

　　내 마음 속의 무엇이 움직여 그 글로 내 마음을 무의식적으로 이끌리게 한 것일까? 그것을 생각하다보면 때로 내 마음을 움직인 글은 자취도 없이 사라지고 내 마음이 움직인혼적들만이 남아, 마치 달팽이가 기어간 혼적처럼 반짝거린다. 그 혼적들을 계속 좇아가면, 그것은 기이하게도 다시 내 마음을 움직인 작품으로 가 닿고, 그 길은 다시 그것을쓴 사람의 마음의 움직임으로 다가간다.

작가는 현실의 초상화를 그리는 대신 비평가는 작품의 초상화를 그린다는 공감 비평의 발언이 있다. 작품의 초상화는 작품에 대한 억지 이해가 아니라 작품에 드러난 작가의 욕망과 비평가의 욕망이 하나로 포개질 때 그려진다. 공감은 작가와 읽는 이의 욕망이 자연스럽게 서로 닿아 겹치는 데에서 무의식적으로 일어나는 것이다. 김현의 욕망은 그의 글에서 '움직임'이라는 절묘한 언어로 기술되고 있다. "내 마음을 움직인 작품으로 가 닿고, 그 길은 다시 그것을 쓴 사람의 마음의 움직임으로 다가간다." 읽는 사람의 마음의 움직임에서 쓴 사람의 마음의 움직임으로 움직이는, 곧 공감이다. 보들레르식의 공감 비평적 표현으로는, 비평가는 "예술가의 추억을 공명하는", 공명상자다. 따라서 "작가의 상황과 유사한 상황을 되새길 수 있을 때", 곧 공감의 상황에서 비평가는 욕망의 충족을 느끼고, 그 공감을 만끽한다. 그런데 공감이건 욕망의 충족이건 간에 마음 깊이 개운찮고 후련치 않은 한계가 있기 마련, 까놓고 말한다면, 언제까지 남의 것에 기대거나 올라타서만이 공감이라는 이차적 단계를 거친 욕망의 충족을 꾀한단 말인가. 이차적 글쓰기의 치명적인 한계이다.

그 공감은 달리는, 번역일 수도 있다. 비평가는 그가 인지하는 것을 번역해 내는 번역가라고 할 수 있다. 예술가가 체험을 번역해 내는 사람이라면, 비평가는 보들레르의 말마따나 "번역을 번역해 내는 번역가"이다. 그렇다. 비평, 그것은 번역 행위이기도 하다. 공감이 개입되지 않고서는 자신만의 번역은 어렵다. 왕왕 그래서, 개인적인 소견이지만 오역도 많지 않은가. 하긴 제대로 된 비평가의 번역이기에 오역이 나올 수 있다. 번역은 번역가의 욕망이지 않은가. 또한 비평은 자신의 언어로 번역해 내는 행위이며, 자신의 언어로 되살려내는 행위이다.

그런데 번역가가 존재감이 있는가. 여기에 프랑스의 비평가 샤를 뒤 보스의 말을, 견강부회(牽強附會)식 논리에 맞춰 초빙하면, "비평가는 중심이라기보다는 건널목이다." 그렇다. 그렇기에, 가령, 김화영 교수가 번역한 알베르 카뮈의 사상서 『반항하는 인간』을 읽을 때, 누구의 목소리를 생각하며 읽는가. 김화영 교수인가, 카뮈인가. 하나마나한 질문이다. 카뮈의 생각, 목소리를 듣지 않는가. 그런데 비평가를 작품을 번역한 사람에 빗댄다면 그 비평가가 아무리 번역을 잘 해도 작가만큼 높이 평가하는가. 평생 주인공 역은 못하고 조역에 엑스트라 정도, 뒤 보스의 규정대로, 그냥 건널목의 역할이다. 그들은 시인, 소설가 등의 주인공이 있어야 그 자리에 존재한다. 독립적인 존재가 못 되는 미미한 존재감이다. '문학 비평 독립 만세'를 외칠 수가 없는 막막한, 존재감 미약한 존재들이다.

실제로 작가와 독자를 이어주는 건널목의, 번역가는 필요하다. 뛰어난 번역가가 얼마나 많은가. 이어령, 김윤식, 김우창, 유종호, 김현 등등의 번역가 그분들은 작가의 작품에 자신의 욕망과 해석을 담아 뛰어난 번역을 했다. 폴 발레리의 "예술작품은 우리가 흔히 보는 것을 우리가 정말로 보지 못했다는 것을 가르쳐 준다."는 말이 그 맥락의 단서를 제공한다. 예술가가 그렇고, 문학 비평가는 또 예술가의 작품을 우리가 보았지만, 우리가 정말로 보지 못한 것을 알게끔 가르쳐 주는 존재이기 때문이다. 그러한 자긍심으로 존재감 있는 삶을 뿌듯하게 살아왔다고 자위, 계몽시키지만, 마음 속 깊은 곳에는 늘 채워지지 않는 빈-공간이 있었다. 남의 사유에 얹히지 말고 내가 주도하는 그런 글쓰기 의식, 그 의식을 채우지 못한 아쉬움과 부족함을 늘 절감했던 것이다. 지금까지 일삼았던 주례건 공감이건 번역이건, 그런 일을 제치고 내가 주도하는 일이 절절히 아쉬웠다. 그런데 전혀 뜻밖의, 난데없는 데에서 골을 치는 화살이 날아들었다.

그 화살은 지인이 던진 충격의 모욕적인 소리이다. "무엇 때문에 지금까지 계속 비평을 하고 사느냐, 비평이야 개나 소나 다 하지 않느냐. 시나 소설과 같은 창작을 해야지, 그깟 비평이 뭐가 그리 대단하다고", 하는 모욕적인, 무참한 소리를 들은 것이다. 즉각적인 반응은 어떻게 보일 수가 없고 해서, 그냥 무시하는 투로 대하고, 속으로야 분노가 부글부글 끓었지만, 표를 낼 수가 없었다. 그런데 시간이 흐르고 난 뒤, 생각해 보니, 그 지인의 말이 지당하다는 생각이 들었다. 남이 쓴 글에 생각을 올려 얹는 일, 그게 무슨 의미가 있나. 어쩌면 가장 피해야 할 무존재의 길이 아닌가. 곰곰이 생각한 뒤 비평의 길을 접어야겠다는 마음을 굳히게 되었고, 비평을 끊기로 작정했다. 대신 시 소설이 아닌 나만의 형식으로 인간과 세상에 대한 내 목소리를 내야겠다는 방향으로 잡고, 지금은 그쪽으로 집중하는 중이다.

사실 지인의 그 말은 내 무의식 속의 말이었다. 내가 하는 일에 대한 부정과 회의가 그의 말을 거친 것, 그는 곧 내 무의식적 존재였다. 그동안 주례사의 글이든 공감의 글이든 날카로운 비평의 글이든 간에 신물이 났었다. 글쟁이는 자기 삶에 대한 이념 곧 진리 의식이나 철학이 분명해야 하거늘, 뒤늦게사 머릿속에 부실한 그림이 그려진다. 회사후소(繪事後素)라는 공자의 말씀을 무색하게 하는 문인들이 숱하게 눈앞을 스친다. 글이라는 것을 무슨 명예나 특별난 존재 부각의 방법으로 간주하는 이들이, 심지어는 감투를 위한 수단과 방편으로 머리를 빠르게 틀고 있는 이들이 자꾸 그림의 주 대상으로 등장한다. 시(詩)에 충실한, 곧 짧은(寺) 언어(言)를 부려 쓰는데 그치는 시인이 아닌, '낯익은 대상이 낯설어질 때 시가 만들어진다'고 한 장 그르니에의 말처럼, 시의 참된 본질인 포에틱(poetic) 곧 창조에, 그것도 비판적인 창조에 진력하는 자로서의 시인(poet)이 많았으면 좋을 텐데. 지성과 감성의 힘으로 사회의 병폐와 인간의 부조리가 넘치는 불합리한 세계를 직시하면서 그 세계를 비판적으로 증언하는, 곧 비판적 창조성이 아쉽다. 그 비판적 창조성이 지식인의 역할의 유일한 징표라고 움베르토 에코도 말하지 않았던가. 그 지식인이 시인 소설가를 비롯한 문학 예술가일 것.

옥타비오 파스가, 사물들의 다른 면 즉 일상성(現)에 가려진 경이로움(實)을 보여주는 것이 시가 갖는 주된 기능 중의 하나라고 가정했지만 그 현실이 어디 시에만 국한되어 가동되는가. 모든 문학 장르에 다 적용되는바, 수수께끼 같은 복잡다단한 인간 세상을 나름의 지성과 사유, 감성으로 촘촘히 뚫고 꿰어서 추어올린, 속 차고 알찬 지혜의 길을 보여주는, 아니, 소박하게, 글과 사람이 하나로 선히 겹치는 참-글쟁이가 아쉽고 그립다. 그럴 때마다 황순원 선생이 떠올라 글쓰기에 대한 소신이 잘기만 했던 나 자신이 부끄러워지고, 늦게나마 마음을 모질게 다지게 한다. 그 모진 다짐의 한 마디, 나 역시 그 그림의 부끄러운 한 축, 과감히 벗어나, 후련히 이차적 글쓰기에 종지부를 찍자. 내게 비평은 존재감이 약한 장르, 자기 욕망을 십분 그려내는 자기만의 장르가 있어야 하는데, 그런 면에서 비평은 내 욕망의 장르는 아니다. 주례든 공감이든 번역의 길이든 그 길은 그렇게 살아온 내 삶의 표상이니, 늦어도 한참 늦었지만 지금이라도 끊고, 본래의 내 자리로 돌아가야겠다. 처음 시작이 해망쩍었다. 잘못 잡은 신지(信地)였다. 홍로점설(紅爐點雪)의 기회가 내게도 내렸는가. 이렇게 의혹과 갈등, 번뇌가 일시에 사라지고 있다니. 머릿속이 개운하고 가슴이 후련하다. 폭염에 열대야에 24절기도 무색해진, —인간이, 인간의 문명이 자행한 기상의 횡포에서 고통받다가 선선하고 신선한 가을바람을 맞는 기분이다. 애초부터 내 생각의 얕고 얇고 짧고 좁음으로 인해 틀어진 생의 사안이 한둘이 아니지만 일단 이차 글쓰기부터, 여기까지.

2부

생각하는 갈대

건강한 놀이

—스포츠에 대한 시선

1

평소 스포츠와는 별 인연이 없는 듯 즐기지 않는 편이다. 즐긴다는 것은 TV를 통해 스포츠를 시청한다는 즐김과 직접 특정 스포츠를 행한다는 즐김인데, 둘 다 즐기지 않는다. 사람들이 가장 즐기는 축구 경기, 심지어는 월드컵 경기도 즐기지 않는다. 즐기지 않는 이유는 물론 가장 먼저 운동 신경이 발달되지 않은 때문인지 전혀 운동을 하지 않은 탓에 운동에 아예 관심이 없었다. 그리고 또 하나의 이유는 운동에 대한 가치관이랄까, 인식이 그다지 긍정적이지 않은 데 있다. 운동은 몸이 중심이 되는 행동 양식인데, 인간 세상의 일들이 몸이 아니라, 머리 곧 생각과 사유에서 비롯, 이룩된다는 초점에 무게와 가치를 두기 때문이다.

스포츠(sport)의 뿌리는 '즐기다'라는 뜻의 라틴어 desportare에서라는데, 볼프강 베링거는 『스포츠의 탄생』에서, "더 빠르게, 더 높게, 더 재미있게! 스포츠는 호모 루덴스, 즉 유희하는 인간의 본능에서 비롯된 활동이다."로 규정한다. 호모-루덴스(Homo Ludens)는 '노는 인간' 또는 '놀이하는 인간'이라는 뜻인데, 요한 호이징하는 『호모-루덴스』에서, 놀이는 문화의 한 요소가 아니라 문화 그 자체가 놀이의 성격을 가지고 있다고 역설했다. 스포츠의 기원이 그리스의 종교 행사일 수도, 외교 수단이었을 수도 있지만, 그것의 발생과 발전이 인간 내면의 유희적 본성에 있다는 것에는 딱히 토를 달기 어렵다. 그러니까 스포츠는 놀고 싶은 인간 본성의 발현인 것이다. 안전을 보장한 채 놀고 싶은 본성적 욕구를 마음껏 표출하려고 만든 놀이 곧 스포츠는 놀고 싶은 인간의 가장 인간다운 활동이다. 인간의 욕구는 일종의 에너지라서 형태가 변할지언정 절대 보존되기 때문에, 억제될 게 아니라 건강하게 해소되어야 한다. 건강하게 해소해야 다시 건강한 욕구가 된다. 그래서도 스포츠는 놀이터다. 유희적 욕구를 건강하게 해소하고 다시 건강한 욕구를 만들어내는 놀이터, 그 과정에서 타인과 세상을 인식하며 나의 존재 가능성을 실현하고 확장하는 배움의 장, 스포츠는 본래 그런 곳이다.

인류 역사상 스포츠의 기원인 고대 그리스 시대로 거슬러 올라가면, 기원전 776년에 달리기, 점프, 던지기와 같은 경기들을 중심으로 올림픽을 개최했다. 이 경기들은 제우스를 기리기 위해 열렸고, 펠로폰네소스 반도의 서부에 있는 올림피아의 제우스 신전에서 기원전 776부터 4년마다 모든 폴리스—아테네, 스파르타, 코린토스, 테베, 트로이, 에페소스, 로도스, 미케네, 크레타, 그리스 식민도시 시라쿠사, 나폴리, 비잔티움, 마르세유 등의 도시국가 곧 폴리스가 1,000개가 넘었다고 한다—가 참여하는 체전을 열었다. 이 기간에는 폴리스 간 전쟁을 멈추고 올림피아 제전에 참여하였다. 이러한 점에서 고대 올림픽은 폴리스 간의 분쟁을 평화적으로 조정하는, 다분히 정치적 역할을 했다. 고대 그리스 시대에는 하루가 멀다 하고 분열이 터지고 전쟁이 발발했는데, 직접 몸으로 부딪치는 육체적 전쟁이었다. 육체적 전쟁에는 당연히 신체 능력이 뛰어난 쪽이 유리했다. 고대 그리스의 젊은이들은 각종 운동을 하며 신체 능력을 길렀다. 이렇게 매일 하던 운동이 유행이 되고, 어렸을 때부터 스포츠를 즐김에 따라 그리스의 모든 도시 국가들이 참여해 스포츠 경기를 치르고 여기서 가장 힘이 세고 행동이 민첩한 남녀를 선발하였다고 한다. 선발된 남녀는 자신의 신체를 뽐내기 위해 옷을 벗고 나체의 상태로 자신의 몸을 과시했다. 고대 그리스의 조각상에 나체상이 많은 이유를 제공하는 근거이다. 현대 과학 기술이 전쟁으로 인해 급격한 발전을 이루었다면 스포츠 역시 그리스 전쟁 때문에 발전했다고 할 수 있다. 고대 그리스 경기장인 스타디온의 달리기 경주 외 장거리 달리기, 멀리뛰기, 원반던지기, 창던지기, 레슬링 등 5종 경기가 도입되었다. 또 복싱과 4두 전차 경기가 도입되고, 이후 경마와 판크라티온—그리스 영웅 테세우스가 발명한 것으로 알려진, 복싱과 서브미션 레슬링을 결합한 잔인하면서도 매우 정교한 격투기—이 추가로 도입되었다.

汎그리스 제전에서 선수에게 가장 중요한 것은 명예였다. 우승자는 상으로 계관을 받았다. 올림피아에서는 헤라클레스의 성스러운 올리브 나뭇가지로, 델포이에서는 아폴론 성역의 월계수 나뭇가지로 계관이 만들어졌다. 게다가 선수들은 각 지역을 대표하는 얼굴이었기 때문에 우승의 대가로 물질적인 보상을 받았다. 범그리스 제전에서 우승하고 금의환향하는 선수는 돈, 관직, 유기물 등의 보상을 받았다. 많은 도시에서는 선수들의 임금을 법으로 보장했는데, 아테네에서는 솔론의 집권기에 올림피아 제전의 승자들에게 한 번에 500드라크마의 지원금을 수여했다. 이것은 당시 양 500마리의 값어치에 해당하는 막대한 금액이었다.

스포츠 뉴스를 어쩌다 접하면 딴 세상에 사는 듯 혼란스러운 기분이 든다. 특히 축구에 대한 매스 미디어를 접하면 상상불가의 뉴스가 눈에 들어온다. 아르헨티나 축구 영웅 리오넬 메시, 포르투갈의 호날두, 한국의 손흥민 등의 축구 스타들에 대한 열광은 가히 광적인 수준이다. 프랑스 축구 선수 킬리안 음바페가 레알 마드리드와 천문학적인 계약을 했다는데, 연봉은 1500만 유로(약 216억원)이며, 계약 보너스는 1억5000만 유로(약 2162억원)에 이른다고 한다. 호날두가 하루 5억 원을 받고, 유명 축구 선수가 주급 몇 억이니 하는 소리가 나온다. 평생을 벌어도 못 벌 천문학적 액수인 그 돈을 하루 일급으로, 주급으로 받는다니, 이게 실화인가, 하는 생각과 동시에 놀랍다는 느낌 이전에 극도의 상대적 박탈감 내지는 상실감이 차오른다. 더 이상 놀랄 만한 일이 아닌, 이젠 일상이 된 뉴스가 계속 이어진다. 미국 프로 풋볼 선수가 5년간 총액 2억 7,500만 달러(약 3,565억)에 계약, 연평균 5,500만 달러(713억원)에 계약했다는 소식 외, 골프라는 대중과는 거리가 먼 자본주의 스포츠 뉴스가 전해진다. 골프의 어느 경기에서 꼴찌를 해도 상금이 1억 5천만 원을 받는다는 뉴스이다. 또 미국 테니스협회(USTA)는 2022년 오픈 챔피언십 남녀 상금이 6,000만 달러(795억 원)를 넘어설 것이고, 본선 1라운드에서 패배하더라도 8만 달러(1억)를 받는다고 발표했다. 2024년 US 오픈의 총상금은 7,500만 달러(1,033억원)에 우승 상금은 360만 달러(49억원)이고, 1회전 출전에 10만 달러(1억 3,700만원)이라고 한다. 황당한 일상이 된 스포츠 소식들이다. 21세기 시대에는 운동선수가 금수저인 것이다. 축구뿐만이 아니다, 야구, 배구, 골프,

권투, 할 것 없이 깜짝 놀라게 한다. 물론 숱한 다른 종목의 스포츠 선수들이 다 금수저-급은 아니다. 생계유지도 힘든 스포츠 종목 선수들도 부지기수이다. 모든 스포츠 선수들이 생계유지의 안정과 경제적 균형을 이루었으면 하지만, 스포츠 세계의 치열한 생존 경제 논리를 몰인식한 헛소리에 불과하다. 마르크스가 자본가 계급을 두고 부르조아지 운운했는데, 지금 마르크스가 부활해서 이 세상을 조감한다면 그 부르조아지의 일 순위는 금수저-급의 스프츠 선수로 낙인찍지 않을지 모르겠다. 토지의 소(小)-소유와 소-경영을 옹호한, 러시아 제정 혁명을 통해 마르크스 사상을 가장 뜻있게 추구한 혁명가 블라디미르 일리치 레닌이 이 소식을 접했다면 어떤 포즈를 취할지 궁금하다. 스포츠는 자본주의의 대명사로 박힌 지 오래다.

이해가 도시 안 가는 건 아니다. 운동선수는 평생 할 수 없기 때문인데, 인기와는 무관한 운동선수일 경우, 천문학적인 단위를 받지도 않지만 충분히 가납이 된다. 삼십도 정년기라고 은퇴를 해야 하고, 남은 인생 살아갈 궁리를 해야 하는 것이니, 어느 정도는 받아야 마땅하다. 그러나 연봉이 수십억에서 수백억이라는 보도를 접하면 세상이 잘못 돌아가고 있다는 생각이 든다. 일반인들이 보통 직장생활을 통해 받게 되는 한 달 수입이 어느 정도일까. 월급에서 생활비를 제하고 한 달에 일백만 원 정도의 저축을 한다고 치면 일 년이면 천이백 만원, 십 년이면 1억 2천, 대략 사회 활동 기간이 우리 나이로 치면 60세 정도이니 약 삼십 년 가량 사회 활동을 한다고 치면 원금에 이자를 포함해서 겨우 4억 정도를 번다는 것이다. 이것도 혼자 산다는 것을 전제한 저축 현황이다. 가족, 특히 자녀가 태어나면 저축은 더욱 어려워진다.

대다수 국민은 임금생존비설(賃金生存費說)에 따라 겨우 생활을 유지, 지탱해 나가고 있는 판국인데, 그 생활 경제 이론을 주창한 아담 스미스(A. Smith)나 리카드(David Ricard)가 들었다면 탈기할 일이다. 국민들이 받는 임금은 겨우 근로자와 부양가족의 생존비 내지 생활비의 크기에 따라 결정되는 수준이라고 하지 않은가.

유일하게 시청하는 스포츠 경기 중계는 PBA 프로 당구 경기이다. 지난날의 가난했던 그 시절의 추억이 동인이다. 대학 시절인 70년대에 당구장은 시쳇말로 껄렁패들과 농땡이들의 소굴로 취급될 만큼 당구장에 대한 기존의 인상은 영 별로였다. 동네 양아치들과 비행 청소년들이 놀던, 담배 연기 자욱하던 곳, 영화 미디어에서 폭력배들의 은둔처로 범죄가 일어나던 공간으로 박혀 있어, 근실한 사람들이 당구장에 출입하는 일은 드물었다. 누가 보아도 순진 그 자체인 내가 당구장에 출입할 것이라고는 누구도 생각지 않을 것인데, 젊은 시절 당구장에서 지냈던 추억이 있다. 70년대 말엽에 외삼촌 한 분이 당구장을 개업하셨다. 그때 나는 대학 3학년이었다. 그래서 당구장에 가서 알바 겸해서 당구비 계산, 당구장 청소 등을 맡아, 당구장 일을 거들었다. 손님이 없을 땐 눈동냥으로 배운 당구를 쳐보기도 했다. 숱한 스포츠 가운데 할 수 있는 유일한 스포츠는, 그래서 바로 이 당구이다.

당구 경기를 볼 때마다 걱정되는 건 당구 선수들의 생계 문제이다. 당구는 이름만 프로이지 다른 경기 종목과는 상금이나 연봉 등에서 아예 비교가 되지 않는다. 128강전을 하는데, 거기서 탈락하는 선수들은 1원도 받지 못한다. 64강전에 들면 겨우 상금 백만 원, 거기서 올라가면 백오십만 원, 이백오십만 원, 8강전에 들면 오백만 원, 우승할 시는 일억

원을 받는다. 우승을 하면 1억, 일반인들에겐 억-소리가 나올 정도로 크지만 과연 몇이나 그 상금을 받을 수 있을까. 매번 그 상금은 거의 정해진 선수가 독차지한다. 실력으로 하자니 아무래도 외국 선수 외 국내 선수 몇 명 정도이다. 열에 아홉은 말만 프로이지, 연 상금이 몇 백만 원에도 못 미치는 선수가 압도적이다. 경기를 관전할 때마다 그런 짠하고 안타까운 마음이 앞선다. 그런데, 골프 테니스의 경우, 1회전 탈락만 해도 억대를 받는다는 뉴스를 접하면 더더욱 가슴이 쓰리고 아프다.

매번 경기가 시작되어 끝날 때까지 보는 마음이 영 편치 않다. 경기 내용을 관전해야 하는데, 엉뚱하게 저 선수는 저번, 전번, 저-전번에도 초반 탈락해서 상금 한 푼 없더니만 이번에도 또 상금이 한 푼도 없구나, 어떻게 생계를 유지할까. 안쓰럽다. 결승전에서 남자 경기건 여자 경기건 간에, 늘 보던 두 명의 선수가 또 경기를 치른다. 빈부 격차가 격심하다. 한 번씩 돌아가면서 우승도 하고, 준우승도 하고, 예선전에서 떨어지기도 하고, 그러면 참 좋을 텐데, 라는 감상적인 소리를 하고 앉아 있는 자신을 발견하곤 씁쓸한 헛웃음을 쏟아낸다. 스포츠는 무조건 경기력에 따른 공정한 결과야, 무슨 낭만적인 유치한 생각을 하고 있느냐며 스스로를 핀잔하고 빈정거린다. 실력의 차이는 있겠지만 그래도 모든 이들이 골고루 상금을 받아, 자신들의 생활 나아가 가족들의 생계를 책임질 수 있다면 얼마나 좋으랴. 큰 상금은 자신들과는 아무런 관계도 없다고 생각하는 그들의 마음은 어떨까. 늘 좌절감, 자신감 존재감 결여, 위축감으로 주눅이 든 그들의 모습이 안타깝다. 물론 경기란 경기력 우위와 떨어짐에 합리적인 무게를 두지만 보는 이의 속마음은 매양 짠하기만 하다.

요즘에 와서 어찌된 일인지 거의 폐기 처분되다시피한 마르크스의 공산-사회주의론이 자꾸 머리를 두드리고 친다. 자본주의의 병폐를 너무 뼈저리게 느끼고 깨달은 탓일까. 하지만 안다. 공산-사회주의 역시 무제한의 소비 원칙을 바탕으로 한 체제라는 것을 안다. 어떤 체제이건 소유의 추구를 행할 수밖에 없는 노릇, 마르크스가 들었다면 '미숙한 공산주의자'라며 비웃었을 것이다. 물질적 자산을 양적으로 똑같이 분배했다고 해서 그것이 평등을 의미할 수는 없는 일, 사실 공산-사회주의를 떠올려 입에 올리는 것은 플라톤식의 '정의'론에 입각한 것일 것이다. 플라톤의 '정의'는 부의 공평한 분배를 뜻하는바, 모든 사람들의 재산이 절대적 균등 분배를 내세우지만, 사실 속내를 드러낸다면 시기심이거나 질투심이 진짜 동기일 것이다. 부의 공평한 분배를 주장하는 것은 다른 누군가가 내가 가진 것보다 더 가졌을 때 느낄 시기심에 대해서 그런 식으로 일종의 연막을 친다고 시선을 내리깔고 볼 수도 있을 것이다. 물론 시기심이나 질투심을 전면 부정하는 것은 아니지만 지나치게 빈부의 차이가 큰 데 대한 분노이다. 그러니까 에리히 프롬이 말한 대로 기능적 소유에 대해서 중점을 두자는 것이다. 기능적 소유는 삶을 영위하기 위해서 반드시 기본적으로 필요한 소유를 말한다. 우리가 기본적으로 최소한 살아가기 위해 요구되는 요건들, 가령, 가장 먼저 의식주와 우리의 기본적 욕구를 채우기에 필요한 도구들이 해당된다. 이런 종류의 기능적 소유는 그것이 인간의 실존에 뿌리박고 있으므로, 그래서 실존적 소유라고 한다. 누구든 이러한 기능적, 실존적 소유는 반드시 요청되고, 충족되어야 한다.

3

볼프강 베링거의 『스포츠의 탄생』에 따르면, 스포츠에 대한 유명 인사들의 시선은 두 갈래이다. 먼저 부정적인 시선의 인물인 플라톤은 인간이 근육 기능에만 집중하면 이성의 발달을 저해할 수 있다며 스포츠를 부정적으로 평가했다. 그런데 아이러니하게도 플라톤이란 이름은 —그의 본명은 아리스토클레스인데, 그를 가르쳤던 체육 교사가 지어 불렀다고 한다. 플라톤의 체격이 좋고 이마가 넓어 '넓고 평평하다'는 뜻의 '플라톤'이라 불렸는데, 이것이 결국 그의 이름이 되었다. 그리스의 비극 작가 에우리피데스는 「아우톨리코스」에서 많은 칼로리를 섭취해야 하는 운동선수를 '씹기기관의 종'이자 '위의 노예'라며 경멸적으로 조롱했다. 특히 "그리스에는 불쾌한 것들이 많다. 그중 가장 불쾌한 것은 그리스가 스포츠 민족의 나라라는 사실이다."고까지 경멸한다. 고대 로마의 시인 유베날리스는 로마 시민들이 "빵과 서커스 혹은 키르쿠스(circus) 시합"과 같은 우민화 정책에 정신 팔려서 정치적인 무능력자가 될 것이라고 확신했다. 독일의 철학자 아도르노는 스포츠가 교묘한 억압의 수단이라는 극단적인 주장을 내놓았다. 아도르노에 따르면, 스포츠는 대중을 우매하게 만들어 자본과 힘의 불평등을 깨닫지 못하게 하는 마치 마약과 같은 대중문화산업에 불과하고, 운동선수는 대중의 취향을 만들고 소비를 부추기는 보이지 않는 자본주의적 착취를 강화하는 육체노동자, 즉 자본가의 수단에 불과하다. 푸코는 스포츠를 국가의 폭력적인 제도화 장치의 일부라고 보았으며, 이 장치가 근대부터 인간의 신체를 길들이려는 시도를 해왔다고 주장했다.

이탈리아의 철학자 안토니오 그람시의 견해는 이들과는 크게 차이가 난다. 그람시도 아도르노처럼 파시스트의 대중 선동 행위를 목격했지만 그는 억압으로부터 해방될 수 있는 잠재력이 스포츠에 있다고 보았다. 다른 한편으로, 그람시와 그의 후계자들은 스포츠를 자본가 계급인 부르주아의 문화 헤게모니의 한 요소라고 보았다. 즉, 점점 많아지는 여가 시간에 '키르쿠스 시합'을 민중의 관심을 돌려 불안정한 청년들을 이 체제에 편입시킨다는 것이다. 또한 스포츠는 즐거움의 원천으로서 긍정적인 에너지를 발출할 수 있다고도 보았다. 존 우든에 따르면, 스포츠를 배우는 것은 민주 시민의 덕목을 배우는 것과 같고 훌륭한 선수가 되는 것은 훌륭한 사람이 되는 것과 다르지 않다. 또한 메를로퐁티에 의하면, 스포츠는 세상을 인식하고 세상과 관계하는 인간 존재 가능성의 발휘이자 동시에 그 존재 가능성의 확장이다.

에리히 프롬의 예리한 시선이 있다. "이른바 평화에 기여한다고 하는 올림픽 경기를 구경하는 수많은 사람들의 광적인 민족주의를 생각해 보라. 올림픽의 인기는 그 자체로 서구 이교 정신이 드러난 단면이다. 올림픽은 이교적 영웅들, 즉 승리자, 가장 강한 자, 난관을 헤쳐나오는 능력을 가진 자를 칭송하는 축제이다. 다만 현대판 경기의 경우, 그리스 올림픽 경기를 본떴으되 그 특징을 이루는 요소는 장삿속과 선전의 더러운 야합이라는 사실을 축제의 관객이 모른 척할 뿐이다." (『소유냐 존재냐』) 평화를 앞세운 듯 광적인 민족주의 및 현대 자본주의 형태인 장삿속과 선전의 더러운 야합이라는 에릭 프롬의 신랄한 지적에서 한국의 스포츠도 자유롭지 않다. 특히 현대 스포츠는 기업의 '장삿속과 선전의 더러운 야합'이 핵심 키워드이다. 그러니까 자본주의 행태인 잇속 챙김이 스포츠 육성에 적극 박차를 가하는 것이다. 그런데 에리히 프롬은 '축제의 관객은 모른 척할 뿐'이라고 했는데, 만약 그렇다면 관객은 역시 대중일 뿐이다. 대중의 속성은 잘못된 것임을 깨닫지 못하는 데에서 시작되지만 잘못된 것임을 알아도 몰인식해서 누구든 다 쫓아가면 따라서 누구든 다 쫓아간다. 그것이 대중의 정체성이다.

한국에서 스포츠의 프로화는 전두환 정권 시에 가동되었다. 다분히 정치적 속셈이 묻어나는 불순하기만 한 스포츠 정책이었다. 전두환 정권 때 프로야구 출범을 보면 의미심장한 생각이 든다. 관심의 분산과 이동, 세상사 특히 정치권에 대한 무관심이나 초점을 흐리게 하는 효과를 노린 의도가 짚이는데, 대중들의 심리를 제대로 파악, 분석한 결과였던 것, 대중들은 그냥 스포츠에 열광이었다. 그런데 스포츠에는 전두환 정권과는 무연하게 정치적 기능이 있다. 순기능과 역기능의 두 층위인데, 먼저 순기능의 층위에서, 스포츠 선수들은 전형적으로 특정 사회조직, 가령, 학교, 직장, 지역사회, 지역, 국가에 소속, 그 조직을 대표하며 그 조직에 대한 강한 열정과 충성심을 가지고 있다. 따라서 스포츠는 국내적으로는 국민 화합을 도모하는 사회적 통합의 기능이 있으며, 국제적으로는 냉전 상태에 있거나 틈새가 벌어진 국가 간 화해와 대화의 촉매제 역할을 하는 외교적 수단이 되기도 한다. 1988년 서울올림픽을 통한 동서양 진영의 화해가 대표적이다. 반면에 역기능의 측면도 있다. 정치적 무관심을 유발하여 정치권력자의 음흉한 야욕을 꾀하려는 음모가 숨어 있는 역기능이다. 일반적으로 권위주의적 정권일수록 국민의 정치참여 배제를 시도하며 이를 위해 국민을 스포츠, 스크린, 섹스 등 소위 3S 분야에 관심을 쏟도록 시도한다. 그리고 국제적으로 국가 간의 갈등 촉발의 원인이 되기도 한다. 1969년 엘살바도르와 온두라스의 축구 경기 시, 경기 과열로 인해 양국의 오래된 갈등이 폭발, 전쟁의 촉매제가 되기도 했다.

스포츠는 현대인의 각박한 생활에서 절대 필요한데, 특히 복잡다단한 현대인의 생활에서 대리만족과 해소라는 힐링-차원의 기능적 역할을 한다. 첨예한 갈등과 대립, 피 말리는 경쟁 체제 속에서 살아남기 위해 치열한 몸부림을 해야 하는 운명에 처한 현대인의 지친 몸과 마음을 풀어주는 심리적 기제로서 스포츠는 가히 힐링 차원이다. 축구 경기를 보면서 선수가 슛을 성공시켜 넣는 순간의 장면에서 격한 반응을 통해 대리만족을 얻는 한 사회인이 있고, 투수가 던진 볼을 치고 나가는, 크게는 홈런을 치는 장면에서 터져나오는 감정을 숨기지 않고 발하는 또 한 사회인이 있다. 그들에게 스포츠는 삶의 고된 굽이를 잠시나마 풀거나 잊게 해주는, 효능 만점의 치료제이다. 만약 그들에게 이런 스포츠가 없다면 혹한 사회 생활에서 겪는 스트레스나 억압 심리를 어떻게 치유할 수 있을까. 만약 그 상태를 방치한다면 그들의 마음 상태는 과연 어떻게 될까. 그래서도 스포츠는 뛰어난 심리적 치료제이다. 그리고 스포츠 정신은 공정한 룰에 의해 진행되는 만큼 불법과 편법에 의해 자행되는 사회 구조에 대한 비판과 정의의 심리적 충족에 기여하는 바가 크다. 물론 대상 충족일 수 있다. 그래서도 스포츠는 필요하다. 인간은 정신과 육체로 이루어졌는데, 물론 정신이 위이고, 앞서지만 정신은 늘 건강한 상태를 유지해야 하고, 그러기 위해서는 육체의 건강함이 뒷받침되어야 한다. 따라서 지속적인 운동을 통해 정신 건강을 지켜서 건강한 삶을 살도록 해야 한다. 『호모 데우스』의 저자 유발 하라리가 말한

바, "몸에서 일어나는 유쾌한 감각이 사람을 행복하게 만든다." 월드컵이건 자신이 응원하는 팀이건 그 팀이 승리했을 때, 특히, 결정적인 승리를 만든 '골-인'의 그 짜릿한 감격의 순간은 쾌락이다. 행복이다. 그 짜릿한 감격의 쾌락과 행복은 심리학적으로 대상 심리 현상일 것, 어쨌든 좋은 심리적 현상이다. 스포츠의 심리적 효과일 것, 늘 침체되어 있는 마음 상태는 건강하지 못한 상태이다. 현대인들은 스트레스 강박증이 심한 편이다. 특히 한국인들의 자살률은 세계에서 상위 수준이다. 어떤 이유에서인지 모르지만, 스트레스를 풀 길이 없다는 이유에서일 것, 그래서도 스포츠는 부분적으로나마 복잡다단한 사회생활에서 겪는 스트레스와 따분함, 불안과 불만의 억압 상태에서 일시적으로나마 해방, 자유를 누리게 하는 심리적 메커니즘이다.

스포츠의 기원은, 앞에서도 언급했지만, 그리스 폴리스 간의 전쟁과 연관되어 있다. 전쟁에 참전, 용감한 전투를 벌이려면 탄탄한 육체 건강은 필수적이다. 그래서 평소 스포츠를 통해 육체적인 건강을 다지는 것인데, 이러한 스포츠와 엇갈리는 불합리한, 이 나라의 정책이 하나 있다. 그 불합리한 정책은 1973년에 제정, 시행된 병역법에 따라 아시안 게임 금메달 입상자이거나 올림픽 금, 은, 동메달 입상자에게 주는 병역 혜택인데, 대한민국 남성의 의무 사항이 병역 의무 아닌가. 그런데 금메달 땄다고 병역 혜택이라? 병역 의무를 행할 대한민국의 젊은이 기를 꺾는 잘못된 혜택이 아닌가. 체육 선수 외에는 국위를 선양했다고 해서 병역 혜택을 받는 장르는 없다. 방탄소년단이 세계적인 상을 수상했지만 그런 혜택이 주어지지 않았다. 설혹 노벨상을 수상한다고 해도 병역 혜택을 주겠는가. 줄 수 없으리라. 병역법에 그런 조항이 없을 터이니 말이다. 그 병역법이 제정된 1973년 당시는 한국의 국위가 전혀 알려지지 않았던 개발도상국이라는 시대 상황에 따라 나라의 기를 세워 국위를 선양하는 선수들에게 보상을 하겠다는 차원에서 시행되었던 것이다. 그런데 지금 선수들은 국가 대표를 원하지 않아 대표팀에 합류하지 않다가도 병역 혜택 때문에 합류한 선수들도 많다고 한다. 일종의 도구나 수단으로 전락한 셈이다. 메달 수상자는 연금과 같은 경제적 지원 혜택도 있지 않나. 고대 그리스 역시 그랬다. 그런데 병역은 누구든 의무 사항이다. 아무리 국위 선양을 해도 모든 젊은이가 다 이행해야 하는 병역의 의무는 누구든 이행해야 마땅하다. 혹 이런 견해에 대해 감정적인 여론 운운하며 경계해야 한다는 형식적인 말을 내놓으면서 은근슬쩍 반대 여론을 비치기도 하는 언론이 있다. 비록 그 법이 악법은 아니지만 시대에 맞게 법도 개정되어야 한다. 영구법이라는 게 있는가. 간통죄라는 불륜죄가 아직도 남아 있는가. 스포츠 정신을 위배, 일탈한 병역법으로 보인다.

현대의 스포츠는 자본주의와 결탁, 움직인다. 기업의 후원이 없고서는 팀이 만들어질 수가 없고, 선수들 생계는 어떻게 보장되는가. 철저히 완벽하게 하나로 움직이며 돌아간다. 마시는 음료수 캔을 보니 남자 모델 사진이 있다. 영국에서 활약 중인 축구 선수 손흥민인 것으로 짐작되는데, 스포츠 선수들은 지금 젊은 층의 우상이 되고 있다. 스포츠 선수가 주동이 되어 인류의 역사를 만들어가는 중이다. 올림픽 제전의 창시국인 그리스가 망한 요인이 당연히 스포츠는 아니지만 어쩐지 스포츠에 대한 광적인 몰입이 자꾸 그리스를 연상시킨다. 그래서도 바라는 것은 건강한 놀이로서의 스포츠로 자리했으면 하는 것이다. 지금 세상은 스포츠 선수가 대중들의 우상이고 영웅이고 신의 존재이다.

4

스포츠에 대한 시선으로는, 앞에서 잠시 요약한, 플라톤과 아도르노의 견해가 내 시선과 가장 합치된다. 인간은 왜 호모사피엔스라고 명명하게 된 것일까. 인간이라는 감각적 유기체만이 갖는 마음과 인지 능력 곧 지성에 힘입어 타자와의 관계 곧 사회적 동물로서 사회적 삶, 이른바 군집 생활을 통해 살아가기 때문인 것이다. 사회적 삶은 물론 인간만의 고유한 형태는 아니다. 꿀벌이나 말벌, 개미 등의 곤충들도 사회적 구조를 지니고 사회적 관계를 형성하며, 물고기들도 떼를 지어 무리를 이루어 살기도 한다. 동물들의 행동 양식은 지성 혹은 이성에 기반한 것이 아니라 순전히 본능에 따라 움직인다. 인간은 운동을 한다. 인간 외의 동물은 운동이라는 개념이 없다. 아니, 움직이며 생명을 유지해 나가는 그 본능 자체가 운동일 수도 있다. 운동은 본능적이지 이성적인 행동은 아니다. 신경계의 활동에 그칠 뿐인 감각은 본능적이다. 이성 지성은 자기 인식을 갖는 데 반해 감각은 자기 인식과는 거리가 멀다. 감각은 몸의 본능성에 반응하여 행동화한다. 몸의 운동성이 뛰어난 이는 감각에 따른 것이기 때문이다. 그렇다고 인간의 이성이나 지성이 감각과 전혀 무관하고 차단된 것은 아니다. 지성은 감각의 도움을 받아 발전하고 진화 진보한다. 그런데 감각의 결정적인 한계는 사유의 결핍이다. 사유는 이성의 영역인 까닭이다. 인간의 삶에 대한 통시적 성찰을 밑으로 자유, 행복, 미래 등등에 대한 사유는 불가능하다. 스포츠가 인간의 건강한 생활을 위한 행동 방식이라면 긍정적인 차원인 것, 그런데 문제는 사유의 결핍 내지는 실종이다.

스포츠는 놀이다. 스포츠가 대중을 우매하게 하고 착취하거나 인간 존재 가능성을 축소하는 수단이 되느냐, 아니면 더 나은 인간과 사회를 만들고 인간 존재 가능성을 확장하는 활동이 되느냐는 인간 스스로의 몫이다. 결론은, 스포츠는 감각적 기능의 건강한 놀이이다. 스포츠는 건강하게 즐기되, 그 위치가 뒤바뀌어서는 인간 사회의 건강한 질서를 해치는 일이 발생하니, 절대 그 위치를 건드려 사회의 질서가 전복되지 않도록 건강하게 살자. 머리가 텅 빈 세상, 몸이 세상을 움직이는 상상을 해보라. 몸은 머리의 건강을 지속할 수 있도록 뒷받침해야 하니, 몸 또한 건강해야 마땅한 일, 건강한 놀이를 건강하게 즐기자. 그런데 그렇게 즐기며 건강한 몸 건강, 건강한 정신 건강의 삶을 살고 싶은데, 각종 자본주의 경기가 머릿속에 올리면 저 밑으로 가라앉듯 침잠한다. 놀이와 경기는 언젠가는 합쳐지기는 할까. '?'.

듣기 싱그럽고 상그러볼 명명들

듣기 싱그러볼 명명

1. '대감(臺監)'

'대감' 하면 떠올리는 팩트는 고려, 조선시대에 고위직 벼슬아치를 칭하는 이름이다. 구체적으로 대감(大監)은 고려조 때 정1품 고위 관리, 조선조 때 정2품 이상의 고위 관직에 있거나 있었던 벼슬아치에게 사용하던 존칭이다. 지금도 대감, 하면 떠오르는 높으신 분이라는 이미지의 근원이다. 대감 위로는 상감(上監)이 있고, 밑으로는 영감(令監), 현감(縣監)이 있는데, 직무와 직권 곧 監의 계급 차이에 따른 순위이다.

監은 경계하고 단속, 살피고 감찰한다는 뜻을 가진 글자로 자신이 맡은 직책에 충실하여 백성들의 삶에 책임을 지고 다스린다는 뜻이고, 또한 관리들에게 직책 수행의 명을 지시하고 감독한다는 뜻이다. 상감은 위 상(上)인 만큼 국정의 으뜸 책임자라는 뜻이고, 영감(令監)은 급 높은 공무원이나 지체 높은 사람을 높여 이르는 칭호인데, 지금은 나이든 부부간에 아내가 남편을 이르거나 부르거나 할 때, 혹은 중년이 지난 남자를 대접해 이르는 호칭으로 상용되고 있지만, 원래는 조선시대 정3품과 종2품 벼슬아치를 이르던 말이었다.

그런데, 여기서 거론하고자 하는 대감은 벼슬 급의 높이를 뜻하는 대감(大監)이 아니라, 동일한 발음의 대감(臺監)이다. 대(臺)는 높이 쌓은 누각에 이르러서 사방을 두루 살피는 곳을 가리킨다. 평지보다 높으면 아무래도 평지에서 보는 것보다는 높기에 멀리 보게 되고, 높고 멀기에 또한 깊이 보게도 된다. 그래서도 첨성대(瞻星臺)는 그 이름대로 '별(星)을 보는(瞻) 높은 곳' 곧 우주를 관측하는 천문대이다. 장자의 붕새나 보들레르의 알바트로스를 떠올리는 이미지이다.

나이가 들면 천문을 조감하는 높은 곳인 대(臺)의 눈으로 세상을 본다는 대감(臺監)이 되어 인간 세상을 바라볼 수 있어야 한다. 젊은이들과 다른, 멀리 높게 깊은 혜안 곧 사변독행(思辨篤行 깊이 생각하고 냉철하게 판단한 다음 성실하게 실천하다)의 지혜와 안목이 있어야 한다. 육십 대 이후엔 기가 입으로 올라간다. 사변(思辨)의 말과 사변(思辨)이 없는 말의 주체로 나뉘는데, 대체로 지혜로운 가르침의 사변보다는 쓸데없는 말만 낭비하는 노인네가 압도적이다. 노인 대중의 기는 거기서 종료를 선언한다. 이후 그들의 기는 머리 밖으로 빠져나간다. 이른바 죽음의 상태, 두 방향인데, 하나는 생명의 죽음이고, 또 하나는 죽음의 다른 형태 곧 알츠하이머 내지는 치매 노망증이다. 대감의 기는 인체상의 대(臺)의 위치인 머리이다. 머리는 가장 높다. 가장 높은 곳에서 인간 세상에 대한 조감을 한다. 그래서 대감(臺監)이다.

공자는 쉰에는 하늘의 명을 깨달아 알게 되었으며(五十而知天命), 예순에는 천지 만물의 이치(理致)를 깨달아 이해하게 되었고(六十而耳順), 일흔이 되어서는 마음에 따라 하고 싶은 대로 하여도 법도에 어긋나지 않는다(七十而從心所欲 不踰矩)고 했는데, 쉰에서 일흔까지의 나이-듦에 따른 공자의 노년은 에릭 에릭슨이 공자의 노년기를 주목한 듯 노년기의 온전한 성숙에 어울리는 최종 덕목으로 제시한 '지혜'와 '자아 완성'의 덕목에 그대로 일치한다. 지혜는 인도어 '베다(veda)' 곧 '보다, 알다'라는 말과 뿌리가 통한다. 대감의 '감(監)' 역시 '보다'는 뜻인 것, 따라서 그 감(監)은 통찰과 지혜라는 뜻이다. 인도의 고대 경전인 <베다> 역시 통찰과 지혜의 경전이 아닌가. 세상의 현상을 잘 보아야 하고, 세상의 소리를 잘 들어야 한다. 그래야 세상의 이치를 잘 성찰하고 통찰할 수 있다. 그 끝에 지혜가 찾아든다. 지혜롭지 못한 사람은 남의 이야기를 잘 듣지 않는다. 한마디로 귀가 꽝꽝 먹은 것이다. 제 이야기만 진리인 것처럼, 진실인 것처럼 떠벌린다. 어리석음의 전형적인 모습, 청각적 인식이 전혀 발달하지 않은, 미개한 상태이다. 청각적 인식은 귀가 잘 들리는 신체적 기능과는 거리가 멀다. 청력이 떨어져 소리를 인식하는 데는 기능성이 떨어져도 남의 이야기를 귀담아 제대로 정확히 들으려는 자세와 연관되어 있다. 공자도 예순의 나이를 세상의 이치 도리를 따른다는 이순(耳順)이라고 말하지 않았는가. 지혜는 거창하게 우주 자연의 섭리나 이치를 깨닫는 인간의 덕목이 아니라 구체적이고 일상적인 문제에 대한 바른 길을 짚거나 제시해 주는 슬기로운 능력이다.

자아 완성은 완벽을 의미하기보다는 자신의 삶을 마무리하는 시점에서 자신이 살아온 삶을 하나하나 채워서 자신의 삶의 의미를 찾고 통합의 과정을 의미한다. 누구나 인간은 추구하는 바가 있기 마련이다. 그것은 정신적인 추구든 물질적인 추구든 간에 자신이 살아온 시간과 추구하는 목표의 방향과 방식이 얼마나 정리되어 있는가에 달려 있다. 나이가 들면 그것을 점검하고 확인하는 절차가 반드시 뒤따르기 마련이다.

그래서 대감의 길에 따른 호칭은 지혜와 자아 완성에 달려 있다고 본다. 나이듦은 지난날에 대한 회상을 통해 자신의 삶에 대한 피드백 곧 되먹임을 실천하게 한다. 회상과 피드백은 나이 든 이에게만 주어진 특권이다. 피드백의 전제는 자신의 과거를 가슴으로 보듬고 안음이며, 지나온 삶에 대한 성찰의 지혜로움이다. 대감의 길은, 막스 피카르트가 던진 말처럼, 자신의 삶에 대한 진지한 성찰을 통해 미련과 집착을 혼연히 버리고 놓음을 통해 진정한 삶을 채우는 데 있다. 젊은이의 길은 이미 정해진 코스대로 가면 되는 자연적인 길이지만 노후의 길은 젊은이의 길이 만든 예술적인 길이라는 말이 있지 않은가.

모든 남편은 아니고, 통안의 지혜를 갖춘 남편에게 아내가 '대감(臺監)'이라고 호칭했으면 듣기 좋아 보인다. '영감'보다는 그 높은 '臺'의 층위가 환기하는 뉘앙스의 차원에서 백번 천번 더 좋아 보인다. 조선시대 벼슬도 영감보다는 대감(臺監)의 동음어인 대감이 윗자리이지만 이미 늙었다는 뉘앙스가 진동하는 말로 정착된 영감보다는 당당하고 의연하다. 아니, 자연스럽게 대감의 호칭이 나올 수 있게끔 험하고 고된 길이지만 순간에만 집착하지 않고 멀리 길게 바라보고 자신이 걸을 수 있는 길을 걸어온 뿌듯한 삶이 되었으면 하는 것이다.

2. 형(兄)

'형' 혹은 '형님'은 듣기 싱그러운 부름말이면서 상대에 따라 듣기 불편한 상그러운 부름말이 되기도 한다.

요즘은 나이만 가지고 형님 노릇을 하려고 하는데, 원래는 나이만 더 먹었다고 '형님'이 아니다. 아직도 조폭들에게 이러한 옛 모습이 남아 있는데, 원래 형은 고구려 때까지 있던 관직의 명칭이다. 남북조시대의 북주(北周)의 3대 무제가 고구려를 침략했다가 선봉장 온달에게 패전했는데, 평원왕은 온달을 '내 사위'라고 치하하고 대형(大兄) 벼슬─현재의 장관급─을 내렸다. 수서(隋書)에 일컫기를, 고구려 관직에 태대형(太大兄)─현재의 총리급─, 다음은 대형(大兄), 다음은 소형(小兄)─현재의 차관급─이라고 했다. 고려시대 때 송나라 사신 일행을 따라 입국했던 손목(孫穆)이 쓴『鷄林類事』에 '兄曰長官' 곧 고려말로는 '형(兄)'을 '장관(長官)'이라고 한다고 되어 있는 것이 유일한 기록이다. 추정해 본다면 '兄'에 대한 조선조의 적절한 명칭은 '大監'이지 싶다.

그런데 형(兄)의 한자 어원을 가지고 보면 형은 큰 입(口)에 사람 인(儿)이 붙어서 된 글자인데, 풀이를 하자면 큰 입은, ─입이 물리적으로 크다는 뜻이 아니라 인간 세상에 대한 깊고 넓은 통찰의 안목을 가진 사람이라는 뜻이다. 요즘엔 남을 부를 때 곤란한 때가 있다. 친구로 지낼 정도로 가깝지는 않지만 안면이 있어 서로 알고 지내는 사이에 뭐라고 호칭을 해야 할까. 오래전에는 박 형, 이 형이라는, 지금은 낯설지만 당시에는 낯익은 호칭이 있었다. 상대를 존중한다는 의미가 담겨 있다.

상대의 높은 안목과 지혜에 대한 존중의 뜻이다. 이전에는 열 살 내에는 친구로도 사귀고 했다. 그래서 비록 나이는 몇 살 아래이지만 '이 형, 박 형, 조 형'이라고 칭하면서 친교를 이어가기도 했다. 따라서 나이와는 상관없이 '형'이라고 칭할 수 있었다. 그러기에 제한적으로 사용되어야 한다. 나이가 몇 살 밑이어도 '형'이라는 부름말을 들을 수 있을 정도의 인물이면 그렇게 부르면 적절한 호칭이고, 그렇지 않은 사람에게는 적절치 않은, 과한 호칭이다.

그런데, 묘은 祝과 거의 동시에 만들어진 듯 어원이나 뜻하는 바가 동일한 문자로 인식된다. 祝은 제사상(示) 앞에 꿇어앉아 축문을 읽는 축관의 모습을 묘사한 문자이다. 고대의 제사에 축문을 읽을 수 있는 사람은 그 집단에서 '묘'의 지위에 있어야 한다. 바꾸어 말하면, 제사에 참여하여 '祝'을 읽을 수 있는 사람이 '묘'이다. 그래서 '묘'은 어른, 우두머리, 제주의 뜻을 가지고 있다. 그러니까 묘은 제사를 중요시했던 고대인들의 관념을 반영하는 글자이다.

그런데 그 '묘'의 큰 이미지는 온데간데없이 실종되고, 지금 호칭의 '형님'은 나이가 위인 혈족이거나 혈족과는 관계없이 잘 아는 선배 또는 나이가 위인 사람을 허물없이 칭하는 상투적인 말로 정착되었다. 형님에 대한 불편한 인상은 조폭들이 등장하는 영화나 TV 드라마에서 많이 접한다. 흔히 '착하게 살자'는 구호 아래 저들의 반어적인 행동 양태를 떠올리는 주먹 세계에서 저들끼리 스스럼없이 부르는 말이다. 그래서도 친족이 아닌 타자들에게서 형님, 이란 호칭은 말하기도 거북하고 뻘쭘하며, 듣기도 불편하기 짝이 없게 되었다. 심지어는 집안 혈족에게도 그렇다. 오랜 지인 가운데 소설가가 한 분 있다. 대학 시절부터 늘 붙어다닐 정도였는데, 학창 순번으로는 선배이다. 늘 '형님'이라고 불렀다. 졸업 이후 서로 각기 근무처가 다르고, 생활 환경도 다르다 보니 만날 일이 드물었다. 드물다 보니 차츰 낯설어지고 혹 만나더라도 '형님' 호칭은 불편하고 뻘쭘하기만 했다. 그런데, 그분이 한국소설사에 큰 획을 긋는 대사건을 일으켰다. 지금까지는 박경리의 대하소설『토지』가 16권으로 최장편 대하소설이었는데, 그분이 창작한『백성』은 그것을 뛰어넘는 21권의 대하소설이었다. 읽어보니 놀라웠다. 큰 사람이라는 뜻의 '兄'에 근접하는 창작을 한 소설가로 새로이 다가온 것이었다. 그래서 호칭을 다시 '兄님'으로 복귀하려다가 대작『백성』이 떠오르면서 저울에 올려 그 무게를 고민한 끝에 인간 세상에 대한 크고 넓은 안목의 '대감(臺監)'으로 결론을 내렸다.

대학 4년 동안 같이 학창 시절을 보낸 4년 연상의, 또 한 분의 선배가 있다. 학창 시절에는 그냥 자연스럽게 '형님'이라고 불렀다. 그런데 그분은 한문학을 전공하여 박사 학위를 받고, 대학에서 한문학 교수로 봉직하다가 정년을 맞았다. 그분의 아호는 '실재(實齋)'였다. 남명 조식의 학문과 사상을 조명하여 '남명학'이라는 학명을 붙여 남명학 연구소를 창립하여 남명 선생의 학문적, 사상적 업적을 세상에 알리는 일을 처음으로 시도, 이후 남명학을 정착시킨 분이 그분이었다. 한학의 대가였다. 그리고 사회 현실에 대한 냉철한 분석과 통찰의 날카로운 비판을 가하는 보기 드문 지식인이고 지성인이었다. 최근에 만났는데, 옛날에 자연스럽게 입에 올렸던 '형님'이라는 소리가 나오지 않았다. 그냥 '실재 선생님'이라는 호칭이 자연스럽게 입에서 튀어나왔다.

'형님'이라는 부름말이 이젠 과거와 달리 썩 내키지 않아 호칭으로 삼지 않는 것처럼, 나 역시 몇 살 아래인 후배 지인에게서 '형님' 하는 호칭을 듣고 싶지 않다. 오래전, 나보다 몇 살 위인 지인분이 소리했던 '강 형'이라는 호칭은 갈수록 새록새록 그리워진다. 곧잘 몇 살 아래인 후배 지인들에게 '아우'라는 말을 상투적으로 불렀는데, 차후에는 '김 형, 박 형, 이 형'이라는 존중어를 칭해야겠다. 그렇게 상대를 존중하는 부름말을 칭해야 칭하는 내가 존중되는 것이니까. 나를 존중하자.

듣기 상그러븐 명명

1. 당신(當身)

한자말이기에 쓰임이 헷갈리는 '當身'이라는 말이 있다. 사전에 나와 있는 당신의 뜻과 쓰임은 다음과 같다. (1) 듣는 이를 조금 높여 가리키는 말. 예) 당신은 이 문제에 대해 어떻게 생각합니까? (2) 맞서 싸울 때나 언쟁을 할 때 상대방을 얕잡아 가리키는 말. 예) 당신 말 다 한 거야? 당신이 뭘 안다고 그래? (3) 부부간에 서로 상대방을 가리키는 말. (4) 종교적 대상물을 아주 높여 가리키는 말. 예) 주여, 당신을 온갖 피조물의 창조주라 부르옵니다. (5) '그 자신'이라는 뜻으로, 이야기되고 있는 윗사람을 아주 높여 가리키는 말. 예) 이 책은 아버님 당신께서 생전에 아끼시던 것이다.

그런데 1)의 사례가 고개가 갸우뚱거려진다. 대체로 2)의 경우로 쓰이기 때문인데, 1)의 경우로 사용하는 경우는 거의 듣지 못했거나 보지 못했다. 그런 경우에는, 한국적 대우어를 가지고 사용하는 경우가 많다. 주로 '선생님'이라는 호칭어를 쓰거나 상대의 위상을 드러내는 호칭어를 쓴다. 1)의 호칭어를 쓴다면 듣는 이의 낯빛이 아주 일그러지고 험해질 것이다. 이런 경우는 서양말 가운데 당신을 지칭하는 'you'를 우리말로 번역하는 과정에서 부득불 '당신'이라는 호칭어를 사용한 것일 것이다. '너'로 비하조로 번역할 수는 없는 일, 그런데 서양의 경우에는 우리와는 성명 호칭 문화가 다르다. 그들은 어른과 아이 사이에도 서로 이름을 호명하지 않은가. 특히 한국의 언어와 언어문화에 따른 예의범절은 다른 나라와는 현격히 층위가 다르다. 다른 나라에서는 나이에 따른 존칭어가 있다는 것은 견문이 얕아서인지 모르지만 거의 없는 것으로 안다. 높임말과 낮춤말이 없다. 심지어 미국 같은 경우에는 10대 청소년이 60대 연령층을 '마이 프랜드' 운운한다고까지 않은가. 만약 이 나라에서 그렇게 하거나 손위에게 이름을 그래도 호명한다면 불가능한 상황을 상상하는 일. 그들은 당신이라는 호칭이 하등 기분 나쁘거나 상대를 깎아내리려는 의도와는 아무 상관이 없다. 비록 세계화로 가고 있지만 마지막 노선이라는 게 있다. 도저히 세계화가 될 수 없다는 한계점이 있다는 것이다. 그중의 하나가 바로 '당신'이라는 호칭이다.

어쨌든 '이 일을 한 사람이 당신이오?' 하는 말을 듣는 순간 심기가 불편하지 않을 사람이 있을까. 왜냐하면 질책조의 말투이기 때문이다. 질책은 상대를 존중하지 않는다. 그렇다고 설마 다음 대목의 '당신'과 혼동을 일으켜서는 안 된다.

당신은 때로는 당신의 동지인 서울의 고 이영춘 댁에서 수십 차례에 걸쳐 동지들을 모아 제자들의 향학을 장려 계몽도 하시며 몇 번이고 울어도 보셨지요.

—1957년 11월 16일 고 강상호 선생 추도사에서

이 대목의 '당신'은 '너'의 대칭어인 2인칭 대명사가 아니다. 고인인 강상호 선생을 높여서 칭한 재귀대명사로서의 부름말이다.

그래서 우리 일상에서 대인 관계에서 사용하는 당신은 2)와 3)과 5)번이다. 여기서 당연히 문제거리가 되는 '당신'은 2)의 경우이다. 이 당신의 사용은 우리가 일반적으로 경험한 사실에 기반한다면 거의 시비가 걸려 언쟁을 벌이거나 몸싸움 직전에 오가는 말투이다. 그 상황에서는 말하는 이도 듣는 이도 크게 문제삼지 않는다. 상황이 그런 말이 튀어나오게끔 유도한 까닭이고, 말싸움이나 몸싸움이 본론인 터인데 그 말 가지고 트집을 잡거나 할 이유가 없다. 그런데 이 말이 문제거리가 되는 것은 서로가 싸움의 관계에 있는 처지가 아니라 그냥 지인으로 알고 지내고 있는 사이에서 그런 말이 나온 데 대한 것이다. 서로 오랫동안 연락을 취하는 관계에 있는 가까운 두 지인이 있다. 그런데 한 지인은 상대에게서 받는 불편한 한 마디가 있었는데, 상대의 입에서 툭하면 튀어나오는 '당신'이라는 호칭어였다. 전화를 걸어 "지금 당신 집 앞을 지나고 있는데……" 라고 말하는데, 그 '당신'이 될 때마다 기분이 바닥으로 추락한다는 것이다. '당신'이 됨으로써 상대에게 얕잡히고 무시를 지나 멸시당하는 기분이 든다는데, 이에 대해 상대 지인은 오히려 절친함의 표시를 강조하고 자신의 결백함을 앞세워 억울하다는 프레임을 내세울 수도 있다. 문제는 듣는 이가 '당신'으로 추락하는 불쾌한 순간에 상대 지인의, 친교라는 이름의 심리적 동인까지 해석해서 받아들일까. 이 말의 사용이 줄어들 때 인간끼리의 다툼이나 반목, 갈등과 대립은 상쇄될 것이다. 말 한마디로 천 냥 빚을 갚는다는 말이 있지만 그 말을 역으로 풀면 말 한 마디가 천 냥 빚을 지을 수도 있는 것이다. 그 '말 한 마디'에 상대에 대한 호칭어도 유력한 키워드로 가동된다.

결론은 이 당신이라는 말은 2)의 사용으로는 최대한 조신을 기하고, 3)과 5)의 사용에 올-인했으면 하는 것이다. 아내를 보고 '너' 운운은 보기 상그럽다. 가정의 평화와 가족 간의 인권 존중을 위해서도 3)의 '당신'은 공헌도 우선 순위에 들어갈 호칭어이다. 그리고 자신의 교양과 지성, 품위를 지키고 훌륭한 모범이 될 인간의 자질로서도 5)의 당신은 사람의 격을 올릴 것이다.

말에 그 사람의 인격이나 인품, 교양과 지성이 압축되어 있다.

2. 망구 탐구

망구는 나이 든 할머니를 칭하는 말이다. 글자 그대로 망구(望九) 곧 아흔을 바라보는 나이에 들어섰다는 말, 곧 여든한 살을 지칭하는 말이다. 그리고 탐구는 뜻이 있는 말이 아니라, 망구에 짝지어 나이든 남자에게 붙여 부르는 말이다. (미주알고주알의 '고주알'은 별 뜻이 없이 미주알에 붙어 어조를 맞추고 운율을 맞추기 위해 덧붙인 말인 것처럼, 밑두리콧두리, 알나리깔라리, 어우렁더우렁, 눈치코치, 홍청망청, 알콩

달콩, 울고불고, 세월아 네월아 등등의 말들도 그렇다. 심지어는 가시버시의 '버시'도 같은 논리로 보기도 한다.) 그런데 그냥 별 뜻이 없이 호칭하는 자연스러운 말이지만 가급적 사용을 절제해야 한다. 부부 간에 쓰는 말이긴 하지만 서로를 낮추어 부르는 비하어인 까닭이다. '할망구'라고 부르면 그 불리는 대상은 부르는 주체에게 어떤 대상으로 인식되고 있을까. 율곡 이이 선생이 부인을 '할망구'라고 불렀을까. 또한 탕구는 영감에 붙어 영감 탕구로 호칭되는데, 과연 남명 조식의 부인이 남편을 그렇게 불렀을까. 퇴계 이황 선생의 부인이 퇴계 선생을 일컬어 영감 탕구, 영감탱이라고 호칭했을까. 존중하고 존경해야 하는 위치에 있는 분이라면 부부 간이라도 최대한 망구와 탕구는 엄격히 사용 금지되어야 한다.

혹 아내가 귀엽게 애교를 부리는 관계에서 남편을 '탱이 씨, 탕구 씨'라고 호칭하는 경우도 있다. 상대를 비하시키거나 모욕을 주려는 의도가 아닌 부부 관계에서는 적어도 남편이 그 호칭에 기분이 상하는 단계에까지 가지 않는다면 가납될 수도 있으나 수용치 않는 경우, 그런 호칭은 일체 발성되어서는 안 된다.

그리고 '망구'는 어떨까. 아내를 배려하는 남편이 과연 '이런 할망구'라고 했을까. 상대를 존중하고 배려하는 예의에 찬 호칭일까. 상대를 비하하고 낮추어 내리까는 듯한 뉘앙스가 짙게 들리지 않은가. 모멸적이고 모욕적인 수치를 강하게 진동하는 그런 호칭이다. 물론 아내를 애교 있게 부르는 호칭일 수도 있지만 제대로 상식과 지성을 갖춘 남편이라면 입에서 튀어나오기 어려운 호칭이다. 물론 나이 든 아내에게 아혼

살까지, 아니 더 넘어까지 장수하며 살았으면 하는 희망이 담긴 말이긴 한데, 결국은 늙은 자기 아내의 인격을 모두 무시하고 자기 아랫사람으로 치부해 부르는 호칭이다. 그러나 이 말이 상용되던 당시를 추리면 이 정도 나이는 아주 늙은 나이가 되는 만큼 늙었다는 사실을 한껏 비웃어 낮추는 부름말이라고 할 수 있다. 하마면 만 60세를 환갑, 회갑이라며 잔치를 성대히 치름으로써 그동안 살아온 노고를 축하하고 또 앞으로의 장수를 기원하기까지 했을까. 환갑 회갑의 甲은 처음 태어난 간지(干支)로, 인간의 수명을 만 60년으로 보고 새로이 갑자(甲子)가 시작됨을 뜻한다. 모질(耄耋)이라는 말이 있다. 70세의 나이를 모(耄), 80세의 나이를 질(耋)이라고 하는데, 70, 80세까지의 나이를 이르는 말로, 얼마나 오래 살았으면 '모질'다는 말의 어원으로 잡는 자가당착을 범하기도 한다.

망구든 탕구든 모두 천한 말들이다. 흔히 드라마나 영화에서 '할멈'이라는 부름말을 쓰기도 하는데, 그 할멈도 그렇다. 사전에 보면, 지체가 낮은 늙은 여자를 홀하게 가리키거나 부르는 말이라고 뜻매김되어 있다. 비하어이다. 이 부름말이 비하어인 것을 알고 일상어로 쓰기는 불편하고 어색하다. 그렇다고 나이든 아내의 이름을 불러대기도 민망하지 않은가. 자식도 나이가 들면 이름을 호명하기가 어려운 까닭에 손주의 이름을 넣어 "○○아비" "○○어미"라고 부르지 않은가. 그렇다고 '여보'라는 호칭도 일상어로서는 매끈하지 않고, 어색하고, 그래서 한 가지 제안한다면 아내에게 자연스럽고 편안하게 부를 수 있는 호를 작하여 부르면 어떨까, 하는 것이다. 물론 그 호는 아내의 깊은 내면과 삶의 진정성이 담긴 뜻이어야 할 것이다.

남자든 여자든 할머니로 할아버지로 오랜 시간이 흘렀다면 그분의 오랜 삶을 존중하는 차원에서도 할망구, 영감탕구는 불손하고 무례하기만 하다. 만약 그렇게 살지 못했다면 부득불 인과적으로 감내해야 한다면 어떻게 말릴 수가 없는 일이다. 그러니까 마지막 던지는 말은 할망구, 영감탕구, 영감탱이라는 비어가 나온다는 것은 상상조차 할 수 없는 삶을 살아야 한다는 것이다. 모든 원인은 자신에게서 나온다는 사실, 명심 또 명심해야 할 일이다. 아름답게 멋지게 값지게 살자. 추하게 살지 말자. 추한 할망구, 영감탕구 소리는 일체 끊어버리자. 아름다운 인생이여.

전도 혹은 와전되어 쓰이는 명명

1. 생일(生日)

드물게 어떤 언어의 연원을 거슬러 추스르면 왕왕 언어의 주체가 전도된 채 부려 쓰이고 있는 언어가 존재한다. 그 대표적인 언어가 '나이'와 '생일'이다. '나이'는 '낳다'에 접미사 '이'가 붙어 생겨난 말로, 'ㅎ'이 탈락하여 '나이'가 되었다. 낳은 날로부터 얼마쯤 시간이 흘러 지났는가를 따지는 단위이다. 그 시간의 주체가 본인인 만큼 그 나이의 주체는 의당 본인인 것, 하지만 곰곰이 따져보면 나이를 먹게 해준 핵심 주체는 바로 자신을 낳아준 부모님인 것이다. 물론 나이의 그 시간은 응당 나이 주체의 삶의 소중한 시간들인 것이니, 그 소중한 삶의 시간들이 있게끔 해준 부모님의 존재에 대한 사려가 필요한 것이다.

그러한 사려가 있다면 자신의 삶을 있게끔 해준 부모님에 대한 보답을 생각해서라도 그 삶을 헛되이 낭비하거나 탕진하지는 않을 것이다. 물론 원망하는 나이의 주체도 얼마든지 가정해 볼 수 있다. 부모답지 않은 그런 이들도 숱하게 대중들로 존재하고 있지 않은가. 그래서 부모는 나이의 주체가 제대로 값진 삶을 살 수 있게끔 늘 자신을 돌아볼 수 있어야 한다. 부모는 나이의 주체를 있게 한 데 대해서만 부모인 것이 아니라 그들이 그들의 삶을 제대로 살아갈 수 있도록 바르고 반듯한 언덕이 되어야 부모인 것이다. 언덕을 잘 살피고 경계하자. 절대 일어나서는 안 될 일, 혹 언덕이 언더독(underdog)으로 추락할 수도 있는 일이니, 말이다.

나이와 연계된 말이 있는데, 바로 생일(生日)이다. 생일은 글자 그대로 '태어난 날'이다. 그런데 조금만 생각해 보면 본인이 태어난 날이기도 하지만 부모가 '낳은 날'이기도 하다. 어느 해석이 먼저인가. 우선 순위를 따진다면 '태어난 날'보다는 '낳은 날'이 앞서는데, 부모님 곧 어머니가 낳았기에 태어난 것이다. '태어나다'도 그렇다. '태'는 배이다. 태어남은 어머니의 배에서 나오다는 말이다. 그래서도 생일의 가장 핵심 인물은 태어난 본인이기 이전에 본인을 태어나게 한, 본인을 낳아주신 분인 부모님 곧 어머니인 것이다. 그런데 생일, 하면 태어난 본인이 처음부터 끝이다. 부모님은 어디에도 보이지 않는다.

그래서 생일, 하면 그날 태어난 이가 축하를 받는 날이다. 생일은 '태어난 날'로만 해석되는 까닭에서이다. 낳아주신 분인 부모님, 어머니는 완전 제외되는 것이다. 지금이라도 생일에 대한 제대로 된 해석과 인식이 절대적으로 필요하다. 낳은 날과 태어난 날이 곧 생일인, 생명의 날에 누가 그 생명의 주체인가. 말할 것도 없이 태어난 이가 주체이다. 조금만 돌려서 생각해 보면 그 주체를 생명의 존재로 태어나게 만든 생명력(생산)의 주체는 누구인가. 누가 생명성을 불어넣어 생명의 존재로 태어나게 만들었는가. 그렇게 생각하면 이날은 부모도 생명의 주체가, 아니, 태어난 본인보다 더 핵심 주체가 되어야 한다.

미역국 역시 그렇다. 생일날이 되면 태어난 이가 미역국을 먹는데, 당연하다, 생일의 주체인 본인이 먹어야 되는 것 아닌가. 늘 그렇게 생일날의 주체인 태어난 이의 생일이니 그가 먹는 것은 당연한 일로 생각해 왔는데, 생일에 대한 해석과 인식의 그날부터 이게 아닌데, 하는 의문이 들었다. 조만간 그 의문이 풀렸다. 이어령 선생의 혜안을 통해서인데, 그분 역시 옛 문헌에서 혜안을 얻게 되었던바, 그 문헌에 상기된 내용은 이렇다. "고(구)려 사람들은 고래가 새끼를 낳은 뒤 미역을 뜯어 먹어 산후의 상처를 낫게 하는 것을 보고 산모에게 미역을 먹인다."(唐나라 서견(徐堅)의 <初學記>) 미역은 종기를 낫게 하는 신비한 약재로서, 출산 후 한 생명체를 태어나게 하면서 입은 극한 상처를 아물게 할 뿐만 아니라 몸 안의 피를 맑게 해주는 효험이 있다고 한다. 거기에 자궁 수축과 지혈까지 도와주고 출산시에 유혈한 산모에게 피를 공급하며, 갑상선 호르몬을 보충해주는 역할을 한다. 미역의 성분에서 치유하는 처방을 내린 것이다. 그래서 미역을 일컬어 산후선약(産後仙藥)이라고 한다는데, 결론은 미역은 태어난 이가 먹는 것이 아니라 출산자가 먹는 것이다.

생일의 주체가 산모가 아닌 태아로 바뀜으로써 미역의 주체도 동시성의 원리로 같이 바뀐 것이다. 생일, 하면 태어난 이가 주체가 되는 날이지 않은가. 자식을 낳아서 태어나게 한 부모를 생일이라는 특별한 의식의 주체라고 여기는 이가 있는가. 그러니까 미역국도 태어난 이가 먹는, 생일 의식의 음식으로 착각하는 것이다. 이른바 주객전도인데도 주객이 전도되었다는 사실에 대한 인식조차 전혀 없는 것이다. 분명한 것은 미역국이 산모용이라는 사실만 가지고도 생일의 주체는 낳은 사람 곧 태어나게 한 사람이라는 사실이다. 이렇게 미역국의 주체는 본인이 아니라 부모, 어머니인 데에도 뒤죽박죽으로 뒤바뀌었다. 그래도 사람들은 모른다.

매년 5월 8일은 어버이날이다. 미국의 앤 자비스와 자비스의 딸 애나가 대를 이어 연대한 합동 노력으로, 사랑으로 자식들의 상처를 보듬으려 노력했던 어머니를 기리기 위해 1905년 5월 9일 웨스트 버지니아의 한 교회에서 <어머니를 기억하는 모임>을 만들게 된 것이 계기가 되어 미국 전역으로, 뒤에는 전세계로 확산되었다. 한국 역시 어버이 은혜에 감사하고, 전통사회 효(孝) 사상의 미덕을 함양하기 위해 법정 기념일로 제정했다. 1955년 8월 국무회의에서 5월 8일을 '어머니날'로 정하고, 1956년 5월 8일부터 기념해 오다가, 1973년 3월 <각종 기념일 등에 관한 규정>에 의해 '어버이날'로 확대·제정되었다. 그날이면 부모님을 찾아뵙고 하루 효성을 바친다. 물론 국가 지정일이라는 뉘앙스에서 형식적인 차원에 그치긴 하지만 이날을 맞아 하루나마 부모님의 사랑을 되살려보고 자신의 도리를 생각할 수 있다는 층위에서 값지고 뿌듯한 날이다. 그러나, 생일에 대한 상기의 진술에서 시사한 바대로, 진정한 어버이날은 5월 8일이 아닌 각자 태어난 날, 그러니까 어버이가 사랑의 인연과 결실 끝에 본인을 잉태, 낳아서 태어나게 해준 까닭에, 본인이 태어난 그날이 진정한 어버이날이다.

2. 결혼(結婚)

휴대-폰에 종종 혼인 청첩 모바일이 날아든다. 열어보면 지인의 자식이 혼인한다는 소식을 알리는 청첩장이다. 그런데 아들일 경우에는 문제가 없는데, 딸이 시집 가는데 왜 '결혼'한다고 알리는 것일까. '결혼'이라는 혼례-말은 '장가 간다'는 뜻의 자의성과 사회성의 약속 체계가 아니던가. 따라서 언어는 약속 체계인 만큼 결혼의 무분별한 사용에 신중할 필요가 있다. 중국 고서에 婚과 姻에 대한 기록이 보인다.

"婚姻者 何謂也 昏時行禮 故謂之婚也 婦人因夫而成 故曰姻"(班固의『白虎通義』) (혼인은 무엇을 말함인가. 어두울 때 예를 행하므로 이를 혼이라고 하며, 여자는 남편으로 말미암아 이루어지므로 인이라고 한다.) "壻曰婚 妻曰姻 壻以昏時而來 女因之而去 又妻父曰婚 壻父曰姻 今男女之家皆曰姻" (『禮記』<昏義疏>) "사위를 婚이라 하고, 처를 姻이라 하는데, 사위가 어두울 때에 오고 여자는 그로 인하여 가기 때문이라고 하였다. 또 처의 아버지를 혼(婚)이라 하고 사위의 아버지를 인(姻)이라 하는데 지금은 남녀의 집을 다 姻이라 한다."

그런데, 결혼(結婚)은 조선조는 말할 것도 없고, 지금은 혼인 당사자끼리 혼인을 결정하지만, 앞세대만 해도 혼인의 결정권자는 부모였다.

그래서 결혼(結婚)의 뜻은 신랑의 혼사를 결정한다는 뜻이므로 결혼은 신랑의 부모에게 달린 것, 그래서 결혼은 부모가 하는 것이다. 그러니까 당시에는 성혼(成婚)과 결혼은 구별되어 사용되었다. 결혼은 성혼의 전단계 곧 성혼을 하기 전에 결혼이 먼저 성립되어야 하므로 그렇다. 지금은 일반화되어 있어 으레 그렇게 사용해도 아무도 그에 대해 토를 다는 이가 없다. 심하게 왜곡, 와전되어 사용되고 있는 셈이다.

결혼(結婚)이라는 말이 있으면 결인(結姻)이라는 말도 있어야 가당한 일이다. 장가들면 시집도 가야지 않은가. 장가 가는 것을 결정하는 신랑측 혼주(婚主)가 있고, 시집가는 것을 결정하는 신부 측 인주(姻主)가 있어야 마땅한 일이다. 요즈음엔 혼사를 결정하는 주체가 옛날과는 달리 본인인 까닭에 결혼의 결정권자도 본인으로 바뀌었다. 따라서 요즘 시절에는 결혼이라는 말로 정착되었다. 그러나 결혼은 신랑측에서만 사용되어야 하는 혼사(婚事)용 언어이다. 따라서 결혼식이 있으면 신부측 인사(姻事)용 언어인 결인식(結姻式)도 있기 마련이다. 황당하지 않은가. 신부 측에서 청첩장을 날리는데 결혼식이라고 하면 도대체 이게 무슨 해괴한 일인가. 신부 측에서 청첩장을 띄울 때에는 結姻式으로 해야 마땅한 일이다. 그리고 혼인 결정을 하자마자 바로 혼인을 하는 것이 아닌 까닭에 결혼 뒤에 이루어지는 혼인은 정확히는 성혼식(成婚式)이라고 해야 마땅하지 않은가. 신부측에서는 성인식(成姻式)이어야 하고.

서양이든 동양이든 한국이든 간에 같이 살면서 인생을 멋지게 만들어 나가겠다는 결심이 있어야 혼인이 성사되는 것이 아닌가. 그러니까 결혼 이후에 성혼이 있기 마련인데, 서양의 Wedding도 마찬가지의 뜻을 담고 있지 않은가. 서양말 Wedding 역시 서약, 계약, 결의라는 뜻을 지닌 혼사-말이라고 하는데, 웨딩(Wedding)의 어원이 그것을 반영한다. 중세 영국에선 신랑·신부가 서로 주는 물건을 받아들이는 동작을 보임으로써 혼인 동의를 나타냈는데 보통 반지였던 이 물건—이 반지가 혼인의 상징이 된 것은 고대 이집트의 상형문자에서 유래되었다는 설이 있다. 고대 이집트에서는 동그라미가 영원을 상징해 원형인 반지가 두 사람이 영원히 함께하는 혼인을 의미하게 되었다는 것—을 'Wed'라고 했다는데, 그래서 혼인식을 Wedding이라고 부르게 되었다고 하는데, Wedding은 혼인식이고 marriages는 혼인 이후의 생활을 뜻한다고 한다.

결혼의 잘못된 오류를 지적하는 것은 반드시 남녀평등이라는 진부한 관계가 아니라, 그 말이 지니고 있는 진실을 밝힘으로써 그것이 오류의 사용이라는 것은 인지하고 정정해서 바르게 언어화해야 한다는 취지에서 올린 글이다. 지금은 통용어가 되어 설사 인지한다고 해도 개선되기는 어렵지 싶은데, 이 글을 쓰는 취지는 그 말이 잘못된 언어 부림임을 인식시키기 위한 의도일 뿐이다. 그래도 가까운 지인들, 혼가(婚家)든 인가(姻家)든 간에 공히 결혼보다는 혼인 그리고 따로 구분할 경우, 신랑 측에는 성혼(成婚), 신부 측에는 성인(成姻)을 적극 권해야겠다.

등단에 대한 관견(管見)

순수문학의 발전 정체와 폐쇄적 문학계 관행으로 지적받고 있는 '등단 제도'에 대해 2021년 ≪문장 웹진≫에서 기획한 연속좌담에서 소설가 박세회가 한 발언 가운데 유독 기억나는 말이다.

(등단이라는 과정 전후에) 확실히 차이는 있는 거 같아요. (등단 전에는) 작가라고 느꼈다기보다는 '내가 쓴 이것이 소설이라고 말해도 되겠다.'라고 느꼈죠. 이런 생각도 들긴해요. 예를 들면 자기가 피아노를 취미 수준으로 치는데, '연주자'라고는 하지 않잖아요.친구 중에 주말마다 그림을 그리는 친구가 있는데 되게 잘 그려요. 그 친구도 어디 가서자기가 화가라고 하지는 않거든요. 그건 내적 결론에 따라 이르는 거지, 사회적 결론으로내릴 수 있는 게 아니라고 생각해요.

굳이 번거로운 등단 절차를 거칠 수밖에 없는 절절한 이유이고 명분이다. 그래서 글을 쓰려고 마음먹은 작가는 신춘문예나 권위 있는 문예지를 통해 등단하려고 머리를 튼다. 이 나라에서는 등단하지 않으면 작가가 될 터무니가 없기 때문이다. 하여튼 등단을 해야 작가라는 지위를 부여하고, 인정하고, 스스로 자신을 작가로 인정하고 부여하는 것, 그래서도 등단 제도는 작가라는 자격을 부여하는 권위적인 제도이자 작가의 정체성을 부여하는 시스템이다.권위라고 하면 권력 이데올로기라는 측면에서 부정적이거나 안 좋은 인상이 강하지만 고차원의 작가역량과 작가의 세계관을 명쾌히 밝히고 인정한다는 측면에서는 '권위' 자체는 필요한 것이다.

등단 시스템은 대략 3가지인데, 신춘문예, 문예지 혹은 동인지, 그리고 단행본 출판의 형식으로 등단의 절차를 거치지 않은 미등단 작가-되기이다. 인터넷 시대인 지금은 사이버 공간에서 신인 등단의 기회가 제공되기도 한다. 등단 절차를 거치긴 했으나 더 이상 작가의 정체성을 확보하지 못하고, 글쓰기에 대한 한때의 낭만이나 이벤트성에 그치고 마는 이들도 있다. 일단 등단 절차를 통과하게 되면 작가로서의 정체성을 지니게끔 나름 글쓰기에 자신의 삶의 의의나 가치 등 동기 부여를 포함한 자신의 존재를 기투하기 마련, 등단 제도의 바람직한 기능이다. 평생 인간과 세상에 대한 인식의 글을 쓸 수 있는 무한 기회나 자격이 주어진다는 점이다. 등단을 하지 못한다면 글쓰기에 대한 탄력과 지속력은 없어지고 말 일이다. 주변에 그런 이들을 많이 접한 바 있다. 70년대 중반쯤 중앙 일간지 신춘문예에 시 부문 최종 심사까지 오른 한 지인이 있는데, 당선작은 되지 못했지만 기회를 다시 노렸으면 충분히 시인으로 등단할 수도 있었다. 그러나 그 뒤로 다시는 시도하지 않았다. 그리곤 시 창작과는 거리가 멀게 되었다. 등단의 중요성이 환기되는 사례인바, 등단 제도와 글쓰기의 내적 동력이 무관하지 않다는 확실한 반증이다.

작가의 길로 들어서기 위한 가장 권위적인 등단 절차는 신춘문예 제도이다. 이 제도는 세계에서 한국이 유일하다고 한다. 신춘문예의 기원은 1912년 2월 9일 매일신보에서 시작한 '현상모집'을 통해서, 그리고 1914년 12월 10일자 3면에 '신년문예모집' 공고를 낸 그 이듬해인 1915년부터 시작되었다고 한다. 그리고 정식 신춘문예는 1925년 동아일보 신춘문예로부터 시작된다. 제1회 소설 입선 작품은 최자영(崔紫英)의 「옵바의 이혼사건」이다. 김동리는 1935년에 중앙일보 신춘문예를 통해, 미당 서정주는 1936년 동아일보 신춘문예를 통해 등단했다. 황정산 시인은 더 거슬러 올라가 신춘문예와 같은 등단 제도를 처음으로 도입한 사람은 육당 최남선으로 본다. 그가 ≪소년≫지(1908년)를 창간하고 그곳에서의 공모를 통해 이 땅의 많은 소년, 소녀들로 하여금 문학의 길을 걷게 만들었다는 것이다. 김소월, 한용운은 그런 제도를 거치지 않았고, 김소월은 당시 ≪창조≫(김동인, 주요한, 전영택이 동인이 되어 1919년 2월에 창간한 동인지)에 작품을 발표하면서 시작 활동을 하였고, 만해는 아예 그런 활동도 하지 않고 시를 썼다. 황순원은 동인지 ≪동광≫(1931년)에 시를, ≪창작≫(1937년)에 소설을 발표함으로써 작품 활동을 시작하였다. 최근 문예지는, 한국문화예술위원회가 매년 발행하는 문화예술사료집 ≪2017 문예연감≫에 따르면 2016년 1월 1일부터 12월 31일까지 국립중앙도서관에 납본된 문예지의 수는 670종인 것으로 나타났다. 그런데 지금은 독자층이 현격히 줄어드는 바람에 문예지 또한 격감하여 문예지 위기의 상황에 처해 있다.

이상옥 시인이 날카로운 발언을 한 적이 있다. "특정 문예지나 동인 그룹 등 시단 권력의 섹터에 속한 시인들은 자신이 대단한 엘리트라고 착각하는 경우가 많다. 이런 경우 자신이 속한 섹터 바깥의 시인들은 제대로 인정해 주려고 하지 않는 권위 의식이 유독 강하다. 우리 시단의 왜곡된 섹터주의는 참으로 큰 문제다. 허명만 높은 자칭 엘리트 시인이 있는가 하면, 무명이지만 따스한 가슴으로 시를 쓰는 시인이 있는데, 차라리 후자가 더 우리 시단에서 소중한 존재가 아닌가 한다." 등단 제도의 문제점을 제대로 인식한, 상당히 진보적인 발상이다. 엘리트 권위주의에 함몰되어 등단지에 따라 작품의 질적 수위를 예단하는 횡포와 행패를 자행하는 문단의 섹터주의에 쓴소리를 낸 신선한 발언이다.

얼마 전에 작고한 이어령 선생은 정식 등단 절차를 밟지 않은 드문 대표적인 인물이다. 이어령은 1956년 한국일보에 평론 「우상의 파괴」를 발표하며 문단에 데뷔했다. 스물두 살, 당시 제도화돼 있던 문예지 추천 형식이 아닌, 신문 지면을 통한 파격적인 등단이었다. 그런데 2022년 2월 26일자 한겨레 신문에는 "1956년 <한국일보> 신춘문예에 「우상의 파괴」라는 패기 넘치는 제목의 평론으로 등단"으로 되어 있는데, 오보이다. 그가 설명하는 등단 배경은 다음과 같다.

> 약관의 나이였지만 이미 문단에 알려졌었는데 나는 신춘문예 안 받는다, 누가 내 작품을 심사하냐. 이런 건방진 생각 때문에 안 했는데 당시에 모 시인의 출판기념회에 가서또 한바탕한 거예요. 막 공방한 거예요, 그 이야기를 듣고 모 신문사에 부장(한운사 한국일보 문화부장)께서 전화를 걸어서 날 찾아서 맘대로 지면 줄 테니까 마음대로 욕 한번써 봐라, 그게 「우상의 파괴」예요.
>
> ―(KBS 한국현대사 증언 TV 자서전. 2010.04.16.)

국내에서도 단행본을 출간하면서 작가로서 능력을 인정받는, 이른 바 미등단의 작가 사례도 있다. 대표적인 인물은 복거일과 하일지, 김훈이다. 복거일은 1987년 ≪문학과지성사≫에서 출간한『비명을 찾아서』를 통해 신춘문예나 문예지의 추천을 통해 등단하던 시류에 편승하지 않고, 단행본 출판을 통해 등단한 인물이다. 하일지 역시 기왕의 등단 절차를 거치지 않고 1990년 ≪민음사≫에서 장편소설『경마장 가는 길』을 간행하여 나름의 문학 세계와 작가적 입지를 굳힌 것으로 평가되고 있다. 소설가 김광주의 아들 김훈은 소설가의 피를 받았는지 그의 처녀 작품은 1994년 ≪문학동네≫에서 간행한 장편소설『빗살무늬토기의 추억』이었다. 신문사 문화부에서 오랜 기간 기자 생활을 해왔던 그는 두 번째 장편소설 2001년『칼의 노래』를 발표하고, 이어『현의 노래』(2004),『남한산성』(2007년) 등의 작품을 계속 발표했다. 등단지를 통해 등단하지 않고도 작가로서의 뛰어난 능력을 인정받은 두드러진 사례이다.

　　그런데 외국의 경우, 등단 현실은 어떨까. 외국에는 한국과 같은 신춘문예나 문예지의 신인상 제도가 전무한 실정이라고 하는데, 미국 및 유럽에서는 주로 출판사에 원고를 투고하여 단행본으로 출간되면 작가로서 인정을 받게 되고, 일본의 경우에는 주로 동인지 활동이 작가의 역량을 키우는 방편으로 활성화되어 있다고 한다. 알베르 카뮈는 1932년 19세 때 은사인 장 그르니에가 주도한 월간 문예지 ≪쉬드sud≫3월호에 첫 에세이「새로운 베를렌」을 발표하면서 글쓰기 활동을 시작하였다. 그리곤 1942년에『이방인』을 필두로『페스트』등의 소설과『반항하는 인간』과 같은 철학적 비평서를 발표하면서 노벨문학상 수상자가 되었다. 그는 한국처럼 등단 제도를 거치지 않았다. 그냥 작은 문예지에 글을 발표하면서 자신의 창작력을 돋우고, 그 창작력을 바탕으로 창작욕을 고양시켜 자신만의 문학 세계를 수립했던 것이다. 설혹 당시 유럽에 등단 제도가 있었다고 해도 그의 등단은 조금도 문제시될 사안이 아니었을 것, 거침없이 통과했을 것, 그러나 그 역의 상정도 배제할 수 없다. 『이방인』의 원고를 미리 읽은 장 그르니에가 사제의 관계이기에 보인 의례적인 반응인 미온적인 칭찬에 그친 데 반해 파스칼 피아와 앙드레 말로는 극찬을 보냈다고 하지 않은가. 심사위원의 관점 곧 시선의 차이에 따라 평가는 달라질 수 있는 것이다.

본인이 내린 지난날의 결정 가운데 가장 후회스러운 결정은 등단이다. 당시 등단 결정을 내리게 된 동인은 세상살이의 권력 논리에 있었다. 나름 세운 목표는 학문의 길이 열린 대학으로의 진입이었다. 그래서 기본 스펙은 갖추어야겠다는 생각이 들어, 등단을 스펙으로 잡은 것이다. 그러나 신춘문예 투고는 한참 시일이 어긋나고, 해서 문예지 신인상 내지는 추천을 받는 쪽으로 가닥을 잡고, 정작 추천 문예지도 모르는 채 지인에게 원고를 넘겼고, 결국 추천을 받게 되었다. 그런데 문제는, 한참 뒤에야 알게 되었지만 추천 문예지가 일급 문예지가 아니라는 사실이다. 굳이 따진다면 장르상 평론 등단은 별 의미 없는 일인 것이다. 학위 논문 자체가 적어도 평론 수준이거나 평론을 넘어서는 수준이기 때문이다. 그렇지만 '제도'가 요구하는 것을 무시할 수는 없는 노릇, 그래서 급한 차 문예지급 따질 겨를도 없이 추천을 받았는데, 그 끝은 지금까지 중앙 무대는커녕 알아주는 데가 없는, 한낱 무명에 불과한 존재가 되고 말았다. 사실 신춘문예를 통해 등단하거나 명성이 자자

한 문예지를 통해 등단한 것과 그렇지 않은 지면을 통해 등단한 이후는 큰 차이가 있다. 가장 큰 차별은 존재 인정을 받지 못한다는 점이다. 사회에서의 학벌주의와 꼭 닮은 등단 문예지 등급 매기기인 것이다.

그것을 한 지인이 간파하고는 재차 재등단을 권하는 것이었다. 한 급 높은 문예지를 통해 재등단, 세칭, 등단 세탁을 하는 게 좋겠다는 권유였다. 지인의 뜻은 우리 문단 현실을 꿰뚫어 본 애정 어린 관심의 표현이었다. 그 후의를 받아들여야 하지만 선뜻 받아들일 수 없었다. 연령상 글과는 서서히 연이 다하는 한계에 달한 나이에 이른 데다가 자가 판단에 따른 것인데, 그러니까 글의 뛰어나고 안 뛰어나고는, 혹은 알아주고 안 알아주고는 내 능력에 달린 문제이지 등단지에 달려 있다고 보지 않은 것이다. 물론 현실을 간과한 단순한 생각이다. 이름있는 문예지를 통한 등단과 그렇지 못한 등단의 차이는 직접 당사자가 절절히 경험하고 있으면서도, 말이다. 등단지가 먼저 보이는 것, 그것이 이 나라의 문단 현실이다. 글의 권위 의식은 마땅히 글 자체에 있지만 왕왕 등단지의 힘을 받기도 한다.

거의 듣는다. 첫 마디가 "어디로 등단했어요?"이다. 그리고 원고를 게재할 때에도 글쓴이의 이력란에는 필히 등단지를 기재하도록 되어 있다. 남의 시집이나 소설집, 수필집을 받고 펼치면 작가의 이력란이 가장 먼저 눈에 들어온다. 이력 가운데에서도 관심의 포인트는 역시 등단지이다. 그리곤 또 확인한다. 흔히 급이 높은 등단지는 누구든 잘 인지하고 있는 까닭에 확인할 이유가 없지만 잘 모르는 등단지면 그 등단지에 대한 의문이 솟구치는 것이다. 그런 의문을 던지는 나 자신에게 어떨 땐 의구심이 돋는다. 왜 그러냐. 너는 등단지로 인해 열등의식이라는 고통을 겪고 있지 않느냐. 당연히 등단지에 대한 편견을 버려야 할 네가 남의 등단지에 눈길을 꽂다니. 등단지에 대한 컴플렉스라고 할까, 그런 강박관념이 있는 것이다. 이런 화제는 한국에서만의 특징이다. 다른 나라에서는 등단지를 통한 등단 자체가 없으니, 말이다. 그래서 문인들 가운데 왕왕 자신이 등단한 문예지가 격이나 급이 낮은 데 대해 자격지심을 느끼곤 몇 단계 높은 문예지를 통해 재등단하는 경우가 있다.

그런데 한국의 등단 제도 가운데 부끄러운 등단 현실이 하나 있다. 시쳇말로 등단 장사인데, 2012년 1월 12일자 ≪중앙일보≫에 <문예지 사 줘야 당선 확정…'등단 헌금' 내라?>는 제목의 기사가 실렸다. 전국 문예지 313종 … 대다수 문예지가 이런 관행을 토대로 운영되고 있다는 사실을 보도했다. 해당 문예지를 최소 100권 이상 구입하지 않으면 등단이 취소되거나 연기된다는 것이다. 방현석 중앙대 교수는 이에 대해 "문학을 희화화하고 작가 지망생을 기만하는 것"이라고 비판의 견해를 피력하고 있다. 이에 대해 문예지의 열악한 재정 여건을 고려해야 한다는 주장도 있다. "작품을 발표할 수 있는 지면이 지속될 수 있다면 이런 관행도 긍정적으로 평가해야 한다"는 주장을 한, 당시 한국문협 이사장 정종명 씨의 소견도 소개되었다. 고교 동기인 한 친구가 한 문예지를 통해 등단한 적이 있다. 중앙일보의 기사처럼 해당 문예지를 100권 이상 구입하는 조건으로 시 추천을 받았다. 이후 그 친구가 시를 쓴다는 소문을 들은 적이 없다. 일부 문예지의 경우, 들은 바에 의하면, 원고를 낸 당사자에게 신인문학상 수상자라며 연락이 온다고 한다. 그러면서 상패 제작, 책값을 명목으로 돈을 요구한다는 데, 심한 경우 등단비가 100만 원이 넘는 경우도 있다고 한다. 사실 문예지는 재정적인 뒷받침이 여건상 힘들다. 소속 동인회원 아니고는 정기 구독하는 독자는 거의 없다 보니 늘 폐간 위기에 봉착해 있는 실정이다. 문예지는 작가들이 창작한 작품을 발표할 수 있는 거의 유일한 공간이다. 누이 좋고 매부 좋다는 식의 이중적인 전략이 바로 등단을 내세운 문예지 대량 구입인 것이다. 현재 한국 문단은 이런 등단 절차를 거치지 않으면 문인으로 정식 인정되지 않는 문학적 풍토이다. 신춘문예를 통한 좁은 등단에 비하면 문예지 추천 등단은 등단의 문이 넓어진 셈이다. 신춘문예는 소수의 인원만으로 끝나기에 등단의 기회가 제한되어 있지만 문예지는 수백 종이 있기 때문에 추천을 받아 다수의 등단이 가능하다. 신춘문예의 한계점을 채우는 일종의 보완책인 셈인데, 문제점은 등단 작품의 질적 수준이다. 어느 정도의 수준이 확보되지 않은 미달의 작품에 대해서도 문예지 구입 조건으로 등단을 시킨다는 데 심각한 문제점이 발생하는 것이다.

그런데 왜 한국에서만 신춘문예나 각종 문학지 신인상을 통한 '등단 제도'가 만들어진 것일까. 역사적 전승의 측면을 고려한다면, 추측컨대, 공공의 글쓰기 제도인 조선시대의 과거제도와의 연관성을 추정해볼 수 있겠다. 과거제도는 인문학적 기본과 소양을 바탕으로 당면한 당대 현실 문제나 시국 현안에 대한 소견을 진술하는 것이었다는데, 이를 '책문(策問)'이라고 부르는바, 오늘날 대학에서 치르는 논술 시험의 형태이다. 가령, 세종이 낸 책문으로, <인재를 등용하고 양성하는 방법에 대해 논하여라.>와 같은 문제가 그렇다. 지금 신춘문예 등단을 고시 합격에 빗대어 말하는 경우가 있다. 고시는 조선조 과거 제도의 한 형태이다. 과거를 거치지 않고서는 벼슬자리에 오르기 어려웠던 것이, 지금 등단 과정을 거치지 않으면 문인 자격을 얻을 수도 없고, 작품 활동을 하기 어려운 문단 현실과 그대로 겹친다.

조선조 당시 평생 한 번도 과거에 급제하지 못한 이들이 열에 아홉일 정도로 많았는데, 율곡 이이는 무려 아홉 번이나 과거에 장원한 수재였다. 그가 쓴 격몽요결(擊蒙要訣)에 이런 말을 남겼다.

> 옛날의 학자들은 일찍이 벼슬을 구하지 않았으되 학문이 이루어지면 윗사람이 된 자가천거해서 등용하였으니, 벼슬하는 것은 남을 위하는 것이요, 자신을 위하는 것이 아니다.지금 세상은 그렇지 아니하여, 과거로써 사람을 뽑아, 비록 하늘의 이치를 통달한 학문과남보다 빼어난 행실이 있더라도 과거가 아니면 치도를 실천할 수 있는 지위에 나아갈 길이 없다. (古之學者 未嘗求仕 學成則爲上者 擧而用之 蓋仕者 爲人 非爲己也 今世則不然以科擧取人 雖有通天之學, 絶人之行 非科擧 無由進於行道之位. (處世章-第十)

율곡의 윗글은 과거에 대한 글이지만 어째 지금의 등단 현실과 그대로 일치하는 말이다. '비록 하늘의 이치를 통달한 학문과 남보다 빼어난 행실이 있더라도 과거가 아니면 치도를 실천할 수 있는 지위에 나아갈 길이 없다'는 진술 대목을 보라. 설사 인간과 세상을 꿰뚫고 있는 큰 안목과 지혜를 가졌다고 해도 과거를 통하지 않고서는 치도를 실천할 수 없다는, 과거제의 폐단을 지적한 대목은 등단을 하지 않고서는, 아니, 등단을 해도 신춘문예나 일급 문예지를 통해 등단하지 않고서는 공공의 글쓰기인 문학을 통해 자신의 세계관을 드러낼 방도가 없다는 사실과 그대로 일치하는 것이다. 어떻게 해서 등단이 공교롭게 조선조의 과거제에 닿아 있는지 모르겠지만 일종의 권위 의식이랄까, 아니, 권위보다는 권력 의식으로 짚이는 문화적 권력 혹은 문단 권력으로 헤집고 들어온다.

　과거제에 대한 평가는 혈연적, 정치적 편파성이 강했던 인재 등용의 기존 관행을 탈피하여 공정하게 학문과 철학에 근거한 능력 위주의 인재를 등용, 철학적 정치를 펼칠 수 있게 되었다는 데에 그 의의를 부여하고 있다. 글쓰기도 그렇다. 공정한 심사 과정을 거쳐, 제대로 글을 쓰는 이를 뽑는 등단 제도는 당연하다. 문제는 글쓰기에서 공정한 심사라는 말은 어색하고 언밸런스라는 느낌이 강한데, 가령, 고전주의 흐름의 문예사조에서 신사조가 나타났을 때, 과거제라는 등단 심사 제도를 거친다면 그 신사조는 살아남을까. 글쓰기가 과거제도처럼 합격, 불합격이 가능한 것인가. 등단은 심사하는 이의 생각과 판단 기준에 맞아야 되는데, 글쓰기가 그렇게 되는가. 글쓰기가 심사의 형식을 통해서 제 생각과 느낌을 검증받아야 되는 게 납득이 되지 않는다. 심사위원이 이 세상의 인간 세상을 다 꿰뚫고 있는 것도 아니고, 그와는 다르게 세상을 들여다볼 수 있지 않은가. 혹 등단 절차를 거친 그 이후에 등단지에 대한 선입견으로 인해 글의 수준이나 깊이가 재단되는 사례가 있는지도 모르겠다. 글쓰기는 자기 생각을 자유롭게 펼치는 행위이다. 그런데도 등단지를 써놓고 원고를 보내려면 왠지 신경이 많이 쓰인다. 등단 제도가 있는 이 나라에서 그것은 현실적이니 전면 부정하거나 도외시할 수는 없는 일, 그래서 머리를 짜낸 끝에 내린 처방은 등단지를 명시하지 않는 것이다.

소설을 전공한 지인이 있다. 그런데 그가 문학단체에 가입하려니까 가장 큰 걸림돌이 등단 문제였다. 어느 단체이든 간에 회칙에는 등단이 필요충분조건으로 제시되어 있다. 회칙에 미등단의 예외 규정이 있었으면 했지만, 그런 예외 규정이 없어 난항을 겪다가, 결국은 본부 이사회를 통해 저간의 저술 실적을 반영시켜 겨우 입회시킨 적이 있다. 공식적으로 등단을 하지 않으면 글 쓰는 이로 인정을 하지 않는다. 그는 소설 전공의 박사 학위를 받았고, 소설 평론을 많이 썼다. 사적인 견해이지만 평론은 학문적인 글쓰기인 관계로 그가 소설 전공의 학위를 수료한 만큼 개인적인 견해로 보면 그는 이미 평론가 자격을 충분히 갖춘 셈이다. 프랑스의 평론가 자크 리비에르가 이력상 공식적으로 페늘롱에 관한 박사 학위 논문으로 데뷔한 것으로 소개되었던 이유이다.

등단에 관해 피력하면서도 께름직한 기분이다. 등단지 운운하는 자체부터가 글의 본질과는 상거한 지엽적 문제, 곧 스스로 꿇리는 기분에서 언급했다는 자격지심 때문이다. 그러나 긍정의 측면도 있다. 자신에 대해 반추해 보고 반구해 보는 자리가 된 것 같아서이다. 수단이나 방법에 대한 쪼잔한 생각보다는 그것을 뛰어넘어 자신의 능력이 허락하는 한 최선의 길을 뚫어서 가는 일이다. 퇴계 이황과 남명 조식은 과거 시험에 합격했는가. 퇴계 선생은 3번, 남명 선생은 4번 낙방한 것으로 알고 있다. 그들을 문인으로 간주하여 등단 운운한다면 그들은 등단에 실패한 인물들이다. 도대체 등단 제도라는 것은 무엇인가. 문화적 자본이고 권력이라고 할 수 있는 이 등단 제도는 글을 쓸 자격, 권한, 특권을 부여하는 시스템인데, 어떤 등단지이건 일단 등단의 과정을 거쳤으면 당당한 자격으로 부여된 권한을 최대한 부려쓸 것이며, 미등단의 글쓰기도 자유로운 문단 세상의 일환이라는 혼잣말을 부친다.

생각하는 갈대

— 마지막 피드백의 길

볼테르는 "자기 연령에 상응하는 분별을 가지려고 하지 않는 자는 그 때문에 큰 고생을 겪게 된다."고 말했다는데, 연령에 맞게 분별 곧 세상 물정에 대한 바른 생각이나 판단력을 가져야 한다는 핵심 화두는 대체로 노령층에 적용이 된다. 제대로 분별이 부재했던 시기는 노령층의 그 앞, 그 앞-앞의 전단계이기에 그 고생의 연령층은 노령이기 때문이다. 고생의 구체-상은 하나의 단-현상으로 뭉뚱그릴 수는 없다. 사회적 경제적 위축이나 궁지, 정신적 불안 등등 개인차-별로 다양하다. 그런데 분별의 핵은 생각이다. 생각은 달리 말하면 지혜, 우리말로는 슬기이다. 그런데 슬기, 하면 위기를 넘기는 순간적인 재치 정도로 보는 경우가 많은데, 사물의 이치를 제대로 파악하고 대처하는 지성적인 힘이다. 세상의 이치에 대한 직관으로 다양하게 일어나는 현상들에 대한 슬기로운 대응이 지혜이다. 에릭 에릭슨 역시 노년기에서 가장 중요한 덕목으로 지혜를 들면서, 구체적이고 일상적인 문제들의 핵심을 단순하게 짚어준다는 점에서 여전히 현실성이 있다고 한다.

나이-듦의 정체성은 삶의 경험을 통해 쌓이고 쌓인 지혜의 연륜이 아닐까. 그게 아니면 늙는 것이 아니라 낡는 것일 게다. 늙다와 낡다는 어원적으로 동일하다. 둘 다, 일반적인 해석으로, '오래되어 쇠퇴하다, 못 쓰게 되다'는 뜻의 '늙다'가 어원인데, '아래ㆍ'의 음가가 소실, 사용 폐기됨으로써 늙다와 낡다로 변이되어 사용처가 각각 다르다. 이어령 선생은 '늙다와 낡다'에 대해 이렇게 말한다. "오래 산 사람을 늙다고 하고 (늙었다고)/ 오래 쓴 물건을 낡다고 한다 (낡았다고)". 그러니까 삶은 생명의 존재이기에 늙어 가는 것이지, 무생명의 물건처럼 낡아 가는 것은 아니라는 취지의 발언이다. 기철학으로 말한다면 제대로 늙은 것은 기가 머리에 거처를 잡고 있고, 늙은 것이 아닌, 낡은 것은 기가 머리 밖으로 빠져나가 머릿속에는 아무것도 없는 것이 된다.

특이한, 몇 가지 해석이 대기 중이다. '늙다'는 '늘 그대로'의 줄임말로, 늘 그대로 멈춰있는 상태, 새로운 것을 찾아내지 못하고 그대로 머물러 있는 상태라는 해석은 늙음에 대한 상식적인 해석이다. 그런데 뜻밖에, "나이, 세월 등이 오래되어 '늘어가다, 익어 간다'는 뜻으로 해가 갈수록 숙성되어 깊은 연륜을 발휘하게 된다"는 해석이 있다. 늙음에 대한 긍정적 차원의 해석이다. 혹은 '늙다'의 어원을 '느리다, 너르다'에서 찾는 해석도 있는데, '느리다'는 늙은 사람의 행동에서, '너르다'는 그 마음의 크기에서 근거한 해석이다. 역시 늙음에 대한 진지한 사유의 결과로서의 해석이다. 누군지 모르지만 그렇게 긍정적인 해석을 베푼 그도 자신의 해석처럼 그렇게 깊은 연륜의 마음 큰 늙음의 길을 걸어갈 것이다.

삶에는 오랜 경험을 통한 바른 인식의 지혜가 담기기 마련이다. 그 지혜는 거의 나이와 직결되지만 나이를 뛰어넘는 이도 있다. 가장 대표적인 인물이 파스칼이다. 그는 향년이 39세이다. 그런데도 『팡세』라는 지혜의 보고를 낳지 않았는가. 기계가 만들어진 지 오래되어 고장이 나는 것과, 오래 사용되지도 않았는데 고장이 나고 가동이 중지 또는 정지되는 것은 그 기계 자연 수명이 아닌 처음부터 부실하게 만들어진 까닭이다. 사람 역시 그럴 개연성이 크다. 하지만 사람은 기계가 아닌 까닭에 다양한 오랜 경험을 거치면서 깊은 사유의 지성과 인격이 형성되는 과정이 중요한 원리이다.

그런데 늙음의 길을 걷는 이들은 지혜는 차치하고 상식 차원의 생각 정도는 해야지 않겠는가. 늙을수록 추해지는 이유는 바로 여기에 있다. 상식조차도 모르는 상태가 그것이다. 그런 까닭에 대중들의 세상에 살려면 두루뭉술, 그저 그러려니 하는 수준 정도 아니고는 공동체-살이가 불가능하다. 인간 세상살이를 아이러니하게 지혜롭게 사는 방법은 대중들과 어울려 그들과 똑같이 두루뭉술 그러려니 하며 사는 방법이 그것이다. 그런 살이를 거부한다면 철저히 홀로 살아야만 한다. 대다수의 철학자와 사상가들, 문학예술가들이 심지어는 혼인도 하지 않은 채 홀로 살았다. 플라톤이 그랬고, 파스칼, 쇼펜하우어, 니체, 베토벤, 보들레르도 홀로 살다가 이승을 떠났다.

언젠가 아파트 입구에서 나이 든 여성과 차량 운전자 여자가 승강이를 벌이는 장면을 목격했다. 승강이 사유는, 그것을 들으려고 해서 들은 것이 아니라 그냥 그 곁을 지나치다가 듣게 되었는데, 아쉬움이 진득하다. 승강이 사유는 주차 공간 확보가 갭이었다. 나이 든 여성이 아들의 차량 주차 공간을 확보하기 위해 미리 나와서 지키고 있었던 것인데, 잠시 후 차량 운전자가 그곳에 주차하려고 하니 가로막아서 서로 한 치도 양보하려 들지 않아 언쟁이 벌어진 것이다. 아파트 주차 공간은 모든 주민들의 공간이지만 자기만의 소유 공간은 아닌 것, 주차 공간은 먼저 온 차량이 주차하는 곳이지 않은가. 이런 행위 규정은 아파트 공동체에서 불문율로 주민 모두가 인정하고 실천해야 공동체의 질서가 확립, 공생 공존의 공동체 생활이 가능하지 않은가. 분란의 원인은 모성과 주차 권리의 대립으로 정리되는데, 주차 규정 논리로 본다면 결론은 이미 정해진 사실이다. 왕왕, 아니, 거의 압도적으로 모성은 생각이 옅다. 모성의 힘이 뇌 속 깊이 절대화되어 있기 때문이다. 모성은 가족에 대한 절절한 사랑이기에 경의를 표할 만큼 감동적이지만, 왕왕 자주 접하는 모성, 이를테면, 모성의 사적인 목적만 추구하는 절대화된 모성은 편하게 대하기가 참 힘들다. 공동체 질서를 지키는 선에서 모성이 베풀어져야 모성이 깊고 따뜻하며 감동적이지, 그 질서를 도외시한 채 마구 부리는 모성은 역겹다. 모성의, 그 나이 든 여성에게 사려 깊은 분별력이 많이 아쉽다. 운전자 여자도 모성의 입장을 배려하는 양보심이 있었으면 하는, 그래서 인간적인 정의(情意)가 아쉽다.

한 노인이 술을 마시고 취한 뒤 대로변에 드러누워 있는 장면이, 8차선 대로 신호 건널목에서 신호를 받고 주행하는 차량 사이로 한 노인이 불쑥 튀어나와 무단 횡단하다가 차량과 충돌한 장면들이 선히 떠오른다. 질서를 무시한 본능에 따른 행동, 사유가 있는 노인이라면 그 사유로써 본능을 제동, 억제, 통제하는 반듯한 행동-가짐이 있을 터인데, 사유가 없다는 뚜렷한 반증인 것, 노인이기에 더욱 반듯한 행동이 있어야 하지 않은가. 본능에 따라 상식을 초월한 그들과 함께 공동체라는 명분 아래 공동생활이 가능하겠는가. 어쩔 도리 없이 같이 살게 된다면 생각이 없어야 살아갈 수 있을 것이다. 사회 질서의 맥락을 상실한 채 아무런 분별 없이 순간의 본능에 따라 움직이는 노인은 인생의 끝에 서 있는 사람일 뿐이다. 그 노인들은 인생을 시작과 중간과 끝이 있는 전체로 보려고 하지도 않는다. 그런 사유와 안목이 있다면 자신이 마무리 단계에 서 있다는 인식 아래 분별 있는 몸가짐을 할 것, 그런데 그런 분별이 실종, 부재하는 그런 노인에게서 보이는 것은 그저 끝장에 가까웠다는 것, 써먹을 대로 써먹은 고물이라는 것, 남은 것은 내다 버려야 할 쓰레기에 지나지 않는다는 것, 그래서 히틀러는 노인을 쓰레기 취급했던 것일까.

그런 이유로 해서도 우리가 삶에 대립시켜야 하는 것은 죽음보다는 차라리 노년이다. 노년은 죽음의 풍자적 모방이다. 그 노년의 전형적인 형태는 나이 들면 '그러려니' 하는, 흔히 관성이라는 인습적 행동에 빠져드는 일이다. 노인네의 관성 곧 나이-듦의 두드러진 전형은 에리히 프롬의 명명대로, '마술적인 조력자'에게 복종 내지 의존하려는 전형적인 심리 태도, 이른바 종교적인 절대자에게 의존하려는 경향이다. 한국의 경우, 샤머니즘의 무속적 미신적인 메커니즘이 지배적이다. 비합리적인 세계관에 빠져서 초자연적이고 신비로운 초월적인 존재에 함몰되어 거기에서 헤쳐나오지 못하는 경향이다. 이런 경향은 대체로 남자보다 여자들에게 더 치우친다. 가령, 올해의 운세나 개인의 특정 현안에 대한 근심으로 인해 난제를 해결하기 위해 전혀 근거 없는 미신에

현혹되어 거기에 빠지기 일쑤다. 그런데 초월적인 존재에 기대려 하는 노인은 과연 젊었을 때 난해한 문제 사안이 생겼을 경우, 이런 초자연적, 비과학적인 해법에 기대었을까. 생각이 멈추면 과거의 낡은 관행, 곧 비과학적, 초자연적인 방식을 답습, 함몰되는 것이다. 생각이 있다면 그런 비이성적, 비합리적, 비과학적인 사고에 빠질 이유가 없다. 그것은 혹 삶에 대한 강렬한 관심이나 열정이라고 갖다 붙일지 모르지만 오히려 삶에 대한 무관심과 태만, 안일, 우연의 행동화이다. 삶에 대한 관심이고 열정이면 무속적인 메커니즘에 빠질 동안에 건강한 미래를 준비하려 노력할 것이다.

　토인비는 말한다. "우리는 과거에 관한 정보·사료(史料)를 기계에 넣는 대신 점성가(占星家)의 두뇌 속에 넣었을 것이다. 그 점성가는 극히 가벼운 마음으로 우리들의 미래에 대한 점괘를 내주었을 것이다. 하나의 나라, 하나의 문명 또는 각 개인의 미래를 보여주었을 것이다. 그러나 이 점성술이라는 하나의 사이비(似而非) 과학이 다소의 도움이나마 될 수 있는 회답을 하나도 주지 못했다는 것은 다 아는 사실이다."(『역사의 교훈』) 점성가에 대한 인식은 보편적이다. 점성가들의 예언은 구체적이고 과학적이지 않다. 사실 조금이나마 머리에 생각이 있다면 도대체 점성가들의 사이비 과학에 어떻게 의존하여, 그들이 내리는 미래 운명을 어떻게 신뢰할 수 있다는 말인가. 그렇다면 굳이 삶에 애쓰거나 힘써 노력할 이유가 있겠나. 그냥 점성가가 시키는 대로 운명에 따라 사는 수밖에 없지 않은가. 맞으면 됐고 아니면 말고, 식이다. 아니, 안 맞아도 가서 항의도 할 수 없다. 불문율인 까닭이다. 사실 우리의 미래를 누가 어떻게 정확히 예측한다는 말인가. 하긴 정해진 미래이기에 예측이 가능하다. 미래는 오로지 삶의 주체가 현재 쏟아 넣는 노력과 그 치중에 의해 정해지는 까닭이다. 현재는 미래를 생성하는 원동력인 것, 점성가에게 가서 불문율의 구름 잡는 소리를 들을 시간이 있으면 지금 현재에 치중 노력하는 것이 자신의 미래를 생산적으로 가능하게 한다. 미래에 대한 점괘는 지금의 내가 현재 만드는 중인 것이다.

쇼펜하우어는 세상의 모든 나이 든 이를 겨냥, 말한다. "언제나 어리석은 대다수의 사람들은 고령에 이르면 점점 로보트화해 간다. 그들은 언제나 같은 것을 생각하고 이야기하고 행하며 그리고 어떠한 외적 인상도 그들의 이런 생활방식을 변경할 수는 없다. 어떤 종류의 노인에게 말을 거는 것은 모래 위에 글자를 쓰는 것이나 같다." 인용을 하긴 했지만 '로보트화' '언제나 같은 것을 생각하고 이야기하고 행하며' '노인에게 말을 거는 것은 모래 위에 글자를 쓴 것이나 같다'는 말을 들으니 황량하고 무참한 기분이다. 오랜 삶의 시간을 살아온 노인은 그 시간만큼의 지혜의 대명사가 되어야 마땅한 일인데, 쇼펜하우어의 말에서 그려지는 노인들의 삶의 시간들은 그냥 나이만 먹고 늙은, '로보트화'된 죽은 시간에 불과하다. '노인에게 말 거는 것은 모래 위에 글자' 운운에서 보듯 노인에게서 기대하게 되는 지혜와 지성의 힘은 허망하게 물 건너간 것일까.

사람은 지혜와 지성의 힘을 갖춤으로써 근거 없는 여론을 과감히 물리치게 된다. 지혜와 지성은 자신의 힘으로 현실을 간파, 이해, 제대로 인식하려는 노력이다. 곧 진실에 가까워진다는 의미, 허구와 망상의 메커니즘에 빠지지 않게 될 뿐 아니라 과감히 물리친다. "인식이라는 것은 착시를 제거하고, 그만큼 해방되는 과정"이라는 에리히 프롬의 말처럼, 인식은 곧 지성의 힘인데, 그 지성은 점성가가 흩뿌리는 착시를 제거하고, 그 착시에서 해방된다는 사실, 그 지성미는 곧 사람이 지닌 품격 혹은 삶의 오랜 시간적 기품이다.

나이는 세월이다. 세월은 오랜 시간이다. 시간은 삶과의 관계 속에서 무르익은 경험의 축적이다. 경험의, 경험 축적의, 경험 축적의 최선의 미적 결실은 온갖 일상의 상식이나 관습이 아니라 지혜이다. 나이는 흔히 먹는다고 한다. 먹는 데에서 끝나는 게 아니고 그 영양분으로 나이만큼 자신을 키워야 한다. 나이를 제대로 값지게 든 사람과 그렇지 않은 사람의 차이는 바로 이 지혜에 달려 있다. 일흔 나이를 공자는 '從心'이라고 명명했지만 일흔의 나이라도 누구든 다 '從心'은 아니다. '從心所欲 不踰矩'(종심소욕 불유구)의 단계에 이르러서야만 '從心'의 자격이 있을 뿐이니, 몇 사람이나 종심이 가능할까. 그냥 생물학적 일흔일 뿐이다.

나이 들면 누구든 다 건강한 삶을 입에 올리는데, 그 건강한 삶의 실체는 열에 아홉은 몸 건강이다. 물론 몸이 건강해야 움직일 수 있으니, 삶이 지속되는 것이다. 몸이 움직이지 못해 방안에 늘 드러누워 있다면 이미 사람의 삶에서 벗어나 있는 실정이다. 몸이 건강해야 하는 것을 누구도 부정할 수 없는 일이다. 건강한 삶이 목표이다. 그러나 몸 건강만을 최상의 목표로 삼을 수는 없는 일, 내가 말하는 건강한 삶은 사유가 정상적으로 가동되어야 한다는 사실, 나이가 들수록 더욱 인간 세상을 관조하여 혜안을 발휘해야 한다. 인간으로 살다가는 것은 그 누구를 의식해서가 아니고, 자신의 삶에 대한 책임과 의무, 양심과 도의를 의식해서 그렇게 살아야 한다는 것이다. 그런데 나이가 들수록 추해진다. 오랜 시간을 살아오면서 젊은 세대층에게 본보기가 되고, 나아갈 길을 제시해 줄 수 있는 지혜 그 자체인 건강한 사람이 되어야 하는데, 오히려 젊은이들에게 그들의 추한 미래를 미리 보여주는 것이 되는 바람에 그들로 하여금 자신의 현재에 대한 충실도를 낮추는 경향이 있어, 그래서 추하다. 자신을 돌아보자. 다음 세대의 미래를 미리 환하게 열어 보여주는, 그들의 참된 모델로서의 건강한 노인이 될 수 있기를, 오늘도 나 자신을 채근질한다.

"내일 세상이 망한다 해도 나는 오늘 사과나무를 심겠네." 혹은 "내일 지구의 종말이 온다면 사과나무를 심겠다."는, 이 말은 발설 주체가 분분하다. 우리가 알고 있는 대상은 스피노자(1632~1675)인데, 소크라테스라고도 하고, 마르틴 루터(1483~1546)를 지목하기도 한다. 그런데 그 주체가 누군지는 알기 어렵고, 꼭 누군가를 지목하라면 나는 소크라테스를 들고 싶다. 그가 우중들의 배심 판결에 따른 형 집행을 대기하던 차, 그를 존경했던 간수가 "선생님, 내일이면 돌아가실 텐데 시를 배워서 무엇 하시게요?"라고 물었을 때, 소크라테스가 불쑥 던진 말이라고 한다. 당시 소크라테스의 나이는 칠순이었다. 지금 나이에 비하면 상수의 나이이다. 나이가 들어도, 아니 당장 내일 독배를 마시고 죽어야 하는 처지인데도, 소크라테스는 저런 말을 던진다. 보통 사람들일 경우, 내일 당장 독배를 마시고 이승을 떠나야 하는 판인데, 과연 저런 이야기가 나올 수 있을까. 가능성은 거의 전무하다. 자신의 운명이 당장 끝나는 판국인데도 후세 타자들인 모든 인간의 삶의 미래에 대한 꿈과 희망을 담은 위대한 언술이다. 위대한 생각의 소크라테스, 그러니까 지금도 그는 살아있다. 역시 위대하다. 그가 위대한 것은, 그가 심겠다는 희망의 전언인 사과나무로 인해 우리 역시 즐거이 즐기며 희망차게 우리의 미래를 향해, 그가 심겠다는 사과나무를 심고 있는 까닭이다.

장수를 기리는 것은 어쩌면 저주일 수도 있다. 김형석 교수처럼 백수를 넘어도 세상에 대한 철안(哲眼)의 지혜가 있는 분이면 장수를 기리겠지만 대체로 그렇지 않다. 치매나 알츠하이머 등 정신의 기가 완전 탈기된 나이 듦의 현상은 추하다. 자신의 몸 관리에 최선의 노력을 기해도 늙음과 낡음은 피해 갈 수 없는 일이다. 바라는 것은 정신 건강이 몸 건강과 나란히 같이 가는 일이다. 그 기간은 반드시 장수이어야 할 이유가 없다. 진정한 수명 곧 생명력은 오래 사는 힘을 말하는 것이 아니라 정신의 힘을 말한다. 세상을 똑바로 보고 인식하고, 문제점에 대한 최선의 개선안과 해법을 찾는 정신과 사유의 힘을 말한다. 에릭 에릭슨에 따르면, 늙는다는 것은 대단한 특권이다. 그것은 회상 속에 떠올리는 긴 생애에 대한 피드백을 허락해 주는 이유에서이다. 지나온 삶은 결국 온갖 시행착오들의 묶음이다. 그 시행착오에 대한 피드백을 통해서 지혜는 솟는다. 늙음이 추하고 그렇지 않음의 차이는 이 피드백의 여부에 있다. 위인들은 지혜를 남들에게 나누어 주기도, 베풀기도 하지만, 보통 사람들은 그런 단계는 아닌 만큼 깊은 피드백의 생각이 있도록 해야 할 것이다. 마지막 남은 삶의 길을 제대로 '-답게' 걸어가기 위해서 말이다.

끝으로 붓을 내리면서 블레즈 파스칼이 남긴 두 마디 말을 부친다. "나는 손, 발, 머리가 없는 사람을 생각할 수 있다. 그러나 나는 사유 없는 인간은 생각할 수 없다. 그는 돌이거나 짐승일 것이다." 그리고 "인간은 자연 가운데서 가장 약한 하나의 갈대에 불과하다. 그러나 그것은 생각하는 갈대이다."

아름다운 추모의 자리
─진정한 만남의 제사를 기리며

최근 한 정부 부처에서 제사에 대한 인식을 조사한 결과, 세대에 따른 세태의 변화를 실감케 하는 놀라운 결과가 나왔다. 조상의 기일(忌日)을 추모하고 기억은 하지만 일정한 형식과 예를 갖춘 전형적인 방식의 '제사를 지내지 않는 것에 동의한다' 곧 '제사의 불필요' 의견이 2000년 9월 보건사회연구원의 '제례와 성묘의 실태 및 의식조사'에서는 7.3%에 불과했으나 2021년 5월 여성가족부에서 조사한 '제4차 가족 실태 조사통계'에서는 45.6%에 이르렀다. 50대 이상의 베이비-붐 세대에서는 전체의 3분의 1 정도가 제사 폐지에 동의하는 반면, X세대가 주축을 이루는 40대는 전체의 2분의 1 정도가 동의했으며, 아직 40대에 진입하기 이전의 MZ세대는 반수 이상 3분의 2에 근접한 정도로 동의했다. 제사를 지속해야 한다는 의견일 경우에도 제사나 차례를 간소화해야 한다는 의견이 대세이다.

엄청난 인식의 변화상이지만 사실 크게 우려하거나 개탄할 세태의 변화상은 아니다. 한국의 제사 문화는 거의 허례허식 수준이다. 지나치게 제사에 매달려 엄청난 스트레스를 받는 것과 비교하면 그런 변화는 수긍할 만하다. 하지만 그 변화는 수용하되 제사에 담긴 참된 뜻은 깊이 지니고 싶은 마음인데, 아름답지 않은가. 나를 있게 한 분들에 대한 추모의 자리, 가족 간, 친족 간의 친목과 화목, 유대감을 다지는 이만한 가족 축제가 또 어디 있을까. 반드시 샤마니즘의 초자연적인 의식에 위축될 이유는 없다. 그리고 반드시 제사라고 하는 전통문화 의식에 연연할 이유 또한 없다. 갈수록 생활 양식의 변화, 핵가족화 등과 같이 사회가 바뀌어 가고 있기에 거기에 발을 맞추어 제사 의식 또한 맞추어 변주되어 가야 하는 것이다. 시대에 맞지 않는 지나치게 형식적인 의식은 바꾸어 시대에 맞게 변형, 새로운 문화를 만들어 가는 것이다.

기존의 제사 문화에 대해 몇 가지 곰곰이 생각해 보아야 할 점이 있다. 4대 봉사라는 낯선 제사가 있었다. 지금은 4대가 공시적인 공간에서 산다는 것은 불가능에 가까운 일이지만 이전에는 가능했다. 그런데 ≪經國大典≫제례에는 4대 봉사는 사대부 이상의 양반 계급만이 지닐 수 있었다. 6품 이상은 3대 봉사, 7품 이하는 2대 봉사, 일반서인(一般庶人)은 1대 봉사 곧 부모 제사만 지내게 되어 있다. 그러다가 갑오경장 이후 신분제도가 무너지면서 일반 백성도 양반(兩班)에 대한 욕구가 분출되면서 4대 봉사를 지내기도 했다는데, 한 마디로 헛제사를 지낸 셈, 함께 지낸 면식 조상도 아닌데, 허례허식의 절정인 셈이다. 한 달에 한 번 제사를 치러야 하는 맏아들의 아내 맏며느리는 제사를 준비해야 하는 고된 노동에 얼마나 시달렸을까. 제사상은 남보란 듯이 상다리가 부러질 정도로 차려야 집안 얼굴이 표나게 되는 것인데, 종부의 힘듦은 직접 보지 않아도 짐작이 간다. 한국인의 허례허식은 타의 추종을 불허하는 단계의 급이다. 제사는 함께 지내면서 얼굴을 대하고 같이 생활해 본 적 있는 조상 제사라야만 추모의 정이 깊고 애틋한 법이다. 가령, 할아버지 할머니의 제사에 손주가 참례하여 절을 하면서 무슨 생각에 잠길까. 그냥 아무 생각 없이 절만 할까. 그렇지는 않다. 어릴 적 자신을 애지중지 이쁘게 돌보아 주신 그분들에 대해 추억을 떠올릴 것이다.

현대의 지금 가정에서는 거의 기제와 차례만 지내는데, 일 년에 한 번 음력 10월에 5대 이상의 조상 무덤에 지내는 제사인 시사(時祀)가 있다. 그런데 기제와 차례와는 달리 시사는 문제가 있다. 지금은 조부모까지 제사를 지내고, 증조부모부터는 그대로 시사로 넘어간다. 시사는 그분들의 제사를 한날 한시에 산소에서 지내는 제사를 일컫는다. 그분들은 대체로 면식 조상이 아니다. 그런데 시사는 대물림이 되어야 가능한데, 듣도 보도 못한 5대조 이상의 조상에 대한 제사 의식을 가지게 될까. 제사를 위한 제사에 그치고 만다. 가서 아무 느낌이나 생각이 없이 형식적으로 허리만 굽혀 절만 하고 마는 것이다. 제사의 참된 의미와는 척이 진다. 그래서 제사는 반드시 돌아가신 분과 함께 생활한 공동의 삶을 전제로 해야 한다.

그리고 시사는 한 가정만이 책임지는 제사가 아니다. 시사에 참여하는 친척은 사촌, 재종, 팔촌까지의 친족까지 확대되는데, 지금은 어떤가. 베이비-붐 세대처럼 형제자매가 많은 것이 아니다. 아들과 딸, 아들 하나, 딸 하나만으로 이루어진 핵가족 형태이다. 이전처럼 친족도 별로 없지만 있어도 이전처럼 교류가 활발하지 않다 보니 재종 팔촌은 말할 것도 없고, 심지어는 일상적으로는 사촌과도 만나는 경우가 드문 실정이다. 그러다 보니 제례 풍속도 많이 달라지고 있다. 일례로, 가을 추석이 오기 전에 행하는 벌초도 요즘은 대행업체에 맡기는 집안이 갈수록 늘어나고 있는 실정이다. 그것은 젊은 일손이 줄거나 타지에서 생활하는 경우로 인해서인데, 타지 생활 중인 그들에게 낯선 제사인 시사에는 참례하는 젊은 식구가 줄 수밖에 없다. 따라서 앞으로 시사는 진지하게 생각해 보아야 할 문제의 제사이다. 로봇형의 인간이 아니고서는 얼굴은커녕 듣도 보도 못한 분들을 기리는 시사에 모든 일을 제쳐 놓고 참여하겠다는 일족의 구성원이 몇 명이나 될까. 진정한 제사는 제사를 지내는 이가 돌아가신 분을 기억하고 있어야 가능하다. 그래야만 절을 할 때마다 그분을 회억하면서 내세에서의 명복을 빌고, 또 자신의 삶에 대한 자성의 계기를 갖는 것이다. 제사 지내는 그분이 누구인지도 모르는 채 절만 형식적으로 하면서 빨리 제사가 끝나기만을 기다리는 그런 제사는 이미 제사의 본질에서 멀어져 있다. 그런 제사는 이미 제사 의식을 상실한 셈이다.

『朱子家禮』'예서(禮書)'에 묘사된 제사상에는 소박하고 간소한 제물들이 차려져 있다. 그리고 차례에 올리는 제물은 주과포(술·과일·포)와 시절 음식을 차리는 정도로 간단했고 술을 한 번 올리는 절차로 진행되었다고 한다. 명재 윤증(1629~1714년)이 남긴 말이 바로 "제사는 간략하게, 형편에 맞게"였다. 유교가 정착되면서 가문 의식이 팽배해지자 조상 제사를 가문의 위세를 대외적으로 과시하는 수단으로 삼으면서 제물과 절차가 화려해졌고, 그리고 반상의 구별이 없어진 갑오경장 이후, '양반 가문을 나타낼 표식'으로 상다리가 휘어지는 제사상이 나타나게 되었다고 한다. 아무튼 여자들에게 고된 노동이 되는 제사는 바뀌어야 마땅하다.

조율시이(棗栗柿梨), 홍동백서(紅東白西), 어동육서(魚東肉西) 등등 제사 때 꼭꼭 떠올리는 제사 음식 곧 제수 배열 기준은 과거 문헌에도 없는 규정이며, 사실상 무의미한 것이다. 그냥 하나의 질서를 세우려는 뜻에서 그런 기준이 나왔을 뿐이다. 혹 제사 문화 장려는 이성계의 숨은 의도라고 해석되기도 한다. 고려 왕조를 허물고 조선을 세운 이성계가 자신의 왕위와 권력을 인정받고 새로이 건국한 나라 '조선'의 기틀을 탄탄히 다지기 위한 방법의 일환으로 제사를 장려했다는 것이다. 그러니까 겉으로는 조상을 위한 제사이나 실제로는 임금에게 충성을 다하고 부모에게 효도하는 유교 덕목의 규율을 강화하기 위한 수단으로 확산시켰다는 시각이다. 가령 조율시이(棗栗柿梨)에 대한 해석은 이렇다. 제사에서 빠질 수 없는 제수 품목인 대추, 밤, 감 등에는 집권과 정권 유지라는 정치적인 의도가 숨어 있다는 것이다. 대추는 씨가 하나인 까닭에 이 나라의 임금은 오직 하나이고, 밤은 한 송이에 세 알맹이가 있으니 세 정승을 둔다는 것이고, 감은 씨가 6개이니 육판서를 두어 나라를 통치한다는 것, 그래서 제사를 지낼 때마다 "홀로 하나이신 왕이시여! 삼정승, 육판서를 거느리고 왕의 나라가 태평하게 하소서"하고 기원하는 제사가 되게 한 것이라는 해석을 하는 것이다. 그런데 대추나 밤, 감 등은 가을이 되어야 추수를 할 수 있어 제수로 올릴 수 있는데, 지금에야 가능하지만, 농업 기술이 발달하지 못하고 오로지 자연의 이치에 따라 농사를 지었던 시절에는 가을이 아닌 때에 그런 과일을 제수로 올릴 수 있을까. 지금도 그렇다. 그런 과일을 굳이 올려야 할 이유가 무엇인가. 있으면 올리고 없으면 안 올리는 것이 오히려 제사 추모의 날에 저세상에서 오시는 분들도 마음 편하지 않으실까. 제사는 지나치게 넘치게 하는 것은 오히려 불편하고 부담스럽다. 오로지 정성, 마음인 것이다.

상다리가 휘어지도록 제사 음식을 넘치게 차린 것은 위세의 의도도 있지만, 그런데 친족만 제사에 참례하는데 누구에게 위세를 드러낸단 말인가. 위세란 남에게 드러낸다는 뜻이 숨겨져 있는데, 전혀 친족 관계에 있지 않은 누가 제사에 참여한단 말인가. 헛된 위세 의식의 반영일 것, 명재 윤증이 상다리가 휘어질 정도의 제사 음식을 차리도록 했을까. 물론 지금도 여전히 상다리가 휘어지게 음식을 올리는 제사 가정도 있지만 대체로 제사 음식을 그렇게 많이 차리지 않는다. 왜 그럴까. 제사 때가 아니라도 먹을 것이 많고 풍부하기 때문이다. 그래서 추정한다면 제사 음식은 제사에 참여하는 사람들이 평소에 먹지 못했던 음식을 먹고자 하는 충족 욕구 때문이라고도 볼 수 있다.

우리가 어렸을 적 가난했던 시절, 제사에 대한 기억은 푸짐하게 차린 제사상인데, 그 제사상에는 우리가 평소 먹기 쉽지 않았던, 그래서 군침이 넘어갈 정도로 먹고 싶은 먹거리가 많았다. 과일과 떡, 고기와 흰쌀밥 등의 제수가 차려진 제사상은, 그래서 우리가 제사를 기다리는 가장 중요한 이유였다. 제사가 빨리 끝나기만을 기다리다가 끝내는 잠이 들어 아침에 일어나 짜증을 부리기도 하고, 자책하기도 했던 기억이 선하다. 그러나 지금은 경제적 풍요로 모든 것이 풍족한 사람들에게 제사는 먹고 싶은 음식을 기다리는 의식이 아니다. 게다가 친족간에도 제사는 왕왕 불편한 자리가 되기도 한다. 친족간에 성공한 자식과 그렇지 못한 자식이 있고, 결혼이나 취업에서 희비로 갈라진 자식을 둔 친족끼리는 서로 피하고 싶은 자리가 되고 있다. 또한 서로 사이가 벌어져 반목하거나 틀어진 관계에 있는 친족의 경우는 제사에 참여하길 꺼려 한다. 사촌 이상끼리는 이쪽저쪽을 다독거리거나 회유할 수 있는 상황을 만들기도 어렵다. 결국 제사에 대한 사회문화적인 인식의 변화에 따라 제사는 갈수록 축소되어 가고 있다. 어쩔 수 없는 시대의 흐름이다. 제사에 참석하는 친족이 가족 외에는 없다면 굳이 제사 음식을 번거롭게 많이 차릴 필요가 없다. 과거 제사 문화는 제사가 시작될 때부터 끝날 때까지 여성들이 중노동에 시달렸다. 힘든 노동으로부터 편하게 자유롭게 해주어야 마땅하다. 제사의 핵심은 가족에 대한 새로운 인식과 사랑 곧 가족애인 까닭이다.

그런데 지방문(紙榜文)에 대해서 고려할 여지가 있다. 지방문은 조상의 위패(位牌)인데, 제삿날 종이에 쓰는 일종의 초빙장이다. 지방문의 일반적 형식은 "顯考學生府君神位 顯妣孺人○○○氏信位"의 기필이다. 학생(學生)은 생전에 벼슬하지 못하고 별세한 고인에 대한 존칭으로, 유인(孺人)은 벼슬하지 않은 고인 아내의 신주나 명정에 쓰던 존칭이다. 벼슬을 했다면 학생 대신에 벼슬 명을 기재하는 것이다. 여자 조상 곧 비위(妣位)의 경우에는 남편의 벼슬 급에 따라 정일품 종일품의 벼슬일 경우에는 정경부인(貞敬夫人), 정이품 종이품의 문무관 벼슬일 경우에는 정부인(貞夫人), 정삼품 종삼품의 문무관 벼슬일 경우에는 숙부인(淑夫人)을 칭한다. 그 이후 영인(令人) 공인(恭人) 의인(宜人) 안인(安人) 단인(端人) 유인(孺人) 등등이다. 얼마나 전근대적인 방식인가. 조선시대의 계급 제도가 그대로 이어진 인습의 전형으로 시대적인 불협화음인 셈이다. 그런데도 그러려니 하는 무사유적인 태도가 일반적이다. 아니, 이렇게 하는 게 품격이나 수위가 높다고 생각하는 한심한 수준이다. 과감히 폐기하고 바꾸어야 한다. 그냥 한글로 두 분을 마음을 다해 정성껏 모신다는, 마음을 담은 진심 어린 지방문을 쓰면 되는 것이다. 문제는 늘 '그러려니' 하는 관성적 태도이다. 현대의 질서에 맞지 않는 전근대적인 체계라면 마땅히 재고에 숙고를 거쳐야 하지 않은가. 아니, 웬 벼슬? 무지가 문제이다. 지방문을 한자로 쓰는 것도 문제지만, 그 지방문의 문구가 어떤 내용의 형식인지 모르니까 전근대적인 시대착오의 문제점을 인지하지 못하는 것이다. 생각과 사유가 문제의 해답이다.

　보통 제사 지내는 절차는 처음 지내는 이들은 헷갈리거나 당혹스러울 정도로 절차가 복잡한 편이다. 제사가 끝날 때까지 술과 절을 여러 번에 걸쳐 올린다. 대략 설위(設位)—취신위(就神位)—분향강신(焚香降神)—참신(參神)—초헌(初獻)—독축(讀祝)—아헌(亞獻)—종헌(終獻)—계반삽시(啓飯揷匙)—첨작(添酌)—합문(闔門)—개문(開門)—헌다(獻茶)—철시복반(撤匙復飯)—사신(辭神)—철상(撤床)—음복(飮福) 순으로 치러진다. 유교적인 문화 속에서 태어나 생장한 세대이면 그러려니 하는 의식 절차로 받아들이겠지만 제사 문화에서 갈수록 멀어지는 세대가 수용하기에는 지나치게 형식적이고 격식적인, 그래서 오히려 거부감이 생길 정도로 힘들고 벅찬 의식 절차이다. 이렇게 되면 제사에 대한 일말의 의식조차도 날아갈 버릴 지경에 처하게 된다. 허례허식이라는 인상의 격식에서 탈피하는 것이 중요하다. 그래서 마음을 담은 추모의 예를 표하는 의식이 제사라면 굳이 일정한 형식에 따라 절을 해야 하는 것은 오히려 식상하게 하여 추모의 진정한 의미가 사라지게 된다. 그래서도 마음을 담은 절 한 번, 술잔 한 잔을 올리는 게 낫다.

앞에서 보듯 제사 절차는 17단계의 복잡한 과정을 거친다. 그 복잡한 과정만큼 술잔도 자주 올려야 한다. 대략 의례에 따라 올리는 술잔은 분향강신(焚香降神) 초헌(初獻) 아헌(亞獻) 종헌(終獻) 첨작(添酌) 절차에 따라 5잔 정도이지만 제사 참여자들 중에 또 잔을 올리는 이들도 있기에 술잔 수는 이보다 훨씬 많다. 제사상 준비에 노동을 바친 맏며느리는 종헌관(終獻官)이다. 심지어 남편이 없을 경우 초헌관(初獻官)이 되기도 한다. 제사 의례에서 술을 올리는 의식적 의미가 조상의 백(魄)을 모셔 오기 위해서인 것이 분명하다면 굳이 술잔을 여러 번에 걸쳐 올릴 이유가 없다. 이미 첫 잔에 모셔진 까닭이다. 여러 잔을 올린다는 것은 한 잔으로는 허락을 받기 어렵다는 생뚱한 변론이 되기에 그렇다. 이렇게 제안하고 싶다. 간단히 제수를 차리고 술을 올리곤 모두 같이 절을 한 뒤 함께 모여 음식을 드는 것이다. 돌아가신 분을 기일에 맞춰 모신 이유는 가족이 함께 모여 도란도란 이야기도 나누고 음식도 먹고 화목과 결속을 다지는 가족의 진정한 모습을 보여주는 데 있다.

제사 의례에서 가장 중요한 부분은 절이다. 절은 왜 할까. 그냥 두 번 절한다고 하니 무턱대고 절하는 경우가 태반이다. 비트겐슈타인은 '기도는 삶의 의미에 대한 생각'이라고 말한 바가 있다. 서양에서는 몸을 바닥에 완전히 굽혀 절하는 법은 없다. 대신 기도하는 행위를 한다. 기도 또는 절을 하면서 자신의 삶에 대해 돌아보면서 깊은 생각에 젖는 것이다. 돌아가신 분에 대한 추모의 예를 통해 자신의 삶을 반성하고 새로운 시작을 다지려는 것이다. 불교 의식에서 절은 부처와 한 몸이 된다는 의식인데, 반드시 그 의식과 연결시킬 이유는 없지만, 그러나 이것도 반추해 볼 일이다. 돌아가신 분과 한 몸이 됨으로써 죽음을 생각한다는 의미가 아니라, 그분을 생각하면서 지나온 날들을 깊이 반성하고 성찰하면서 바르고 뜻있는 삶을 걸어가겠다는 굳센 다짐일 수가 있는 것이다. 행동적으로 자신을 낮추어 굽힘으로써 자신에 대한 생각을 해보는 것이다. '나'는 한 생명으로 태어난 인연의 의미를 참되게 나답게 충분히 성취하면서 살아가고 있는가, 자신을 진지하게 돌아보는 계기의 행동으로서의, 낮추어 굽힌 자세인 것이다. 절은 상대에 대한 예의이고 자신에 대한 겸손과 성찰의 뜻이 담긴 형식이다. 그렇기에 드물게 해야 한다. 자주 하면 실없어지고 그 진실성이 희미해지고 약해진다. 귀하고 의미 있는 행동은 자주 하면 그 진지한 의미가 실종되고 만다. 한 번으로 경의와 예의를 갖춘 엄숙하고 아름다운 형식이 되도록 해야 한다.

그리고 제사 때 향을 피우고 술을 올리는 것은 샤머니즘 언어인 강신(降神)을 바라는 데 있다고 하는데, 술을 향불에 돌리는 것은 하늘과 땅으로 돌아간 조상의 기운을 불러들이는 행위인 것이다. 하늘로 올라간 조상의 기운을 혼(魂)이라고 하고, 땅에 묻힌 조상의 몸인 육체를 백(魄)이라고 한다. 향을 피워 연기를 하늘로 보내는 분향(焚香)은 하늘에 가 있는 혼을 초청하는 의식이고, 모사(茅沙)에 술을 붓는 관주(灌酒)는 땅속에 가 있는 백을 초청하는 의식이다. 산소에 갔을 때에는 술을 땅에 부을 수 있지만, 집에서는 모사(茅沙) 그릇을 향로 옆에 두고 거기에 술을 붓는다. 모사는 모래를 담은 그릇에 풀을 꽂는 것으로 땅을 상징한다. 그런데 제례를 치르다 보면 제사에 참여한 이들이 하나같이 술을 올린다. 도대체 한 조상을 몇 번이나 초청, 모신다는 뜻인가. 초청은 한 번이면 끝날 일, 초청장을 여러 번 보내는가. 요는 술과 향은 일종의 의식, 의례 형식인 것, 문화에는 일정한 형식이 뒷받침되기 마련, 그런데 그 형식이 번거롭고 거듭 겹치는 의례가 된다면 그 형식은 허례허식으로 떨어지고 만다. 진정한 추모의 자리인 제례가 세계 문화에서 보기 드문 값지고 아름다운 전통문화로 매겨지고 자리잡기 위해서는 허례허식을 과감히 벗어나야 한다.

제사는 돌아가신 분과의 교유이고 교감이다. 그 영혼과 만남으로써 살아생전의 그 모습과 해후하면서 지속적으로 상호 교류, 소통하는 것이다. 또한 제사는 돌아가신 분의 영혼이 자손들을 불러 모으는 자리, 모아놓고 자신 앞에서 즐겁게 떠들고 오순도순 사이좋게 지내는 화목한 모습을 보여 달라고 말씀하는 자리이다. 서로 떨어져 살고 있는 가족과 친족의 친목과 결속, 화합을 다지기 위함에 제사의 큰 의의가 있다. 제사상에 제물을 간소하게 올리고 절 혹은 기도를 한 뒤 그분(들)이 흠향하는 동안에 그분(들) 앞에서 제사에 참여한 이들도 음식상을 차려 함께 먹으며 환담을 나눈다. 그래야 돌아가신 분을 모신 제사의 참된 의미가 살아난다. 지금까지는 제사 따로 음복 따로, 제사 끝난 뒤 식사 따로 했는데, 그건 어색하기만 하고, 돌아가신 분들을 모신 의례가 아니다. 진정한 제사는 함께 식사하는 광경을 연출하는 것이다. 가족이 한 자리에 모여 즐겁게 이야기를 나누고 맛있는 음식을 먹고 화목을 다지는 자리가 성사되어야만 그분들을 모신 목적이 성취되는 것이다.

다석 유영모 선생이 제사 문화에 대해 언급한 말씀이 있다. "참나(얼나)로부터 떨어져 나가는 것은 다 외물(外物)인데 무엇 때문에 참나 아닌 주검을 묻은 무덤을 숭상한단 말인가? 무덤을 명당 자리에 쓰면 부자가 되고 고관이 난다고 하는데 이는 수주대토(守株待兎)의 어리석음에 지나지 않는다. 이 나라 백성들이 거의가 이러한 생각에 빠져 있다. 이런 생각으로 어떻게 새 시대에 적응할지 모르겠다." 기독교적인 세계관으로서는 좀체 납득하기 어려운 제사 문화이기에 극단적 거부감을 표할 수도 있다. 다석 선생의 '주검을 묻은 무덤 숭상' 운운은 당연히 세계관의 차이다. 그런데 진실은, 무덤을 숭상하는 것이 아니라 하늘이 맺어준 인연으로 인한 영혼과의 교감이고, 그 교감의 끊이지 않는 소통이고, 그 소통의 지속인 것이다. 그런 문화 형태가 색다르게 인식될 여지는 있다. 그런데 명당에 대한 힐난 말씀은 일부 특정인의 제사 문화가 실제로 그런 한심한 소지를 많이 제공하지 않았던가. 툭하면 명당 운운하며 주술사나 심지어는 스님까지 동원하기도 하기도 했던, 비합리적 초-신앙적 세계관을 보여준 실태였다. 지금도 한심한 명당 운운이 어디선가 들리기도 한다.

제사 문화가 전통으로 대대로 이어지려면 허례허식에서 벗어나지 않으면 언젠가는 사라질 운명이다. 허례허식은 전통이 아니라 관습이고 인습에 불과한 까닭이다. 인습은 결코 이어져서는 안 될 폐기물에 불과하다. 거기에 의미를 두는 것은 가치 상실의 절정인 것이다. 세상이 잘못 되었다고 해서 세상을 포기할 것인가. 포기할 것이 아니라 세상을 바꾸어야 하듯이 제사도 아름다운 의식인 만큼 바꾸어야 할 것, 작지만 속이 알차고 가상한 제사로 자리잡아야 아름다운 전통문화가 되어 가족끼리의 화목한 모임 자리가 될 것이다.

제사는, 특히 기제사는 제례의 원-고장인 중국에도 지금은, 아니 오래오래 전부터 올리지 않는 사라진 의식으로, 세계에서 한국에서만 유일하게 거행되는 의식이다. 그 뜻이나 취지는 참으로 의의가 있다. 아름다운 전통이다. 마고자처럼 비록 뿌리는 중국의 마괘자에서 들여온 일종의 외래문화이었으나 훌륭한 마고자로 뿌리내린 전통문화이다. 돌아가신 분을 돌아가신 날을 기해 기린다는 의식은 이 민족만이 가진 핏줄 의식의 자랑스러운 문화이다. 형식이나 절차로 남기보다는 가족끼리의 진정한 만남의 자리, 피안(彼岸)의 세계에서 편안히 귀천(歸天)의 길을 걷고 계실 부모님을 진정으로 기리는 추모의 자리로 오래오래 남기를 바라는 마음이다.

충족의 욕망의 부싯돌

─ 담배 혹은 작업의 자양(滋養)

> 때때로 약간의 독으로 행복을 꿈꾸기도 한다. 그리고
> 마침내 행복한 죽음을 위해 많은 독을 마시는 것이다.
> ─니체, 『짜라투스트라는 이렇게 말했다』

알베르 카뮈나 사르트르, 아인슈타인, 피카소, 처칠 등 문학예술가를 비롯한 뛰어난 인물들을 책이나 신문 등의 언론 매체를 통해 접하면 거의 시가를 물고 있는 모습들이다. 하루 60개비의 담배를 피웠다는 발레리와 보들레르, 장 콕토, 헤밍웨이도 마찬가지, 맥아더, 임어당, 마크 트웨인, 심지어 한나 아렌트도 세상이 알아주는 애연가였다. 마크 트웨인은 "담배를 끊는다는 것은 내가 겪은 일 중에서 가장 쉬운 일이었다. 나는 그것을 천 번이나 끊었다"라고 말하기도 했다. 담배의 역설이다. 하루의 끝이 새로운 하루의 출발이듯 마지막은 늘 새로운 시작이라는 것, 흡연이 그의 삶의 일부분이자 연속적인 한 방식임을 알리는 표지로서의 역설이다. 소설가 황순원 선생 역시 애연가인데, "흡연은 막힌 생각을 틔워주고, 근심을 가라앉히고 권태를 달래주며 피곤을 덜어준다"

라는 말을 했다. 그런데 현재의 풍토에서 흡연, 담배 운운 이야기는 사회적 금지에다가 도덕적 금기 사항이 되어 버렸다. 혐오감, 부정 등의 부정적 차원을 넘어 죽음의 협박으로까지, 거의 악마시되는 단계에 와 있다. 인간의 건강을 해치는 주범 첫손가락 꼽히는 이유에서이다.

해서, 흡연 행위는 엄청 공공연한 박해를 받고 있다. 전세계적인 현상으로 공공건물에서 흡연 행위는 일절 금지되고 있다. 물론 몇몇 공간에서는 허용되고 있긴 하지만 실내 공간은 원천 봉쇄되고, 바깥 공간에서 초라한 행색으로 허용되고 있을 뿐이다. 흡연도 자유이고 권리인데, 자유와 권리에 대한 박탈과 박해가 가해지고 있는 것이다. 꼭 마약 취급을 당하고 있는 무참한 꼴이다. 곳곳에 금연 표시가 붙어 있고, 혹 길거리에서 담배를 피우고 있으면 지나가는 사람들이 힐끗힐끗 쳐다보며 눈치를 준다. 잘 아는 시인이 어느 날 담배를 피우지 않기에 왜 담배를 안 피우느냐고 했더니, 그런 눈치를 감당하지 못한 이유를 댔는데, 특히 아이들이 손가락질을 하며 지나간다며 도저히 피울 용기가 나지 않아 아예 끊어버렸다고 한다. 아파트에서는 사흘들이 방송을 한다. 담뱃갑에 흡연 경고문과 그림을 보면 섬뜩하여 만정이 뚝 떨어진다. 그래서 이제는 담배의 모습은 세계적인 문학예술가나 유명 정치인들이 담배를 피워 문 모습의 이미지는 사라지고, 영화나 드라마에서 악당이나 범죄인, 폭력배가 피워 문 이미지로 남아 있다.

제반 인간사에는 일장일단이 있는 법이다. 좋은 점이 있으면 굿고 안 좋은 점이 있기 마련이다. 그 두 상반되는 점을 고려하지 않으면 안 된다. 이른바 양립성의 측면인데, 필립 그랭베르에 따르면, "이 풀(煙草)

이 주는 쾌락은 그 뿌리를 에덴동산에, 그리고 동시에 저승의 강인 스틱스강에 두고 있는 거란다. 말하자면 선과 악 모두에 기원을 두는" 것이기에 "담배는 최선의 것과 최악의 것 곧 양면성을 가졌다. 시리아의 전설에 따르면, 한 선지자가 독사한테 물렸는데, 그 선지자는 상처에 입을 대고 그 독을 빨아내어 땅에 뱉었는데, 바로 그곳에서 풀이 자라났고, 그게 바로 담배였다는 것이다. 이 역설, 그러니까 담배는 고마운 축복인 동시에 무서운 저주라는 것이다." (『프로이트와 담배』) 꼭 플라톤이 명명한 파르마콘(Pharmakon)이 연상, 겹치는데, 파르마콘은 약물, 약품, 치료, 독, 마술, 물약 등의 상반된 의미를 갖고 있는 용어이다. 플라톤은 『파이드로스』에서 글을 '약(치료제)'과 '질병'이라는 의미를 동시에 가지고 있는 파르마콘 곧 망각의 치유라고 말한다. 즉, 약과 질병은 서로 모순, 대립되는 것인데, 글은 이러한 모순을 동시에 가진다는 것이다. 니코틴이 그렇다. 마야인들의 담배는 질병을 치유하는 약인 동시에 악귀를 물리쳐주는 신성한 약초이기도 했다는데, 담배가 구대륙에 처음 상륙한 것도 사람들이 바로 이 의학적인 측면에 주목했기 때문이라는 설이다.

그런데 지금은 층층이 난관이다. 흡연은 건강에 백해무익이라는 구호 아래 사회 전체적인 금연 분위기 추세이다. 한 마디로 흡연이 타기시되고 있는, 심하게는 죄악시되고 있는 것이다. 이런 흡연 위기의 판국에 흡연 문화 운운은 세상 돌아가는 이치나 현상을 너무 모른다는 비난에 처하는 까닭에 격세지감을 느낀다. 흡연을 하더라도 가뜩이나 흡연에 대한 인식이 좋지 않기에, 눈꼴 사나운 추태는 금했으면 하는 마음이다. 하긴 이전부터 흡연 문화가 없었다. 나는 담배를 피우기에 담배 피우는 이들을 싫어한다. 담배를 피우는 모습도 그렇고, 그 뒤처리가 보기 흉한 것이다. 시내 거리를 다녀보면 도대체 흡연의 기본 태도가 전혀 되어 있지 않음을 확인한다. 자동차 운전 중에 흡연을 하다가 창밖으로 담배꽁초를 던져 버리는가 하면, 오토바이 운전자도 운전 중에 담배를 피우다가 길바닥에다 담배꽁초를 그냥 던져 버린다. 그러니 길거리 곳곳에 담배꽁초가 너저분하게 버려져 있는 광경은 말할 것도 없고, 도로 화단에도 수북이 담배꽁초나 담뱃갑들이 버려져 쌓여 있다. 담배를 피우고 나면 꽁초는 함부로 버리지 않고, 흡연자가 그 뒤처리를 말끔히 하는, 교양 있는 기본 태도를 왜 갖추지 않는 것일까. 한마디로 흡연 매너가 꽝이다. 언젠가 한문철 블랙박스를 시청하는데, 한 나이 든 흡연자가 주차 공간에서 담배를 피우다가 주차 차량의 보닛 위에 담배 꽁초를 버리고 가는 장면이 블랙박스에 포착되었다. 전혀 이해되지 않는 흡연 뒤처리이다. 나이는 숫자로 먹는 게 아닌데, 저런 흡연 뒤처리로 인해 가뜩이나 흡연에 대한 혐오나 염오가 심한 사회적 동향에 기름을 끼얹은 격이다. 저렇게 담배 피우는 사람들을 보면 같이 담배를 피우는 사람이지만 혐오감이 든다. 문화란 기본 교양이나 예의를 갖추어야 한다. 특히 흡연 문화는 건강한 문화 의식에 대한 강박관념을 가져야 한다. 그렇게라도 해야 흡연에 대한 부정적인 인식을 재고시켜 조금이나마 인식의 제고를 기할 수 있는 까닭이다.

그런데 언제부턴가 성인 남자의 흡연자는 감소하고 있는 데 반해, 청소년과 여성 흡연자는 증가 추세에 있다고 한다. 드물지 않게 젊은 여자들이 보라는 듯 당당하게 담배 연기를 내뿜으며 길거리를 걸어가기도 한다. 멋진 풍경이기는커녕 우려가 앞서는 흡연 광경이다. 차별의식도 부인할 수 없지만, 흡연 여성이 임신을 하면, 가장 큰 위험은 아기의 선천적 결함 및 유산이나 주산기 합병증 등이 나타날 수 있기 때문이다. 『전체주의의 기원』을 쓴 한나 아렌트가 대단한 골초, 애연가임은 잘 알려진 사실이다. 『토지』의 작가 박경리도 애연가였다. 박경리가 담배를 피우게 된 동기는 어린 아들을 잃은 뒤, 참척의 슬픔에 휩싸여 있을 때 누군가가 흡연을 권유한 데에서 시작되어 오랫동안 피우게 되었다고 한다. 심지어는 폐암 선고를 받고 입원한, 흡연 절대 금지 구역인 병실에서 담배를 한 대 피우는 흡연 범행(?)을 저지르기도 했다. "시름이 많고 생각은 어지러우며, 하릴없이 무료하게 지낸다. 그때 천천히 한 대를 피우면 술을 마셔 가슴을 씻는 듯하다."고 하면서 흡연의 심리적 안정 효과를 절절히 표현하기도 했다.

담배의 정신적 고양을 앞세운 사람들은 당연히 문학예술인이다. 시가를 물고 있거나 손가락 사이에 끼고 있는 모습은 문학예술과 담배의 연관성이 진지하게 고찰되기를 바라는 듯 창작에 대한 깊은 통찰의 사유와 고뇌가 전해지는 모습이다. 흡연의 명상은 글쓰기 작업에서 가장 두드러진다. 글의 문을 어떻게 열어 시작할지에 대한 고민이 대다수 작가들이 갖는 가장 큰 문제이다. 그때 담배를 피우거나 손에 쥐고 생각에 젖는다. 실제로 사르트르가 『존재와 무』를 집필하면서 줄곧 보야드 Boyard를 피우면서 썼다고 하는데, 그의 담배가 수행한 중요한 역할을 시사한다. 1930년대 특이한 전위적인 작가 이상은 폐결핵 환자임에도 불구하고 하루에 담배 50개비를 피는 것을 일과로 삼았을 정도였고, 『차남들의 세계사』를 쓴 소설가 이기호도 원고지 한 장을 쓸 때마다 담배 1, 2개비를 피웠다고 한다. 담배는 프로이트의 표현대로 '작업의 자양(滋養)'으로서의 역할을 한 셈이다. 그들의 창작시의 흡연이 충분히 이해가 된다. 한때, 글 수준이 저 바닥인 내가 주로 글을 쓰는 시간대는 새벽 2-3시 경이었다. 그런데 생각이 꽉 막혀 일보도 진전이 없을 시, 담배를 한 대 피우면서 생각에 빠지곤 했다. 우연인지 모르지만 막막하게 막혔던 부분이 아이디어가 떠오르고 술술 풀리는 경우가 곧잘 있었다. 그땐 단지 꽉 막힌 생각에서 담배 한 대 피우면서 자유롭다 보니 되레 득이 되어 풀리는구나, 라고 생각했다. 역시 내게도 그 담배는 '작업의 자양'이었던 것일까. 2015년 1월 1일을 기점으로 담뱃값이 무려 80퍼센트나 인상된다는 소식에 한국문인협회 소설분과는 "창작의 유일한 벗인 담뱃값을 올리는 것은 상상도 할 수 없는 일"이라는 항의성 성명을 발표했다. 일반인들에게 '창작의 유일한 벗' 담배 운운은 가납되지 않겠지만 내게는 충분히 가납되는 성명이었다.

하마면 애연가 정조가, "시나 글을 지을 때, 남들과 대화를 나눌 때, 조용히 앉아 사색에 잠길 때 등 어느 경우에도 도움이 되지 않을 때가 없다"며 담배 예찬을 펼쳤고, 중국의 골초 등소평이 <흡연 10대 장점론>에서 "담배를 피우면 사고력을 키울 수 있다. 만약 모택동이 비흡연자였다면 모-사상은 태어나지도 않았을 것이다."라고 담배 극찬을 하기도 했다. 소설가 김동인 역시 흡연 찬양론자이다. 「연초의 효용」에서, "생각이 막혔을 때에 한 모금의 연초는 막힌 생각을 트게 하는 것은 흡연가가 다 아는 바다. 근심이 있을 때에 한 모금 흡연은 그 근심을 반감케 한다. (…) 우중에 떠오르는 연초 연기는 시인에게 시를 줄 것이며 암중(暗中) 연초는 공상가에게 철리(哲理)를 줄 것"이라고 하면서 "연초는 가히 예찬할 자이지 금할 자가 아니다"고 단정하기도 했다. 정신분석학의 창시자 지그문트 프로이트는 "담배를 피우는 훌륭한 습관을 지녔다는 것이 나의 지적 관심을 크게 하는 결과가 되었다." 곧 담배는 자신의 지적 영향력에 막대한 힘을 발휘했다고 예찬하기도 했다. 『꿈의 해석』을 비롯하여 많은 저서에 남긴, 그가 이룩한 위대한 업적인 정신분석학 이론은 하루에 피운 시가 20개비와 함께 정립되었다는 것이다. 비흡연자에겐 그들의 흡연 논리를 꿰맞추어 합리화시키려는 위장된 소리로 들릴 수도 있다. 부득불 임어당의 말을 초빙, 부려 쓴다. "담배는 현명한 자의 사고를 끌어내고, 어리석은 자의 입을 다물게 한다." 그렇다. 담배는 프로이트, 사르트르, 김동인, 이상 등등의 사고를 끌어내어 끌어내어진 그들의 사고를 통해 우리는 지금도 세상의 이치나 현상을 놀랍게 접하고 있는 중이다.

그들은 예외 없이 인간에 대해, 인간 세상에 대해 늘 아프다. 그래서 그 아픔을 치유하기 위해, 그 치유를 위한 방법을 찾기 위해 담배를 피운다. 사르트르가 말하듯 "담배가 없는 삶은 살 가치가 거의 없는 것이다"고 생각한다면 그들에게 담배를 끊으라는 말은 일고의 가치 없는 말이 되고 만다. 큰 병 안 걸리고 수명이나 몇 년 더 연장하는 수준에서 끝나는, 건강한 삶이란 그들에게 있어 살 가치가 없는 삶에 불과한 까닭이다.

이렇게 본다면 담배의 효능은 글이나 예술 활동에만 도움이 된다는 것으로 국한될 여지가 많다. 그러나 그렇지 않다. 막노동을 하는 노동자의 경우, 잠시 휴식을 취할 때이면 여지없이 담배를 피운다. 그리곤 피로를 푸는 것이다. 또한 이전엔 여자들도 담배를 많이 피웠다. 육아에 가사 노동뿐만 아니라 농사일과 같은 거센 육체노동에서 쌓이는 몸과 마음의 피로를 담배로써 일시나마 풀었는데, 그대로 심적, 신적 피로 회복제였던 것이다. 담배에 과연 그런 효능이 있는 것일까.『담배는 숭고하다』의 저자인 리챠드 클라인의 말을 빌리면, 담배는 사회가 보편적으로 인정한 유익함도 있다는데, 이 유익함은 담배가 제공하는 휴식과 위로의 성질, 그리고 불안의 조절과 사회적 상호작용의 중재를 위해 담배가 제공하는 메커니즘과도 연관이 있다. 곧 담배의 사회적, 문화적 유익, 일과 자유에 대한 담배의 기여, 담배가 제공하는 위안, 담배가 증진시키는 능률, 그리고 흡연가들의 삶에 가져다주는 어둠의 미(美)가 있다는 것이다.

담배, 하니 생뚱맞게 '부싯돌'이라는 낯익은 말이 떠오른다. 신화적 이야기지만, 단군의 셋째 아들 부소(扶蘇)가 불을 발명했다고 한다. 그런데 단군이 이 세상을 다스리고 있던 신화적인 그 언제쯤에, 맹수와 독충이 생기고 돌림병이 퍼져서 많은 사람이 죽어가고 있던 험악한 판국이 발생했다고 한다. 그때 부소가 부싯돌을 만들어 불을 일으키고, 그 불로 숲을 태워 해로운 것들을 없애는 한편, 돌림병도 물리쳤다는 것이다. 부싯돌이라는 말은 부소석(扶蘇石)이 변한 이름이라고 전한다. 이때의 불은 사악한 기를 물리쳐 정화하고 재생하는 생명의 힘을 상징한다. 그런데 이 부싯돌로 인해 생긴 불기운에 낯익은 풍경인, 흡연가들이 한 모금 빨았다가 뿜어내는 그 모락모락한 연기가 겹치는 것이다. 힘겨운 노동으로 인해 기가 탈진한 노동의 주체들에게 기를 불어넣어 다시 일어서게 하는 부싯돌의 역할을 하지 않았을까, 그런 생각이 언뜻 들기도 한다. 어학적으로 부시의 어원은 불과 쇠가 합쳐져서 이루어진 말이라고 한다.

현대인은 외롭다. 살벌한 사회 경쟁 관계에서 진정한 친구는 드물다. 외롭기에 담배는 외로운 쾌락을 안긴다. 외로움을 위로해 주고 다독거려 주고 외로운 세계를 견디어 나갈 수 있도록 힘을 불어넣어 준다. 흡연의 자유는 있다. 그러나 자유는 누리되 비흡연자의 자유와 권리를 침해해서는 안 된다. 사회질서와 환경에 폐해를 끼치는 흡연 태도는 반드시 고쳐야 한다. 담배를 피우고 나면 그 뒤처리는 깔끔해야 하고, 길거리 아무 데나 담배 꽁초를 투기하는 몰상식한 흡연 뒤끝은 절대 부려서는 안 된다. 그리고 장유유서의 흡연 예의를 지키는 흡연 문화가 아쉽다. 황순원 소설가는 아들인 황동규 시인의 친구인 문학평론가 김병익에게 맞담배를 권하는 도량이 있기도 했지만, 흡연과 같은 행위에는 매너와 예의, 교양이 갖추어져야 한다. 소크라테스는 "유일한 선은 앎이요, 유일한 악은 무지다"라고 말했는데, 내게 흡연의 악인 흡연 태도의 무례함은 곧 무지함의 소산이다.

제번하고, 돌아가는 추세로 보아 흡연은 사양과 몰락의 길로 접어들게끔 몰아가고 있다. 의학계에서는, 흡연은 심장, 혈관, 뇌, 소화기, 내분비계, 호흡기 등 신체 모든 기관에서 암의 발생률을 높인다면서, 모든 암의 30%는 흡연이 원인이라는 진단을 내리고 있다. 흡연과 관련 있는 암은 폐암, 구강암, 식도암, 후두암, 방광암 등이다. 따라서 정부 당국과 사회 기관 또는 종교 단체 등 각종 조직에서는 공중위생이란 이름 아래 흡연자에게 죄책감을 강요하며, 금연으로 몰아붙이고 있는 실정이다.

그런데 이런 방식의 금연 시책은 실현되기 어려울 것이다. 흡연자 가운데 금연지책에서 앞세운 흡연의 폐해를 모르는 사람은 아무도 없기 때문이다. 그럼에도 피울 땐 이유가 있는 것이다. 만약 흡연이 건강에 좋다면 과연 흡연하는 사람이 얼마나 될까. 건강에 좋다고 하는 것은 하라고 적극 권장해도 의외로 사람들이 하려고 하지 않는다. 쓴 약인 한약이 좋다고 누가 장기간 복용하는가. 아무리 금연을 강요해도 금연은 어렵다. 건강을 앞세울 때 일반인들의 경우는 따를 소지가 크지만, 카뮈에게, 아인슈타인에게, 프로이트에게 금연을 권해봤자 헛된 일일 것이다. 몸 건강보다 큰 붕새의 코기토가 있는 그들이기 때문이다.

갈수록 인간 사회는 메가머신(Mega Machine)의 비인간화 사회에 접어든 지 오래다. 비인간적인 기술인 컴퓨터 프로그래밍을 통한 과학 기술에 따라 인간 사회가 움직이기 때문이다. 그나마 기계 문명에서 살아 있는 것은 인본 위주의 가치관 곧 인간적인 사랑과 진실을 지키고 유지하는 문학예술뿐이다. 그래서도 인간 세계의 마지막 보루인 문학예술가의 그 시가는 존중해 줄 필요가 있다. 아니, 한 걸음 더 나아가, 할 수 있다면 그들의 시가를 지켜주었으면 하는 바람이다. 에리히 프롬은 "담배, 운전, 음주 등 몇 가지를 제외하고는 일은 현대사회의 최고 진통제 중 하나다."고 말했는데, 그렇다. 현대사회를 살아가는 것 자체가 고통일 것인데, 현대인에게는 운전, 음주, 그리고 일과 함께 담배 역시 현대인이 나름 살아가는 고통을 해소하는 진통제이다. 에리히 프롬의 말대로, 지금도 누군가 나름 겪고 있는 사회적 대인의 고통 속에서 흡연이라는 '죄스러운 쾌락'의 욕구불만과 진통의 경험을 하고 있을 것이다. 그러나 만약 한 대 피우고 난 뒤 사람을 죽이거나 흉악한 범죄를 저지르는 흡연-인간과 동일시된다면 그땐 과감히 금연가가 되는 게 진정한 애연가의 모습일 것이다.

애연가인 샤를 피에르 보들레르가 지은, 언제부터인가 내 애송시가 된 「담배 파이프」에서 뿜어져 나오는 담배 한 연기를 보며 곰곰이 내 삶을 반추해 본다. 그리고 '괴로움에 신음할 때' '연기를 뿜어'주고, '영혼을 감싸 달래' 주며, '정신을 씻어'주는 보들레르의 담배 한 개비를 생각한다.

나는 어느 작가의 파이프
아비시니아 산(産)이건 까프린 산이건
내 얼굴을 자세히 들여다보면
우리 주인이 대단한 골초란 걸 알 수 있지

주인이 괴로움에 신음할 때
나는 마구 연기를 뿜어준다네
농부가 돌아올 즈음 음식을
준비하는 시골집처럼

불타는 내 입에서 피어오르는
푸르스름하고 하늘하늘한 연기의 그물로
그의 영혼을 감싸 달래준다네

그래서 나는 커다란 위안을 피워 올리느니
그의 마음을 매혹하며
지친 그의 정신을 씻어준다네

—「담배 파이프」

3부

향기 없는 꽃 세상

건강한 페르소나(persona)의 길
—자연스럽고 반듯한 인격의 표상

　분리된 인격으로 규정할 수 있는, 곧 한 개인 내부에 두 개의 인격체가 존재한다는 것은 이미 정신분석학에서 기정화된 사실이다. 분리된 인격 운운하니, 불현듯 헤르만 헤세의 성장소설 『데미안』에 등장하는 '아프락사스'라는 이름이 떠오른다. 아프락사스는 신이면서 사탄이기도 하고, 환한 세계와 어두운 세계를 동시에 가진 존재이다. '아프락사스'에 버금가는 또 하나의 인물은, R. L. 스티븐슨의 『지킬 박사와 하이드 씨』에 나오는 '지킬 박사와 하이드 씨'인데, 한 인물 속 두 인물형인 이중성의 인격체로 설정되어 있다. 누구든 이중성의 인격성은 있기 마련이다. 지킬 박사가 이성의 인격이라면, 하이드 씨는 내면의 깊은 어둠의 본능, 아니, 본성이다. 인간의 모순이랄까. 이 글을 쓴다고 붓대를 잡은 본인 역시 모순덩어리 인간이다. 글만 가지고 본다면 정의의 화신으로 오인할 정도지만 실제로는 비겁 그 자체이다. 불의한 행태를 보면 입 다물고 몸은 굳어있다. 그렇다면 답은 지킬 박사가 자신의 악한 내면성인 하이드 씨를 제어하는 길이다. 하이드 씨는 히틀러이고 스탈린이고 폴 포트의 존재를 떠올리고, 지킬 박사는 아프리카의 성자로 일컬어지는 슈바이처, 아시아의 슈바이처로 일컬어지는 한국의 이종욱 씨, 테레사 수녀와 같은 존재일 것이다. 설사 하이드 씨가 진정한 자신의 모습이고, 지킬 박사가 위장된 가상 곧 겉모습이라고 해도 하이드 씨의 존재성을 그대로 드러내는 것에 결코 박수를 보낼 수 없는 일이다. 그렇다면 히틀러나 스탈린, 폴 포트의 내적 인격이 자신의 진정한 내면의 모습이라고 해서 그대로 행동화해도 무탈한 것일까. 하긴 그 내적 인격의 주체에 대해 정신분석학의 입장에서는 건강하다는 상투적인 진단이 나오지 싶다.

거의 TV를 시청하지 않는데, 어쩌다가 켜게 되면 범죄 프로나 도로 교통 사고를 다룬 프로그램을 접하기도 했다. 한두 번 접하고는 진절머리가 나서 접하지 않는데, 그 프로를 시청하다 보면 인간은 호모사피엔스로서의 인간이 아니라 그냥 개, 돼지, 소, 말 등등의 동물 종처럼 인간 역시 동물의 한 종이라는 생각이 치솟는데, 한 마디로 걸어다니는 인간 동물, 말하는 인간 동물 정도로 말이다. 사고가 일어나면 자신에 대한 합리화로 인해 시비가 붙게 마련이다. 그런데 화는 나겠지만 이성적으로는 도저히 가납하기 어려운 추악한 작태를 벌인다. 오토바이 배달원과 시비가 붙은 차주가 오토바이 배달원에게, 네 자식까지 배달이나 하고 살아라는 악담을 퍼붓는 것이었다. 오토바이 배달원에 대한 약자 운운은 진부한 구름 잡는 소리이니 약자 운운은 접어두고, 차마 인간적으로 입에 담아서는 안 되는 말이지 않은가. 자식은 아직 태어나지도 않았는데, 아무리 배달업에 대한 직업의식으로 완전 무장된 배달원이라 하더라도 자기 자식이 오토바이 배달원이 되기를 누가 꿈꾸겠는가. 그 소리는 제대로 된 인격을 갖추었다면 절대 입으로 발설해서는 안 되는 비인간적인 소리이다. 또 어떤 이는 상대 차주에게 하는 말이, 이런 순-싸구려 국산-차를 타고 다니는 주제에, 라는 말을 퍼붓는다. 그 말의 장본인 차는 외제-차였다. 그들은, 이런저런 비판보다는 그냥 두 발로 걸어 다니고 말할 줄 아는 인간 동물이었다, 로 판정내리는 게 속이 가장 후련했다. 그런데 이런 막말의 장본인들이 결코 악마는 아니다. 보통 인간들 곧 대중들인 것, 그 심한 막말은 그들의 일상일 수도 있는 것, 바로 여기에 문제가 심각하게 잡힌다. 과연 대중들에게 페르소나(persona) 운운은 신성 침해인가.

범죄 프로는 범죄를 저지르는 범죄인과 같은 인간-종이라는 게 자존심이 심히 상하고 절망감에 빠져들어 허탈해지기만 한다. 돈을 위해서 남의 고귀한 생명을 앗는 것은 새 발의 피라는 말을 떠올릴 정도로 잔혹한 패악의 짓거리를 행한다. 보험금을 노려 같은 핏줄도 살해하고, 심지어는 돈을 겨냥해서 자식이 부모를, 부모가 자식을 살해하는 천륜을 어기는 끔찍한 작태를 저지르는 것이다. 이런 인간들에게 가장 적의한 말은 페르소나와는 조금도 연이 닿지 않는 인간 동물이다. 동물에게는 페르소나가 없는 법, 그래서 인간의 추악한 본성이 제어되지 않고 그것이 그대로 노출, 방사되는 것이다. 페르소나의 철저한 상실이고 실종 현상이다. 페르소나가 갖추어졌다면 저런 무작한 행태를 벌일 수가 없는 일, 페르소나는 외적 인격인 까닭이다. 페르소나가 바깥 세계에 대한 태도 혹은 인격이라면 안의 세계에 대한 태도 혹은 인격으로 지칭되는 내적 태도 혹은 내적 인격이 있다. 그것은 무의식을 포함한 무궁한 안의 세계이다. 페르소나는, 그러나 사회라는 전제 아래 인간이 존재하는 만큼 집합 단체인 사회를 의식하지 않고 존재할 수 없다는 인간의 존재론에 그 맥락이 연결되어 있다. 그런데 추악한 인간 사회상을 보면 여전히 풀리지 않는 의문점 하나, 페르소나 실종 내지 부재의 인간을 어떻게 호모사피엔스라고 명명하게 된 것일까. 하긴 그런 인간보다는 페르소나를 갖춘 선한 인간들이 다수이기에 그랬을 것. 그렇게 다독거려야 마음이 편해지고 안정이 된다.

칼 융은 페르소나를 처음 정신분석학에 끌어들인 창안자이다. 그에 따르면 페르소나는 "집합적인 가면"으로, "개성이라는 것이 있는 것처럼 보이게 하는 가면"으로 규정하고 있다. 즉 "가면은 다른 사람들이나 본인 자신을 개성적이라고 믿게 하는 것인데, 실제로는 집합적인 마음이 분장 출연한 역할에 불과하다."고 한다. 여기서 '집합적'은 집단적 곧 사회적인 성격을 말한다. 그러니까 한 인간이 표면적으로 보이는 인상은 곧 개체와 사회 사이의 타협의 소산이라는 것이다.

그런데, 페르소나, 하면 그 말의 어원인 그리스어 '가면'에 먼저 꽂히는데, 가면은 썩 좋은 인상의 언어 감성이 느껴지지 않는다. 가면인 만큼 진상(眞相)이 아닌 가상(假相)이라고 해석됨으로써 가면의 부정적인 측면이 드러나는 듯하다. 그래서 페르소나는 인간의 참다운 내면의 진정한 자기가 아니라는 사실로 인해 왕왕 위선으로 간주되는 경향이 있는바, 외부 세계와의 적응에서 생긴 기능 콤플렉스라는 것으로, 일종의 체면이고, 낯이고, 얼굴이라는 개념, 나아가 사명, 역할, 본분, 도리라는 말의 개념이 됨으로써 어쩐지 속과는 다른, 겉 포장의 왜곡된 인상이 강하다. 그러나 페르소나는 칼 융의 '집합적인 가면' 곧 '사회적 가면'에서 추출되는 '사회적 역할'인 만큼 인간의 삶을 곧고 반듯하며 단정하게 하는 궁극적인 요인이다. 가령, 길에서 사람들에게 행패를 부리고 횡포를 행하는 반윤리적 반도덕적 행태에 대해 누구에게든 그 행태를 적극 가로막는 페르소나가 요청되지 않은가. 그래서도 페르소나는 인간의 삶을 곧고 바르고, 반듯한 질서를 갖게 함으로써 풍요로운 인간의 삶이 중단되지 않게 한다.

자식을 바르게 성장하는 데 적절한 부모의 페르소나, 부모를 모시는 데 자식으로서 갖추어야 할 페르소나, 위아래에 맞는 페르소나가 있어야 그 사회는 건강하고 아름다운 사회로 지탱, 지속되는 것이다. 심지어는 사회 이전의 원초 단계인 가정에서도 건강한 페르소나는 가동되어야 한다. 부모가 불의한, 그릇된 행동을 자행한다면 자식은 효, 불효의 낡은 윤리 도덕관에 얽매여 불의와 그릇됨에 일체 눈을 감고 무조건 그 부모를 추종, 따라야 하는 것일까. 이런 물음 자체가 우문이다. 진정 건강한 페르소나를 지녔다면 부모의 잘잘못도 지적해서 바른 소리를 올려야 마땅한 일이지 않은가. 그렇게 페르소나를 갖춘 그 자식은 과연 불효막심한 인간으로 추락하는 것일까.

문명은 대중성을 키우거나 일거에 드러낸다. 인터넷 댓글을 보라. 얼굴만 가리면 누구든지 악마의 정체를 드러낸다. 악성 댓글을 갈겨 날리는 악마들은 제 본명을, 그리고 제 존재 자체를 그대로 드러낼까. 댓글은 그래서 익명이다. 자신을 철저히 숨기고 감춘다. 흉한 짓을 하는 악마들은 모자를 쓰고 얼굴을 철저히 가린다. 갈수록 세상은 문명화가 고도화될수록 야만화되고 있다. 인터넷 유튜브 댓글을 보면 치가 떨릴 정도로 야만인들이 득실댄다. 그 악성 댓글에 충격을 받곤 자살을 행한 이들이 많다고 들었다. 자신의 페르소나를 의식, 갖추었다면 남을 근거 없이 비방하는 악성 댓글이 가능할까. 스스로 인간이기를 포기하면 페르소나는 온데간데없이 소멸된다. 그냥 악마들이 들끓고 추악한 야만인들이 얼굴을 감추고 득실댈 뿐이다. 난폭 운전, 보복 운전 따위를 하는 자동차 운전 역시 마찬가지다. 하긴 페르소나의 어원이 가면에 있다고 하니 인터넷이나 자동차 안에서는 굳이 외적 인격 곧 페르소나라는 가면을 쓸 이유는 없고, 야만인의 민낯에 야만의 본성대로 야만의 악행을 행하게 되는 것이다.

자아와 페르소나의 결합체이자 완성체인 실존적 자아는 건강한 자아의 회복이고 구축이다. 물론 페르소나의 처음 사용자인 칼 융이 "페르소나는 '현실적인 것'은 아니다. 그것은 '한 인간이 표면적으로 어떻게 보이는가'에 대하여 개체와 사회가 서로 타협하여 얻은 결과다." (『무의식 분석』)라고 한 전언에서 보듯, 페르소나는 나의 내적 자아가 아닌, 남과의 관계를 의식한 사회적 자아인 것이다. 그렇다면 사회적 역할이나 지위가 있어야만 페르소나가 있고, 그냥 자연인 수준의 인간에게는 페르소나가 없다는 것은 당연히 아니다. 어차피 사회 속에서 생을 영위해야 하는 운명의 인간으로서 마땅히 지녀야 할 개념이 페르소나가 아닌가 싶다. 때와 상황에 따라 수시로 적응, 바뀌는 페르소나는 일단 의심의 여지가 크다. 자신의 본연의 모습은 페르소나를 기본으로, 기반으로 철저히 박혀야 한다. 그래야 페르소나이다. 페르소나는 간신이 아니라 충신이다. 간신에게는 페르소나가 없다. 누가 간신의 가면을 쓰고 추악한 최후를 맞으려 원하는가. 따라서 페르소나의 추구는 불의가 아니라 정의다. 거짓이 아니라 진실이다. 시도 때도 없이 바뀌는 것이 아니라, 불변의 인격으로 시도 때도 없이 안 바뀌는 것이다.

따라서 페르소나가 실종된 상태의 인간 사회라면 어떤 사회일까. 거짓과 위선이 득실대는 불의의 세상일 것. 한때 한국 사회는 양반 의식의 페르소나가 극심했다. 양반이라는 계급으로 권세를 휘두르고 사람들을 휘하에 몰아넣어 종 부리듯 한 시절이 있었다. 혹은 선비 의식의 페르소나도 존재했다. 선비정신의 효시적 상징 존재인 남명 조식 선생과 조선의 마지막 선비정신으로 일컬어지는 매천 황현 선생을 보라. 매천 선생은 1885년 생원시(生員試)에 장원했으나, 시국이 혼란하고 관리들이 부패하여 관직에 나가기를 단념하고 향리에 머물다가, 1910년 8월 경술년 국치(國恥)에 통분하며 절명시(絶命詩) 4수를 남기고 9월 7일 음독 순절했다. "亂離滾到白頭年 幾合捐生却未然" (난리 통에 어느새 머리만 희어졌구나. / 몇 번이나 목숨을 버리려 하였건만 그러지 못하였네.)로 열리는 절명시 4수에서 가장 인상 깊게 다가오는 대목은 절명시 3수에서의 "難作人間識字人" (인간 세상에서 지식인 노릇하기가 참으로 어렵구나.)와 절명시 4수에서의 "只是成仁不是忠"(단지 인을 이룰 뿐이요, 충은 아닌 것이로다)이다.

지식인의 처신이 매우 어려움을 토로하고, 끝내 그는 자결을 하고 만다. 지식인의 자세에 대한 지식인다운 고뇌적 발언에서, 그리고 자신의 자결은 충성에서가 아니라 인(仁)을 이룸에 지나지 않는다고 말한 그의 선비정신을 보라. 그에게서 자신의 자아와 일치되는, 곧 동일시되는 페르소나를 확인할 수 있다. 말과 행동이 따로따로 노는 위선자가 아니라 말과 행동이 하나로 일치하는 선구적 페르소나의 인물, 매천 황현 선생이다. 매천 선생을 떠올린다면 칼 융의 페르소나에 대한 다소 찜찜한 부정적인 측면 곧 페르소나는 참다운 것이 아니다, 그러니까 페르소나는 진정한 내면의 자아가 아닌, 남에게 보이기 위한 자기라는 의식은 완전히 해소되고 만다. 인격자의 길을 선도하는 페르소나이니, 말이다. 매천 선생의 페르소나는 바로 그 선비정신이다.

페르소나가 있어야 살아있다는 것을 반증하고, 페르소나가 있어야 삶을 진정으로 열정적으로 사랑할 수 있게 되며, 삶에 대한 지극한 관심과 열정을 쏟아붓는다. 에릭 프롬도 오래전에 동의한 바 있지만, 인간이 살아감에 있어 최악의 것은 무관심이다. 삶에 대한 열정과 애착, 관심이 사라지면 페르소나도 상실되고 만다. 그때 인생은 끝장이 난다. 지킬 박사와 하이드 씨의 경우를 보라. 물론 소설적 이야기이지만 실제로 인간의 실체를 보여주는 이야기라고 할 수 있다. 지킬 박사의 페르소나를 방해하고 저해한 하이드 씨는 악마가 아니던가. 하이드 씨가 악마-짓을 한 것은 삶에 대한 열정과 관심 때문이었을까. 하이드 씨를 억제하고 제동을 가하는 유일한 방책은 삶에 대한 열정과 관심의, 지킬 박사의 페르소나이었던 것.

최선의 길은 얼굴을 가리지 않고 곧 멋지고 아름다운 가면을 쓰지 않고도 곧고 바르며 아름다운 생각이 곧장 행동으로 이어지는 것이다. 그 곧고 바른, 아름다운 행동의 근원지는 수신(修身)이다. 마르크스도 자유롭고 의식적인 활동성이 곧 인간의 본성을 이룬다고 했다는데, 페르소나 역시 수신을 근원으로 자유롭고 의식적인 활동성이 되었으면, 아니 그 인간의 본성이 그대로 페르소나의 의식 활동이 되었으면 한다.

'활동성'은 우리 안에 깃든 정신력의 자유롭고 자발적인 표현이라 여겼다. 우리 안에 깃든 정신력이란 이성, 감정, 미의 감수성을 의미한다. 활동성은 우리 자신에게서 비롯되고, 강요된 것이 아니며, 우리 모두에게 깃든 창조적 힘에서 나오는 어떤 것이 우리 안에서 탄생한다는 의미다.

— 에리히 프롬, 『우리는 여전히 삶을 사랑하는가』

에리히 프롬의 위 전언에서 우리는 페르소나의 근원이 어디에서 생성, 창조되는지를 명쾌히 인식하게 된다. 페르소나는 활동성이라는 것, 그러니까 이성, 감정, 미의 감수성을 의미하는 정신력의 자유롭고 자발적인 표현인 페르소나의 의식 활동은 스피노자의 철학 논리에 그대로 일치한다. 하나의 행위 곧 활동성은 스피노자의 논리에 따르면, 온전히 페르소나의 주체인 나의 인간 본질에서 나오는 동시에 이성과 일치한다는 뜻이다. 그것은 수동성이 아니라 능동성이고 적극성, 나아가 창조성인 것이다. 그것은 추잡하고 조잡하고 추악한 비인간적인 행위와는 상극의 위치에 있다. 선하고 바르고 반듯한 의지의 표상이 페르소나이다. 분노해야 할 때 분노하지 않는 페르소나는 거짓된 위선의 페르소나이다. 이런 페르소나는 경멸과 배격의 대상이다. 그래서 페르소나의 지향성은 아리스토텔레스에 접목시키면 '비타 악티바(Vita Activa)' 곧 사회적으로 실천하고 행동하는 활동적인 삶이다. 아리스토텔레스는 비타 악티바와 비타 콘템플라티바(Vita contemplativa) 곧 사색하는 삶을 소중히 여겼다. 비타 악티바는 움직이고, 비타 콘템플라티바는 멈춘다. 당연히 비타 악티바의 활동성에 앞서, 그리고 그 뒤에 사색해야 하는 철학 명제이기에 움직임을 잠시 멈추어야 한다.

언젠가 남쪽의 유명한 대중 가수가 평양 공연을 마친 뒤, 북의 권력자가 무대 위로 나타나 악수를 청하는데, 뻣뻣하게 선 채 손을 내미는 젊은 권력자의 손을 대중 가수는 머리를 허리까지 숙여 공손히 잡는데, 꼭 전제군주 시대에 나이 많은 신하가 새파랗게 젊은 군주에게 굽신거리며 대하는 태도가 연상될 정도로 지나치게 황송한 듯 저자세여서 꼭 군신 관계의 신하로 보였다. 조선조를 전제하지 않고서는 도저히 가납 불가한 가수의 태도였다. 아무리 절대권력 앞이라고 해도 나이가 부자지간보다 더 심한 차이가 나는데, 최소한의 예의만 표하면 될 것을, 깎듯이 허리를 굽혀 마치 영광인 듯 악수를 받는 것을 보고 그 가수의 페르소나가 궁금해졌다. 지금이 언제인가. 전제군주 체제는 권력사의 시스템상 낡고 닳은 케케묵은 체제이다. 러시아의 혁명가 레닌이 러시아 제정 체제를 허물어뜨리고 공산주의를 건설하려 했던 뜻은 무엇일까. 시대착오적인 제정 체제에 대한 거부감 때문이었다. 자신을 낮추는 대중 가수의 자세가 겸손하고는 거리가 멀 뿐만 아니라 너무 좀스럽고 초라해 보였다. 명색이 대중 가수로서의 명망이 우뚝 선 본인의 위상에 맞는, 또 나이에 걸맞은 그의 페르소나가 아쉽기만 한 가수였다.

한국의 법질서 체계는 인간의 삶을 보호하고 지켜주는 안전 체계로서는 실로 허술하고 문제점이 크다. 오히려 법이 없음이 인간의 생명과 삶을 지킬 수 있지 않을까, 생각될 정도로 큰 문제이다. 법은 법원에서 제정하지 않는다. 그 법은 인간과 세상에 대한 인식이 부족하거나 결여된 국회의원이라는 정치꾼들이 법안을 제정하니, 모든 원인은 국회에 있지만, 아무튼 한국의 법 운영 체계에 대해서는 진지하게 생각해 보아야 한다. 판사다운, 변호사다운, 검사다운 페르소나를 제대로 갖춘 법조인들이 참으로 드물다. 그들은 강직하고 곧은 선비상, 그러니까 남명 선생이나 매천 황현 선생의 페르소나를 갖추어야 하는데, 그런 페르소나를 갖춘 법조계 인사들이 손꼽을 정도이다. 박정희, 전두환 정권 시절에 당시 국가보안법 위반에 걸려든 사건 때 소수의견을 낸 몇몇 판사들이 있었던바, 그들은 소신 있게 무죄 내지는 혐의없음으로 파기 환송하는 판결을 내리기도 했는데, 당시로서는 법질서를 깨뜨릴 정도의 엄청난 판결이었다. 어느 쪽이 진실인지는 판가름하기는 어렵지만 판사의 페르소나가 곧은 선비상으로 부각된 판결 사례였다.

이런 판결이 있었다. 한 범죄자가 살인과 강도 상해를 연속으로 저지르는 사건이 발생했는데, 사건 내막은 이러했다. 범죄자가 사적 채무로 인해 채권업자로부터 협박과 억압을 받고는 젊은 여대생들을 쇠-방망이로 뒤통수를 가격하여 죽이거나 치사에 이르게 할 정도로 잔혹한 폭행을 하여 돈을 뜯었다고 한다. 아무리 난경에 처하더라도 남의 고귀한 목숨을 해쳐서 돈을 마련하려고 해서 되는가. 결국 그 범죄자는 1인을 죽이고, 7명까지 연쇄 살인하려다가 경찰에 체포, 법정에 서게 되었는데, 판사는 방망이를 두드리며 판결을 내린다. 인간으로서 잔혹한 살인과 상해 행위를 했기에 중죄를 받아야 마땅하지만, 채권업자로부터 받은 협박과 억압이 원인이 되어 그런 범죄 행위를 자행했고, 또 초범인 데다가 반성의 기미가 역력하기에 징역 15년을 내린다며, 당-당-당 부드럽게 솜방망이를 내리친다. 저 판사는 인간이거나 신이거나 둘 중 하나다. 판사는 인간도 신도 되어서는 안 된다. 엄정한 판결을 통해 법-질서를 세워 인간 세상을 바르게 움직이게 하는 강직한 페르소나를 갖춘 선비-상의 판사이어야 한다. 잔혹한 인간 범죄를 저지르는 인간을 심판

함으로써 다시는 그런 잔혹한 일이 벌어지지 않도록 하기 위해, 법정에 판사를 내세운 것인데, 살인 행위에 대한 관용의, 오히려 법질서를 해치는 판결로 인해 인간 세상의 질서는 무참히 망가질 위기에 처하게 된다. 판사의 솜방망이 처결에 대해 범죄자는 어떻게 생각할까. "판사님, 뼈저리게 반성합니다. 다음부터는 절대 남을 해치거나 그들 가족의 삶까지도 무참히 박살내는 반인간적인 행위는 절대로 하지 않겠습니다", 가 아니고, "그래, 적당히 감옥살이를 하다가 석방되어 나오면 더 크게 한 번 저지르자. 재수 없게 또 잡히면 법정에 서서, 눈물에 약한 판사 보라고 눈물 한 말 정도 뚝뚝 흘리면서 반성의 표를 내자. 그러면 판사는 부드러운 솜방망이를 치지 않겠나."라며, 희망에 벅찬 그 뒷날을 꿈꾸지 않을까. 음주 운전으로 젊은 생명을 죽여도 솜방망이, 자식이 부모를 죽여도 솜방망이, 부모가 유아인 자식을 셋이나 죽여도 정신이상에다 우발적 범행이고 또 초범에다가 반성하고 있다며 징역 2년과 4년을 선고하며 솜방망이를 두드리는, 그 판사의 페르소나가 궁금하기는 커녕, 판사의 머리와 가슴이 한없이 애젖하기만 하다.

법에 의지하지 않고서는 자신의 삶을 지켜낼 수 없거나 무고하게 당하는 보통 사람들이 태반이다. 변호사는 그런 이들을 위해 그들을 변호하고 그들의 삶의 권리를 지켜주는 역할을 해야 변호사라는 외적 인격이 타당하고 합리성을 확보하게 되는 것이다. 그런 변호사들이 압도적이다. 그런데 왕왕 나쁜 이들의 나쁜 작태에 동조하여 그들의 악행을, 돈을 받고 변호하는 흉한 일을 곧잘 목격하게 된다. 변호사(辯護士)는 士, 선비이다. 선비의 정신은 무엇인가. 바르고 곧음이다. 바르고 곧음을 향해 목숨까지 내놓은 이들이 선비인 것이다. 물론 변호사도 밥-벌이를 해야 사람살이가 가능한 인간 사회의 구조상 돈을 벌어야 한다. 그런데 법에 기소된 당사자가 불법 혹은 범법 행위의 주범인데도 그를 변호하는 사건을 맡은 변호사를 보면 그들이 갖춘 선비-상의 페르소나가 일거에 허물어지고 만다. 이런 기소 사안이 있었다. 한 십대 후반의 소녀가 몇몇 청소년에게 성폭행을 당했는데, 그 가해자들 가족들이 변호사를 선임하여 그 사건을 무마시키려 한 것이다. 그것도 법적으로 피해자를 속여서 가해자인 성폭행자들을 빠져나오게 하려는 간교한 술책이었다. 선비상의 페르소나를 갖춘 변호사라면 처음부터 그들의 간악한 음모를 듣곤 과감히 꾸짖거나 바르게 고치도록 계몽시켜야 마땅하지 않은가. 이 나라의 법질서 체계가 안타깝기만 하다.

페르소나는 분명 진정한 자기의 인격은 아니다. 아니라고 해도 건강한 자신과 사회를 위해서도 페르소나는 반드시 권장해야 마땅한 건강한 인간 사회의 중요한 테제이다. 칼 융이 이미 말했지만, 페르소나는 인간의 삶을 윤택하게 하며, 사회에 살아남기 위해 필연적이다. 슈바이처나 매천 선생을 페르소나의 위대한 표본으로 들었지만, 우리가 그분들의 페르소나를 반드시 지녀야만 한다기보다는 그만큼 자신의 페르소나가 바르고 반듯하게 되었으면 하는 바람의 표현인 것이다. 늘 길거리를 다니면 눈에 불이 켜져 마음이 한시도 편할 날이 없었는데, 앞으로는 마음 편하게 길거리를 걷고 싶다. 건강한 페르소나를 만나고 싶다. 길을 걷다가 시내 대로변 건널목 신호에 걸려 신호를 기다리고 있는데, 옆에서 혹은 건너편 저쪽에서 차가 안 오는 걸 확인하고 냅다 뛰거나 뒤뚱거리며 무단 횡단하는 남녀노소를 곧잘 목격한다. 그러고도 사고가 나면 되레 동물처럼 적반하장격으로 난리를 친다. 또한 페르소나가 차창에 가려 차단된, 신호를 무시하고 냅다 달리거나 건널목 보행자 신호에도 건널목에 떡 버티고 선 운전자도 눈살을 찌푸리게 한다. 오토바이 운전자는 교통 규칙 위반이 곧 교통 규칙 준수인지 헷갈릴 정도로 운전을 한다. 헬멧이 그의 페르소나를 가리고 있는 것인지, 그의 헬멧이 페르소나인지 또 헷갈린다. 교통 규칙은 누구를 위해서, 누가 지키도록 만들었는가. 사회의 구성원인 무수한 타자와 자신의 생명과 안전을 위해서 타자와 자신의 페르소나를 믿고 만들어진 것, 각기 서로의 페르소나를 제대로 가동해야 사회는 제대로, 나아가 오롯이 유지되는 것, 향후의 길에는 페르소나 상실의 불편한 장면을 목격하지 않기를 간절히 빈다.

내게 남은 길이 얼마쯤인지 모르지만, 자유의지로 걸으면서 '나' 또는 '저'로 자신의 존재감을 당당히 올리거나 혹은 겸허히 내리는 진득한 페르소나의 만남을 통해 그 기운을 받아 나 또한 진중한 배려와 존중, 겸양의 예의 등의 골격 자세를 갖춘 자연스럽고 반듯한 인격의 표상인 페르소나로 걷다가 가고 싶다. 아놀드 토인비는 "윤리와 도덕의식을 갖지 못한 민족은 멸망한다."고 했는데, 그럴 것이다. 페르소나가 실종된 사회는 야만인의 사회, 도덕과 윤리 실종의, 짐승의 사회인 바, 그런 사회를 가로막고 건강한 사회가 되는 길은 오로지 반듯한 페르소나의 길인 것을. 그래서 누구든 건강한 그 길을 걷기를 바라는 마음을 부친다.

돈은 똥이다

— 잘 배운, 혹은 잘못 배운 자본주의

2015년 12월 18일자 신문에, 한 서울대학생이 자신을 흙수저로 자조한 끝에 한국 사회에서 '생존을 결정하는 것은 전두엽 색깔이 아닌 수저 색깔'이라며, 수저 색깔에 따라 생존이 결정되는 유리벽의, 이 사회 현실을 떠나겠다며 자신이 살던 옥탑방에서 뛰어내려 자살한 충격적인 사건이 보도되었다. 당시 최고의 화제가 되었던 신조어는 '금수저', '흙수저'라는 수저계급론이다. 그런데 놀랍게도 그는 수재들에게만 입학이 허가된 과학고 출신으로, 그것도 조기 졸업했으며, 대통령 장학생에 선발돼 매월 장학금 50만 원을 받았고, 부모는 서울 소재 4년제 대학 시간강사와 중학교 교사로 경제적인 어려움은 거의 없었다고 한다. 사실 수저론은 부모의 사회-경제 수준에 따라 정해지는 계급 논리인데, 이 정도 사회-경제 수준인데도 흙수저 운운하며 자살했다는 사실이 납득되지 않지만, 수저론을 앞세워 자살한 이 사건은 당시 사회에 큰 충격을 안겼다. 93년 7월부터 94년 9월까지 5명의 무고한 인명을 연쇄 살인하다가 체포된 지존파 일당의 첫 번째 행동 강령은 "돈이 많은 자를 증오한다"이다. 지존파의 결성 계기는 당시 대학 입시 부정 사건에 분노하여 가진 자들에 대한 증오심으로 그들을 벌하기 위함이었다고 한다. 심리학적으로 가능성이 있긴 하다. 지존파 8명 가운데 중졸(고등학교 중퇴)은 4명이고, 나머지 4명은 국졸(중학교 중퇴) 출신인데, 그런 그들에게 대학 입시 부정 사건은 절망과 분노를 터트리게 하는 사건이었을 것, 따라서 사회적 열등감과 존재감 상실로 인한 분노가 원인으로 잡히기도 한다. 흉악하고 끔찍한 살인 사건에는 가난에서 싹튼 열등감과 불만이 주된 동기가 되고 있다는 사실이 확인된다.

수저론은 심지어는 북한의 대외용 선전매체 '조선의 오늘'에서도 거론, 체제 선전용으로 악용되고 있는 실정이다. 자본주의 체제의 문제점으로 금수저, 흙수저가 운위되며, 부익부, 빈익빈의 악성종양을 안고 있는 썩고 병든 사회로, 앞날에 대한 희망도 미래도 없는 사회로 치부되고 있는 것이다. 물론 침소봉대라는 말처럼 침소(針小)를 봉대(棒大)로 과포장해서 체제를 비난하려는 의도가 역력히 드러나 있지만 자본주의 체제의 문제점인 것은 분명하다. 빈익빈 부익부의 사회 양극화 현실인 것, 입이 있어도 말은 못할 지경이 아닌가. 분명 북한에 트집 잡힐 만한 빌미를 제공한 것은 사실인 것, 그래서도 '조선의 오늘'이 남쪽의 자본주의 체제에 대한 자신감 넘치는 큰 목소리를 힘차게 내는 동력을 제공한 셈이다.

『마담 보바리』의 작가 귀스타브 플로베르는 자본주의의 핵심인 부르주아지를 싫어했다는데, 그가 말하는 부르주아지란 '천박한 사고방식을 가진 모든 사람'을 의미했다. 그러니까 돈이 만능이고 권력이라는 사고 방식이 곧 부르주아지라는 그의 관점에 따른 해석이었던 것이다.

부르주아지에 대한 사고의 관점은 거의 비슷하다. 밀란 쿤데라도 역시 그랬다. 그에게 자본주의 체제는 모든 잔인하고 어리석은 것들과 사기꾼과 벼락부자들의 저속함이다. 그의 조국인 체코가 1989년 공산당 체제가 붕괴되고 자본주의 사회로 복원된 이후, 그 체제 속에서 살아본 그였기에 그런 시선의 관점을 피력한 것이다.

그런데 우리가 일반적으로 알고 있는 자본주의가 실은 잘못된 자본주의임을, 본인이 알게 된 것은 막스 베버의 자본주의 정신을 접하고 나서이다. 막스 베버가 강조하는 자본주의 정신은 시민 계층의 윤리의식인 프로테스탄티즘 정신에 입각하여, 정직과 성실에 기초해 부를 형성하는 것이다. 즉 그는 부지런히 일할 것, 성실하고 신의 있는 방식으로 직업에 종사할 것, 도덕적 타락과 낭비를 피하고 절약하고 금욕적으로 생활할 것 등이 자본주의 정신이라고 규정한다. 그런데 지금의 자본주의는 막스 베버의 자본주의 정신을 전격 이탈한 천민자본주의이다. 약탈과 사기, 고리대금업, 투기 목적의 지나친 주식 투자와 같은, 수단과 방법을 가리지 않고 난폭하게 돈에 매달리는 방식은 자본주의 정신을 위배한 천민 자본주의인 것이다. 20세기 중반 이후 자본주의는 막스 베버의 자본주의 정신과는 엇박자로 치달리는 투기적 성격으로 나아가고 있는 현실이다. 안타깝게도 막스 베버의 자본주의 정신에 따라 한국에서 몇 년만 살면 거지-되기 딱 십상이다. 부지런히 일하고, 올곧고 바르게 형이상학적으로 살면 가난해지는 세상, 더러운 속물 근성 없이 참하게 살면 바로 가난한 거지가 되는 세상이다. 막스 베버가 오늘의 자본주의 세상을 본다면 자신이 규정한 자본주의 에토스와는 한참 거리가 먼 천민자본주의의 황당함에 놀란 입을 다물지 못할 것이다.

막스 베버에 따르면 돈은 정당한 노동의 대가, 곧 윤리적 정당성을 획득해야만 가능한 결과이다. 이렇게 축적된 부를 누구든 비난하거나 부정의 판단을 내릴 수 없다. 그러나 지금 이 사회는 그런 정당한 대가의 결과로서는 한참 뒤처지는, 완전히 역으로 엇박자가 나는 경제적인 삶을 살 수밖에 없다는 한심한 현실이다. 자본주의 정신이 실종되어 사라진, 또한 인간의 인간적인 삶과는 엇박자가 나는 자본주의 시대가 염오나 혐오의 극단적인 감정을 불러일으킨다.

돈이 돈을 불리는 세상은 가난한 자는 더욱 가난의 구렁텅이로 빠져들게 한다. 한국의 경제는 1970년대만 해도 경제라고 할 것 없는, 세계에서 빈국에 속했다. 하마면 북한보다 경제 수위가 낮았을까. 그런데 그때가 도리어 그리워진다. 모두 열심히 자기 할 일에 전력을 쏟아 앞날을 차근차근 준비하던 시절이었다. 별 가진 것도 없는, 성년의 두 짝이 만나 월세방살이를 하다가 최대한 아끼고 저축해서 전세방으로 옮기고, 이후 또 큰 계획을 세운다. 아내와 힘을 합쳐 작은집을 마련하는 꿈을 꾸고 열심히 일을 해서 그 꿈을 이루곤 했던 그 시절이 그립다. 자신이 열심히 일한 만큼 대가가 주어지는 사회, 이른바 정의로운 자본주의 사회이다. 그런데 지금 세계 10대 경제대국으로 부상한 이 나라에서 정상적인 윤리관과 도덕의식을 가지고는 집 한 채 사서 살 수 없는 실정이다. 전부 잘못된 자본주의의 전횡인 땅 투기나 주식을 통한 재산 늘리기를 못하면 평생 집은 구경도 하기 어렵다. 투기나 주식을 할 자본이라곤 없는, 오로지 가진 것이라곤 흙수저인데 투기나 주식은 아예 남의 일이며, 그런 돈벌이 수단이 없는 상황에서 어떻게 집 한 채를 마련할 수 있단 말인가. 공무원 생활을 한다고 가정하자. 월급에서 가령, 백만 원씩 정기 저축을 한다고 치면, 1년이면 원금이 천이백 만원, 십

년이면 원금이 1억 2천만 원, 이자가 붙는다 해도 얼마 되지 않는다. 백년이면 10억 2천만 원인데, 세상에, 한 달에 백만 원 저축하기가 쉬운가. 원초적 삶의 형식인 먹고 살아야 하고, 자식 공부시켜야 하고, 그런데 백년 동안 저축을 해야 10억 얼마란다. 그나저나 백년 수명이 그리 호락호락한가. 설사 백년 동안 프로테스탄티즘 윤리관에 따라 저축한 이 돈으로 서울에서 집을 산다면, 지방이면 그럴듯한 아파트를 살 수 있을지 모르겠지만, 서울은 별로일 것이다. 더욱이 대한민국 최대의 황금권 지역인 강남 일대는 꿈도 꾸지 못한다. 그것도 백 년 동안 저축을 해야 가능, 아니 해도 불가능한 일, 이런 세상이 인간이 공존-공생할 수 있는 세상인가.

부모에게서 적어도 아파트 한 채를 받지 않고서는 결혼조차 하기 어렵고 평생 집 마련은커녕 남의 집 마련하는 구경을 하는 데 그쳐야 한다. 수저만 들고 결혼하던 그 시절은 거의 신화적인 시대로 인식될 뿐이다. 목돈이 생기면 무조건 주식 투자를 하고, 빚에 빚을 내어서 아파트 주택 건물을 사들여 시세를 감정하곤 몇 년 등기로 살다가 이문을 많이 남기고 팔아서 더 큰 부를 축적하는 그런 시대이다. 돈이 돈을 버는 세상, 그 돈이 자본주의 세상의 권력이다. 문제는 부와 가난이 대물림된다는 사실인데, 재산이 대물림됨으로써 부와 빈의 대를 이은 상속이 이루어지면서 수저론이 부상되는 실정이다. 수저론은 달리 말하면 인간 불평등 내지 인간 소외 현상이다. '현실 자체에서 이념을 찾겠다'며 자본의 논리로 야기되는 인간 소외의 문제를 철저하게 분석함으로써 인간 해방의 가능성을 모색했던 마르크스의 사상 논리가 그대로 접맥되고 있다.

건강한 자본주의는 돈에 지배당하거나 돈이면 다 되는 만능의 그런 세상이 아니다. 그 세상은 한마디로 정의하면, 천한 자본주의, 천민자본주의 세상이다. 파스칼이 이런 맥락에서 한 말은 아니지만 공교롭게 비슷하게 던진 맥락의 한 마디가 있다. "오만이 필연과 결부될 때 그것은 극도의 불의가 된다." 돈과 같은 물질의 우위에 대한 오만이 오만이 될 그럴 당연한 소지를 만드는 자본주의와 결부되면 언제든 그것은 필연이 될 것이고, 결국 그 오만은 극도의 불의가 되는 것으로 충분히 받아들여진다. 돈이 권력이 되고 영예가 되는 사회는 불길하고 불의하다. 이러한 자본주의 행태가 북한의 선전매체에 힘을 실어주는 판국으로, 마르크시즘 곧 공산-사회주의가 강력히 먹혀드는 것이다. 마르크스는 사치를 극히 경계했는데, 그는 사치를 빈곤과 마찬가지인 악덕으로 간주하였으며, 인간이 많이 소유하는 것이 아니라 풍요롭게 존재하는 것을 목표로 해야 한다고 가르쳤다고, 에리히 프롬은 『소유냐 존재냐』에서 말한다. 마르크스가 소유에 대한 사상을 피력한 지가, 에리히 프롬이 마르크스의 소유론에 대해 언급한 지가 각각 150년, 50년이 지난 지금의 현대사회는 그 사상이 얼마나 반영, 실현되고 있을까. 그냥 불문가지의 실체 그 자체이다. 상식 논리로 보더라도 무소유 나아가 부의 분산, 공평한 분배가 계몽적 주장의 세목이지 않은가. 휴머니스트 마르크스가 주창한 공산-사회주의는 지금까지 실천된 적이 없다. 에리히 프롬이 운위한 기능적 소유가 바람직하긴 한데, 그 소유는 인간이 삶을 영위하는 데 기본적 욕구를 채울 수 있는, 반드시 기능적으로 필요한 소유물을 가리킨다. 우리의 육체를 지키고 지탱하는 기본 의식주와 같은 기능성을 보유한 소유인데, 그것이 인간의 실존에 뿌리박고 있으므로 실존적 소유라고 한다.

그리스 작가 카잔차키스의 소설 『희랍인 조르바』에서, 조르바는 '돈' 을 '날개'라고 부르는데, 그 명명의 저의는 풍자적이다. 사람을 자유롭게 날아가게 할 수 있는 수단이라는 것이다. 그런 류의 우리 속담도 있다. '돈만 있으면 처녀 불알도 산다.', '돈만 있으면 귀신도 부릴 수 있다.', '돈만 있으면 개도 멍첨지라.' 등등, 돈의 무소불위한 위력을 강조하느라고 불가능한 상상을 하며 돈 때문에 세상이 잘못될 수도 있다는 우려를 은근히 나타낸다. 돈은 좋고 싫음의 대상이기보다는 사람의 실존에 없어서는 안 될 목숨줄이다. 돈이 있으면, 있는 만큼 편리하고 편안하다. 돈은 그러나 지나치게 많으면 제 돈이 아니다. 제가 쓸 수 있을 만큼의 돈이 제 돈이다. 쓰지도 못하는 돈은 이미 내 돈이 아니다. 그리고 돈은 써야만 돈이다. 돈을 금고에, 은행에, 비밀 창구에 꽁꽁 숨겨두고 쓰지 않은 돈은 돈이 아니다. 돈은 돌아야 돈이다. 우리말의 '돈'은 무게 단위에서 나왔다고 하는데, 1냥=10전(돈)=100푼=37,5g, 영국의 파운드도 무게 단위의 호칭이라고 한다. 그런데 또 돈은 '돈다'라는 동사에서 유래되었다는, 한곳에 머물지 않고 돌아다닌다는 돈의 기능성인데, 물론 발음의 유사성에 착안한 민간 어원설이긴 하지만, 그러나 돌고 돈다는 뜻의 돈은 의미심장하다. 한 군데에 고여 있다는 것 곧 재화의 집중이 아니라 재화의 분산이나 베풂에 무게가 실리는 까닭이다.

돈은 똥이다. 말하자면 돈은 상극의 이중성이 있는 것이다. 똥이기 때문이다. 똥의 어원은 '더럽다'는 뜻의 '덜(딛)' 혹은 '돈<둔'에서 찾아지는데, 두엄 역시 그렇다. 둘다 '더럽다'의 뜻이지만 생산적인 뜻으로 승화된 보기 드문 말이다. 똥은 오랜 시간 동안 썩히고 썩혀 발효시키면 천연 유기농 거름이 된다. 식물의 생장에 영양을 제공하여 건강하게

숙성하게 하는, 그러니까 똥은 더럽기는 해도 생산적인 만큼 귀하고 값진 거름이었던 것이다. 그 농작물 성장에 거름이 되는 똥 같은 돈을 우리는 접하기도 한다. 불우한 남을 돕거나 국가나 사회를 위한 좋은 일에 쓰이는 돈이다. 그러나 사람의 몸에서 배설된 물질인 똥은 더럽다. 냄새가 지독해서 코를 막지 않고서는 견디기 힘들다. 길바닥에 아무렇게나 누거나 폐기한 똥은 감각적으로 구역질이 나게 더럽다. 그런 더러운 똥 같은 돈을 우리는 천민자본주의 세상에서 일상처럼 숱하게 접한다. 남에게 갑질 횡포를 자행하는 탐욕의 나쁜 힘으로서의 돈, 갑질의 온상이자 상징으로서의 돈이다. 요는, 돈은 어떻게 쓰느냐에 따라 감각을 마비시키는 추악한 똥이 되기도 하고, 생산적인 기능의 유기물인 똥이 되기도 한다. 아무래도 더러운 똥인 돈이 우세한, 어둡고 부조리한 현실이긴 하지만, 위기에 처한 누군가에게 힘이 되는, 곧 새로운 도약의 기대와 희망을 품게 하는 재생의 똥인 돈도 존재하고 있어 아직은 새벽 기운의 먼동이 사라진 건 아니다.

참고로 프로이트의 항문애적 성격에 대해 잠깐 언급하지 않을 수 없다. 프로이트에 따르면, 모든 인간이 반드시 거치는 단계 중의 하나가 어린이의 항문기인데, 어린이는 자기에게 들어온 소유물은 절대로 양보하거나 포기하지 않고 고수하려는, 이른바 소유욕이 생긴다는 것이다. 한마디로 돈이나 물질적인 자산을 비롯하여 감정, 몸짓, 말까지도 소유하려는 욕망이 강하기에, 그래서 자기중심 에너지를 고수하려는 항문애적 성격이다. 이 성격은 돈과 똥, 곧 황금과 쓰레기를 상징적으로 연관지은 점으로서, 프로이트의 시각에서 항문애적 성격의 소유자는 정신적으로 병든 사람이고 신경증 환자이다. 역시 항문애적 성격이 강한 사회는 병든 사회인 셈이다. 그는 "황금은 지옥의 똥"이라는 고대 바빌론의 교리를 통해 황금 곧 돈에 대한 인식론적 결론인, 돈 곧 황금은 똥과 죽음과 더불어 동일성의 개념이라는 인식을 표출했다. 고대 문명사회에서도 돈은 죽은 자들의 세계에서 가장 가치 있는 물질적 도구이었던 셈인데, 호모사피엔스의 놀라운 물질문명 세계인 지금의 현대사회에서는 과연 어떤 단계에까지 치달았을까.

공교롭게도 이런 돈에 대한 경고의 뜻이 영어에서 교환가치의 기능인 돈(Money)에서 잡힌다. 돈(Money)의 어원은 원래 '경고'라는 뜻의 라틴어 Monere였는데, 그것이 Moneta로, 또 그것이 오늘날의 형태인 Money로 바뀌었다고 한다. 돈의 어원이 경고의 뜻이었다는 것은 돈이 탐욕의 도구가 될 수 있음을 경고했다는 것인데, 과거에도 현재에도 돈을 잘못 부려 써서 패가망신 당하거나 몰락하는 것을 자주 듣거나 보았기에, 그래서도 '경고'라는 돈의 어원은 자못 의미가 심장하다. 외국어 돈(Money)은 돈의 사용 가치에 대해 많은 것을 생각하게 하는, 실로 의미심장한 뾰족-말이다.

조선조가 멸망하고 구한 제국이 들어선 뒤 일제에 나라를 빼앗기는 수치스러운 굴욕을 당하고, 해방과 더불어 지금의 한국이 들어섰다. 그런데 아쉬운 것은 양반 정신을 계승한 근대 국가였더라면 하는 아쉬움이 강하게 인다. 우리는 천민자본주의의 나팔수가 되었거나, 되어 가고 있는 중인데, 문제는 우리가 그런 나팔수가 되고 있다는 사실조차 인식하지 못하고 있다는 사실이다. 돈을 가벼이 여기고 간단히 뛰어넘을 수 있는 자본주의여야 그나마 기본 자본주의 명맥이나 유지하는 것인데,

갈수록 이 자본주의 세상은 돈 없이는, 아예 돈을 뛰어넘을 수 없게 만들어 돈의 노예로 만들어 버리고 있다. 핵심은 양반 정신의 부재인데, 양반 정신 운운은 조선조의 상위 계급인 양반 계급을 계승하자는 말이 아니다. 이문열이 『皇者의 꿈』에서 펼친 양반의 진정한 정신을 이어받자는 것이다. 학문, 예술에 대한 깊이 있는 이해와 존중, 엄격한 도덕과 윤리관에 따라 물욕과 명예욕 등을 절제, 경계할 것이고, 더러운 세상의 질서를 용납하지 않는 꼿꼿한 정신과 얼로써 천박한 세상을 꾸짖지 않겠는가.

그래서도 가난한 이웃에게 아낌없이 베풀었던 양반 집안, 경주 최 부잣집이 아쉽도록 그립다. 다른 부잣집들이 소작료를 70% 받을 때 최 부잣집은 40%로 낮추어 소작인들 사람살이가 조금이나마 부의 혜택을 받게끔 했다는 놀라운 이야기를 남기고 있는 최 부잣집 육훈(六訓)에 '흉년기에는 재산을 늘리지 마라'와 '사방 백 리 안에 굶어 죽는 사람이 없게 하라'가 있다. 이웃이 재난을 입었을 때 되레 치부의 기회로 삼는, 인면수심의 비인간적인 짓을 하지 말라는 가훈이고, 그런 재난이 닥치면 기꺼이 구제하고 선행을 베풀라는 가르침이다. 실제로 최 부잣집에서 1년에 소비하는 쌀의 양은 대략 3,000석 정도였다고 하는데, 1,000석은 식구들 양식으로, 또 1,000석은 길손들의 식사 대접용으로, 나머지 1,000석은 빈민 구제에 썼다고 한다. 한 마디로 감동적인 스케일의 가문이다. 미셸 투르니에의 말이 떠오른다. "가난은 인간에게서 모든 덕을 앗아간다. 속이 빈 자루가 똑바로 서 있기란 어려운 것이다." 그런 그들을 위해 최 부잣집은 대대로 빈민들을 구제하는데 아낌없이 재산을 베풀었다고 하니, 그래서도 최 부잣집의 돈은 더 값지고 고귀한 똥으로 다가온다.

최 부잣집의 마지막 최 부자인 최준은 단순한 부자가 아니라 상해임시정부에 거액의 자금을 제공함으로써 독립운동단체의 활동을 지원하기도 했으며, 영남대학의 전신인 대구대와 청구대를 설립한 교육 사업가로서 우리의 근대사에 독특한 큰 족적을 남겼다. 이런 최 부잣집의 인물을 뭐라고 불러야 할까. 그래서도 전혀 엉뚱한 듯하지만 최 부잣집에 딱 맞는 아이템이 하나 신선한 아이디어로 떠오른다. 스페인의 작가 세르반테스가 지은 소설 '돈키호테'의 '돈(Don)'이 그것인데, '돈(Don)'은 남성 앞에 부치는 경칭어로, 우리말로 옮기면 '경' '님'이라는 뜻으로 번역된다. 정의와 이상을 위해서는 앞뒤 가리지 않는, 저돌적인 키호테에게 부여된 경칭이 '돈'인 것처럼, 이 자본주의 사회에서 천한 속물성의 인식 대상인 돈이 우러름의 경칭인 '돈'으로 인식되었으면 하는 마음을 담아, 최 부잣집을 '돈(Don)-최 부잣집'이라고 부르고 싶다. 자본주의의 부자들이여, 부르주아지들이여. '돈(Don)-최 부자'를 롤-모델로 삼아 돈을 목표로 삼을 게 아니라 그것을 활용하여 호모사피엔스라는 명명에 걸맞은, 존엄하고 지혜로운 인간의 가치를 세워 보라.

　지인이 있다. 수저론, 하면, 흙수저는 그렇고, 동수저에나 들만한 지인이다. 그는 자신의 지인이 개원한 한의원에서 알바를 겸한 일을 하고 있다. 그런데 그는 요양원이나 시설 단체에, 비록 금수저나 은수저의 눈에는 들어오지도 않을 정도로 지극히 적은 액수이지만 본인에게는 결코 적은 액수가 아닌, 매달 몇만 원씩을 연회비로 기부하는 것이다. 혹 목돈이 생기면 우엣돈이라고 간주, 역시 쾌척하는 것이다. 그런 비슷한 목돈이 생기는 다른 지인에게도 권유하기도 하고, 명절 때이면 아파트 경비원과 청소부 아줌마에게 작은 선물이지만 마음의 정성이 담긴 선물을 하는 것이다. 금액으로 치면 금수저, 은수저가 외식하는 밥 한 끼 금액보다도 적은데도 그 돈은 왜 돈(Don)이라는 큰 인상으로 다 가오는 것일까. 이 지인처럼 적고 작은 돈이지만 크고 값지게 쓰는 부 르주아지들이 일일일인(一日一人)씩 늘었으면 얼마나 좋으랴.

프랑스의 사상가 피에르 조제프 프루동은 "소유는 도둑질이다!"(『소 유』)라며 소유에 대해 막말을 퍼붓기도 했지만 어떤 전제나 조건 아래 소유에 대한 옹호를 펼치기도 한다. "자신이 완전한 주인으로서 차지 한 물질의 몫에 의해 자신의 인격을 보장받는 일이 필요하다. 이러한 조건은 소유에 의해 충족된다." 프루동은 공산주의자는 아닌 모양이 다. 소유에 대한 긍정적인 미련과 희망을 가지고 있다. 소유를 없애기 보다는 소유가 가진 위험하고 불량한 요소를 제거하고, 그 균형을 회복 하고 평형을 유지할 필요가 있다는 뉘앙스를 남기고 있다. 꼭 최 부잣 집을 큰 교훈의 지침으로 삼고 자본주의 세상에 신중히 던진 말로 들린 다.

미국의 부시 대통령이 상속세와 증여세 폐지 법안을 의회에 제출하 자 미국의 갑부인 록펠러 가문을 비롯한 빌 게이츠, 워런 버핏 등 수십 조의 재산을 소유한 재산가들이 상속세 폐지 법안에 반대하는 청원을 벌였다고 한다. 재산은 대물림되어서는 안 되고 사회에 환원되어야 한 다며 사회 건강을 위해서도 그 법안에 반대한다는 것이다. 그들은 자녀 들에게도 재산을 상속하지 않을 것이라고, 직접 자녀들에게 말했다는 것이다. 그들 부르주아지들의 놀라운 자본주의 정신이다.

특히 현대 서양판 최 부잣집의 한 최 부자인 미국의 워런 버핏은 '오마하의 현인(賢人)', '투자의 귀재'로 불리는 미국의 기업인이자 투자가이다. 2019년 세계 6위 거대 기업 버크셔해서웨이의 최대 주주이자 회장, 최고경영자(CEO)로서 2017년 기준으로 약 95조 가량의 재산을 보유한 세계 4위 부자인 그는 의외로 1958년에 3만 2,000달러에 사들인, 네브라스카주 오마하의 허름한 자택에서 지금까지 거주하고 있는가 하면, 사유 차량도 중고차만 구입, 운행하는 등 검소한 생활을 하고 있는 것으로도 명성이 자자하다. 그 명성의 버핏은 전 세계 부자들을 중심으로 기부문화 확산에 앞장서고 있다고 한다. 버핏은 서양인이기에 돈의 어원이 경고에 있다는 자각 아래 돈의 경고대로 돈의 추악함에 휘둘리는 천민의 행태를 보이지 않고, 돈은 돈다는 한국의 가치관에 따라 돈을 사회에 기부하면서 돈(Don)의 높은 품위를 유지하고 있는 것이다. 그래서 이렇게 명명하는바, 버핏의 돈은 돈(Don)이고 똥이다.

새로운 가난

지금도 생각하면 그렇게 가난뱅이였던 이 나라가 오늘날 이렇게 잘 사는 나라가 된 게 아직도 믿어지지 않는다. 늘 입에 달고 다니던 말이 '오천 년 동안의 가난'이었는데, 가난은 아무리 떼어내려 해도 떼어낼 수 없는 강력한 딱지 같은 것인데, 어찌 그 가난을 떼어내고 나왔는지 아무리 생각해도 꿈만 같다.

가난을 상징하는 한국의 전형적인 주택은 초가집 혹은 모옥(茅屋 : 이엉이나 띠 따위로 지붕을 이은 작은 집)이다. 초가집은 흙으로 벽을 세우고 짚이나 갈대를 엮어서 지붕을 얹은 집을 말하는데, 독특한 멋과 개성의 집으로 인식되는 지금과는 달리, 대체로 가난한 사람들이 살던 집이었다. 흔히 말하는 초가삼간(草家三間)이라는 인상 박힌 집이다. 초가삼간의 사전적 의미는 '세 칸밖에 안 되는 작은 초가'란 뜻으로, 대개 안방·마루·부엌의 세 칸 구조로 된 일자형이다. 그러니까 방은 한 칸, 온 식구가 그 한 칸 방에서 먹고 자고 살아가는 것이다. 지금 세상에 그런 살이가 가능키나 한가. 김수환 추기경은 "초가삼간에 살아도 그것에 만족할 줄 알면 행복합니다"라고 했다는데, 물론 그분 말씀의 뜻은 삶의 참되고 올바른 길을 깨우치는데 초가삼간이라는 물질적 가난을 끌어들인 것이다. 성인이나 도인 말고는 일반인들로서는 받아들이기가 현실적으로는 참 어렵다. 겉과 속은 거의 같다. 겉은 누추하고 초라한데 속은 넉넉하고 가멸고 그럴까.

이어령 선생은 초가집을 한국의 마음과 자연을 상징한다고 한다. 가을날 황금 벌판의 나락으로 지붕을 잇고 마을 뒷동산처럼 나지막한 능선으로 이어진 생명적인 곡선의 초가지붕이 자연과 조화로웠던 초가가 산업화를 내세운 6, 70년대 새마을 운동과 '잘 살아보세'의 구호에 밀려 사라지고 말았다는 것이다. 이어령 선생은 시골 초가집에서 살아 본 경험이 없는 분인가 보다. 초가집은 일반 서민들의 전형적인 전통 주택이었다는 생각인데, 그것을 십분 인정한다고 해도 가난의 상징 주택이었던 것은 부인하기 어렵다. 초가집, 하면 '초가삼간'을 먼저 떠올리는데, 방 한 칸 부엌 한 칸 마루 한 칸 정도의 작은 규모의 구조인 까닭이다.

그 초가집을 보고 초가집에서 살아보지 않은 세대들은 낭만적인 삶이니 하는 생각을 한다. 경험이 없는 인식은 헛인식이다. 가난을 경험해 보지 못한 세대가 가난한 시절의 생활 환경을 이해하거나 공감할 수 없는 일이다. 하긴, 옛날 실제로 삶의 공간이었던 초가집이 초라하고 남루하기 짝이 없었지만 그 시절의 삶을 지금 느껴보라는 취지로 세운 초가집을 그렇게 초라하고 남루하게 건축했을까. 보는 이로 하여금 겉부터 속까지 혹하게끔 지어 세워 놓았지 않았을까. 낭만적으로 말이다.

그런데 가난은 한이다. 60년대를 지나면서 당시 대통령이었던 박정희는 시골의 초가를 허물려고 했다. 그 마음을 충분히 알 만하다. 그에게 가난은 지긋지긋한 민족의 아픔이고 숙명이었기 때문이다. 오천 년 동안 지속된 가난의 표상이었던 것. 초가집에 대한 내 어린 시절의 기억도 지긋지긋한 가난의 표징으로 남아 있을 뿐이다.

그 오랜 역사성의 가난이 가난으로부터의 탈피라는 민족적 집념 아래 동남아나 아프리카의 상징인 가난으로 내몰린 지 오래다. 지금도 어렸을 적, 이 나라 이 민족의, 가난의 상징이자 표상이었던 벌거숭이 산이 기억난다. 60년대만 해도 시골 큰집 뒷산에 가면 나무들이 듬성듬성한 벌거숭이 산이었다. 당시 산은 헐벗고 황량하기만 했다. 그런데 언제부턴가 산에 올라가면, '산림녹화'라는 국가 정책이 시행되었기에 나무 한 줄기라도 훼손하면 법적제재를 당한다는 금기 사항이 많아, 엄청 조신에 조심을 해야 했다. 이후 오랜 시간이 흐른 뒤, 그 헐벗고 황폐한 산이 지금은 세계적으로 인정하는 무성한 산림녹화의 나라가 된 기적의 놀라운 결과를 가져왔다. 내가 가장 자랑스럽게 생각하는 이 나라의 변모 상황이다.

그런데 산림에 대한 개인적 소회를 피력한다면, 산림, 하면 공산주의식 공동체주의에 관심이 꽂히는데, 그러니까 전답까지는 개인 소유로 하지만 산림지대는 공동 소유가 되어야 한다는 생각이다. 산림지대는 누구든 다 누리고 즐길 수 있는 공동체의 공간이 되어야 한다는 생각인데, 공동 소유가 되려면 부득불 국가 소유, 관리 체제로 넘어가야 한다. 국가 소유는 곧 국민 모두의 소유인 것, 산림지대를 걷다가 특정인의 소유지라면서 진입 금지 간판을 부착해 놓은 광경을 보면 심사가 뒤틀린다. 이 지구를 누가 개인 소유한다는 말인가. 토지 정도야 한 개인이 노력해서 그 노력의 결정체로서 소유한다는 성취욕이 가하지 않은가. 그런 정도의 소유욕은 개인 삶을 위해서도 힘이 된다. 공산주의 창시자인 마르크스도 그런 기본적인 소유까지는 인정해야 한다고 하지 않았던가. 당시 정치권력자가 산림녹화 사업을 하면서 산림지대의 공동 소유를 과감히 혁신적으로 시도했더라면, 하는 망상에 곧잘 빠져든다.

한국은 참 오랫동안 가난했다. 70년대 말까지도 모든 가정이 다 물질적 어려움을 겪었다. 1978년으로 기억되는데, 당시 대통령 박정희 씨가 신년 기자 회견 때 서구처럼 각 가정마다 자가용 한 대씩 굴릴 수 있도록 하겠다는 발언을 할 때, 우리 서민층의 경제적 현실과는 도저히 접선이 불가능한, 엄청난 거리감 때문에 기가 차서 '돌았나, 제정신이가.' 하며 헛웃음을 날렸던 적이 있다. 기적 말고는 도저히 불가능한 일이라고 생각했던 까닭이었다. 텔레비전에서 접하게 되는 미국이나 유럽 사회와는 너무나 현격한 차이가 나서 도저히 받아들이기 어려웠다. 남의 집 셋방살이하는 가정도 엄청 많았던 시절이었기에, 아니 셋방을 놓아서 살림에 조금이나마 보태는 각 가정의 빈궁한 환경이었기에 자식들이 청년의 나이로 성장해도 각 방은 쓰지 못하고 형제끼리 자매끼리 동서할 정도로 가난했는데, 서구처럼 자가용을 굴리게 하겠다는 그 대통령의 회견 내용이 영 시답잖아 같잖고 우습기만 했던 것이다. 그런데 그분 헛소리가 지난 지 정확히 15년 만인 1993년에 나도 자가용을 굴리게 된 것이다.

왕왕 지식인들은 박-통 그분이 아니더라도 경제는 발전시킬 수 있었다는 주장을 한다. 그렇다면 이순신 장군도 박-통에게 적용한 동일한 논리로써 그의 치적을 부정할 것인가. 임진왜란, 하면 왜 이순신과 진주성의 김시민, 그리고 행주산성의 권율 장군을 앞세우는가. 권율, 김시민, 이순신이 혼자 전쟁을 치른 끝에 혼자 승리했는가. 그런 논리로 말하면 아예 입을 다무는 게 낫다. 궤변이니까. 전투에 임하는 전사들이 없고서야 전투가 이루어지는가. 진솔하게 말해보자. 그분들의 치밀한 안목의 전략이 없었다면 과연 왜군과의 전투에서 병사들만으로 승전이 가능할까. 왜 다른 장수들은 왜군과의 전투에서 패전했을까. 사업도 마찬가지. 삼성의 이병철, 현대의 정주영이 창업, 주도한 기업 말고 모든 기업이 다 성공했는가. 동남아시아나 아프리카 등등의 그 숱한 나라는 왜 그렇게 아직도 가난한 것일까. 지식인들의 지적 태도는 냉철하고 객관적인 사태 분석이나 판단력에 따라 정립되어야 하는데, 이상하게 어떤 주관적인 호오—그 호오는 대체로 진부한 이념을 비롯하여 사적인 결정론에 좌우됨—에 따라 움직이거나 사안이 끝난 한참 뒤에서야 냉철한 분석 운운하며 지식인답지 않은 수작을 벌인다. 김일성의 주체 사상이 아니었으면 북한의 3대 전제 세습 체제가 가능했을까. 주체사상은 소크라테스의 철인 사상을 기반한 철인 정치의 기본 시스템이 아닌가. 물론 황장엽의 머릿속에서 창안된 사상이긴 하지만. 민주주의, 하면 두 김-통인 김영삼, 김대중 씨는 거론조차 안 하고, 다른 누군가를 내세우면 합리적이고 객관적인 주장일까. 그 두 김-통을 제치고 한국의 민주주의를 논할 수는 없는 일, 아니다, 무명의 인물들이 무수히 널려 있긴 하다. 4·19의거는 누가 주도했는가. 대학생을 비롯한 무수한 국민들이 아니었던가. 지식인의 태도는 합리성과 객관성에 바탕한 분석과 판단이 기본 원칙이자 본질인 것, 결론을 내린다면, 한국의 발전은 산업화와 민주화의 두 방향 영역이었다는 사실이다. 앞선 산업화를 민주화가 밀어서는 안 되고, 뒤받친 민주화를 산업화가 제쳐서도 안 되는 일, 나란한 두 행보가 한국 현대사의 실체성이요, 정체성인 까닭이다. 물론 경제발전에만 치중하다 보니 경제 자본주의가 안고 있는 후유 사안들, 가령, 빈부격차, 노사관계, 자본주의의 폐단 등에 대한 인식이 배제됨으로써 지금 우리 사회가 겪고 있는 문제점이 심각하다는 사실은 부인하기 어렵다.

그래서 근자에 와서는 가난을 물리치는 데 있어 주도적 역할을 한 박-통 그분이 원망스럽기만 하다. 가난 물리치기에만 올-인한 탓에 경제 개발 정책이 안고 있었던 역기능의 문제점이 심각한 현안으로 나타나고 있기에 말이다. 세상이 오로지 물질 위주의 천박한 자본주의 세상으로 굴러가고 있으니, 그냥 그분에게 원망의 화살이 꽂히는 것이다. 오래전, 김주연 씨도 비슷한 어조로 간파한 바가 있다. "경제발전은, 그로 인한 열매를 관리할 정신적 능력의 발전이 결여된 상태에서는 인간의 삶을 개선시키는 것이 아니라, 오히려 파괴시키는 것임을 오늘 우리의 현실을 보여준다." 우리 생각이 타당하지만, 왕왕 절체절명의 위기 상황의 국면은 논리를 벗어나기도 한다. 하여간 자조 섞인 목소리가 나올 수 있다. 그냥 적당히 가난을 젖히고 살게끔 했으면 사회적 흐름이나 사람들의 삶의 방식이 천박한 가난의 극으로 치닫지는 않았을 터인데, 말이지, 하는 자조 섞인 말처럼 말이다. 물질적 풍요가 삶의 진정성을 도외시한 채 차마 접하기 싫은 자본주의 폐단을 그대로 몸소 겪게 만들어 힘들다. 한마디로 몸은 부자인데 마음은 거지 세상을 만들고 만 것이다. 그렇다고 그분이 물질적 풍요를 누리게 했다는 평가를 제대로 받는 것도 아니다. 그가 아니라도 누군가에 의해 경제적 부를 누릴 수 있게끔 할 수 있다는 학자 지식인들이 부지기수다. 이래저래 그분은 저세상에서 자신의 한 일에 대한 편향적인 평가를 접하곤 입만 쩝쩝 다시고 있겠다.

자본주의의 문제는 부가 몰리는 경향이 있다는 사실이다. 그래서 왕왕 대안으로 사회주의가 많이 튀어나온다. 자본주의와는 상극인 사회주의는 다 같이 나눠 갖자는 주의인데, 사회주의가 가능한가. 그것은 인간의 본성을 가지고 말하면 구름 잡는 소리이다. 인간 본성은 소유에 있어 자신이 다 가지고 싶지, 다 나눠 갖고 싶다고 할까. 사유재산제를 완전 철폐하고 공동 소유한다는 플라톤의 '이상국가'를 듣는 기분, 따지고 보면 공산-사회주의 이론은 플라톤이 처음으로 창안한 정치 이론이었다. 소유가 약하거나 없거나 한 인물이라면 이런 소리는 누구든 할 수 있다. 꼭 현대 도시인들이 옛날 시골 초가집과 골목집들을 보고 인간다운 삶이니 어쩌니 하는 낭만적인 헛소리를 지껄이는 것처럼 어색하게 들리기도 하지만, 할 수 있다면 가장 이상적인 삶의 체제가 아닌가.

부자는 넉넉함이다. 경주 최 부자와 같은 진정한 부자는 자신이 가진 넉넉함을 가지지 못한 이들에게 나누어주는 넉넉함이 있는 존재이다. 지금의 우리 사회의 문제점은 넉넉한 자와 가난한 자의 차이가 너무 크다는 것이다. 넉넉한 자가 가난한 자를 무시하거나 멀리하려는, 그래서 진정한 의미로는 넉넉지 못한 자이다. 물질적으로 가난했던 이전에는 가난했지만 정겨운 이웃이 있어 넉넉했다. 물질적으로 넉넉한 지금은 이웃도 없고 가난하기만 하다. 지금은 빈부 차이가 크지만 당시 가난했던 시절엔 빈부의 차이가 크게 나지 않았다. 그러니까 자본주의의 폐단이 그다지 심하지 않았던 것이다. 가난 공동체였다고 할까. 그래서 이웃이 있었던 것, 빈부 차이가 심한 지금엔 부한 이웃과 가난한 이웃은 이웃이 될 턱이 없으니 서로 소통이 될 리가 없다. 이웃은 없다. 부자는 부자끼리, 빈자는 빈자끼리 모여 사는 세상인데, 옆집 이웃 운운은 과거 민담 전설적 이야기일 뿐이다.

경험에 의하지 않는 가난-論은 관념에 그치고 만다. 결국 마르크스의 계급 투쟁론도 따지고 보면 빈부의 차이 곧 가난에서 태동된 것이지만, 내 기억 속의 가난은 빈자, 부자로 나누어진 가난이기보다는 절대적 다수의 가난이었다. 가난을 경험하지 못한 젊은 세대에게 굶주렸던 시절을 말하면 전혀 예상 밖의 반응이 튀어나온다. 소설가 이청준이 60년대 초반, 대학 시절 자취를 하고 있었는데, 너무 가난해서 먹을 것이 없는 차, 그의 친구 자취집에 갔다가 친구 시골집에서 부쳐온 참기름 한 되를 영양가가 많을 것으로 생각하고 한꺼번에 다 마셔버렸다고 한다. 그 뒤 그는 며칠 동안 계속되는 설사로 인해 죽을 지경에 이르렀다고 한다. 가난으로 인한 이청준의 어이없는 이 일화를 지금 세대에게 들려준다면 어떤 반응을 보일까. 라면이나 빵을 사 먹으면 되지 하는 반응을 보이지 않을까. 18세기 프랑스 혁명의 발발 원인을 제공한 인물 중의 한 명으로 꼽히는 마리 앙투아네트, 그녀의 사치 생활이 소문으로 돌았는데, 신빙성이 없는 조작된 말일 가능성이 높지만, 여론에 쏠린 말대로라면 그녀가 이런 말을 했다고 한다. 굶주린 민중에게 "빵이 없으면 케이크를 먹어라."

스위스는 1인당 국민 소득이 9만 달러로 전 세계 순위 4위의 부자 나라다. 그런데 과거에는 한국만큼은 아닐지 몰라도 가난한 나라였다는데, 심지어는 가족들을 먹여 살리기 위해 다른 나라에서 용병으로 목숨을 바치기도 했다고 한다. 그들의 희생으로 인해 지금 스위스는 풍요롭게 살고 있다. 그런데 놀라운 국민 의식은 항상 과거 용병 시절의 가난을 다시는 반복하지 말아야 한다는 국민적 공감대가 형성되어 근검절약하며 미래를 대비하고 있다고 한다. 그런데 이 나라에서는 상상하기조차 어려운 투표 결과가 있었다. 스위스 정부에서, 2016년 전 국민에게 매달 300만원 정도의 생활비를 지급하는 기본소득법안을 국민투표에 올렸는데, 77%의 반대로 부결된 것이다. 공짜를 바라며 다시는 가난한 나라로 돌아갈 수 없다는 것이다. 공짜라면 양잿물도 마신다는 이나라 국민에게 그 법안을 투표시킨다면 어떤 결과가 나올까. 5천 년 동안 가난한 나라였던 세계 최빈국의 이 나라도 세계 10위의 부강한 나라가 되어 스위스만큼 부자 나라가 되었는데, 이 나라 국민들은 과연스위스 국민과 동일한 정신으로 일상의 삶을 지내고 있을까. 과연 과거의 그 찌든 가난에 대해 어떤 인식관을 가지고 있을까. 지금도 공짜만을 바라는 국민 대중들, 사악한 정치 선동꾼들이 나라를 좀먹어 해치는데도 대중들은 손톱만큼도 인식하지 못한다.

연금으로 남은 생을 살아가고 있는데, 공무원연금공단에서 해마다연금액이 인상되었다는 알림-글이 날아오면 늘 불안하다. 노동도 하지않고 연금을 받으며 노후를 보내는 것만도 하늘의 축복이라고 여기는데, 인상이라니. 이렇게 펑펑 들이붓다시피 하면, 그리스와 운명이 같아질 수도 있다는 생각에 극히 불안해진다. 그리스는 국가재정 악화로 인해 IMF 체제가 됨으로써 국민연금도 제대로 지급하지 못하고 있다고 한다. 이 나라도 한때 국가부도 위기로 인해 1997년 12월 3일부터 IMF 구제금융 요청을 함으로써 경제적 고통을 경험하기도 한 전력이 있지 않은가. 지금 돌아가는 판국은 모든 게 국가 차원의 공짜 지원, 또 지원이다. 사람들도 다 그렇게 원한다. 그럴 때마다 국가도 불안하고, 그것을 당연한 것처럼 원하는 사람들도 불안하다. 그 불안과 함께 가난은 사람들의 과거 망각증을 겨냥, 호시탐탐 습격을 노리고 있을 것, 하긴 대중들은 망각증이 심한 편이다.

영국의 역사학자 아놀드 토인비의 말이 가슴 깊이 새겨진다. "과거의 역사로부터 배우지 못하고, 미래를 준비하지 않는 민족은 참혹한 과거의 비극의 역사를 다시 반복해 당하게 될 것이다." 혹 토인비의 말이 언젠가는 이 나라에 그대로 먹혀들지도 모른다는 생각에 두렵기만 하다. 대중들이여, 공짜를 바라는 대중들이여, 그 끝은 죽음뿐인 것을, 도래하는 그날에 절절히 경험하게 될 것을.

가난의 원래 언어, 곧 본래-말은 간난(艱難)이었다. 괴롭고 힘들다는 뜻, 물론 경제적 어려움이나 힘듦만을 뜻하지는 않고, 정신적 가난, 곧 마음의 가난까지 의미한다. 그런데 요즘에 와서는 가난의 테제는 후자 곧 마음의 가난에 따른 문제를 가져오고 있다. 물질적 가난이 아닌, 정신적 마음의 가난 문제이다. 에리히 프롬은 "19세기에는 '신은 죽었다'는 것이 문제였지만 20세기에는 '인간은 죽었다'는 것이 문제다."라고 했는데, 그는 아무래도 시대와 세대를 앞서가는 뛰어난 인물이기에 그 증거인 그의 사유 역시 시대와 세대를 장장 1세기를 앞서가고 있다. 내 머릿속에는 20세기에는 인간은 살아있었고, 21세기에 와서 본격적으로 인간은 죽어가고 있다는 생각이 치솟는데, 아무래도 그의 신발 벗은 데에도 따라가기 어렵다. 어쨌든 20세기든 21세기 지금이든 인간은 죽어가고 있다는 사실이다.

　지난날 한국은 물질적으로는 가난했지만 정신적으로나 마음으로는 풍요로웠다. 지금 이웃은 차갑고 썰렁한 죽은 이웃이지만 오래전 가난했던 시절, 이웃 간의 품앗이 곧 향약, 계, 두레와 같은 공동체 생활 메커니즘으로 어려움을 헤쳐나갈 수 있었다. 마실이라는 이웃들과의 친화적인 놀이 문화를 통해 큰일 작은 일 좋은 일 궂은 일 등이 생기면 서로 머리를 맞대고 해결책을 궁구하여 해결해 나가기도 했다. 그런데 지금은 그 문화가 풍비박산이 나 버렸다. 물질적으로 풍요롭지만, 마실 문화가 사라진 지금 시대는 정신적으로 한없이 가난한 시대로 접어들었다. 기계 문명이 물질적으로 풍요를 줄 수 있지만, 보라. 철저히 가난으로 치닫고 있지 않은가. 인간관계도 철저히 물질적이다. 인간은 죽어가고 있다는 사실, 곧 가난이다. 정서적으로 정신적으로 서로 소통이 되고 인간적인 관계를 이루어 나가야만 풍요로운 인간 세상이라고 할 수 있지 않은가. 그것을 살아있는 인간 세상이라고 한다. 강한 자에게만 들어붙어 강자로부터 이익을 얻어내고 약한 자에게는 함부로 대하는 그런 관계는 곧 가난한 세상인 것이다. 주변 일상에서 그런 경험을 톡톡히 치러본 가까운 지인이 있다. 병을 앓으면 아무리 의학이 발달해도 암이 가장 큰 병이다. 그런데도 정기적 자리를 갖는 모임에서 격려 문자라도 보내는 이가 별로 없었다. 지인이 지인(肢人)ㅡ'거북한(肢) 사람'인 가난한 세상. 그런데 사회적 지위에 따른 위상이 큰 이가 소소한 병에 걸렸다고 하니 카톡이 난리를 친다. 가난한 인간들의 죽은 세상이다. 가난한 인간들이 자행하는 가난한 행태는 불문율-적이다. 직업상 사회적 지위가 장래의 고위직이 확보된 만큼 높거나, 경제적으로 부유하다 하면 그 지위와 부를 가지고 위세를 부린다. 거주지인 아파트도 그렇고, 소유재산도 그렇고, 운송 수단인 차량도 그렇고, 무시하고 무시당하고 그렇게 가난하게들 산다. 서로가 서로를 소외시키고 소외당하는, 죽음이 일상인 천박한 가난뱅이들의 세상이다.

요는, 우리가 정신적으로 가난함을 인식해야 한다는 것이다. 그래야 그 가난에 대한 반성과 성찰을 통해 가난의 텅 빈 곳을 풍요롭게 채우려고 노력하게 되는 것이다. 물질적 가난은 제외하고 정신적 부의 풍요로움만 말하는 것은 위선이다. 입에 풀칠을 해야 남을 배려하고 챙기고 도움을 주지 않은가. 당연히 물질적 가난은 채워져 넉넉하게, 부(富)하게 살아야 한다. 그리고 정신적 마음의 가난도 함께 채워 풍요롭게 살자는 것이다. 섣부른 물질의 지배에 굴하여 노예가 되고 정신적으로 빈약하고 남을 배려하거나 감싸는 마음이 없으면 가난한 사람이 되고 마는 것이다.

그런데 가난은 본질상 집요하다. 쉽게 사라지지 않고 늘 주변을 서성거린다. 비록 우리가 가난은 멀리 내쫓고 물리쳤지만, 가난은 사라지지 않고 다시 나타날 찬스만 기다리고 있을 뿐, 늘 곁에 서성거리며 숨어 있다. 늘 주위를 배회하고 염탐하고 있다. 부르조아지의 천박한 사고방식인 새로운 가난이 닥치고 있다. 가난을 물리치자. 넉넉하게 살자. 나아가 늘 내 가난함을 알자. 내가 가난하다는 것을 늘 인식하게 되면

꾸준히 추구해서 채우고 풍요로워질 것이니까. 내 존재는 나를 둘러싼 관계들, 가족은 기본이고 남들과의 관계로 인해 의미 있게 존재할 수 있는 까닭이다. 돈 없음의 넉넉한 가난이여, 돈 있음의 초라한 가난을 채워주소서.

세상의 불가사의의 힘
—신이여, 내 속의 마초여

    신은 존재할까. 하긴 기독교나 이슬람교는 신이 존재한다는 전제 아래 생긴 종교가 아닌가. 황당한 사태 한 건이 생각난다. 1992년 10월 28일 24시에, 하나님께서 신자를 하늘로 거두어 들인다는, 곧 휴거론이 일어난다는 예언이 나왔던 것인데, 다가올 미래를 준비하라는 뜻의 다미 선교회를 이끌던 이장림 목사가 휴거론을 주창하곤 여기에 신도들이 무수히 따랐던 것이다. 그러나 당일 아무 일도 일어나지 않았다. 당시 상황을 스크랩한 보도가 딱하기만 하다.

    (…) 사람들이 옹기종기 모여있던 다미선교회 기도원은 말할 것도 없고, 종말론을 추종하던 다른교회들에서도 속았다는 사실에 치밀어 오르는 분노를 참지 못한 신도들이 난장판을 벌였는데, 휴거의 순간을 기다리며 읽고 있던 성경책을 그 자리에서 갈기갈기 찢어 버리는 가 하면, 기물을 때려부수고 "책임자 나오라"고 소리지르는 등 난리가 났다. 예배당 밖에서도 분노한 신도들과 가족들이앞다투어 예배당 안으로 들어가려고 하면서 서로 뒤엉켜 난리가 났다. 일부 목사들

은 난리통 속에슬그머니 도망치거나, 심지어 분노한 신도들과 그 가족들에게 사기꾼이라고 욕먹고 두들겨 맞으면서 목사관으로 피신하는 등의 추태를 보이기도 했다. 그리고 시간이 지나자 예배당 안에 모여있던신도들 역시, 마치 죄인이라도 된 것처럼 얼굴을 가리고 고개를 푹 숙이면서 도망치듯 빠져나갔다.

세상에, 기독교에서 '휴거'라는 미신적인 사실을 퍼뜨리고 그것을 믿고 따르다니. 이성적인 사고로는 가납 불가에다가 어이-상실이다. 기독교가 한국의 샤머니즘, 전통 무속 신앙을 미신으로 몰았던 사실은 이미 한 세기 전이다. 오래전, 이십 대 중반 시절, 독실한 신자인 친구를 따라 교회에 간 적 있었는데, 마지막 판에 신도들이 발광을 치면서 울고 불고하는 기괴한, 낯선 광경을 목격한 일이 있었다. 충격이었다. 거부감이 일어 불편하기만 했다. 문득 니체의 말이 떠오르는데, "오, 오늘날 천민의 어릿광대는 내게 얼마나 슬프게 보이는지 모른다." '천민의 어릿광대'는 누구를 지칭하는 것일까. 기독교적인 낙천주의를 선전, 동행의 길을 유혹하는 종교 운동가, 가령, 선교사, 목사와 같은 종교인들을 지목, 빈정댄 표현일까.

아무튼 신, 하면 종교를 먼저 떠올리게 되는데, 종교는 죽은 다음의 세상 곧 저세상에 대한 약속 체계이다. 그래서 신도들은 이 세상을, 어서 벗어나야 하는 괴롭고 힘든 세상이라고 여기고, 어서 벗어나 천국의 저세상에서 복을 누리며 살고자 하는 욕망을 드러낸다. 신은 어떻게 생기게 된 것일까. 루트비히 포이어바흐는 자신의 저서 ≪기독교의 본질≫에서, 신은 인간의 필요에 의해 만들어진 상상이라 주장하였는데, 인간의 그 필요는 무엇일까. 오스발트 스펜글러의 말에서 기미가 잡히는데, 그는 죽음의 공포를 종교의 기원으로 잡았다. 그러니까 두 사람의 말을 종합하면 신 혹은 종교의 이유는 죽음에 대한 불안과 두려움, 그리고 과학 이전의 세계 곧 우주 자연의 이치 현상에 대한 몰인식에서 태동했다는 것, 가령, 밤의 현상에 대한 불안감, 밤이 오면 아침이 오는데, 그런 자연 현상에 대한 무지에서 절대적 존재에 대한 강한 의지와 믿음이 말미암은 것으로 정리된다. 한마디로 우주 자연의, 천체의 세계에 대한 몰인식과 무지로 인한 인간 실존의 무력함이 신의 존재를 태동시킨 것이다.

그러한 인간 심리의 현상은 한자 '東'에서도 발견할 수 있다. '東'의 우리말로는 새롭다는 뜻의 '새'이다. 새벽('새'와 밝다의 옛말인 '박'이 합쳐진 것으로 동쪽의 밝아옴. 이후 박>벽으로 변형됨), 새벼리, 높새바람 혹은 샛바람, 샛별, 그리고 신라의 수도였던 경주의 옛이름인 서라벌(東京)의 '서' 역시 마찬가지이다. '해 뜨는 곳'이라는 동경(東京) 곧 서라벌은 일본이 그대로 베껴간다. 그래서 그대로 '해 뜨는 곳'이라는 뜻의 '日本'과 일본의 수도인 도쿄 곧 東京인 것이다. '東'은 두 개의 한자 곧 木과 日의 합침 글자인데, 그 각각의 뜻을 합치면 곧 해가 나무 기둥에 걸쳐 있다는 뜻인바, 아침 해가 뜨면 집에서 볼 때 해가 마당의 나무에 걸쳐 있는 형상인 것이다. 얼마나 마음이 환하게 밝았겠는가. 밤새 어둡고 침침한 분위기 속에서 불안과 두려움에 떨었는데, 해가 뜨니 기분이 어떻겠는가. 세상이 다시 새롭게 열리고 다시 살아난 듯한 기분이 들었을 것, 바로 이러한 심리가 투사된 것이 바로 신(神)의 존재일 것. '신(神)'의 순우리말로 '한'을 들 수 있는데, 곧 한+얼>하늘이니 해가 역시 하늘의 우주 존재인 것, '한얼님＞하늘님＞하느님'의 근원이다. 그래서 동쪽은 새로운(新) 시작이고 모든 것의 근원이자 뿌리인 것, 어둠 곧 죽음을 극복하고 떠오르는 해 곧 신이 사는 곳일 것이다. 물론 기독교의 그 신과는 정체가 다르지만, 어느 민족이건 다 신의 존재는 있기 마련이다. 동양의 신은 자연 현상을 다스리고 거느리는 우주 자연이 아닐까.

세례 혹은 영세라는 말이 있다. 죄를 용서받고 교회의 일원이 됨과 동시에 교회 생활에 참여할 수 있는 자격을 부여하는 기독교 의례인데, 납득이 안 되는 게, 신의 뜻대로 태어났는데, 태어났다는 사실만 해도 죄가 없다는 것인데, 왜 태어나면서 죄를 갖고 태어났다는 것일까. 그 죄는 도대체 무슨 죄란 말인가. 에덴 동산에서 아담과 이브가 과일을 따먹고 쫓겨난 죄를 말하는가. 그렇다면 연좌제라는 것인데, 아주 지독한 연좌제이다. 아담과 이브라는 인간을 만들어놓고 그 인간이 저지른 잘못을 지금까지, 아니 인간 생명이 지구상에 존재하는 한 그 죄에 계속 연좌될 것인데, 신은 그 죄를 아담과 이브에게만 적용하고 그 뒤의 인간에게는 그 죄를 사면하는 은혜를 베풀어야 하지 않은가. 그 죄는 씻기는 법이 없고 맨날 죄, 죄, 죄, 아주 지긋지긋한 죄, 죄, 죄이다. 니체가 오래전에 그 원죄에 대해 쓴소리를 한 것으로 기억하고 있지만, 아담과 이브가 원죄를 저지른 그때가 언제인가. 그래도 그 죄 타령은 여전하니, 왜 인간을 이렇게 평생 죄인으로 만드는가. 죄인으로 만들어야 쾌감을 느끼는 사디즘인가, 마조히즘인가. 어차피 논리적, 과학적인 사고로서는 접근이 원천 봉쇄된 문제이지만.

파스칼은 『팡세』에서 말하기를 "신앙적 결단은 분명히 이성을 초월하지만 결코 이성에 어긋나는 것은 아니다. 진정한 이성은 그 자신의 논리에 의해 자신을 넘어서는 무한한 세계가 있다는 것을 인정해야 하기 때문이다. 그러므로 참된 종교는 이성을 초월하되 반이성적인 것은 아니며 이성을 복종시켜 사용하되 맹목적으로 굴종시키지 않는다. 이성에만 의존하는 종교는 이신론(理神論)이고 이성을 버린 종교는 미신이다."

파스칼과는 달리 바뤼흐 스피노자는 일원적인 범신론을 주장하였는데, 우주의 모든 삼라만상에 신이 편재되어 있으며 인격신은 존재하지 않는다고 생각하였다. 이러한 사상은 구세주로서 그리스도의 삼위일체—성부와 성자와 성령—를 주장하는 기독교와는 배치되는 것이었다. 범신론은 세계의 창조와 선악의 존재 이유에 대한 설명에 기독교의 하느님에 대해 사람을 신격화한 인격신을 개입시킬 이유가 없다고 생각한다.

나는, 파스칼이 비판하는 이신론자이다. 이신론(理神論)은 17~18세기 유럽의 계몽주의 시대에 나타난 합리적인 종교관인데, 신의 존재와 진리의 근거를 인간 이성이 인식할 수 있는 자연적인 것에서 구하는 이론으로, 신을 세계의 창조자로 인정하지만 세상일에 관여하거나 계시나 기적으로 자기를 나타내는 인격적 주재자로서의 신을 부정하였다. 그런데 이신론은 합리적이지만, 뒤에 거론하겠지만, 이 세상 우주는 반드시 합리적 세계관으로는 접근이 불가능하다. 가령, 인간이 아닌 동물의 세계에서 암컷 동물이 새끼를 낳아 젖을 먹이는 광경을 어떻게 이해해야 할까. 암컷이기에 새끼를 잉태, 출산하고 젖을 먹이는 것이다? 그것이야 과학적 논리에 불과할 뿐이고, 도대체 왜 암컷은 암컷으로, 또 그 암컷은 새끼를 배어서 낳느냐에 미치면 과학적으로는 더 이상 입을 다물 수밖에 없다. 신의 존재성을 개입시키지 않으면 해독 불가이다. 그래서도 "진정한 이성은 그 자신의 논리에 의해 자신을 넘어서는 무한한 세계가 있다는 것을 인정해야 하기 때문이다."고 한 파스칼의 말이 전적으로 수긍이 된다.

그런데 예수 그리스도로 인해 탄생한 기독교는 예수 그리스도의 정신을 존엄하게 수행하고 있는 것인지 의문이 간다. 이상한 방향으로 굴러가고 있다는 낌새가 느껴지는데, 예수의 정신을 본받아 인간다운 세상이 되게끔 하는 쪽으로 가르침을 주어야 하지 않은가. 예수의 초인적인 능력 방향으로, 그리고 인간의 복불복을 기원하는 기복 신앙으로 가는 방향이어서는 예수 그리스도의 정신, 그 정신으로 탄생한 종교와는 매치가 안 된다. 아주 어렸을 적이다. 그때 교회는 크리스마스 날이면 가장 눈에 들어오는 곳이었다. 그곳에 가면 당시에는 나라 전체가 아주 궁했던 시절이라 먹는 것 하나 주면 빨려들듯 가곤 했다. 크리스마스 날, 교회에서는 빵이나 떡 같은 먹을거리를 주곤 했다. 그리고 생각나는 게 저녁 늦게 골목 대문 앞에 교회 신도들이 와서 찬송가를 부르고 가곤 했다. 그 찬송가는 "고요한 밤 거룩한 밤 어둠에 묻힌 밤 주의 품에 안겨서 기도 드릴 때 아기 잘도 잔다 아 아기 잘도 잔다" 이 노래는 지금 들어도 참 따뜻하고 평화롭고 훈훈한 느낌이다. 이런 가깝고 편안한 느낌의 종교라면 어디선가 신의 소리가 들리는 듯하다.

그런데 난데없이 생뚱맞게 신화가 튀어나온다. 그리스·로마 신화는 지겹도록 들어왔다. 그리고 어려서부터 단군신화를 역사로 배워 왔다. 그런데 생각해 본다. 하늘에 환인이 있고, 그 아들인 환웅이 세상에 내려와 호랑이와 곰을 불러 백 일 동안 쑥과 마늘을 먹도록 해서 여자로 환생하게 하고, 여자가 된 곰인 웅녀와 혼인해서 단군을 낳았다는 이야기, 그러니까 신화인 이 이야기가 어떻게 만들어진 것일까. 결국 대중들을 속여서 그들을 지배하고 통치하기 쉽도록 하기 위한 계책이 아니겠는가. 그래서 인도 철학자 오쇼 나즈니쉬는 신의 종교에 대해 "종교는 인간을 추종자로 전락시키는 모욕적인 짓을 해왔다. 종교는 인류 전체를 노예로 전락시켰다."는 극단적인 표명을 하기도 했는데, 그의 발언은 종교의 현장성, 곧 예수 그리스도의 정신이 상실된 데 대한 비판으로 해석된다. 종교의 기원은 신화와는 현격한 차이가 있다. 종교는 우주 자연에 대한 인간의 몰인식으로 인한 두려움과 불안을 극복하게 해주고, 나아가 죽음에 대한 공포를 제거하여 정신적으로 안정된 삶을 추구, 살아갈 수 있도록 치밀하게 꾀한 심리적 안정의 패러다임이 아닐까.

그런데 세상을 살면서 인간과 자연, 그리고 각종 생명 현상을 보면서, 신의 존재론 쪽으로 생각이 기울어진다. 신의 존재에 대해 생각을 안 할 수 없게 하는 것은 바로 생명, 그 생명을 가진 생명적 존재이다. 우주 자연의 원리라고 하지만 봄 여름 가을 겨울이나 그 작은 씨앗을 땅에 뿌리면 싹이 나고 완성된 식물이 되는 걸 보아도 그렇고, 사람이나 동물이나 마찬가지로 수컷의 정자라는 게 있어 암컷의 난자와 합쳐서 하나의 생명체를 이루는 것은 과학적으로 아무리 설명해도 한계가 있다. 어떻게 해서 숨 쉬고 몸의 세포 조직이 움직여 태어나 성장, 생장하고, 그 생명이 또 생명을 태어나게 하는가. 그런데 생명적 존재는 식물과 동물, 두 종류이다. 먼저 동물을 보라. 길짐승, 날짐승, 포유동물, 난생 동물 등등. 그런데 어떻게 해서 어떤 동물은 사람으로, 개로, 말로, 소로, 돼지로, 사자로, 호랑이로, 쥐로, 토끼로 태어난 것일까. 그리고 암컷의 자궁에 생명체가 생겨나 일정 기간 동안 공기가 차단되어 흡입할 수 없는데도 숨이 끊어지지 않고 자라다가 일정 기간에 이르면 뱃속에서 나오는 생물학적 현상은 아무리 생각해도 이해가 되지 않는다. 식물은 또 어떤가. 풀 종류의 식물이 있고, 나무 종류의 식물이 있다. 씨알과 씨앗을 보더라도 거의 구분이 되지 않을 정도로 비슷비슷한데도, 땅에 뿌려 키우면 제 유전질 원소 그대로, 감나무는 감나무로, 사과나무는 사과나무로, 상추는 상추로, 배추는 배추로 나타난다. 그리고 그 씨알이나 씨앗이 어떻게 해서 저렇게 감나무나 사과나무, 상추나 배추와 같은 식물로 성장하는지, 그냥 이해 불가의 감탄 소리만 낼 뿐이다. 이러한 현상을 풀어 헤쳐내는 데에는 과학은 결정적인 한계가 있다. 그 생명체의 생명 원리나 현상에 대해서는 과학적인 접근이 가능하지만 원초적인 생명체의 존재 형성에 대해서는 더 이상의 진전이 있을 수 없는 일이다. 어떻게 생명체가 생기게 되었지? 그런데 어떻게 해서 동물, 식물로 생명체가 갈라져 생기게 되었지?, 에 대해서는 함묵할 수밖에 없는 일이다. 그럴 때마다 신의 존재를 생각한다. 이 세상의 모든 생명의 원리를 주재하는 신의 존재가 있다는 것이다.

우주 세상의 이치는 참 신비롭다. 우리가 숨 쉬는 것은 식물과의 교환인데, 우리는 탄소를 내뱉고 식물은 산소를 내뱉아 인간은 그 산소를 호흡함으로써 생명을 이어가는데, 이런 걸 보면 우주의 이치는 막연하지만 분명히 뭔가 움직이는 신비로운 신의 존재가 있는 것 같다. 어떻게 생명이라는 신비가 있게 되었을까. 생명의 기원이 되는 정자와 난자가 만나 한 생명체가 되는가 하면, 식물 역시 마찬가지. 화분에 자라는 각종 화초를 보면 놀랍기만 하다. 각기 다른 잎에 꽃도 색깔도 모양도 다 다르다. 해와 달이 있고, 밤과 낮, 아침과 저녁, 봄 여름 가을 겨울이 있어 식물이 솟아나 자라고 성장하여 사람의 먹이가 되는 이런 일련의 우주 자연 현상들을 보면 신의 존재, 말고는 답이 나오지 않는다.

제인 오스틴의 장편소설 『맨스필드 파크 Mansfield Park』에서 주인공인 페니가 한 말이 있다. "상록수가 잘 자라나는 것을 보니 기뻐요… 상록수는 얼마나 아름답고 환영할 만하며, 얼마나 놀라운 것인지! 생각해보면, 자연의 다양함이란 얼마나 놀라운 것인지! 똑같은 흙에서 똑같은 햇빛을 받고 자람에도 불구하고 저마다의 생존 규칙과 법칙 속에서 다르게 자라나니 말이지요." 자연에 대한 감성적 인식의 표현인데, 느끼기에 따라서는 자연 존재에 있어서 신의 존재에 대한 인식이 엿보이는 것이다. '똑같은 흙에서 똑같은 햇빛을 받고 자람에도 불구하고 저마다의 생존 규칙과 법칙 속에서 다르게 자라'는 자연의 존재에서 우리는 신의 존재를 감지할 수 있지 않은가.

다시, 여기에 씨앗이 있다. 씨앗에 저장된 DNA 정보로 인해 식물은 가령, 상추는 상추의 존재를 발현한다. 사람의 정자와 난자가 만나 하나의 생명체가 자궁에 생겨서 열 달이면 자궁 밖으로 나오는 생물학적 현상을 어떻게 설명할 수 있을까. 더군다나 도대체 설명이 불가능한 거대한 우주 천체 공간을 어떻게 해명할 수 있을까. 다양한 우주 현상들, 가령, 아침이 오고, 아침이 오면 해가 뜨고, 날이 저물고, 날이 저물면 달이 뜨고 별이 뜨고, 각종 다양한 나무들이 땅 속에 뿌리를 내려 가지를 뻗고 꽃을 피우고 열매를 맺는 생명의 행위를 그냥 자연 현상이라는 추상적인 말로 이해할 수 있겠는가. 신의 존재를 개입시키지 않고서는 해명 불가이고, 납득 불가이다. 여담 하나, 이어령 선생은 역설적 담론을 펼치는데, 신의 오묘한 진리를 드러내기 위해 과학이 시작되었다는 것, 그러니까 과학이 덜 발달하면 무신론자가 되고, 오히려 더 발달하면 신의 존재를 느끼게 된다는 것이다. 상식을 뒤집는 이런 담론을 듣는 순간, 이전에 곧잘 떠올랐던 생각이 소환된다. 가령, 지금까지 운운했던 사람의 몸, 식물의 씨앗, 동물의 정 난자 등등, 과학이 아니면 이런 신의 기능을 헤집을 수 있었을까. 그렇게 보면 과학도 신의 지혜인 것.

사람의 사람살이는 반드시 옳은 길로만 가는 것은 아니지만 대체로 그런 흐름을 타고 있다. 그것은 신의 존재 유무와는 무관한 일이다. 그러나 우리의 이성만 가지고 이 세계의 원리나 질서를 간파할 수 있을까. 우리의 이성을 넘어서는 세계가 있다는 것을 인정해야 하리라. 자신의 이성적 인식으로는 한계에 봉착하지만, 그 한계를 넘어서는 무한한 세계 곧 신의 세계, 말이다.

인간의 지성 혹은 이성이나 합리성을 전제로 사유한다면 신이 실재한다는 것에 대해서는 사유가 불가능하다. 그러니까 신의 실재는 해결 불가능한 문제인 것이다. 그런데도 인간 무의식의 측면에서는 신의 존재론에 대해서는 단정짓기가 어렵다. 해와 달이 뜨고 지고, 물과 불의 양가성이라는 우주론의 원리나 법칙에 대해 생각해 보자. 이것을 어떻게 과학으로 후련하게 속이 다 풀리도록 해명하겠는가. 태어나고 죽는다는 생명의 원리에 대해 어떻게 흔쾌히 이성적으로 설명이 가능할까. 이성은 의식에, 비합리는 무의식에 연결되어 있다. 문제는 인간 세상은 이성 곧 의식으로써만 해결이 불가능하고, 그렇게 살아가기 어렵다. 하다하다 이런 생각까지도 든다. 신이 없다는 것을 증명할 수 없기 때문에, 따라서 신은 존재한다. 신이 우주를 창조했다는 증거는 신이 아니고 누가 우주를 창조했다는 증거를 들이대거나 우주는 어떻게 해서 생겼는지를 밝히지 못한다면 신의 존재가 역설적으로 입증된다.

바람직한 세상은 의식과 무의식의 조화, 이성과 합리와 비합리의 조화에서 이룩된다. 가령, 거듭된 실패로 인해 좌절과 절망에 빠져, 회복과 재기는 도저히 불가능한 상태에 있는 이에게 무슨 말을 하는가. 비실재적인 추상적인 이야기를 하곤 하지 않은가. 칼 융도 말했지만, 인간 세계가 이르는 곳마다 이성과는 일치하지 않는 비합리적인 것이 범람하고 있는 현실이다. 범람이라는 표현이 문제, 그래서 다소 걸리지만, 그래야만 정신적으로 심리적으로 버텨낼 수 있다면 어쩌겠나.

신학자 프리드리히 슐라이어마흐는 "종교란 '우주에 대한 느낌이자 직관' 혹은 '유한자 안에 있는 무한자에 대한 감각'이며, 그리스도교는 그 느낌에 개별적인 형상을 부여한 것이라고 했다." (「종교에 관해서 : 종교를 비판하는 지식인들에게 하는 연설」에서) 내가 생각하는 신의 존재는 그렇다. 신은 '우주에 대한 느낌이자 직관' 혹은 '유한자 안에 있는 무한자에 대한 감각'이다. 그렇지 않고서는 도대체 이 지구상의 모든 현상들을 어떻게 접근할 수가 없다. 과학으로는 한계에 도달한다. 합리적 이성으로 접근, 파악하기 어려운 현상들이 우주 자연의 생명 현상에서 대체로 발견된다. 신이라는 절대자가 창조한 것이라는 그의 말을 전적으로 받아들이기는 어렵지만, 더 이상 과학적 이성적 접근이 차단될 때에는 부득불 신의 존재가 떠오르는 것이다. 그의 표현대로라면 '직관적 감정' 같은 것이 움솟는 것이다. '절대자에 대한 절대 의존적 감정' 운운은 아무래도 이질감으로 인해 거부감이 솟고, 헤겔은 '이성'과 종교의 변증법적 화해를 강조했는데, 헤겔의 종교 논리가 설득력이 있긴 하다.

집사람도 신자이다. 신에 대한 맹목적인 추종이 아니고, 늘 자신을 돌아보고 삶의 반성과 성찰의 계기로 삼기에 옆에서 보면 가슴이 시큰해진다. 신에 대한 믿음을 보낸다. 신은 늘 겸손과 돌아봄을 통해 성찰을 불러일으켜 세상에 대한 길을 제시하여 인도하는, 속 깊고 지혜로운 힘이다. 늘상 뻔뻔하고 남을 배려하는 일은 없고, 자신을 어쩌다 돌아보기는커녕 손톱만치도 반성 없는 생을 보내는 인간에게 신이 내렸으면 좋으련만. 그런데 믿음도 설득이나 회유에 의해서 이루어지는 것일까. 출입 현관문 벨이 울리는 경우가 종종 있다. 문을 열고 나가면 생판 모르는 사람이다. 열에 아홉은 교회에서 나왔다고 한다. 왜 그래야만 할까. 교회가 각 세대 방문과 선전을 거쳐야 성행하는 기업인가. 성당이나 절에서 딩동-하는 경우는 접해 본 적이 없다. 믿음을 기업화하는 교회가 참 수상하다.

거짓과 위선의 겉-껍데기에만 모든 가치관을 부여, 인간의 깊고 알찬 내면은 아예 몰안시하는 천하고 낮은 단계의 인간 세상을 바로잡아주는 신이 있었으면. 추행 내지 악행을 자행하고도 자성 없는 인간을 엄혹하게 추달, 이승에서 혹은 저승에서 단죄를 내려 자신이 한 원인 행위에는 필시 종과득과(種瓜得瓜), 자업자득의 엄혹한 결과가 있다는 사필귀정의 냉혹한 가르침을 주는 신이 있었으면. 바라기를, 하느님, 혹은 신이 있기를 빈다. 힘들거나 괴롭거나 도저히 감당이 안 되는 정서가 덮칠 때, 무의식이 시키는 듯 그냥 두 손을 잡고서 '하느님'이라는 말이 저절로 튀어나온다. 인간 세상을 지켜주고, 진실과 거짓을 밝혀 엄정하게 가려줄 신이 있었으면 한다. 물론 내가 올리는 신은 종교, 아니, 이신론에서 말하는 신이면서 그 신이 아니기도 하다. 내 힘을 불어넣어 내 속의 초월적, 정신적인 힘의 배후로서의 신이다. 그래서도 신은 내 깊은 속에 잠재하는, 불가사의의 힘이다. 그 신의 불가사의의 힘은 내 자신이 불량하거나 잘못됐을 때 나 자신에게 힘을 불어넣어, 나 자신을 회개, 지탱하게 하는 나 자신의 마초(macho)—지금은 세칭 권위적 가부장을 뜻하는 명명으로 추락했지만 여기서는 본래의 뜻인 '기백 있고 늠름한 남성'을 일컬음—이다. 힘내자, 신이여. 불가사의의 힘이여, 마초여.

향기 없는 꽃의 세상
─지성의 인간 세상을 꿈꾸며

꽃-향기는 꽃 안의 다양한 화학 물질들의 복잡한 상호 작용에 기인, 생성된다는 과학적 지식에서 벗어나 꽃이라는 존재적 상징물이다. 꽃-향기는 꽃의 외형인 겉-껍데기에서 나오는 것이 아니라 꽃이라는 존재의 복합적인 상호 작용에서 나온다. 따라서 향기는 꽃의 덕이자 인격이다. 꽃만 화려하고 향기가 없다면, 물론 그것도 꽃이긴 하지만 꽃의 존재감을 상실하고 만다. 모란꽃이 곱다 해도 벌 나비가 찾지 않는다. 껍데기에만 빠져드는 인간이라면 향기와는 무관하지만, 꽃은 향기가 생명이다.

사람에게 있어 향기는 무엇일까. 부드럽고 따뜻한 인성이 넘치는 품성을 먼저 들 것이다. 그것은 달리 말하면 웅숭깊고 건강한 사람됨 곧 인격이다. 그리고 그 인격을 한층 높이는 향기는 무엇일까. 고단계의 향기는 인간 세상에 대한 사유의 힘인 지혜와 지성 그리고 감성으로 다져진 깊고 높고 넓은 안목이 아닐까. 그 안목은 인간 세상에 대한 깊은 인식과 통찰의 구현인 철학과 사상, 예술, 학문 등으로 구체화되어 나타난다.

지금 세상은 꽃에 빗대어 표현한다면, 꽃이 풍기는 향기보다는 꽃의 외모 그 자체에 가치를 두는, 이를테면 외모나 키 등의 신체적 형상으로써 사람의 가치를 재단하는 방향으로 굴러가고 있다. 그 세상은 잘나고 잘생긴 것만 찾는, 달리 말하면 못 나고 못생긴 세상이 되고 있는 것이다. 이른바, 외모지상주의인데, 고대 그리스 시대가 떠오른다. 그림도 조각도 온통 벌거벗은 나체상의 그리스 시대, 소크라테스도 못 나고 못생겼다고 몰안시되었던 반지성의 시대였던 그리스 시대, 말이다.

　고대 그리스인에게 가장 이상적인 인간은 뛰어난 사상과 예리한 통찰력을 가진 지성적 인간이 아닌, 발달된 근육과 발군의 신체 능력, 탁월한 외모를 갖춘 육체형 인간이었다고 하는데, 한 마디로 외모지상주의 세상이었다. 물론 그렇게 된 데에는 필연적 이유가 있었다. 고대 그리스 시대는 하루가 멀다 하고 전쟁을 벌일 정도로 도시국가 간의 분열과 분쟁이 극심했다고 한다. 총기 사용도 구닥다리 전쟁 시스템이 되어버린 지금과는 달리 고대나 중세 근대까지의 전쟁은 직접 몸으로 부딪치는 육탄 전쟁이었다. 육탄 전쟁에는 당연히 신체 능력이 뛰어난 쪽이 유리했기에 고대 그리스의 젊은이들은 각종 운동을 하며 신체 능력을 길렀다. 따라서 탁월한 육체는 젊은이들의 가장 필수적 과제였다.

　소크라테스는 육체 우위 곧 외모 지상의 당시 그리스 대중들의 눈에는 외모에서부터 자격 미달이었다. 그의 얼굴은 크고 둥글었고, 이마는 벗겨졌으며, 눈은 개구리처럼 툭 불거졌고, 코는 주저앉아 뭉툭했다. 입술은 두툼했고, 배는 툭 불거져 똥배였고, 걸음걸이는 오리처럼 뒤뚱거렸다. 여기에 몹시 거친 꺼끌꺼끌한 피부에 키는 땅딸막했다는 그는 거의 완벽에 가까운 추남(醜男)이었다. 지금에사 인류사상 가장 앞선 자리에 선 지혜와 지성, 진리의 대명사로 손꼽히지만, 당시에는 자격 미달의 육체를 소유한 자로 멸시당하던 인물이었다. 낭설일지는 모르지만 소크라테스가 죽임을 당한 이유의 하나로 당시 외모지상주의 풍조에서 멋진 몸매, 수려한 외모의 인물 중에서 국가를 이끌고 갈 지식인이 나온다는 그들의 외모지상주의 세계관을 소크라테스가 깨뜨린 데에서라고도 한다. 그런 외모지상주의의 그리스 시대가 지금 이 나라에서 고스란히 복원 중이다.

사람의 겉 곧 외모가 주도하는 세상이 전면화되고 있다. 빛 좋은 개살구, 겉만 번드레하고 속은 텅 빈 세상이 되고 있는 실상이다. 羊質虎皮(양질호피)에 金玉敗絮(금옥패서), 羊頭狗肉(양두구육)에 文過其實(문과기실)이 넘실넘실 판치는 세상이라니. 이전에 불편한 진실이 담긴 속담 중 하나가 "보기 좋은 떡이 먹기도 좋다"였다. 먹기는 좋은데, 맛이 있다고 단정 내리지 않은, 인간 세상의 현실을 절절히 인식한 진실이 담긴 논리적인 속담이다. 그렇지 않은가. 지저분하고 보기 더러운 떡과 깔끔하고 보기 좋은 떡을 놓고 먹으라고 했을 때 어떤 떡을 먹으려 할까. 개나 돼지 같은 짐승 말고는, 인간에게는 우문이다. 일단 깔끔하고 보기 좋은 떡을 택하는 것, 그것이 사실이다. 사람에게도 역시 그 논리가 적용될 수도 있겠지만, 그랬을 경우, 진실일 확률은 과연 얼마일까. 그래서 그에 대응한 속담이 "뚝배기보다 장맛", 이다.

갈수록 외모지상주의로 세상은 굴러가고 있다. 그 굴러감의 주동력으로는 아무래도 여성이 겨냥된다. 쇼펜하우어는 말한다. "여자들의 허영이란 남자들의 허영보다 더 많은 것은 아니더라도, 그 질이 나쁘고 물질적인 방향만을 취하고 있다는 사실 속에 더 많은 위험을 내포하고 있다. 말하자면 그들은 그들의 개인적인 미를 원한 다음에는 화려와 수식을 원한다." 여성을 이루는 원소를 들라고 한다면, '개인적인 미' 그리고 '화려와 수식'이다. 전혀 예외가 없는 것은 아니고, 열에 아홉은 그렇다. 그 원소라고 올린 '개인적인 미' 그리고 '화려와 수식'의 표상은 가장 먼저 화장이고, 그리고 각종 장식류 치장이다.

원시시대 모계 중심제였던 신석기 시대에는 여성도 강했다고 하는데, 여성의 꾸밈은 남성 중심으로 사회 체제가 바뀌면서 남성들의 지배 체계에서 살아남기 위한 수단 방법이었다는 해석도 있긴 한데, 여자의 겉치장은 자신이 남성의 소유적 존재임을 표명한 것이 아닌지 모르겠다. 국내 화장품 시장 규모가 한 해 6조 4천억 원가량, 피부미용 시장 규모는 7천억 원가량이라고 하는데, 외모 치장에 엄청난 천문학적인 돈이 들어간다. 그것이 시사하는 사회적 현상의 정체는 무엇일까.

화장의 핵심은 자신을 아름답게 치장하는 것인데, 하긴 그것이 자기만족일 수도 있지만 남에게 잘 보이고 싶은 욕망의 표현일 것이다. 화장의 기원이 반드시 아름다움에 있기보다는 자연 기후 조건과 관련이 있다는 분석도 있다. 고대 이집트인들이 처음 시작한 화장인 짙은 아이-라인은 눈 부신 태양 아래서 사물을 제대로 보기 위해서였고, 사막 개미의 알을 모아 녹여 만든 크림을 얼굴과 몸에 바른 것은 뜨거운 사막의 바람으로부터 피부를 보호하기 위해서였다고 한다. 그런 기후 조건 때문에 비단 여성뿐 아니라 남성도 화장을 했다고 한다. 지금도 미얀마에 가면 얼굴에, '따낫카' 나무의 줄기와 뿌리로 만든 가루-물로 뽀얀 분칠을 한 여인이나 소녀들의 모습을 목격하는바, 얼굴에 뽀얀 분칠을 하는 까닭은 미얀마의 전통 화장 방식으로 피부 건강에 좋고, 자외선을 차단하는 역할을 해준다고 한다.

그냥 깔끔하고 단정하게 자신의 모습을 지키면 안 될까. 아침이면 여자들은 얼굴부터 시작해서 외모 치장하는데 엄청난 시간을 쓴다. 이해가 되면서 자꾸 의문 부호가 따른다. 아침 출근 시간이면 1분 1초가 소중한데, 왜 저렇게 겉-치장에 시간을 쓰는 것일까. 개인적으로 여자들의 진하고 짙은 화장은 거부감이 크게 인다. TV 프로그램을 통해서 여자 출연자들을 보면 과하다 싶을 정도로 화장이 짙다. 특히 입술에 연지를 벌겋게 칠하는 건 내가 젊었을 때부터 얼굴을 찡그리고 싫어했다. 어머니는 그러질 않으셨던 것이다. 여자의 겉치장에 대한 내 기준은 오로지 어머니이시다. 어머니는 치장하고는 거리가 먼 삶을 사셨기에 그러셨겠지만 내게는 화장기 없는 어머니의 모습이 가장 깨끗하고 순결하게 보였다. 여자들이 손톱에 칠하는 것도 보기가 불편하다. 심지어는 눈썹도 제 눈썹이 아닌 인공 속눈썹을 붙여 달고, 인공미의 절정을 구가한다.

여자들은 왜 황금 같은 보석류에 자신의 모든 가치를 투여하는 것일까. 그냥 물질에 불과한 것인데, 물질에 모든 정신을 쏟아붓고 있는 것을 보면 역시 여자들은 사고적인 측면이 약한 것인가. 물질은 속물의 절정인데. 황금은 겉으로야 휘황찬란하게 빛나는 것이지만 죽은 것, 생명이 없는 것인데도 거기에 빠져드는 이유는 어디에 있는 것일까. 속보다는 겉에 가치를 두는 여성들만의 특유한 가치관일까. 아니면 보상 심리 혹은 대상 심리의 일환일까. 모계 중심 사회에서 부계 중심으로 넘어오면서 동시에 중심에서 완전히 벗어나게 되면서 거기에서 말미암은 존재감 상실과 결여에 대해 뭔가 채워 넣으려는 심리가 발동된 것일까. 선사시대의 모계 중심제 때의 여성은 지금처럼 연약한 인간이 아니었고, 남자에 비해서도 아주 강했는데, 여자가 약해진 것은 여자에게 가해진 도덕이라는 분석이 있다. 당시 여성들은 가사 활동에도 적극 참여하였는데, 대체로 육체적 노동이었다. 가령, 당시에는 농사 활동이 없던 비-농경 시절이라 남자는 수렵, 여자는 채취 위주의 활동을 했는데, 채취의 공간은 주로 산림에서 행해졌다. 당시 산에는 지금과는 달리 사나운 야생 동물이 들끓었지 않았을까. 그리고 험악한 산악 지대의 산세는 지금처럼 길이 닦여져 오르고 내리는 일이 순탄했을까. 그 어려운 최악의 자연조건들을 다 이겨낸 여성들은 아주 강인했던 것이다. 이후 남성 중심 사회로 바뀌면서 각종 사회적 도덕률로 여성에게 족쇄를 채우고 사회 활동을 억제하여 집안에 감금시킴으로써 약해졌다는 것이다. 그 연약함의 한 증거가 바로 자신의 외모를 아름답게 치장함으로써 남성들에게 강렬한 인상을 주고, 자신의 무의식에 꽁꽁 박혀 있는 그 여성의 존재감에 대한 결핍과 불만족에 대해 대상 충족하려는 심리적 현상의 일환이 아닌가, 하는 것이다.

찰스 다윈의 『종의 기원』에도 엇비슷한 언급이 있다. 아무래도 여자는 남자에 비해 지적 능력이 떨어지는 까닭에, ─플라톤은 여든의 나이가 되도록 독신으로 살았는데, 여자에 대한 인식관이 순탄치 않았던 모양이다. 그는 여자는 남자보다 부덕하고 교활하며, 여자로 태어난 것은 하나의 저주이고, 의롭지 못한 사내는 죽어서 여자로 태어날 것이라 비하하며 끝내 결혼하지 않았다고 한다―, 그리고 모계제가 부계제로 전환된 남성 중심 사회 체제에서 남자의 선택을 받아야 되는 운명적 처지에 놓이게 됨으로써 자연 외모 치장에 집중하지 않을 수 없게 된 것이라는 맥락의 언급이다. 그런데 이렇게 외모지상주의의 원인자로 여성을 지목하지만 남성 역시 예외가 아니다. 아니, 더 강력한 원인자이다. 앞에서 언급했지만 여성의 외모 지향성은 순전히 남성 중심 사회라는 제도의 틀이 만든 것이었다. 문제는 외모 지향성이 너무 지나쳐 외모지상주의라는 이상한 조어까지 만들어져 껍데기 위주의 세상으로 굴러가는 잘못된 이 현실에 있다. 이 껍데기 의식은 놀랍게도, 아니, 자연스러운 현상이지만, 자신들의 외모 지향성을 남자에게도 그래도 전이, 투사하고 있다는 사실이다. 가령, 연애를 하거나 혼인을 결정할 때 십중팔구는 직업이 첫째 조건이고, 그리고 외모를 중요한 조건으로 앞세운다. 외적 조건을 전혀 고려치 않는 청춘남녀가 있을까만, 혼인이나 연애 대상 교섭-시 그 조건이 중요한 요건으로 작용한다는 사실이다. 외모가 인생의 먼 길을 개척, 평탄히 걸어가는 데 가장 역동적인 힘이라는 인식의 분명한 반증이다. 그런데 곰곰이 냉정하게 헤아려 본다면, 남자들의 외모, 특히 체격 조건을 따지는 것은 문명 이전의 시대, 곧 원시 시대적 발상으로 짚이는데, 그때는 오로지 강성한 체격 조건만이 살아남을 수 있는 길이었던 까닭이다. 그러니까 지성의 머리가 아닌 오로지 물리적인 몸의 활동을 내세워 예측 불가의 외부 환경에 적극 대처해야만 살아남기 때문이다. 하마면 도끼라는 글자인 '斧(부)'에서 아비 '父'자에 도끼 '斤'이 합쳐졌겠는가. 무조건 강하고 큰 체격만이 험한 자연 세상을 버티고 이겨낼 수 있는 유일한 길이었던 것이다. 따라서 살아남기 위한 가족-되기의 선택 곧 건강한 신체의 남성과의 혼인은 충분히 가납되는 일이다. 그런데 지금도 신체 위주의 선택이 강-추세인데, 문명 이전의 원시시대로 돌아가고 있다는 느낌이 강하게 감지된다. 세상을 움직이는 원리는 철저히 지성에 의한 지능성의 시스템인데, 그러니까 머리를 제대로 가동시켜야 세상을 헤쳐나갈 수 있는데, 정작 인간끼리의 만남에서부터 제반 인간사에 이르기까지 여전히 원시 시대적이다. 하긴 본능적이고 순수하다. 굳이 지성 여부에 꿇릴 이유 없이 단세포적으로 움직이면 되니 말이다.

세상은 갈수록 외모적 성향이 주도적인 실정이다. 대선 때 우연히 접한 일화인데, 한 언론 미디어에서 젊은 세대의 여자들에게 대선 후보 선거에 대해 질문을 던지니 잘생긴 후보에게 투표하겠다고 대답하더라는 것이다. 아니, 나라와 국민의 안위와 삶의 미래를 계획, 추진할 만한 역량의 인물을 국정 지도자로 뽑아야 마땅하지 않은가. 외모가 국가 통치 역량과 무슨 관계가 있는가. 그런데도 외모가 빼어난 후보를 입에 올리는 여자 선거인들을 보니 할 말이 없어지는 것이다. 심지어는 소크라테스 칸트와 같은 철학자, 베토벤 같은 음악가, 기아 일보 직전의 위기에 처한 공산주의 국가인 중국에 자본주의 생산 체계를 끌어들여 오늘의 강국 중국으로 만든 등소평, 조국의 독립에 헌신한 남강 이승훈 고당 조만식 다석 유영모 같은 위인들도 요즘 같은 세상에서는 홀대 대상 0순위에 들 것임은 정해진 일이다. 나폴레옹 역시 어눌한 말투에 창백한 얼굴빛, 비쩍 마른 데다가 유난히 작은 키 때문에 친구들로부터 많은 시달림, 따돌림을 당했다. 외형이 기준 미달인 이유이다. 외모지상주의가 세상을 장악하고 있는 지금의 미래는 어떨까. 세상의 이치나 진리 탐구의 핵심 동력인 철학, 문학, 예술을 비롯, 정치까지도 속이 아닌, 겉이 좌우하고 주도하는, 소위 세상천지를 뒤집을 그런 세상이 올 수도 있겠다는 파키슨-병적인 생각이 들기도 하는데, 정치는 이미 그런 길을 밟아 걸어가고 있지 않은가.

볼테르의 철학 소설 「미크로메가스」에서, 시리우스 은하계에 사는 '미크로메가스'는 키가 12만 피에(1피에pied는 30cm, 따라서 대략 36km)나 되는 거인이다. 그는 교리 해석 문제로 유죄 선고를 받고 시리우스의 궁정에서 추방당해 은하수를 떠돌다가, 일흔두 개의 감각이 있는 토성인－인간의 감각은 다섯 개이고, 미크로메가스의 감각은 천 개이다－을 만나 우주를 여행하다가 지구에까지 오게 된 철인인데, 5피에(약 150cm) 정도밖에 안 되는, 미크로메가스의 눈에는 보이지 않는 미세한 '원소'에 불과한 인간들 곧 기하학자, 물리학자, 철학자들은 미크로메가스의 키를 재기 위해 그들만의 지혜와 도구를 활용한 결과, 미크로메가스의 키가 무려 12만 피에인 것으로 측정되었다. 미크로메가스의 키를 재기 전에 지구인들은 토성인의 키를 먼저 쟀는데, '천 투아즈toise'－1투아즈는 2m 곧 2km－로 나타난바, 미크로메가스의 키에 비해 비교가 안 될 정도로 작으므로 '토성인 난쟁이'로 명명된다. 원소에 불과한 존재들이 자신의 키를 잰 것을 본 미크로메가스는, 그의 표현으로는 '지성을 지닌 원소'인 인간에게 커다란 깨달음을 얻곤, 지혜로운 인간들에게 경외심을 표하며 다음과 같이 말한다.

절대로 겉으로 보이는 크기를 근거로 판단해서는 안 된다는 것을 그 어느 때보다 분명히 깨달았노라. 오, 신이시여, 이토록 하찮은 존재에게 지성을 주셨으니 당신에게는 무한히 작은 것이 무한히 큰 것과 마찬가지입니까?

오! 지성을 가진 원소여. 영원한 존재가 당신 안에서 자신의 솜씨와 권능을 기꺼이 드러내 보이는구려. 그대들은 이 지구에서 온전히 순수한 기쁨을 누리도록 만들어졌음이분명하군요. 이렇게 물질은 얼마 안 되고 온통 정신으로만 이루어진 듯하니 그대들은 틀림없이 사랑하고 생각하며 살도록 만들어진 것입니다. 그것이 진정한 정신의 삶입니다.

미크로메가스가 발언한 '크기'는 사람의 키를 비롯한 체격, 외모 정도를 의미하는데, 절대로 겉으로 보이는 그 크기 정도를 근거로 사람의 존재를 판단해서는 안 된다는 것을 그는 깨달은 것이다. 5피에(약 150cm) 미물에 불과한 존재이지만 그들에게 지성을 준 신의 뜻은 무한히 작은 것이 곧 무한히 큰 것이라는 것이다. 과연 미크로메가스의 이 상식 밖의 발언이 지금 시대에 먹혀들기나 할까. 현대의 우리도 겉으로 보이는 조건만으로 쉽게 상대를 평가해 버리는 경우는 숱하게 접한다. 아니, 일상이다. 미크로메가스 같은 거인이기에 신체적 크기와는 무관한 정신적 지성의 큰 사람을 알아본 것이다. 미크로메가스(MicroMegas)는 그리스어 '마이크로(Micro)' 곧 작다와, '메가스(Megas)' 곧 크다는 뜻의 합성어이다. 그 이름의 명명 근거와 이유가 비로소 잡힌다. 그렇다면 소인배는, 역으로 말하면, 큰 사람을 알아보는 눈이나 안목이 갖추어져 있지 않다는 것, 그들 눈에는 소인배들만이 보이고, 거인은 보이지 않는다. 천리마는 있는데, 천리마를 알아보는 백락(伯樂)이 없는 세상, 그런 사람들이 넘치고 넘치는 세상이다. 한유(韓愈)가 그렇게 읊지 않았던가.

"世有伯樂 然後有千里馬 千里馬常有 而伯樂不常有" (세상에 백락이 있어야 그러한 뒤에야 천리마가 있다. 천리마는 항상 있다. 그러나 백락 같은 사람은 늘 있는 것은 아니다.) 천리마가 있어도 알아보지 못하고 도리어 천리마가 있어도 왕-따돌림시켜 제치고 겉-껍데기만 번드레한 백리-마, 십리-마만 말로 추앙하는 근시적, 아니, 난시적, 아니, 장님들의 세상이다. 볼테르에 의하면, 인간, 아니 '지성을 가진 원소'들은 미크로메가스와 토성인에 비하면 한낱 미물에 불과하지만, 그들이 지성을 사용할 때에는 이들에게 "무한히 큰 것과 마찬가지"의 대단한 존재가 되기도 한다. 모든 것은 상대적이며 존재의 다양성을 존중하라는 전언 메시지를, 볼테르는 미크로메가스를 통해 띄운다. 볼테르의 이 전언을 진지하게 들을 수 있는 '지성을 가진 원소'로 명명될 수 있는 인간은 몇 명이나 될까. 의문스럽지만 궁금하다.

주변을 돌아보니 한 지인이 있다. 현 5권의 시집을 출간한, 독자적인 사유의 시인인 데다가 의리의 인물인데, 흔히 '의리', 하면 그냥 남자들끼리의 우의를 표하는 전형적인 상징어로, 혹은 주먹패들끼리 쓰는 상투적인 말이라고 생각하기 쉬운데, 사람 간에 꼭 지키고 갖추어야 할 인간적인 덕목으로서 유교에서도 중요시하는 '의리'인 것이다. 진정한 의리는 대체로 의리의 상대-인에게 안 좋은 일이 생길 때 밝혀진다. 그의 의리는 그래서 진정성이 있다. 그는 키가 12만 피에(36km)인 미크로메가스에 비하면 미세한 '원소'이고, 5피에(150cm) 지구인에 비하면 미크로메가스-급에 해당하는 인물이다. 지인의 본명은 '우담(又潭)'이지만 따로 부르는 이름 역시 동음의 '우담(宇潭)'이다. 그런 선례는 신석정 시인의 본명과 아호에서 발견된다. 신석정의 본명은 '석정(錫正)'

이지만 아호 역시 동음의 '석정(夕汀)'이지 않은가. 우담의 우(宇)는 집 지붕을 뜻하는 글자이니 이 지구의 꼭대기 곧 우주적 공간이다. 담(潭) 은 못이니 우(宇)와는 위와 아래의 끝과 끝의 관계인 것, 그러니까 미크로메가스의 '미크로(Micro)' 곧 작다와 '메가스(Megas)' 곧 크다는 뜻의, 두 관계의 극과 동일한 셈이다. 볼테르의 분신인 미크로메가스가 상대성과 다양성 존중의 뜻으로, 미세한 '원소'에 불과한 인간을 인정, 존중하듯이 그 역시 미세한 '원소'의 작은 존재인 나를 배려, 존중하기에 내겐 의리의 지인 곧 지성을 가진 인물로 새겨져 있다. 파스칼도 말하지 않았던가. "인간의 모든 행복은 이 존중에 있다."

볼테르가 창조한 작중 인물에 대한 담론을 펼치다 보니, 불현듯 한숨이 다시 푹푹 터져 나온다. 볼테르의 '지성을 가진 원소'와는 사돈 팔촌보다 더 거리가 먼 황당한 사건들이 대중들 사회에서 벌어지는 일이 떠올라서이다. 그 황당한 일은 인간 범죄 사기 행위도 껍데기 외모를 이용하여 행해진다는 사실이다. 껍데기가 좋아야 상대가 혹하며 빠져들고 결국 껍데기를 이용한 그 사기는 성공하는 까닭이다. 껍데기가 안 되면 아예 사기는 생각지도 못한다. 갈수록 어처구니없는 대중들의 세상, 오르테가 이 가세트가 발한 "대중이란 문명의 창틀을 타고 넘어 들어온 야만인"이란 극언은 지금 정확히 먹혀들고 있는 중이다. 껍데기가 안 받쳐주니 범죄인이 되고 싶어도 못 되는 걸-껍데기 자격 미달 인간이니, 범죄인이 못 되어 축복이라고 여겨야 하는지, 범죄인이 못 된 까닭에 비극적 불행이라고 여겨야 하는지, 좀체 판단이 안 서니, 소크라테스의 '너 자신을 알라'는 훈계를 재삼 탐구해 보아야 할 듯하다.
한국은 겉보다는 속, 화려와 수식보다는 소박, 검소를 더 중시하는 쪽이었는데, ─하긴 제사 문화를 보면 속보다는 겉, 소박 검소보다는 화려와 수식을 중시하는 한민족의 속성이 다분하긴 했지만, 그래도 대체는 겉보다는 속에 힘이 실리는 쪽이었다. 그러나 지금은 방향이 완전히 틀어졌다. 오래전, 이승이 아닌 피안의 세계에서 편안히 걸음하고 계시는, 넉넉한 품성의 향기가 그윽한 처가댁 두 분이 생각난다. 그곳, 주기적인 만남의 자리에서 명실상부(名實相符), 겉과 속을 하나로 간주하곤 내리까는 듯 번뜩이는 눈초리들과는 달리 두 분의 눈빛은 기대에 찬 훈훈한 정감으로 넘치기만 했다. 두 분이 계신 처가에 갈 때마다, 볼 것 없는 작고 초라한 겉의 허술한 속인데도 말없이 응원해 주시던 두 분이 그리워지기만 한다. 그리움은 옛 추억으로의 '내적 망명'이라는 말처럼, 두 분은 언제나 그리운 고향이니, 오늘 지금도 내 그리운 추억 속으로 망명을 추구한다. 한국의 미래가 잘 보이지 않는다. 미래가 갇힌 동굴 속인지 어둡고 캄캄해서 안 보인다. 우주 자연의 이치대로라면 밤이 오면 아침이 오는 것인데, 아침이 와도 아침이라는 신선하고 밝은 생각이 들지 않는다. 향기 없는 꽃 세상이 오고 있다.

현대인의 엘렌트(elend)
—이웃 실종의 아파트

　문학평론가 김현이 쓴 문화 에세이「두꺼운 삶과 얇은 삶」을 읽고
공감한 바가 있다. 소위 단독주택으로 불리는 땅-집에서의 삶을 두꺼운
삶으로, 아파트에서의 삶을 얇은 삶으로 비교하면서 아파트의 삶에 비
판적 태도를 드러낸다. 전자는 자연적이고 정신적인 가치를 존중하는
삶의 양식이고, 후자는 인위적이고 표면적인 것을 중시하는 삶의 양식
이다. 전자는 두께와 깊이를 가지고 있고, 후자는 깊이가 없다. 한 마디
로 깊이가 없는, 달리 말하면 생각이 없는 삶을 살아가고 있는 현대인
의 삶에 대한 비판적인 시각을 드러낸 에세이였다. 그러나 대다수의 젊
은 세대들에게 현대인의 주거 공간인 아파트에 대한 이런 비판적 시각
은 큰 공감을 얻기 어렵다. 편하게 살면 되지, 두꺼운 삶 얇은 삶 운운
하는, 뭐 그런 배부른 소리 하고 있느냐는 빈정거림의 반응을 보일 수
있는 것이다. 그런 세태 현상은 2018년 11월 기준으로 이 나라 전체 가
구의 61.4%가 (연립 다세대 주택을 포함한) 아파트 생활을 한다는 거
주 조사 결과가 뒷받침한다. 지금도 대단위 아파트가 대량으로 건설되
고 있는 실정이다. <2022년 주거실태 조사결과>를 보면 아파트 선호

도는 갈수록 치솟고 있다. 젊은 세대 특히 신혼부부의 경우 무려 73.3%의 주거 공간이 아파트인 것이다. 미국이나 유럽의 땅-집 곧 가정 주택의 유형과는 아예 주거 문화의 현격한 차이를 보이고 있는 현실이다. 일반인들에게는 큰 공감을 받기 어려운 그의 인문학적인 에세이에서, 그래도 현실적인 인식관이 피력된 다음 대목에 눈길이 간다.

　　아파트 병의 뿌리는, 내 빈약한 머리로 진단하기에는 남보다 더 잘 살고 싶은 데에 있고, 그것의뿌리는 여러 의미의 경쟁심에 있고, 그 경쟁심의 결과는 자기가 가진 것으로 판가름된다. 아파트병이 가르쳐 주는 가장 확실한 교훈은 나보다 백만 원을 더 갖고 있는 사람은 그 백만 원만큼 나보다 뛰어나다는 것이다. 아파트는 이제 거주 공간이 아니라, 자기의 뛰어남을 확인하는 전시 공간이 된다.

　절절히 공감이 가는 대목이다. 아파트도 큰 평수와 작은 평수의 아파트로 나뉘고, 값비싼 아파트와 싸구려 아파트로 나뉜다. 말하자면 김현이 말한 대로, '가진 것'의 비교에 있다. 그것은 자본주의 원리이다. 큰 평수의 비싼 아파트에 사는 이와 그렇지 않은 이 사이에는 우열의 간극이 있다. 인터넷에 보면 이상한 신조어가 돌고 있는데, 초등학생들 사이에 유행하는 말이라고 한다. 가령, 전거지(전세로 살면 전세거지라는 뜻), 월거지(월세로 살면 월거지), 빌거지(빌라에 살면 빌거지), 엘사(LH 아파트에 사는 사람을 비하하는 말), 휴거(휴먼시아 아파트 곧 국민임대아파트에 사는 사람을 비하하는 말) 등 참으로 듣기 거북한, 더욱이 순수한 어린아이들 사이에 떠도는 유행어이다. 이사를 해 보려고 일반 주택을 포함해서 아파트를 둘러본 결과, 엄두를 낼 수 없다는 것으로 판명이 났다. 왜냐하면 인근에 있는 아파트의 경우, 같은 평수라도 현재 살고 있는 아파트보다는 최소한 1억 몇천이 더 비싸다는 사실이다. 최근에 지은 아파트는 감히 계산 자체가 불가능했다. 일반 주택은 계산이 더 불가능했다.

방과 마루로 이루어진 전통 건축은 방과 마루의 문화를 만들었다. 방은 닫혀 있고, 그 속은 동굴과 같이, 우리를 내면화시킨다. 반면 마루는 열려있다. 그것은 마당으로, 그리고 밖으로, 자연으로 연결된다. 마루를 통해 우리는 다른 사람과, 그리고 자연과 만난다. 방으로 들어가 성찰하고 마루로 나가서 실천한다. 방과 마루, 내면과 외면, 성찰과 실천, 이 모순의 통일이 한국적 문화가 아닐까? 김지하가 '흰 그늘의 미학'을 말하면서 '그늘과 빛의 통일'을 말하였는데, 이런 흰 그늘의 미학은 한국적 전통가옥의 모순적 통일과 합일한다고 생각된다.

이제 한국의 전통가옥은 거의 사라지고, 아파트가 그 자리를 채우고 있다. 김현의 에세이를 참고하면 땅-집은 두꺼운 삶이고, 아파트는 얇은 삶의 표상인데, 삶의 양상이 두꺼운 삶에서 얇은 삶으로 떨어져 내리고 있는 실정이다. 아파트는 기본적으로 방으로 이루어져 있다. 이제 마루란 없다. 마루란 땅의 온도와 습기, 유해 동식물을 피하거나 채광과 통풍 등을 위해 지면에서 공간을 띄워 널로 짜서 바닥을 형성한 것이기에 반드시 땅을 전제로 구성된 생활 공간이다. 그 마루는 아파트 공간에서는 거실로 불리어진다. 심지어 베란다조차 새시로 막아서 방을 만들어 놓았다. 이제 우리의 삶은 방안에서만 이루어지는 삶이다. 기본적인 주거만 그런 것이 아니다. 사회 전체 속에 방이 확산되어 간다. 피시방, 찜질방, 노래방 등등 방이 지배하면서 마루의 문화가 사라졌다. 다른 사람으로, 그리고 자연으로 열린 삶은 없어졌다. 열려있는 공간이어야만 이웃이 존재한다. 닫혀 있는 공간에서는 이웃은 존립할 수가 없게 되어 있다.

이웃의 서양말인 neighbor는 'neigh(가까이, 근처의)'+'bor(방이나 집)'의 합성어이다. 따라서 서양말인 neighbor는 근접성의 개념으로 '집 가까이'의 뜻으로, 우리말의 이웃과 마찬가지의 뜻인, 곧 가까이 있는 집 혹은 가까이 사는 사람이라는 뜻이다. 거리상의 가까움에만 그치는 것이 아니라 좋은 일이건 궂은 일이건 서로 힘을 합쳐 돕는 관계에 있음을 뜻한다. 혼자 살 수 있을까. 그것은 인간이라는 말에 집중하면 불가능하다. 혼자 사는 경우의 사람은 인간이라고 하지 않는다. 인간은 사람과 사람 사이라는 전제 아래 성립되는 조건의 말인 까닭이다. 이웃은 이른바 공동의 관계라는 함축, 곧 이웃은 닫혀 있는 관계가 아니라 서로 열려있는 관계를 함축한다. 함축대로라면 이웃은 불화가 아니라 화목을 전제로 이루어진 말이다.

지금은 거개가 아파트에서 살고 있다. 아파트Apart는 영어 Apartment의 한국식 사용어인데, 그 뜻은 1. (거리, 공간, 시간상으로) 떨어져 있는, 2, 따로따로 헤어져 있는, 3, 조각조각 산산이 등의 뜻이다. 그 뜻대로라면 아파트 건축문화는 현대인들, 특히 한국인들은 아이러니하게도 산산조각이 난 삶을 살아가고 있다는, 한국의 삶의 공간의 실태를 절묘하게 나타낸, 썩 달갑잖은 여운이 남겨지는 언어이다. 아파트의 여운 가운데 가장 먼저 이웃의 상실이 떠오른다. 이웃이라는 말의 뉘앙스는 서로서로 챙기고 배려하고, 어렵거나 힘들 때 서로 도움을 주고 받는, 곧 서로 기댈 언덕과 서늘한 나무 그늘이 된다는 사실에 있다. 우리의 전통 농어촌의 경우, 향약, 계, 두레, 품앗이 등이 서로를 지탱하게한 튼실한 이웃 관계의 돈독한 삶의 체계였던 것이다. 그런데 아쉽게도아파트 공간은 이웃이 없다. 앞에 살아도 모르고 옆에 살아도 모르고위에 살아도 모르고 밑에 살아도 모른다.

그래서 문제는 아파트라는 주거 공간이 많은 세대들이 한 건물 내에집중적으로 몰려 사는 공동체 공간이다 보니 서로의 관계가 가장 골칫덩어리가 되고 있다는 점이다. 단언하자면 이웃의 실종이 가장 큰 문제이다. 공간적인 이웃은 있지만 인간적 감성의 훈훈한 이웃이 없기에 불화와 갈등과 분쟁이 끊이질 않는다. 아파트 공간은 공동 주택 공간인데, 말로만 공동체 운운의 공간일 뿐, 실상은 공동체라는 말이 무색할정도로 이웃에 대한 배려나 관심이 제로이다. 공동체 생활 공간이기에아래위층 간에 지켜야 할 일이 많다. 서로에 대한 배려심이 그것인데,그 가장 심각한 문제는 층간 소음과 흡연 사태이다. 현대건축기술이 발달되어 소음을 고려해서 아파트를 건축한다고 해도 한계가 있는 법이다. 위층에서는 소음을 일으키는 행동을 하지 않는다고 하더라도 아래층에서는 심각한 스트레스를 받고 심지어는 정신과 치료까지 받아야될 정도로 층간 소음은 심각한 문제이다. 만약 위층에서 아래층을 배려하지 않고, 조심하지 않았다면 위층 사람의 윤리 도덕성이 심히 결핍된상태이다. 이 배려와 존중이 없다는 것은 달리 말하면 이웃 의식의 실종인 것이다. 그런데 일상생활을 하다보면 사람의 움직임이 그림자나솜뭉치가 아닌 이상, 몸의 무게에 따른 중량이 가해져 둔탁해지기 마련이다. 그런데도 서로에 대한 배려와 존중의 이웃 의식이 실종되다 보니 위층과 아래층 간의 갈등이 심각해져서 살인 사건까지 벌어지는 극단으로까지 치닫기도 하는 무참한 실정이다. 그런데 조금만 사료해 본다면 소음은 어린아이들의 자유분방한 행동에서 가장 심하게 일어난다는 사실이다. 어른들은 최대한 조심하지만 아이들은 쿵쾅거리며 뛰어다니기 예사이다. 어린아이들의 아주 자연스러운 행위이다. 위층에 산다는 죄로 어린아이들의 자연스러운 행동이 억압되거나 제지당하는 건 답답한 일이다. 서로가 이해하고 배려하면 될 터인데, 위층은 최대한 조신하게 하고, 아래층은 불편하지만 이해할 수 있다면 서로가 이웃이 될 수 있을 터인데. 그런데 하루 이틀이 아닌 게 탈이고 사단의 원인인 것이다.

또한 실내 흡연 문제도 심각한 사안인데, 층간 소음 이상의 문제성으로 나타나기도 한다. 앞뒤 베란다와 층간 창이 있는 통로에서 흡연을 하는데, 심지어는 화장실에서 흡연을 하는 경우도 있다고 한다. 흡연자에게도 화장실에서 흡연한다는 건 전혀 생각 밖의 사실이다. 화장실에서 흡연하면 환풍기를 통해, 위아래 층에만 그치는 것이 아니라 맨 아래층에서 꼭대기 층 화장실까지 틈입하여 연기가 퍼지는 것, 그런데 그 연기 냄새를 맡는 게 여간 고역이 아닌 것이다. 한 마디로 고문을 당하는 일인데, 주민들이 민원을 넣어 관리실에서 방송을 해도 그 냄새는 고문을 끝내지 않고 계속 고문을 가한다. 흡연은 이웃에 고통을 안김으로써 아파트 공간의 질서를 깨뜨리는 행위인 것은 분명하지만 아직 법적인 절차에 따라 처리될 사안에 들지 않는다. 흡연은 흡연자에게는 하나의 즐거움이고 스트레스 해소책이기도 하고, 나아가 개인의 한 권리이긴 한데, 문제는 이웃에게 피해를 준다는 사실이다. 실내에서의 흡연은 이웃에 대한 존중과 배려의 차원에서도 당장 중단해야 할 시급한 사안이다.

오르테가 이 가세트는 "문명은 무엇보다도 우선 공동생활에의 의지이다. 타인을 고려하지 않으면 고려하지 않을수록 비문명적이고 야만적이다."라고 했는데, 꼭 이 나라 아파트 주거 공간의 현실인 이웃 실종 사태인 층간 소음과 흡연에 대한 신랄한 직언으로 들린다. 아파트는 풍요롭고 반듯한 사람살이가 차단되거나 제약, 억제된 '엘렌트(Elend)' 공간으로 추락한 기분이 든다. '엘렌트'는 타향이라는 뜻, 반대어로 '하이마트'(Heimat)라는 말이 있다. 본래의 고향 곧 본향이라는 뜻이다. 엘렌트는 이집트에서 노예급 생활을 하던 야곱의 후손들, 바빌론으로 끌려간 히브리 노예들의 비참한 삶을 의미한다. 지금 현대의 주택 공간인 아파트는 일종의 엘렌트가 지배하는 타향이다. 아파트에 거주하는 한 이웃 실종은 계속된다. '그러려니'의 대표 공간인 아파트는 생각이 깊고, 풍요롭고 민감한 감성의 사람이 살기에는 궁합이 안 맞는 공간이다. 자주 이웃 실종을 경험한다. 엘리베이터에 함께 탑승을 해도 장유유서도 없이 멀뚱멀뚱하니 엉뚱한 곳만 쳐다보고 있다가 내린다. 이웃이지만 죽은 이웃이다. 이웃의 첫째 요건은 서로에 대해 마음을 전하는 친근한 말과 몸짓인 인사하기이다. 생각해 보니 이웃이 있다. 정겨운 고향 지인을 만난 훈훈한 기분이 드는 그분은 연장자인 분인데도 먼저 인사를 하신다. 인사는 아름다운 인간관계의 선언이다. 특히 어려운 지경에 처했을 때 그 아름다운 관계는 구체적 행동의 실현으로 나타난다. 아파트 주차 공간에 후진하려다 그 뒤에 주차된 차량과 미미한 접촉을 하는 실수를 범한 적이 있었다. 내려서 살펴보니 앞 차 번호판에 약간

손상이 있었다. 접촉 건으로 살짝 당황스러웠는데, 마침 그분이 지나가다가 달려오셔서 도움을 주셨다. 저분처럼 나도 다른 누군가에게 든든하고 따뜻한 이웃이 될 수 있을까. 향후 나 자신에 대해 진지한 반성과, 이웃에 대한 성찰의 값진 시간을 갖게끔 해주신 이웃이셨다.

현대의 상징적 공간인 아파트는 개인적 삶의 역사성이 전혀 없는 공간이다. 핵가족 공간인 아파트는 대를 이어 살지 못한다는 치명적인 한계가 있다. 그냥 핵가족으로 살다가 고독사하기에 딱 적합한 공간이 바로 아파트이다. 땅-집은 아들과 며느리, 손주와 함께 3대가 공존하는 다세대의 공간이지만 아파트는 큰 평수라도 3대의 '함께-살이'는 어렵다. 열린 공간이 아니라 닫히고 막힌 공간이기에 문을 열어도 막히고 닫혀있다. 가족들이 오랜만에 모여도 하루 이틀만 지나면 하룻밤 머물고 떠나야 하는 여관, 호텔 정도의 공간으로 인식되는 아파트이다. 땅-집은 문을 열면 마루가 나오고 마당이 나오고 대문 밖을 나가면 이웃이 있고, 논이 있고 밭이 있고, 밤나무 대추나무가 있는 산이 있는 바깥세상이 열린다. 아파트는 정반대의, 숨이 턱턱 막히는 공간이다. 그러다 보니 가족 간의 결속력이나 우애 등은 산산조각이 날 공산이 큰 공간이다. 개방적 주택 문화가 아니라 철저히 폐쇄적인 문화 형태의 전형이다. 다양성을 추구하는 주택 문화인 듯 획일화된, 닫힌 공간이다. 역사성이 없는 공간이 바로 이 아파트 공간이다. 온 가족이 평화롭게 살아가다가 대를 이어가는 역사성의, 옛 땅-집 주택이 그립다.

지구상의 모든 생명은 양의 기운인 하늘과 음의 기운인 땅에 기대어 살아간다. 두 기운은 만물을 생성하고 기르는 원동력이다. 양의 기운은 생성과 활력을, 음의 기운은 안식과 회복의 기운이다. 두 기운이 대립하고 조화를 이루어 만물을 탄생시키고 성장시킨다. 사람은 양에 해당하는 하늘의 기운과 음에 해당하는 땅의 기운을 동시에 받고 살아간다. 아파트는 5층까지가 땅의 기운을 받는 생기 있는 공간이며, 그 이상은 생기가 없는 공간이 된다. 추연(騶衍)의 음양오행설에 따르면, 아파트는 엘렌트(Elend)의 죽은 공간으로 추락하고 만다. 고층일수록 그러한데, 양기는 하늘에서 내리는 기운이니 가능하다고 할 수 있지만 음기는 땅에서 솟는 기운이니, 이러한 음양의 이치에 대해 생각하면 5층 이상에 거주하는 세대는 음양의 균형이 깨지는 심각한 위기에 처하게 된다. 게다가 아파트에는 흙이 없다. 흙이 없으니 땅도 없고 마당도 없다. 흙은 생명의 질료, 흙의 기운을 받아서 인간을 포함한 온갖 동식물이 자란다. "田園은 神이 만들고 都市는 악마가 만들었다."는 극언이 있다. 아파트는 도시의 상징이고, 농촌 또는 마당이 있는 땅-집은 전원의 표상이다.

그리고 아파트는 언젠가 재개발 건축에 들어갈 든든한 재산의, 혹은 그래서 주택가 급등의 부동산 투기용으로 전락한 지 오래다. 독일의 베를린에는 비스마르크(1815-1898) 시대에 건축한, 백년도 훨씬 넘은 아파트가 있고, 여전히 그곳에서 살고 있는 사람이 있다고 한다. 30년만 지나면 재개발 건축 공사가 운위되는 한국의 현실에 비하면 상상이 잘 안된다. 물론 백년도 넘게 거주할 정도로 튼튼하게 건축했겠지만 한국인 같으면 그곳에서 계속 살까. 서구처럼 대를 이어 살기가 어렵다. 세대의 연속성과 역사성이 실종된 주택 공간이다.

그런데 지금은 시골이 고향인 누군가에는 그곳도 고향 상실의 공간이 되고 있다. 얼마 전, 집사람의 외가를 다녀온 적이 있다. 어린 시절의 정겨웠던 추억이 늘 촉촉하게 그리운 기억 속에 자리한 까닭이다. 의당 외가댁 누군가가 대를 이어 그 집을 고향으로 유지하고 있다고 생각했는데, 그러나 그 집은 남의 소유가 되어 버린 낯선 집이었다. 아내의 얼굴이 착잡한 표정의 아쉬움으로 가득했는데, 그래서도 외가에 대한, 외가댁 할아버지 할머니에 대한 그리움이 더욱 깊어진 듯 보였다. 대를 이어온 한 집안의 고향이 상실된 것이다. 우리 의식 속에서 고향은 한 집안의 오랜 삶이 대대로 물려져 지속되는 역사성의 공간인데, 현대적 추세인지, 이젠 시골 고향도 그 연속성의 역사성이 서서히 무너지고 있는 경향이다.

아쉽다. 지금은 사랑방 문화의 마실 가는 곳인 이웃이 사라지고 있는 가난한 시대이다. 이웃은 서로 어렵고 힘들 때 도움을 보태고 받는 그런 관계에서 성립되고 지속된다. 그리고 중요한 것은 서로에게 열려있어야 한다는 것이다. 닫혀있어서는 이웃이라는 개념은 성립되지 않는다. 지금은 거의 닫혀있거나 소통이 거의 없는 공간에 우리는 살고 있다. 인간끼리는 근원적으로는 이웃 관계에 있다지만 이웃은 사전에나 남아 있는 죽은 말이 된 지 오래다.

인간이라는 낱말에 생각이 미친다. 인간은 글자 그대로 사람 人에 사이 間인 한자어인데, 혼자 산다면 그 혼자 삶의 주체는 인간이 아니다. 인간은 반드시 나와 남이라는 관계를 생각하지 않고서는 존립할 수 없는 언어인 까닭이다. 사람과 사람 간의 관계에 있는 존재가 인간이라는 말, 그렇다면 나의 존재는 남의 존재를 의식하지 않고서는 서로 간의 관계가 이루어진 사회가 성립될 수 없다는 뜻이다. 사회는 인간과 인간이 어울리고 모여서 이루어지는 구조적 관계의 조직 공간이다. 아파트 공간은 나 혼자만 아닌, 무수한 남들이 함께 모여 사는 사회 공간이다. 그래서 남을 의식하지 않고 남을 배려, 존중이 없는 행위는 절대로 용납되지 않는다.

그런데 아파트 공간이 누군가에겐 이데아적 좋은 공간일 수도 있다. 역설적으로 공동체 공간이지만 공동체 의식의 공간과는 거리가 먼 사적인 권리가 최대한 존중되는 공간일 수 있기 때문이다. 현관문만 닫아 걸면 그곳은 타자의 출입은 원천 봉쇄, 철저히 개인만의 공간이다. 그런데 공동체주의는 전체주의라는 인상이 강하게 든다. 그래서도 불편하다. 개인적 삶을 최고로 인정하는 지식인이나 지성인의 경우, 공동체주의라는 명분 아래 개성이 몰각되는 경우를 최악으로 간주하기 마련이다. 그래서 아파트 공간이 철저히 개인주의에 걸맞은 공간일 수도 있지만 아이러니하게도 공동체주의의 대명사적 공간일 수 있기에 그 공동체 문화가 판치는 공간으로 판가름 나니 상당히 불편하다. 옥타비오 파스의 말이 있다. "나의 자유는 타인의 자유를 인정하는 데에서 시작된다." 그렇다면 '나'는 보편적인 '나'인 것이다. 누구든 다 자기는 '나'이니까 말이다. 개인적 자유의 공간, '나'와 '너', '너'와 '나'의, 서로의 자유를 최대한 존중하면서 서로를 배려하는 이웃으로 함께 하는 실팍한 공동체주의의 문화가 간절히 그리워진다.

4부

'한국 시민입니다,'의 선언

궁핍한 시대의 정신

— 양심과 지성의 선비정신

2023년 2월 어느 날, 20대 대선에도 출마했던, 한 거대 야당의 대표가 신도시 개발 등 비리 의혹 건으로 체포동의안이 국회에 올려져 투표한 결과, 부결된 사건이 있었다. 총투표 의석수가 297석인데, 야당 의석수(169석)가 여당(115석)에 비해 압도적으로 우위에 있다. 그 외 의석수가 13석인데, 투표 결과, 찬성 139, 반대 138, 기권 9, 무효 11표로, 찬성표가 1표 많았지만, 출석 의원 과반(149표)에서 10표가 부족했다. 하나마나한 당연한 투표 결과이다. 당 대표의 비리와 부조리 건에 대한 찬반 투표이지만 같은 당 소속 의원들이 선뜻 체포동의안에 동의의 뜻을 표하기란 쉽지는 않다. 그래도 같은 소속이고, 거기에다 당 대표이기도 한데, 차마 매정하게 동의할 수는 없는 일, 게다가 당 대표가 그런 수모를 당하면 결국 그 당 소속인 자신도 정치적 이미지가 망가질 것은 뻔한 일, 그러니 쏟아질 비난과 야유에도 불구하고 당 대표를 지키는 방향으로 가닥을 잡았을 것. 그런데 변수는 범야권에서 37명의 이탈표가 생겼다는 사실이다. 1명의 이탈자가 나오지 않았다고 해도 정치 논리상 어쩔 수 없이 받아들일 수밖에 없는 일인데, 37명의 이탈, 아니,

반란이 나왔다는 것은 양심의 소리인지 모르지만 전혀 뜻밖이다. 꼭 알 베르 카뮈가 명명한 '반항하는 인간'이 출현한 듯한 기분이다. 그런데 말은 이렇게 하지만 가슴은 답답하고 한심한 바람이 휭 불고 간다. 남명 조식 선생의 경의 사상이 절절히 아쉽기만 한 비리의혹 건에다가 체포동의안 결과이다. 정치가 뭔가. 정치인의 위법 건이 다른 건도 아니고, 부정부패에 비리와 같은 부조리 건 상정이라니, 무참하기만 하다. 정치한다는 이들의 양심이나 진실에 대한 정의감 등이 부재 내지는 실종된 데 대해 정치한다는 그이의 나라 국민이라는 게 부끄럽기만 하다. 올바른 정신과 판단력, 통찰력과 꼿꼿한 기개가 있어야 마땅한데, 지금 정치 행태가 아무리 정치의 본질에서 한참 이탈한 무도덕, 몰염치를 향해 치닫는다고 해도 도의를 저버린 정치 행태는 용납하기 어렵다.

이들에게 겹치는 존재들이 과거 역사에서 포착된다. 흔히 훈구파(勳舊派)라고 불리는 세력인데, 세조의 왕위 찬탈 사건인 계유정난(癸酉靖難)에 가담하면서 정치적 실권을 장악, 집권 세력으로 굳히면서 권력의 핵심이 되었다. 훈구파는 성균관 등의 관학파 출신으로, 이들이 집권한 15세기에는 나름 민생 안정과 부국강병을 목표로 통치 체제 정비를 위해 실용적 성격의 학문적 노선을 지향하여 다른 사상이나 학문에도 포용적이기도 했다. 그러나 절대적 왕권을 숭상한 왕당파이다 보니 왕의 치정(癡政)에 대해서는 일체 '모르쇠'로 함구하기만 했다. 지금이나 과거의 정치나 그대로 빼박이다. 연암 박지원은 『호질(虎叱)』에서 북곽 선생의 위선적인 행동을 호랑이의 입을 빌려서 "유(儒 선비)는 유(諛 아첨하는 자)이다."라고 질책했는데, 바르게 잡는다는 뜻의 정치(政治)가 어리석고 부끄러운 정치(政癡)의 뒤집힌 행태로 역주행한다는 생각이 치오른다.

이 훈구파에 대치한 정치 세력은 사림파이다. 여기에 37표의 양심적 이탈이 겹친다. 그들은 계유정난에 가담하지 않았고, 오히려 왕위 찬탈을 비난하고 왕으로 인정하지도 않았던, 그나마 선비정신의 구현이었다. 중종 이후 당시 사헌부 사간원의 대간(臺諫. 臺諫과 諫官)을 맡아 국왕의 전제와 횡포를 억제, 왕권을 견제하고 권력 독점을 방지하는 한편, 관리들의 부정부패와 부조리를 감찰하고 탄핵함으로써, 나라의 기강을 바로잡는 윤리·도덕관의 지킴이라는 중책을 맡았다. 그런 그들도 뿌리 깊은 선비정신은 지니지 못했던 모양이다. 선조 이후, 이조정랑의 자리를 놓고 벌인 대립을 시작으로, 이른바 사색 당쟁의 폐단을 일으켜 나라를 위기에 몰아넣어 끝내 패망에 이르게 한 원인 제공자로 추락하고 말았다.

그릇된 현대 정치판에서 그나마 정치에 입각한 이탈을 감행한 37명의 의원이 있다는 사실은 역으로 압도적인 다수의 행위를 어떻게 해독해야 하는지 캄캄한 난제를 안긴다. 백 보 양보한다고 해도 한 나라의 국정을 책임질 수도 있었던, 여전한 책임의 인물이기도 한 정치인이 부정부패의 장본인이라는 사실은 정치에 대한 혐오를 불러일으키는, 최악의 나쁜 사건이다. 그래서인지 언제부턴가 정치가 나오는 뉴스는 일절 시청하지 않는다는 사람들이 의외로 많다. 툭하면 상대를 욕하고 저주하기만 하는 못된 짓거리를 벌이니 도대체 정치는 어디로 실종되었는지, 요·순·우·탕을 기대하기는커녕 그냥 바르고 반듯한 일반인 정도의 생각과 행동만큼만 했으면 하는 바람을 던질 수밖에 없을 정도로, 돌아가는 나라 정치판에 있어 불편하고 심란한 심사이기만 하다. 또한 유치하고 천한 자본주의 경제판, 늘 열불이 솟는 사회적 움직임의 동선들이 사람들로 하여금 파킨슨-증상 현상을 일으키게 한다.

한 마디로 궁핍한 시대의 현상이다. 독일의 시인 프리드리히 횔덜린은 「빵과 포도주」에서 '이 궁핍한 시대에 시인은 무엇을 할 수 있는가.'라고 탄식의 소리를 낸다. 횔덜린이 처해 있는 시대의 형세는, 하이데거의 말을 따르면, 신의 부재 상태, 그러니까 옛 신들은 떠나버려 더 이상 현전하지 않고 새로운 신은 아직 도래하지 않아 부재한 그런 상태이다. 떠나버린 신들과 도래하는 신 사이의 시대 곧 궁핍한 시대이다. 그런데 우리 현대사회는 그런 신적인 존재의 부재에서 궁핍한 시대가 도래한 것이기도 하지만, 오히려 바른 정신의 부재에서 궁핍하게 된 것으로 그 원인이 더 크게 잡히는 것이다. 인간 공동체의 사회를 위한 인간적 유대와 공동성에 대한 인식의 결여, 똑바른 정신의 실종이 결정적인 동인이다.

그러나 모든 게 다 끝난 게 아니다. 끝났다고 하면 끝난 것이지만 희망과 긍정의 여지가 있다면 아직 경신의 여지는 남아 있다. 횔덜린은 바위로 뒤덮인, 그리스의 아주 작은 섬, 파트모스에서 사유한 끝에 중요한 메시지 하나를 날린다. "위험이 있는 곳에선, 구원자도 자란다."(「파트모스(Patmos)」). 궁핍한 시대라는 절박함과 위기와 위험에는 반드시 구원자가 있다는 것인데, 여기서 그의 구원자는 신의 존재 혹은 신의 계시일 것이다. 물질 문명으로 황폐해진 세상, 우리가 사는 곳이 칠흑 같은 어둠의 세상이자 음험한 곳이지만 구원의 힘을 가진 존재가 있기 마련이다. 그의 희망적 전언은 다음과 같다.

어둠 속에서 독수리는 살며,
두려움 없이 날아간다.
알프스의 아들들은
심연 위 가느다란 다리 위를
건너간다.

　　　　　　　　　　　　　　　　　— 「파트모스(Patmos」에서

　우리에게 구원자는 누구이며 구원의 정체는 무엇인가. 단언컨대, 곧
고 반듯한 선비정신이고, 선비정신을 구현하는 선비의 존재이다. 그런
데 선비로 상징되는 유교 사회와는 한참 거리가 먼 현대사회에서 느닷
없이 선비를 소환하는 이유가 무엇일까. 선비는 그 사회의 양심이요 지
성이며 인격의 기준으로 인식되는, 곧 선비는 현실적·감각적 욕구에 매
몰되지 않고, 보다 높은 가치를 향하여 상승을 추구하는 가치관을 지닌
존재인 까닭이다. 그리고 선비는 그의 신념을 실천하는 데 꺾이지 않는
의기를 지닌다. 자신을 필두로 인간 세상에 대한 성찰의 자세와 사회의
모든 계층을 통합하고 조화시키는 중심으로서의 구실도 한다.

　그런 선비의 조건은 제 목소리를 내는 것이다. 그 목소리에는 어떤
사안에 대한 높은 안목과 바른 판단력이 필수조건이다. 말이 쉽지, 실
제로 제 목소리를 내기란 보통 어렵지 않다. 높은 안목을 가지고 바른
판단을 내린다는 것은 아무에게나 부여된 것이 아니다. 잘잘못을 따지
고 가려서 그 진실을 밝혀내는 선비는 어떤 일을 처리함에 있어 공명정
대하고 순리에 맞는 일의 처리와 인격적으로 완벽한 품성(品性)과 참
된 인성(人性)을 갖춘 사람 곧 진실과 정의를 위해 힘쓰는 사람이다.

우리 역사를 헤집으면 그 구원자의 대표적인 인물은 남명 조식이다. 남명은 들사람 곧 야인으로 산청에 거주하면서 후학을 가르치고 선비 정신을 몸과 마음으로 실천한 분이다. 그는 당시 조정으로부터 수차 관직을 제수받았으나 번번이 사양하고 나가지 않았다. 성균관 대사성으로 있던 퇴계 이황도 편지를 보내 벼슬을 권유했지만 역시 겸손하게 사양하였다. 명종 때 조정에서 또다시 남명에게 단성 현감을 제수했는데, 단순한 벼슬 사양 차원을 넘어 잘못되고 부조리한, 명종의 비정(秕政)에 대해 추상같은 상소를 올렸다. 그것이 「단성소(丹城疏)」이다.

당시 남명은 왕권은 무력하고 관리들은 부패해서 그 결과 국가의 위기 상황이 발생하고 있다고 추단하곤 왕의 통치력과 국가 제도의 개선을 상소했다. 그 상소문을 읽은 명종은 대로하여 승정원에 명하여 임금에게 불손한 언행을 했다는 '불경군상죄(不敬君上罪)'—상소문에서 남명은 명종을 '고아', 문정왕후를 '과부'라는 불경한(?) 표현을 쓴 것이다—로 남명을 엄하게 다스리도록 명하기도 했다. 남명은 위기에 봉착했던바, 당시 청백리(淸白吏)에 녹선(錄選)된 정종영과 사간원 정언(正言) 이헌국이 남명의 구원자가 되었는데, 그들은 남명의 선비정신을 높이 기리는 뜻으로 명종에게 절제를 권하기도 했고, 또 한 나라의 군주라면 선비정신을 북돋우고 장려해야 한다는 간언을 올리기도 했다. 두 사람의 간언에 따라 명종도 속으로는 분했지만, 남명이 숨은 선비인 것을 인정하고 더 이상 벌하지는 않겠다는 발언을 함으로써 일촉즉발의 사태는 무마되었다. 정종영과 이헌국 역시 선비정신의 인물이었다. 이런 일이 지금 정국에서 가능할까. 과연 누가 권력자에게 쓴소리 같은 비판의 소리를 할 것이며, 선비정신의 인물을 변호할 선비정신의 인물이 있기나 할까.

부정과 불의가 판치는 부조리한 시대에 부조리한 상황을 극복하기 위해서는 과감히 반항하는 인간의 상징인 '아니오'라는 말이 나와야 한다. '아니오'는 선비정신의 필수이다. 꼿꼿한 정신의 선비정신이야말로 유일한 타개책이다. 알베르 카뮈가 남긴 말이 있다. "이 세기는 겉으로 표방하는 것이 무엇이건 간에, 어떤 귀족적 풍모를 찾고 있다. 그러나 그러기 위해서는 스스로 드높게 정하여 가진 안락이라는 목표를 포기하지 않으면 안 된다. 귀족의 풍모는 오로지 희생정신을 통해서 얻어지는 것이다. 귀족은 무엇보다 받기보다는 주는 자이며 '책임을 느끼는' 자인 것이다. 구체제는 그것을 망각했기 때문에 무너졌다." 그는 또 이렇게 말한다. "사회는 어느 것이나 귀족을 토대로 하고 있다. 귀족은 그것이 참다운 것이라면 자기 자신에 대하여 까다롭기 때문이다. 이 까다로운 요구가 없다면 어느 사회나 멸망하고 만다." 쇼펜하우어는 세 종류의 귀족 곧 출생과 지위에 의한 귀족, 금전에 의한 귀족, 정신에 의한 귀족을 들면서, 셋째 번 귀족 곧 정신에 의한 귀족을, 시간이 경과하면 인정받게 되는 가장 훌륭한 귀족으로 손꼽는다.

서양의 귀족 대신에 우리는 양반을 대치할 수 있을 것 같다. 썩은 양반이 아닌 선비정신을 가진 꼿꼿한 양반, 그러니까 사색 당쟁에 몰려 권력 다툼이나 벌이던 추악한 권력 모리배들이 아닌, 진정 나라와 백성을 위해 힘쓰던 정신의 높이를 가진 양반 말이다. 카뮈가 높이 평가한 귀족은 자신만의 안락을 포기하는 인물형이며, 그 귀족의 풍모는 희생정신으로 얻어진다고 한다. 받기보다는 주는 자로서의 책임감이 강한 자인 귀족은 한 마디로 자기 자신에게 까다로운 자라는 것인데, 그만큼 자신을 엄격한 도덕과 윤리관으로 무장시킨다는 것이다.

그 귀족은 바로 우리의 선비와 하나의 일체로 그대로 포개지는 인물형이다. 그의 말대로라면 천민자본주의 세상은 귀족 정신의 멸망에서 야기된 것으로 추정되는데, 한국의 경우, 선비정신의 실종에서 비롯된 것이다.

그리고 선비정신을 떠올리는 그의 노벨문학상 수상 연설문의 한 대목이 있다. 요지는 이렇다.

작가란 자기 직업의 위대함을 이루는 두 가지 책무, 즉 진실에 대한 헌신과 자유에 대한 봉사의 책무를 받아들인다는 것이고, 또한 작가의 예술은 거짓된 것과 그리고 어디서든지 그들을 지배하려 하고, 고독을 만들어내는 노예적 태도와는 절대로 타협하지는 않는다. 우리의 지혜의 고귀함이라는 것은, 항상 그대로 지켜내기가 어려운 두 가지 책무에 뿌리를 두고 있다. : 그것은 명확히 알고 있는 것에 대한 거짓에의 거부와 탄압에 대한 저항, 바로 그것이다.

카뮈의 연설문에 주목하면, 두 가지 언명, 곧 진실에 대한 헌신과 자유에 대한 봉사의 책무, 그리고 거짓에의 거부와 탄압에 대한 저항이라는 책무를 뿌리 깊게 의식한다면 논리상 문학인은 인간 세상사의 부조리에 대해, 우리를 몰고 가는 맹목적 힘의 실체―그것이 시대의 풍습이든 여론이든 시대정신이든 간에―에 대해 저항하는 선비정신의 표상이다. '이 궁핍한 시대에 시인은 무엇을 할 수 있는가.'라고 한 횔덜린 역시 시인이었기에 그렇게 탄식을 하지 않았던가. 선비정신은 고금과 동서양의 일치된 세계 인식-관이다.

소설가 이문열 역시 알베르 카뮈와 비슷한 언명을 한 적이 있다. 그의 소설 「장자(長者)의 꿈」에서, 그는 작중 인물의 입을 통해 "역사상 한 집단, 또는 한 민족의 문화는 대중 일반의 공통된 수준이 아니라 소수 엘리트의 정신적 성취로 대표되어 왔"다며, 양반과 그 정신은 "우리 민족의 엘리트였으며, 우리 문화의 정화(精華)"였다고 규정한다. 그리곤, 역시 그 인물을 통해 발한 다음 대목이 눈에 뜨인다.

> 양반 정신은 그것이 우리 민족의 보편적인 성향으로 발전될 수만 있다면 그 어느 것보다도 훌륭한 민족성이 될 수 있음을. 학문에 대한 존중, 예술에 대한 사랑과 이해, 엄격한 도덕률, 청빈과 지조, 매울 얼, 그리고 자존심과 긍지 ― 그런 것들은 어느 것 하나 버릴 것이 없어.

양반 정신을 계승하자는 것은 조선조의 상위 계급인 양반 계급을 계승하자는 말이 아니다. 이문열이 「장자(長者)의 꿈」에서 펼친 양반의 진정한 정신, 곧 선비정신을 이어받자는 것이다. 왜 지금 사회가 천박한 자본주의 사회, 우중들의 경박한 민주주의 사회로 추락하고 말았는가. 양반 정신 곧 선비정신이 실종된, 천박한 짓거리를 바탕으로 했기에 그렇게 타락하게 된 것이다. 이문열이 조목조목 든 양반 정신을 보라. 그들이라면, 학문, 예술에 대한 깊이 있는 이해와 존중, 엄격한 도덕과 윤리관에 따라 물욕와 명예욕 등을 절제, 경계할 것이고, 더러운 세상의 질서를 용납하지 않는, 꼿꼿한 정신과 얼로써 세상을 꾸짖지 않겠는가. 거듭 말하지만, 양반 정신은 계급으로서의 양반이 아니다. 혹 양반에 대한 오인으로 인해 양반 정신을 높은 관직이나 지위에 있는 공적인 인물에만 국한된 정신으로 돌리는 경우가 있다. 그러나 지금의 현대사회에 조선조와 같은 계급이 있는가. 따라서 양반 정신 곧 선비정신은 높은 직위의 특정한 누구에게만 요구될 성질은 아니다. 사람이면 누구나 선비정신을 담지한, 바르고 곧은 인간이어야 한다.

선비의 어원은 몽고어에서 찾으면 '어질고 지식이 있는 사람'이라는 뜻이 되고, 공자의 말씀에서 찾으면 "子曰 先進 於禮樂 野人也"(≪論語≫<先進篇>)에서의, 선진(先進)으로, 선진은 선배>선비 곧 야인(野人)이라는 것인데, 야인은 벼슬하지 않은 사람을 전제로 한다. 조선조 중종 때 사림파가 정부 관직에 진출한 이후로 벼슬한 이가 많았지만, 대체로 조선의 선비는 벼슬하지 않은 사람이다. 더 나아가 야인은 벼슬과는 무관한 서민들 가운데 성격이 꼿꼿하고 바른 사람에까지 범위가 넓혀진다. 그 평범한 서민들이야말로 야인이 아닌가. '野'는 기존의 지배 질서를 벗어난 자유분방의, 카오스의 세계이다. 야인은 스스로 자기 운명을 개척해야 한다. 개척은 곧 자기 세계 확보를 위한 치열한 싸움이다. 그래서 외롭고 고달프다. 진정한 지혜와 용기와 정의는 이렇게 탄생하게 되는 것이다.

따라서 선비는 특정 계층에만 존재하지는 않는다. 그런데도 유달리 선비정신이 강하게 요구되는 계층이 있다면 정치권력과 사회질서에 대해 냉철한 안목으로 분석하고, 신랄하고 공명정대한 재단을 가하는 직무를 담당하는 사법부와 인권 보호를 위한 법적 제도인 변호사이다. 이들은 철저히, 머리부터 발끝까지 속속들이 선비정신으로 무장되어 있어야 한다. 그런데 기대에 어긋나는 비상식적인 그들의 행선이 답답하기만 하다. 그들은 철저히 진실과 정의를 위해서 자신을 바쳐야 할 위치에 있다고 보는데, 실제 하는 그들의 행동을 통한 그들의 실재는 기대에 전혀 못 미친다.

검사, 판사, 변호사, 하나같이 사자 돌림의, 한국 사회에서 최상급의 부귀와 명예, 영화를 누릴 수 있는, 세칭 잘 나가는 인사들이다. 물론 사자라고 해서 모두 같은 글자는 아니다. 검사와 판사의 사는 사건의 한자인 事이고, 변호사의 사는 선비의 뜻인 士이다. 다르지만 곧고 바른 전문성의 길을 걷는 직책이다. 검사와 판사는 인간 사회의 위법적 사건을 다루는 전문 직책이고, 변호사는 강직하고 정연한 사리 변론을 통해 사건에 연루된 특정인들의 권리를 지켜주어야 하는 전문 직책이기에 그렇다. 그래서 순자(荀子)는 "好法而行 士也" 곧 법을 좋아하여 행하는 사람은 선비라고 하지 않았던가. 당연히 '法'은 바른 윤리 도덕관과 곧은 행실을 뜻하는 것, 부귀, 영예와 같은 영리적 언어 이전에 법의 바른 행도를 걷는 그들은 마땅히 이 사회를 건강하게 지키고 지속시키는 중요 기둥들이다.

그런데 결정적인 문제점은 선비정신을 제대로 갖춘 인물을 가려내어 뽑을 수 있는 합리적인 제도가 있느냐에 있다. 시험제 말고는 답을 찾기가 어렵게 되어 있다. 조선조에도 선비정신의 체제인 사헌부나 사간원에 봉직하려면 과거제도를 거쳐야 하지 않았던가. 문제는 과거제와 같은 시험 형태의 과정을 거쳐야 한다는 것인데, 과연 그것이 선비정신 여하를 판단할 수 있는가. 오히려 그것과는 상반될 수도 있는 것이다. 문제를 잘 풀어내는 능력이 곧바로 선비정신으로 이어지는가. 그런데 당시 과거제도의 시험 문제는 외우기 식의 오지선다형이나 단순

논술형과는 차원이 다르다. 가령, 세종 때 과거 시험 문제는 이렇다. <인재를 어떻게 구할 것인가> <법의 폐단을 고치는 방법은 무엇인가>였다. 이런 문제는 현안에 인간 세상에 대한 명확한 소신과 철학, 바른 세계관 등이 맞물려 있어야 가능한 방식이다.

선비정신의 상징인 퇴계 이황 선생이나 남명 조식 선생은 어떻게 이해해야 하는가. 알다시피 퇴계 선생도 과거 시험에 무려 3번이나 낙방을 하고 34세의 나이에 겨우 문과 초시 2등으로 급제한 초라한 과정을 거쳤고, 남명 선생은 4번 낙방 뒤에 아예 접었다. 그런데 과거에 급제한 이들보다 선비로 가장 먼저 부각되는 이유가 무엇인가. 지금의 현실 역시 그대로이다. 판검사 제도는 무조건 점수 따기 능력이 뛰어난 자에게만 열려있는 문이다. 수학능력시험에서 딴 월등한 점수로 법대 들어가고 또 거기서 점수 따기에 혈안이 되어 국가고시에 합격하면 그렇게 된다. 그 높은 점수와, 높고 깊고 넓은 안목과 성찰, 인간 생명의 보호, 사리 변론 능력이 도대체 긴밀한 연관성이 있는가. 선비정신의 판단 여부가 문제인데, 점수제로는 역부족이다.

특히 변호사는 선비정신의 표상이다. 소크라테스에 내려진 재판에 대한 비난 가운데 하나는 "약한 논증을 강한 논증보다 더 강하게 한다"인데, 변호사의 경우, 약하고 부정의한 논변을 정의롭고 강한 논증보다 더 강하게 만들고 있다. 그렇지 않은가. 극악무도한 악인을 정당한 피해자이며 마땅히 용서해야 할 사람으로 만들고 있지 않은가. 변호사는 선비의 화신일 터인데, 그 자체가 부조리한 상황이다. 엄연히 용의자가 죄를 지었는데도 무죄를 주장하는 변호사들은 도대체가 부조리한 인간이다. 죄가 없는 무고한 자의 무죄를 변론해야 진짜 변호사가 아닌가. 문제는 밥벌이다. 박경리의 소설 「不信時代」의 한 장면인데, 주인공이 시줏돈을 적게 낸 탓에 중에게 "당신네들 같으면 중이 먹고 살겠수."라며 호된 핀잔을 듣고 푸대접을 당하는 대목이 떠오른다. 스님도 먹고 살아야 되지 않은가. 변호사 역시 그렇다. 목구멍이 포도청인 까닭이다.

≪周易≫의 <文言傳>에는 '敬以直內 義以方外'라는 구절이 있다. "경으로써 안을 곧게 하고, 의로써 밖을 바르게 한다"는 가르침으로 세상을 살아간다면 우리 자신의 삶도 더욱 건강해지고 우리 사회도 더욱 밝아질 것이다. 남명 선생도 한평생을 敬과 義를 몸과 마음에 끼고 살았다. 그것이 선비정신이다. 갈수록 세상은 정치 경제 사회 등의 인간 사회 구조에서 궁핍한 세상이 되고 있다. 선비정신은 역사의 뒤안길로 사라진 케케묵은 억견(臆見)일 수도 있겠지만 현재의 위기를 타개할 지혜로운 인물이 갖추어야 할 최고의 덕목이라는 생각이 든다. 궁핍한 시대의 전형적인 현상인 시기 혹은 질투, 교만과 경멸과 같은 반사회적인 감정을 제어 내지 제거하고 통합과 평화, 겸손과 존경, 존중하는 인간적 공동체 의식과 정서 함양에 힘을 쏟아야 할 때이다.

앞의 「파트모스(Patmos)」에 뿌리 내린 횔덜린의 긍정적인 믿음이 우리에게 그대로 전수되리라고 믿는다. 궁핍한 시대에 몰려 더 이상 버티기 어렵다고 절망하는 순간 힘차게 박차고 날아오를 독수리의 기가 있고, 어둡고 깊은 심연을 가로질러 넘나들 수 있는 구원의 다리가 있다는 것을 믿는다.

분호난장기(糞胡亂場記)
─정치 선거판

　소설가 이문열은 1980년부터 『그대 다시는 고향에 가지 못하리』라는 제명 아래 연작소설을 쓰기 시작했는데, 「분호난장기(糞胡亂場記)」(1980년 현대문학 8월호에 발표)는 그 연작의 한 편이다. 당시 정권은 전두환 치하였는데, 언론 통제나 억압이 아주 극심했다. 문학 예술 역시 사전 검열과 같은 통제 아래 언론 출판의 자유가 구속되었다. 「분호난장기」 역시 그런 제재를 받았다고, 이문열 스스로 그때 그 사정 이야기를 한다. "그 무렵의 특수한 사정은 「암포 신문인협회」, 「분호난장기」를 통째로 실을 수 없게 했고, 「지서─세 개의 에피소드」, 「기상곡(奇想曲)」, 「장자(長者)의 꿈」은 고쳐 쓰거나 부분적으로 삭제하지 않을 수 없게 했다"(『그대 다시는 고향에 가지 못하리』 「序文」, 맑은소리, 2003)고 말한다. 그런데 『그대 다시는 고향에 가지 못하리』(민음사, 1980년 12월 15일)의 첫 출간본은 이문열의 이 발언은 해당되지 않는다. 당시 출간본에는 「암포 신문인협회」 「분호난장기(糞胡亂場記)」는 그대로 실려 있는 까닭에서이다. 두 편 소설에 대한 이문열의 발언은 전두환 정권 치하인 1986년에 출간된 동명의 재판 소설집 『그대 다시는 고향에 가지 못하리』(나남)에 해당된다. 그런데 전두환 정권에서 「분호난장기(糞胡亂場記)」를 출판 금지 조치한 이유는 무엇일까. 1980년 12월에 출간한 초간본에는 그 작품이 그대로 살아있는 데 반해, 6년 뒤에 출간된 작품집에서는 그 작품을 판금 조처된 이유가 무엇일까. 그것은 소설을 읽어본 뒤에야 그 이유가 비로소 밝혀진다.

소설 속 화제는 통대 선거(통일주체국민회의 대의원 선거)이다. 통일주체국민회의—1972년 10월 17일 10월 유신으로 제4공화국이 출범하면서 구성된 헌법 기관으로 1980년 10월 27일 공포된 제5공화국 헌법 부칙에 의해 해체됐다. 대의원 첫 선거는 1972년 12월 5일에 치르졌다. 통일주체국민회의는 박정희 정권이 자행한 최악의 정치적 결단이었다. 이곳이 북쪽의 정치 체제가 아니지 않은가.—는 대통령과 국회의원 1/3(원내교섭단체인 유신정우회, 줄여서 유정회 의원 73명)을 선출하고, 헌법 개정안을 확정하는 등 막강한 권한을 가진 어용 헌법 기관으로, 대의원 임기는 6년이다. 소설 속 주인공의 고향 마을은 첫 번째 통대 선거를 치르게 되었는데, 유력한 후보가 세 명이 있었지만 등록 마감일이 다가와도 입후보 등록을 하지 않자, 유권자가 5천도 못 되는 면에서 이류급 인사 13명이 무더기로 입후보한다. 그중 족인(族人)이 여섯이나 되어 문중은 조정을 시작하고, 쉽지 않은 조정과 회유 끝에 단일화는 실패하고 결국 두 후보, 곧 '정미소 주인'과 '새마을 지도자'가 남는다. 타성 쪽 7명의 후보 간에도 사돈간이거나 처남 매부 간에 입후보하는 등 우여곡절이 있는데, 협박과 회유 끝에 하나, 둘 사퇴하여 결국은 2명의 후보, 곧 '사돈'과 '총대'로 정리되었다. 이후 이들 네 명의 후보가 벌이는 선거 유세나 운동은 공정 선거와는 상극인 추악한 실상 그 자체이다. 이 네 명의 입후보자들은 자화자찬과 상대 후보에 대해 안면몰수의 저열한 인신공격을 하며 공방을 벌이는데, 편 가르기, 유언비어 살포, 후보 매수, 헛되고 거짓된 공약과 부정이 판치는, 한 마디로 추악한 선거판이다.

그들이 벌이는 선거 유세 실태가 지금의 정치 작태와 뭐가 다른지 눈여겨볼 일이다. 말이 그렇지, 눈여겨보면 볼수록 선하게 다가오는 건 기시감의 허탈감뿐이지만 소설 속 유세 광경을 따라가 본 결과, 대략 정리해 보니 다음과 같다.

1. 상대의 약점, 취약점을 들추어내어 까발린다. 가령, '정미소 주인'은 설득한답시고 '새마을 지도자'를 불러 그의 약점인 집안과 학력, 지명도, 재력 따위를 들먹이며 사퇴를 종용한다.
2. 선전 자료용, 정확히는 눈속임용 기부와 선행을 한다. 가령, '사돈'은 초등학교와 중학교에 풍금을 한 대씩 기증했고, '정미소 주인'은 자식을 객지에 유학 보낸 몇몇 집에 갑작스러운 장학금 봉투를 내밀었다.
3. 공약(空約)에 그칠 공약(公約)을 남발한다. 가령, 내(川)도 못 되는 하천에 다목적 댐을 유치하겠다는 공약에다가 공업용수 하나 해결 안 되는 태백산맥의 지역인데, 내륙 공업단지를 조성하겠다는 공약을 한다.
4. 입후보자들이 합동 유세에서 벌인 행태들인데, 자신들의 허위 봉사 경력을 소개한다. 가령, '사돈'이 향토 교육의 발전을 위해 진력했다는 경력은 입후보 등록 후 초등학교와 중학교에 풍금을 기증한 사실을 포장한 것이고, '정미소 주인'이 인재 양성을 위해 사재를 털었다는 것

은 보름 전 갑작스런 장학금 봉투를 내밀었던 것을 말하는 것이며, '총대'가 잎담배 경작자를 위해 분골쇄신 투쟁해 왔다는 것은 그가 선거 운동차 술잔치를 베푼 것을 포장한 것 등등이다.

5. 상대 후보에 대한 혹독한 인신공격을 퍼붓는다.

한눈에 훑어보아도 기본적으로 갖추어야 할 인간 덕목은 눈을 닦고 찾아보아도 들어오는 게 없다. 한 마디로 난장판 선거판이다. 한 식자가 선거 유세를 보고 온 친구에게 그 경과를 묻자, 그는 혐오에 찬 표정으로 촌평을 내린다. "통대 선거 합동 유세가 아니라 똥되놈들 난장판이었어." 그 말을 들은 식자는 그 자리에서 한문으로 바꾸어 중얼거린다. "흠, 똥(糞) 되놈(胡) 난장(亂場)이라……"

'통대'를 빈정댄 '똥되' 발음을 통해 당시 선거 풍토 곧 '똥(糞) 되놈(胡) 난장(亂場)'판을 신랄하게 비판, 풍자한 것이다. 드디어 개표 날, 고향 사람 대부분의 예상과는 달리 처음부터 가장 '정치적'인 비열한 모습을 보인 '총대'가 독주하다가 끝내는 당선이 확정된다. 예나 지금이나 한결같은 선거판의 진실이자 진리(?)의 실태이다. 이런 막가파 선거판에 진정한 정치인이 명함을 내밀 수가 없는 일이다. 개망신이나 당할 지경이 아닌가. 그러니까 그 나물에 그 밥 정도나 될 인물이 나와서 서로 이전투구를 벌이며 추잡한 싸움을 벌이는 것, 그것이 오늘날의 정치판의 현실이다. 작가는 올바르지 못한 타락 선거의 추악한 실상을 보여주면서 선거 제도의 허점과 문제점에 대한 인식을 제고하게 하며, 독자들에게 올바른 선거란 무엇인가를 진지하게 고민하게 한다. 저질 선거판을 신랄하게 풍자한 이 소설은 전두환 정권 막바지 무렵인 1986년에 재판된 소설집 『그대 다시는 고향에 가지 못하리』에는 싣지 못하도록 출판 금지 조처가 내려졌다. 전두환 본인도 통대선거위원회를 통해 당선되었으니 기분이 껄끄럽고 상그러웠을 것, 그 제도에 대한 비리, 부정, 허위를 낱낱이 기술, 폭로했으니, 말이다. 자신들의 정권의 실체이자 치부이자 부끄러운 정체성이기에 입막음시켜 억압하지 않았을까. 그런데 계속 고개가 갸우뚱거려지는 부분은 1980년 12월 초판본에는 이 소설이 그대로 실려 있다는 사실이다. 정권 초기인 만큼 그런 세세한 부분에까지는 사전 검열 조치는 미처 생각지 못했을 것이다. 그런 실체는 지금도 다를 리 없다. 지금 역시 그대로이다. 다만 껍데기를 호도했을 뿐.

선거 유세도 최소한의 기본 인격을 갖추고 공정한 선거 질서를 지키는 범위 안에서 선거 유세를 해서 당당히 이기고 당당히 지는 선거를 하기를 바라는 마음이다. 최소한 후보자들도 기본 인격을 갖춘 인물들이고, 나랏일을 맡겨도 불안감이 움트지 않고, 든든한 신뢰감이 도는 책임감을 갖춘 정치인의 자질이 있는, 그런 인물이 정치판에 나왔으면 좋으련만. 어찌된 판인지 지금은 선거 유세 자체가 오리무중이다. 그냥 길거리에 선거 벽보나 현수막이나 걸어 놓고, 출퇴근 시간에 맞추어 신호등이 있는 네거리 길에 서서 인사나 열심히 해대는 것으로 선거 유세를 하는 듯한 인상의 선거 유세는 도대체 납득이 되지 않는다. 적어도 그 인물이 어떤 정치관을 가진 인물인지, 정치판에 나가도 제 역할과 기능을 해낼 수 있는 역량을 갖춘 인물인지 알 수가 없는 것이다. 후보의 정치적 역량에 대해 아는 게 전혀 없는데 어떻게 투표를 할 수 있을까. 어떤 인물이 적합한 인물인지 알고 찍어야 민주주의 선거이지, 후보에 대한 식견이나 통찰 없이 투표하는 건 아주 나쁜 선거의 선례가 되는 것이다. 그래서도 당에서 제대로 된 인물을 선정해서 후보로 내세워야 하는 것이다. 이런 소리는 그냥 메아리에 그칠 뿐이다.

솔직히 말해서 지금 돌아가는 정치판도를 보면 인물이 나올 수가 없다. 민주주의 선거란 선거권을 가진 유권자들이 투표한 인물 가운데 다득표한 인물이 당선자가 되는 것인데, 이게 과연 제대로 된 인물을 뽑는 것일까. 후보들 가운데 진정 누가 인물인지 알고 뽑는 것일까. 참 안타깝다. 당선이 되어도 특정 유명 정치인을 무조건 지지하는 딸랑이 거수기에 불과하니, 독자적 신조의 목소리를 내는 인물을 좀체 보기 어렵다.

다시 이문열의 '분호난장기'의 막가는 후보 가운데 한 명이 대의원으로 당선되는 것, 그런데 이런 비열한 인간이 대의원이 되어 통일정책의 기수로, 심지어는 헌법 개정안 확정에다가 대통령과 국회의원 1/3을 선출하는 헌법 기관의 막중한 역할을 한다니, 벌린 입이 다물어지질 않는다. 이문열이 노린 건 선거 운동의 불합리와 부조리에만 그치는 것이 아니라 저런 하찮은 인물들이 선거라는 제도를 거침으로써 큰 인물로 부상되어 나랏일을 한다는 그 위험천만한 선거 제도의 문제점이 아닐까. 선거 풍토가 참, 머리 대신 대가리가 점령한 듯 말이 안 되게 답답하다. 그래서인지 자꾸 민주주의 제도에 대해 의구심은 배가되기만 한다.

다석 유영모 선생은 "나라의 정치도 반듯한 사람이 해야 모든 것이 반듯해지는 법이다. 수신제가를 하지 못하는 사람이 나라의 정치를 반듯하게 할 리 없다."고 했는데, 정치 현실을 생각하면 한숨이 푹푹 터지기만 한다. 다석 선생이 무슨 거창한 인간 덕목이 아닌 기본적인 인격을 내세운 것인데도, 그것도 쉽지 않은, 어쩌면 처신하기 가장 난해한 덕목을 내세운 것 같은 생각이 든다. 가장 나쁜 정치 패거리들은 집단을, 편을 갈라 분열, 반목, 대립하게 하는 작태를 저지르게 하는 자들이거나 대중 집단의 입을 철저히 봉한 채 생각 없는 인간으로 만들어 무비판적 사회화를 꾀하는 독재자이다.

그런데 흥미 있는 것은 여기서 드러난 정치적인 인간과 그렇지 못한 인간의 차이점이다. 새마을 지도자가 자기를 지탄하는 여론에 압도되어 완전히 전의를 상실해 버린 데에비해 통대는 한층 적극적이고 집요해졌다. 그는 자기의 약점을 오히려 이롭게 활용하는정치적 기술을 본능적으로 습득하고 있는 것 같았다.

공자는 정치정야(政治正也) 곧 정치란 바른 것이라고 했는데, 그 '政治'에 지금은 난데없이 일본어에 기생하는 국적 불명의 접미사 '的'이라는 글자가 들어감으로써 본래 의미를 완전히 상실하고, 본래의 뜻에서 이탈, 부정적인 언어가 되고 말았다. 일제 침략기에 들어온 것이기에 정의의 정치와는 상극인 일제의 그 정치를 표상하는 '的'이 기생해서 그런지 모르지만. 이 '的'으로 인해서 '정치'는 본래의 뜻에서 아주 이탈했다. 공자의 말씀처럼 허권수 교수도 같은 의견이다. 정치란 '바르게 만드는 것'인데, 요즈음은 '정치한다', '정치적이다'라고 하면, 비정상적인 권모술수를 써서 바르지 않은 방법으로 일을 처리하는 것부터 먼저 연상한다. 그만큼 정치가 이미 오염이 되었다.

우리나라에서만 '정치인'이라는 말에 대한 경멸과 혐오가 있는 것은 아닌 모양이다. 영국의 철학자 버트런드 러셀이 정치인에 대해 쓴 에세이에서 이런 말을 날린다. "정치인은 불쌍한 인간들이다. 오죽하면 '정치인'이란 단어 자체가 경멸의 뜻을 가지게 되었겠느냐." 혹은 "대부분의 민주주의 국가에서 누군가를 정치인이라고 부르는 것은 그 사람을 비웃는 얘기로 통한다." 그래도 이 정도는 약과다. 도둑놈 취급되는 발언도 부지기수이다. 영국의 작가 뮤리얼 스파크는 "모든 정치가는 전부 도둑놈들이다." 또 미국의 어느 학자도 "정치 지도자라는 건 다 도둑놈들인데, 오래 도둑질하는 놈하고 급하게 짧게 도둑질하는 두 놈이 있다." 세상에, 어떤 짓을 했기에 이런 흉악하고 무작한 소리가 튀어나온단 말인가. 하긴 십 분 납득이 되고도 남는다.

다소 생뚱한 논제일 수 있는 논의 한 가지가 떠오른다. 교육감도 선거를 통해 입성하여 정치적 인물로 각인이 되는 순간, '도둑질하는 놈'의 오명을 쓰기 딱 십상이다. 지금 교육감 선거는 지역 도민이 유권자가 되어 선출하는 방식이지만 과거 교육감은 임명직이었다. 이후 김영삼 정권 때 선출직으로 제도가 바뀌었고, 초기에는 도민이 유권자가 아니고, 각 시ㆍ군 지역 대표 2, 3명이 선거위원으로 선정, 그들의 선거를 통해 교육감을 선출했다. 그러다 보니 선거 기간 중에 선거위원을 포섭, 뇌물을 수수하는 등 불법적인 선거 행위도 왕왕 있었다. 이후 그 후보가 당선되면 이후 그 교육감의 행보는 짐작되고도 남는다. 실제로 한 교육감이 퇴임 이후 뇌물 수수 행위로 기소된 적도 있었다. 이른바 '도둑질한 놈'으로 밝혀진 것이다. 선거가 만사형통의 방법인가. 대통령이나 국회의원이나 시도 지자체 단체장을 뽑는 정치적인 선거는 어쩔 수 없이 민주주의 체제이니까 유권자인 국민이 직접 선거에 참여하는 길

외에는 방법이 없다. 그런데 아무리 생각해도 교육감 선거는 그렇게 생각되지 않는다. 과연 유권자들이 교육감 선거를 할 때 제대로 판단해서 특정 후보자를 뽑을까. 더욱이 문제는 유권자들이 교육감 후보에 대해서는 전혀 관심이 없거나 아는 바가 없다는 사실이다. 그냥 찍는 것이다. 안타깝고 한심한 일이다. 그래서 제안한다면, 교육감은 선거를 통해 뽑는다면 유권자를 제한할 필요가 있다. 구체적으로 말하면 학교 교육이나 학교 행정을 담당하고 있는, 학교교사나 행정 담당자들에게 국한하는 것이다. 아니면 차라리 교육감은 정부에서 임명하는 것이 바람직하다. 결론은 학교교육을 맡은 책임자는 정치적 인물이거나 정치적 당에서 내세우는 인물이어서는 안 된다. 선거라는 명분은 다분히 정치적이다. 그런데 이 나라의 경우, '정치적'은 이념을 전제하는바, 교육감이 왜 보수 진보로, 좌·우파로 이념적 성향이 뚜렷해야 하는가. 학교교육은 한쪽으로 치우친 이념 성향을 취해서는 안 된다. 그 두 이념을 다 가르쳐야 하고, 특정 이념을 부각시키거나 훼손하는 그런 교육은 교육 현장에서는 절대 일어나서는 안 된다. 미래를 향한 교육이 설마 특정 정치 이념의 후보자에 따라 흔들려서야 되겠는가.

다시 '도둑질'의 장본인인 정치인에 대한 부정적 규정으로 돌아가서, 중국의 신화적 정치 인물 요·순·우·탕을 보라. 누가 정치하겠다고 나섰는가. 그러다 보니 요임금이 정치 지도자를 찾으러 나서 오랜 설득 끝에 순임금을 모셨고, 그 이후도 마찬가지이다. 또 한 가지는 요순 시대에는 일반 백성들은 정치인들을 전혀 몰랐다고 한다. 옆에 고관대작 정치인이 와도 그가 누군지 몰랐고, 오로지 강구연월의 태평성대를 지냈다고 한다. 하긴 신화적 정치 인물의 시대이니 가능한 일이리라. 정치인이 되는 것을 썩 내켜 하지 않은 세상이 사람이 살 만한 좋은 세상, 언제쯤이면 그런 세상이, 정치라면 이가 갈리고 신물이 복받치는, 정신이 제대로 박힌 이 나라 국민에게 도래할까.

明의 홍자성은 채근담(菜根譚)에서, "勢利紛華 不近者 爲潔 近之而不染者 爲尤潔 智械機巧 不知者 爲高 知之而不用者 爲尤高"(권세와 명예 이익과 사치를 가까이 하지 않는 이가 깨끗하다고 하나 그것을 가까이하더라도 물들지 않는 이가 더욱 깨끗하다. 권모술수를 모르는 이를 높다고 하나 그것을 알고도 사용하지 않는 이는 더욱 높다고 할 것이다.)라는, 뼛속 깊이 새겨야 할 절절한 아포리즘을 남겼는데, 4백 년 전 홍자성 그분이 남긴 이 금언을 지금 이 나라 정치꾼들이 자신들의 정치 철학으로 깊이 새겨 그들을 선택한 대중들을 우중으로 만들지 않았으면 좋으련만.

버트런드 러셀이 던진 평범하기 짝이 없는 정치적 언술이 진하게 다가온다. "우리의 수준이 곧 우리 정치인들의 수준이다." 인간 세상의 현실과 그 이면을 제대로 직시하는 지성의 안목을 갖추어야 마땅하다. 그래야만 수준 이하의 인물들이 정치판에 기웃거리는 행태를 저지하여 막을 수 있다. 제대로 된 지성만이 미래를 창조할 수 있을 것이다. 우리가 우러러볼 만한 큰 인물이 나타나기를 간절히 기원하지만, 그 인물이 이런 바닥 수준의 정치판에 나설 마음을 품기나 할까. 언제쯤이면 마음 편안히 TV 방송의 뉴스 시간대를 시청하고, 신문의 1면 정치란을 찬찬히 읽을 수 있을까. 다시, 요임금이 머릿속을 채운다. 요임금은 왕위를 아들에게 양위하기보다는 나라에서 가장 존경받는 사람에게 선양(禪讓)하겠다는 숭고한 뜻으로 본인이 직접 그 인물을 탐방한 신화적 일화가 있다. 그 인물은 허유(許由)인데, 허유는 사람됨이 의리를 지키고 행동이 바르며 부정한 음식은 입에 대지도 않는 사람이었다. 요임금이 허유를 만나 임금 자리를 맡아달라는 간절한 요청을 하자, 귀가 더럽혀졌다며 산 아래의 穎水(영수)라는 강가에 내려 가 귀를 씻었다. 그때 은거 생활을 하던, 허유의 지인 소부(巢父)가 소를 끌고 와 물을 먹이려다 허유의 이야기를 듣자, 소부는 말하기를, 어찌하여 자신의 모습을 숨기지 않고 드러내었는가? 쓸데없이 떠다니며 명예를 낚으려는 행동은 옳지 않다고 질책하면서, 그런 귀를 씻은 강물을 자신의 소에게 먹일 수 없다고 하며 상류로 끌고 가서 물을 먹였다. 양위가 아닌 선양을 하겠다는 요임금과 선양을 거부하고 세속의 부귀공명을 일체 탐하지 않은 고결한 선비인 허유와 소부는 지금 우리가 되돌려 진지하게 생각하게 하는 정치적 인물의 표상이다.

그런데 이 나라는 언제부턴가 대선이건 총선이건 그 결과는 이상한 나라의 민주주의로 가고 있는 것이다. 전체주의 낌새가 느껴져 찜찜한 기분이다. 과거와는 달리 지역별로 완전히 두 토막으로 갈라졌다. 짝짝 갈라진 나라, 몰표가 나오는 이상한 선거의 나라이다. 러시아의 미하일 바흐친의 말 가운데, "본래적으로 하나이자 유일한 통일성이 아니라, 융합되지 않는 둘 또는 다수의 대화적 조화로서의 통일성" (『도스토옙스키 연구서 개정을 위하여』) 운운한 대목이 있는데, '융합되지 않는 둘 또는 다수의 대화적 조화로서의 통일성'은 민주주의 선거에 그대로 적용이 가능한, 아니, 민주주의 선거의 핵심 키워드이자 프레임이다. 그러나 이 나라의 '융합되지 않은 둘'은 바흐친의 깊은 혜안과는 십 리 백 리

밖이다. 그래도 지금까지 오천 년 역사를 지내면서 한글로는 한민족 곧 하나의 큰 민족이기에 나라일 사사건건에 대해서 그리도 똘똘 하나로 뭉친 야무진 결속의 자부심이 등등했는데, 이내 허망하게 망가진다.

천망회회 소이부실(天網恢恢 疎而不失) 곧 하늘의 그물은 크고 넓어 엉성해 보이지만 결코 그 그물을 빠져나가지 못한다. 우리의 일거수일 투족 행함을 모를 일 없는 하늘의 도를 이름하는 것이다. 여기에 다석 유영모 선생은 '인고촉(人罟數)'을 덧붙였는데, 사람의 그물은 촘촘하되 놓치는 게 있다는 말을 붙인 것이다. 사람들이 미인 대회를 열어 이 나라 최고의 미인을 뽑는다지만 진짜 으뜸가는 미인은 놓치게 되어 있다는 것이다. 정치인 역시 마찬가지다. 4, 5년마다 대선 총선을 통해 대통령, 국회의원, 지자체 단체장을 뽑는데, 제대로 된 정치인을 뽑을 수 있을까. 아니, 그런 인물이 나타나기나 할까. 뛰어난 인물이 나오는 자리를 마련하는 사회가 진짜 건강하고 바람직한 사회인 것을. 허유 같은 인물은 아예 정치판에 나서질 않으려 한다. 가짜가 진짜를 엎고 진짜 행세를 하는 부조리가 판치는 세상에 진짜가 숨는 세상은 불안한 세상이다. 그 사회는 이미 오래전 이 나라 고대의 신라가 입증하지 않았는가. 고운 최치원 선생을 은둔하게 한 신라, 그리고 그 신라는 이내 망했다.

선거가 끝난 뒤에도 분호난장판은 여전히 계속된다. 아니, 선거가 끝나면 그때부터 본격적으로 분호난장판은 본격 가동된다. 분호난장판의 주동자는 정치 인물의 추종자들이다. 그들의 분쟁은 끝도 가도 없이 계속되는 것이다. 언젠가 불쑥 튀어나온 말이 있다. "이 나라 '이 민족'은 뿌리가 본래 '이민족(異民族)'이었던 모양, 눈만 뜨면 못 잡아먹어

난리들이니. 하긴 나도 이 민족."하는 말을 지인들의 카톡에 올린 적도 있었다. 고려 말엽, 충간(忠諫)의 상징적 페르소나를 갖춘 인물 김제안이 혼란스러운 나라 사정을 안타깝게 여겨 쓴 한시가 있다.

世事紛紛是與非 세상일 옳다 글타 시비가 분분하니
十年塵土汚人衣 십년간 티끌세상 입은 옷만 더럽혔네.
落花啼鳥春風裏 봄바람 부는 속에 지는 꽃 우는 새들
何處靑山獨掩扉 어드메 청산에서 홀로 사립 닫으셨나.

"靑山獨掩扉"에서 보듯 세속의 연을 끊고 사는 무열(無說) 스님에게—이 한시의 제목은 <寄無說師>임—절절한 속엣말을 남긴 김제안은 당시 나라를 어지럽게 한 신돈을 죽이려다가 되레 신돈이 보낸 자객에게 죽임을 당하고 마는 안타까운 비극사를 남기고 세상을 하직하고 말았다. 지금 시절에도 얼마든지 제2, 제3의 무수한 김제안이 있을 수 있다. 나 역시 무열 스님처럼 아예 정치 세상과는 문을 닫고 살고 있는 판이다. 문을 닫고 살기에 세상에서 벌어지는 소리는 선별, 차단하고는 있지만 늘 불편하기만 하다. 도대체 내가 숨 쉬고 있는 동안, 분호난장판은 사라지기나 할까. 정치 선거판 뉴스를 접하면 나 역시 별수 없이 무열 스님의 청산 혹은 골방 위치를 고수할 수밖에 없다는 것을 절실히, 뼈저리게 느낀다. 느끼지만 여기서 탈출하고 싶은 욕망은 끝도 가도 없이 차오른다. 역시 욕망은 결핍의 산물임을 확인하니 안타깝고 슬프기만 하다. 죽음이라는 열차의 기적 소리가 선하게 들리는데, 분호난장판의 이 나라 정치 현실에서 자유로이 해방될 날이 언제쯤 오긴 할까.

소수자와 대중들

언젠가 TV 방송에서 미국인지 유럽인지 모르지만 강도들이 은행에서 총기로 무장, 침범하여 거액의 돈을 탈취, 도주하는 은행 강도 범죄 상황을 시청한 바 있다. 경찰이 강도 차량을 쫓아 추적하는데, 도로 위의 시민들이 강도들을 응원하고 난리가 난, 전혀 뜻밖의 사태가 벌어지는 것이다. 은행 강도들이 의적인가, 왜 그들을 환호하며 응원하는 것일까. 고개를 갸우뚱하며 계속 사태 추이를 시청했는데, 시민들의 환호에 대한 이유를 접하고 나니 한숨이 푹푹 터져 나오기만 했다. 강도들이 도망하면서 돈을 뿌리고 가니 좋아서 열렬히 강도들을 환호, 응원한 것이다. 대중들은 고금을 떠나 동서를 떠나 어디서건 한결같다. 그렇게 뭉뚱거리고 지나치려니 자꾸 니체의 말이 파고든다. "오늘날은 천민들의 것이 아닌가? 그러나 천민들은 위대함이 무엇이며 왜소함이 무엇인지, 올바름이 무엇이며 정직함이 무엇인지를 모른다. 그들은 무지의 상태에서 왜곡되어 있는 것이다. 그래서 그들은 언제나 거짓말을 한다." 듣기 불편하고, 남에게 전하기 민망할 정도로 과격하다. 대중으로 읽히는 '천민들'의 실태를 속속들이 정곡을 헤집는다. 천민들은 위대함, 왜

소함이, 올바름, 정직함이 무엇인지를 모른다고 침을 튀긴다. 그리곤 무지의 상태에서 왜곡되어 있단다. 적나라하다.

프랑스의 보들레르, 하면, 뛰어나지만 독특하고 별난 시인으로 떠오르는데, 그중 떠오르는 유별난 인상은 대중에 대한 극도의 혐오감이다. 하마면, 읽으면 입을 쩍 벌어지게 만드는 시편인「개와 향수병」을 썼을까.

> "내 아름다우신 개, 내 착하신 개, 내 사랑스러우신 멍멍이님, 이리 가까이 오셔서 이 훌륭한 향수냄새를 맡아보시오. 시내에서도 제일 가는 향수가게에서 사온 것입니다."
> 이 말에 개는 꼬리를 치면서, 아마도 그게 이 가련한 짐승들에게는 웃음과 미소에 해당하는 표시인가 싶은데, 곁으로 다가와 마개 열린 병에 신기한 듯이 그 축축한 코를 댔다.그러더니 공포에 질려 물러서며, 나한테 비난하는 투로 짖어댄다.
> "아! 한심하신 개, 내가 배설물 꾸러미라도 드렸더라면, 그대는 얼씨구나 냄새를 맡으시고 아마도 삼키셨겠지요. 이러니, 내 슬픈 인생의 어쭙잖은 길동무, 그대마저도 저 대중들과 다를 바 없구려. 미묘한 향수는 화나 돋우게 마련일 터이니 오물이나 정성스럽게골라 바쳐야 할 저 대중들 말이외다."
> ──「개와 향수병」전문

조롱의 대상인 '개'는 "미묘한 향수는 화나 돋우게 마련일 터이니 오물이나 정성스럽게 골라 바쳐야 할 저 대중들"이다. 그는 개 곧 대중들을 야유하고 비웃고 경멸하는 등 온갖 모욕적인 언사를 다 부려 쓴다. 향수를 바쳤더니 개는 거부한다. 아마 향수의 값어치를 알지 못하는 까닭에 당연히 향수를 거부하리라는 것을 알면서도 향수를 갖다 바쳤을 것이다. 그리곤 말한다. 배설물을 주었더라면 얼씨구나 하고 반기며 삼켰을 것이라며, 대중의 저속함에 대한 극도의 경멸과 혐오감을 표출하고 있다. 「알바트로스」를 통해 대중들 속에서 심한 고독감을 느끼고 대중들의 우매함에 대해 혐오감과 경멸감을 드러낸 바 있는 보들레르는 이 시편에서 '개'를 통해 대중의 우매성을, '향수'로 개가 알지 못하는 그 미적 예술성을 상징적으로 나타내면서 대중의 우매성을 드러낸다.

「알바트로스」는 시인 곧 뛰어난 소수자가 대중들한테 바보처럼 무시, 조롱당하는 현실을 '알바트로스'를 통해 비유적으로 표현한 것이다. 시인을 상징하는 알바트로스는 2m 넘는 날개를 우아하게 펼친 채 고고하게 하늘을 날아야 하는, 동양의 장주(莊周)가 지은 『莊子』의 <逍遙遊>편에서 속된 세상을 초월하여 자유로운 세계를 비상, 유랑하는 붕(鵬)새-급의 이상주의 소수자이다. 그런 천상의 새이지만 대중들의 세계인 배 위로 끌려가면 서툴고 뒤뚱거리는 걸음걸이로 뱃사람들의 조롱거리가 된다. "자주 뱃사람들은 장난삼아/ 거대한 알바트로스를 붙잡는다." 그리고 "어떤 이는 담뱃대로 부리를 들볶고,/ 어떤 이는 절뚝절뚝, 날던 불구자 흉내 낸다!" 뱃사람은 의당 대중들의 기호인 것, 그 대중들에게 거대한 알바트로스는 잡혀서 무참히 농락을 당한다. 알바트로스가 절뚝절뚝 뱃전을 걷는 것은 현실에 대한 부적응과 부조화를 뜻하는바, 꼭 불구자로 대접받는다. 실제로 대중들에게 소수자는 현실에 적응하지 못하는 불구자로서 낯설고 이상한 존재에 불과하다. 그래서 잡혀 무시와 조롱, 모욕의 대상이 된다. 그들에게 천리만리 밖의 크고 먼 세상의 이치를 알게끔 할 수 있는 방도가 있는가. 말해 봤자 귀신 씨나락 까먹는 소리라는 무시와 조롱, 모욕을 쏘아 보낼 것인데. 소크라테스건 플라톤이건 공자건 칸트건 대중들이 돌아다니는 길거리에서 같이 행보했을 경우, 십중팔구는 무참히 낭패를 보게 될 일은 뻔한 일이다.

그런 대중들에게 분에 찬 듯, 보들레르는 극언을 퍼붓는다. "우롱하려 할 때 빼고 댄디가 민중에게 말을 거는 경우를 당신은 상상할 수 있는가?" 보들레르의 그 험상궂은 인상이 불쑥 솟는다. 심지어는 "신이여, 내가 저 어리석은 자들과 같은 인간이 아니라는 하나의 증거를 위해 아름다운 시 한 줄을 쓰게 하소서"(「새벽 한 시에」)라는 간절한 시 한 줄을 바친다. 진실은 그의 말대로, 그는 대중들과 확연히 다른 차이의 소수자인 시인이 되었다는 사실이다.

흔히 소수자라고 하면 성적으로 별난 사람들, 병든 사람들, 거지와 매춘부들, 또는 열등하다고 여겨진 종족에 속하는 사람들로 인식하는 경향이 있다. 물론 소수자는 적은 수의 사람으로 인종·종교·언어상 구별되는 특징 또는 전통을 공유하는 소수의 집단, 곧잘 사회적 약자를 지칭한다. 그러나 본 글에서 거론하는 소수자는 그런 지칭이 아니다. 오르테가 이 가세트의 말을 인용하면, "사회는 항상 소수자와 대중이라는 두 가지 요소의 동적인 통일체이다. 소수자는 특별하고 유능한 개인 또는 개인의 집단이다. 대중이란 별달리 자질이 풍부하지 못한 사람들의 집단이다. 그러므로 대중이라는 말을 단순히 또는 주로 '노동 대중'이라는 의미로 해석해서는 안 된다. 대중이란 '평균인'이다."

소수자는 평균적인 두뇌와 능력의 대중들과는 달리 발군의 뛰어난 역량을 갖춘, 소수의 한정된 인물을 지칭하는 언어이다. 그렇다고 유명세에 따른 것이 아니고, 가령, 대중들에게 널리 알려진 연예인이나 운동선수들이 아니다. 이를테면 세계적인 유명 인사가 된 연예인 방탄소년단이나 축구 선수 손흥민, 피겨 스케이팅 김연아, 배구 김연경 등등, 이런 이들을 소수 인물이라고 하지만, 그것은 그 분야에서 그렇다는 것이고, 소수자의 정의에는 해당 여부 대상이 아니다.

소수자의 기본 행동 원칙은 수신(修身)이다. 유학의 경전인 <大學>에 등장하는 '수신제가치국평천하(修身齊家治國平天下)'는 수신해야 제가하고 제가해야 치국하고 치국해야 천하를 평화롭게 할 수 있다는 단계적인 의미의 수행을 말하지 않는다고 한다. 이 말의 핵심은 오로지 수신(修身)이다. 다석 유영모 선생은 그렇게 생각했다. 누구든 스스로 자기의 몸과 마음을 닦을 수 있는 '수신'을 이루면, 그것을 가족들이 본받아서 집안이 잘 돌아가고, 그 가족을 지켜본 사람들이 저마다 그 행실을 따라서 하기에 나라가 평안해지고, 그 나라를 거울삼아 세상 모든 사람들이 수신을 하기 때문에 동시에 이뤄질 수 있다는 것이다. 천하의 모든 사람이 '수신(도덕과 윤리의 삶의 실천)'을 동시에 할 수 있다는 옛사람들의 묘안이다. 이 모든 위대한 '세상 경영'이 오로지 자기 한 몸의 경영에서 나온다는 진리가 바로 '수신'의 철학이다. 이 수신의 철학이 가능한 이가 곧 소수자인 것이다. 자신도 수신의 철학으로 살다 가신 다석 유영모 선생은 대한민국에서 몇 안 되는 소수자이다.

한국의 소수자의 역사는 조선조 선비에게서 찾을 수 있다. 선비들이란 사판(仕版)에 나아갈 수 있는 학식과 덕목을 지녔으되, 음모와 술수가 판을 치는 벼슬아치들 판세에는 투족을 않는 부류이다. 그들의 참모습이란 가슴 속 깊이 간직해 둔 포부와 경륜이 있기 마련, 성현의 가르침을 배우고 세상 이치를 터득하였기에 그렇다. 류시 말로리의 말대로 "생명으로 인도하는 길은 좁고, 그곳으로 들어가는 자는 적다. 진정한 길은 좁아서 한 사람밖에 들어갈 수밖에 없다. 거기에 들어가려면 군중과 함께 들어갈 것이 아니라 부처나 공자, 소크라테스, 그리스도 같은 고독한 사람의 뒤를 따라야 한다. 그들이야말로 자기 자신을 위해, 또 우리 모두를 위해 차례차례 똑같이 좁은 길을 개척한 사람들이다." 그들은 불의와 타협하는 법이 없고 또한 그러한 세력에 부동하는 법도 없다. 오로지 자신만의 좁은 길을 개척한다. 큰길은 아무에게나 열려 있지만 좁은 길은 극히 제한되어 있어 소수자에게만 열려 있는 길이다. 더욱이 생명으로 인도하는 길은 소수자 중에서도 극-소수자에게만 개척의 기회가 열려 있다.

그런데 대중의 정체성은 대중은 익명이라는 것, 익명이기에 자신의 행동에 대해서는 무책임으로 일관한다. 자신의 말과 행동에 책임을 지지 않는다. 본능에 충실하고 그 본능을 통제하는 이성의 힘은 전혀 발동되지 않는 것이다. 대중의 원조는, 아무리 머리를 굴려도 역시 오래 전 소크라테스에게 횡포를 가하여 독살케 한 배심원들 곧 대중들에게서 찾아진다. 한 마디로 생각이 없다는 것이다. 그러니까 그 판결을 주도한, 한 음흉한 정치적 소수자에 조종되어 생각 없이 사형 선고를 내림으로써 소크라테스를 죽게 만든 것이다.

익명의 대중을 핵심 축으로 하는 민주주의는 소크라테스를 죽인 아테네의 법정 배심원(501명) 제도와 같은, 다수 위주의 정치 제도일 것, 윈스턴 처칠은 말한다. "민주주의는 최선의 정치 형태는 아니지만 그것보다 나은 것은 없다." 다수의 결정이 최선의 결정이라는 뜻, 그래서도 다수의 결정은 진지하고 지혜로워야 하는데, 안타깝다. "모든 사람이 나쁜 사건에 대해 좋은 의견을 갖는다면 그 사건은 좋은 사건이 된다."고 한 폴 발레리의 한마디는 꼭 소크라테스 판결에 대해 한 언급으로 인식될 정도이다. 소크라테스는 법정에 서기 이전에도 "어리석은 다수를 따르기보다는 현명하고 정의로운 자를 따르는 사회가 더 완벽하고 올바르다"고 주장, 민주주의를 어리석은 자들의 통치로 시니컬하게 깎아내렸다. 어쨌든 대중의 지지에 기반한 민주주의는 어리석은 대중의 인기에 영합하는 포퓰리즘이란 치명적인 결함을 안고 있다. 폴 발레리가 말했듯이, 거짓과 맹신이 짝짓기하면 여론을 낳는 법이다. 소크라테스는 당시 정치권력자 아니토스에 의해 '괘씸죄'에 걸려 그가 동원한 민주 시민들에 의해 사형선고를 받고, 결국 이 세상을 떠나고 만다. 문광훈의 발언이 명쾌하다. "사람들은 대체로 생각하지 않고, 따라서 묻지 않는다. 그들의 몰염치와 시기, 중상과 모략도 이 묻지 않음에서 온다. 묻지 않는다는 것은 생각이 없다는 뜻이다. 생각 없음의 타성은 아마도, 역설적으로, 고대 아테네 시민들의 강한 정치적 성향을 이루고 있었을 것이다. 그렇다면 소크라테스는 당대 시민들의 과도한 정치의식과 이런 정치의식을 지탱하는 생각 없는 非지성주의에 희생되었다고 할 수 있다." 한숨이 떠받치는, 듣기 괴롭고 상그러운 뼈아픈 지적이다. '생각 없음의 타성'이 대중들의 '정치적 성향'이라니, 민주주의의 치명적인 한계이자 문제이다. 동굴에 숨어 살던 차라투스트라가 하산하여 시끌벅적한 시장에서 대중들에게 산속에서 얻은 '지혜'를 선포하면서 대중들을 설교했지만, 무반응과 조소에 그치는 그들에 대해 차라투스트라의 입을 빌려 니체는 대중은 "일종의 웃음거리 아니면 일종의 견디기 힘든 부끄러움일 뿐이다."고 선언하기까지 했을까. 그런 선언을 내리기까지 한 니체의 마음은 얼마나 상그럽고 저어했을까. 그래서 그는 차라투스트라에 빙의하여 초인 의지를 품고 대중과의 교유를 차단, 은둔하고 살았을 터.

이런 대중들은 귀스타브 르 봉이 정확히 간파한 대로 "사건을 엄청나게 왜곡하는 군중의 상상력"이 큰 문제이다. 더욱이 어떤 소수가 이끄는 대로 그냥 생각 없이 그 분위기에 편승해서 우르르 몰려다니며 난동을 피우는 것이다. 물론 그 소수는 사악한 소수자이다. 대중들은 우르르 떼로 몰려다니며 난동을 부리는 것을 좋아하고, 사악한 소수자는 그것을 교묘하게 이용한다. 그 전형적인 인물이 히틀러이다. 대중은 그 소수자에게 환호한다. 마르크스의 진정한 공산주의를 역사적 법칙에서 철저히 제외시킨 소련의 스탈린도, 자국민 250만 명을 대량 학살한 폴 포트도 히틀러와 동류의 인물들이다. 진정한 소수자는 안에서 대중들을 응시한다. 프랑스의 비평가 모리스 블랑쇼는 바깥이라는 개념을 중시했는데, 그것은 균형 있는 사고와 행동을 전제한 인식이다. 파스칼은 예리하게 지적한다. "왕의 권력은 민중의 이성과 우매함에, 그리고 보다 더 많이 우매함에 기반을 두고 있다. 이 세상의 가장 위대하고 중요한 일은 인간의 결함을 그 기반으로 삼고 있다." 민중의 우매함이 있어야만 왕은 절대권력을 오래 누리고 부릴 수 있는 것, 인간의 결함을 기반으로 위대하고 중요한 일이 이루어진다니, 세상에, 이 역설이 진실이라니! 한 세기 전만 해도 우리 주변에서 대중은 사회 저층을 구성한 잠재적 계층에 지나지 않았다는데, 말이다.

대체로 율곡 선생의 이기일원론(理氣一元論)을 믿기는 하지만 경우에 따라서는 퇴계 선생의 이기이원론(理氣二元論)이 먹혀들 때가 왕왕 있다. 자유 인권 평등의 이기일원론에 대한 신념이 왔다 갔다 우왕좌왕하는데, 세상의 인간들을 보면 신념이 흐릿해지는 무줏대 현상이 발동하는 것이다. 조금 차이는 있지만 누구나 사람은 평등한 존재라고 생각하지만 정말 사람은 귀천이 있는 것일까. 태어나기 전부터 그렇게 운명적으로 부여된 것일까. 아니면 교육을 제대로 받지 못해 인간의 행동이 상식 이하의 짓거리로 나타난 것일까. TV를 시청하다 보면 대체로 일반적인 사람들이 살아가는 모습들이 각양각색으로 나타난다. 그런데 시청할 때마다 한숨이 터져 나오는 한심한 작태들이 벌어지는 것이다. 그런 행동이 기(氣)라면 그 기를 유발한 동인은 이(理)이다. 생각해 보자. 길을 건너야 되는 통행길은 건널목이다. 건널목을 건널 때 파란 신호가 들어와야 건너야 된다는 것은 정해진 규칙이다. 그런데 빨간 신호에 건너거나 건널목이 아닌 도로를 무단 횡단해서 건너는 행위는 횡단 규정에 대한 아무 생각이 없다는 증거인데, 아무 생각이 없다는 것이 바로 이(理)의 부재를 뜻하는 것이다. 한 마디로 역설적으로 이기일원론이고 이기이원론인 셈이다. 생각 따로 행동 따로가 아니라 생각 없음이라는 생각에 따른 행동의 결과가 무단횡단인 것, 그러니까 이기일원론이다. 그래서 생각 없이 행동하는 무뇌적 인간과 생각이 있어 바른 행동을 하는 인간은 차별을 두어야 한다는 이기이원론도 맞는 것이다.

존 스튜어트 밀이 《자유론》에서 언급했지만, 정치적 논의에 있어, '다수의 횡포'는 경계해야 할 악덕들 중의 한 가지로 자리 잡게 되었다. 여기서 말하는 '다수'란 비단 일반 대중들만을 지칭하는 것이 아니라 정치적 다수, 가령, 국회에서 과반을 차지하는 다수당의 의원까지 포함한다. 지금 현재 한국의 정치판이 '다수의 횡포'를 그대로 자행하고 있는 판국이다. 그는 다른 저서인 《대의정부론》에서 이런 문제에 대한 해결책으로, 다수가 소수를 억누르는 것을 막기 위해 비례 대표제를 제안하고 무지한 사람이 식자층을 억누르는 것을 막기 위해 복수 투표, 즉 차등 투표제를 도입해 교육받은 사람이 추가 표를 행사할 수 있는 방법을 주창하기도 했다. 자가당착의 모순 논리, 민주주의 체제에서 차등 투표제라니, 이내 밀의 그 속내가 잡힌다. 오죽하면 대중들의 문제에 대한 진지한 인식의 결과로 그런 논리를 대안으로 제시하기까지 했을까. 이어령 선생도 밀과 동일한 인식관으로, 다수인 대중의 횡포를 넘어 무소신의 정치꾼에 대해 따끔하게 지적한다. "국회의원이 백 명이든 2백 명이든 만장일치로 결의하면 국회의원은 한 사람이야. 안 그런가? 투표 결과에 만장일치가 많다면 그건 민주주의가 아니야. 그러면 왜 민주주의를 하나? 왕이 다스리고 신이 통치하면 되는 거지. 민주주의의 평등은 생각하고 말하는 자의 개별성을 인정하는 거라네." 그들 국회의원이라는 자들은 이미 스스로 정치 대중임을 선언한 셈이다. 하마면 학문에 몸담은 선비정신의 대표적인 인물인, 명색이 학자 교수라는 사람들도 정치권력에 빌붙어 감투나 차지하려는 어용들이 득실댈까. 전형적인 대중의 모습, 지식인도 대중일 수 있다. 지혜와 안목이 없이 세상을 보는 눈은 근시적인 것으로 역시 대중들인 것, 그래서 귀스타브 르 봉의 안목이 빛을 발한다. "교양 있는 개인도 군중이 되면 야만인, 즉 본능에 따라 행동하는 동물로 전락하고 마는 것이다." 왜냐하면 "전문적인 지식인들이라도 그들의 전문 분야와 무관한 사안들에 관해서는 군중이 지닌 모든 특성을 드러내며, 그들 각자가 개인적으로 보유한 관찰력과 비판 정신도 곧장 사라지고" 마는 까닭이다.

늘 입에 달고 살았던, 데카르트의 철학적 명제 '나는 생각한다, 고로 나는 존재한다(cogito, ergo sum)'가 또 솟아 떠오른다. 내가 생각해야 '나'라는 존재가 있게 된다는 명제, 자신만의 참되고 독자적인 생각이 있어야 비로소 이 세상의 주체인 '나'로 존재하지 않는가. 남이 하는 대로 우르르 몰려가서 주동자가 하라는 대로 따라 한다면 어찌 생각하는 존재라고 할 수 있는가. 실제 우리가 살아가는 현실 속에서 그 말을 받아들이고, 자신이 어떻게 처신해야 할 건지를 심사숙고하고 고민해야 하는 것이다. 코키토가 없다면 그냥 우연히 태어났으니까 그냥 숨 쉬는 대로 움직이다가 가는, 신의 부재를 입증하는 미물에 불과한 것이 된다. 코키토의 인간이라야 신의 존재를 입증하는 증거가 되니 말이다.

한편, 현대는 대중의 시대라고 했지만 속을 들여다보면 여전히 소수자가 대중을 홀려서 지배한다. 아나키즘 세상이라면 개인의 자유가 절대적인 만큼 누가 누구를 지배하거나 추종시키는 질서는 존립할 수 없다. 그러나 아나키즘 체제가 아닌 자본주의 체제나 공산주의 체제는 모두 소수자가 정치, 사회, 경제, 교육, 언론, 심지어는 종교까지도 지배하고 있다. 소수가 다수를 다스리는 방법은 대중의 감정을 조작하고 통제하여 자신의 도구로 만드는 것이다. 세상의 이치나 원리는 그것을 앞서 깨달은 소수자가 그것을 깨닫지 못하는 대중들을 이끌어 지배하기 마련이다. 진정한 소수자는 대중 속 인물이자 대중들에게 선택받은 자로서 자신에게 크고 많은 것을 요구하고, 자진하여 곤란 속에 스스로 의무를 부과하려고 하는, 대중 속의 소수자이다. 진정한 소수자는 대중을 지배, 추종자로 만들지 않고, 대중을 위하는 일에만 몰입하는 자기 희생자이다.

대중과 소수자, 하니 문득 김동민 소설가의 대하소설 『백성』(≪문이당≫, 2023. 10.)이 머릿속에 떠오른다. 지금까지는 박경리의 『토지』(20권)가 가장 긴 대하소설이었는데, 그것을 넘어선 21권의 대작이다. 그런데 '백성'이라는 제명을 대하는 순간 가슴과 머릿속은 차가운 반응이 나타났다. 솔직히 토로한다면 대중에 대한 인식이 별로, 였던 것이다. 백성은 곧 대중인데, 그 대중이 스스로 깨우쳐 지혜를 발휘하는 존재들인가. 그런데 다시 백성에 대해 차분히 생각해 보니, 백성은 온 百에 이름씨 姓으로서의 백성인 것, 그렇다면 소크라테스도 백성이고, 칸트 니체 마르크스도 백성이고 공자 맹자도 백성인 것, 퇴계도, 남명도, 백범도 백성이 아니던가. 여기에 생각이 미치자 『백성』 페이지를 열기 시작했다. 기대한 대로, 그 유명한 '이걸이 저걸이 갓걸이' 언가(諺歌)를 지어 양반 지배 계급층의 만행을 폭로하고, 민중들의 봉기를 촉구했던 유춘계라는 소수자-백성이 등장한다. 이른바 임술년 민중봉기이다. 이후 숱한 소수자-백성들이 등장하고, 읽는 내내 그들을 행인처럼 숱하게 접할 수 있었다.

요는, 대중에 대한 부정적인 인식이 긍정적 인식으로 바뀌었으면 하는 것이다. 그 전제 단계는 대중들에게 달려 있다. 대중들에 대한 인식이 바뀌게끔, 대중 속 개인들은 각 개인으로 돌아와 그들 자신의 집합체인 대중에 대한 객관적 인식을 거쳐야 한다. 오르테가 이 가세트가 "현대는 대중의 시대"라고 선언하기도 할 정도로 대중은 역사를 지배하는 주체들이다. 역사의 주체인 대중은 역사의 주체인 만큼 이성의 지혜인이 되어야 한다. 제대로 된 민주주의를 하기 위해서도 대중들이 깨어 있어야 한다. 대중성이 무조건 폄하되기보다는 긍정적인 측면이 있다는 사실, 대중의 도덕성은 부정되거나 도덕성이 있어도 몰안시되거나 폄하되고 있는데, 살인과 방화를 포함한 모든 종류의 범죄를 저지를 수 있는 야만적이고 파괴적인 본능으로 인해서이다. 그러나, 대중도 헌신, 희생, 이타행 같은 아주 고귀한 행위를 하는데, 대중에 합세한 각 개인에게 영예감, 명예감, 애국심을 호소하면 그런 호소에 공명하여 목숨까지 바치기도 하는 대중 속 개인도 숱하지 않은가. 대중이 익명인 이유이다. 익명이기에 드러내 놓고 자신의 선행이나 이타행을 선전하지는 않는 법, 그 익명의 선행이 대중의 다른 존재 이유이다. 그래서도 음흉하고 알량한 속셈을 가진 사이비 소수자에게 기만, 지배당하는 대중으로 추락하는 사태를 전격 차단하기 위해서도 우리 대중은 스스로 안목을 높이고 넓히고 깊이 깨우치거나 해서 지혜로운 대중이 되기를 바란다.

마지막으로, 귀스타브 르 봉의 다음 한 마디, 곧 "군중의 진실은 어리석음이지 축적된 상식이나 타고난 지혜가 아니다"에 대해 진실의 오류내지는 실언이라는 판명 아래 과감히 고쳐서 부친다. "군중의 진실은 타고난 지혜는 아니지만 애써 깨닫고자 애쓴 탓에 얻은 축적된 상식이고 지혜이다"로 말이다. 언젠가 귀천(歸天)해서 귀스타브 르 봉을 만나도 그의 말을 부정, 정정했지만 쭈뼛쭈뼛 기죽기는커녕 되레 더 당당한 나 자신일 것으로 자신한다.

진실의 겉과 속

인간이 고통 속에서 침묵할 때,
신은 내게 고통받음을 말할 재능을 주셨네.

나 어찌 다시 만나기를 희망하랴
오늘도 여전히 닫혀있는 저 꽃봉우리를?
낙원도 지옥도 네 앞에 열려 있구나;
마음은 얼마나 흔들리는지!
의심할 것 없이! 그녀는 천국의 문에 있었지,
두 팔을 너에게 높이 들고서.
　　　　　　　　　—괴테의「마리엔바트의 비가(悲歌)」에서

아내를 먼저 떠나보낸 70대 노년의 괴테는 체코의 온천 도시 마리엔
바트에서 17살의 소녀 울리케를 만나게 되었다. 괴테는 울리케와 사귄
지 3년째 되던 해에 올리케에게 사랑을 고백하고 혼인의 뜻을 밝히지
만 올리케는 고심 끝에 정중히 거절의 뜻을 전한다. 괴테가 마지막 사
랑 울리케와 헤어진 뒤 돌아가는 마차에서 고통스러운 실연의 아픔을

삭이며 쓴 시가 「마리엔바트의 비가(悲歌)」이다. 위 인용 대목에 고통, 희망, 닫혀있는 꽃봉우리, 낙원과 지옥 운운에서 사랑의 심연에 대한 괴테의 복잡한 심사가 간절히 드러나 있다. 이후 그 폭풍 같은 사랑의 열정과 아름다운 이별 속에서 영감을 받아 대작 『파우스트』를 마무리 지었다고 한다.

고희를 지난 그 나이에 십대의 어린 처녀에게 사랑을 고백하고 청혼까지 했다는 사실은 추한 노욕으로 손가락질당하기 십상이다. 그러나 괴테의 사랑은 추하지 않았다. 울리케의 육체를 탐하려 한 물리적 사랑에 매달리지 않았기 때문이다. 울리케와의 사랑이 끝내 무산된 뒤 괴테의 사랑은 추하거나 천박하지 않았고, 그 열정과 사랑은 결론적으로 『파우스트』라는 위대한 문학으로 승화되었다. 결과론적으로 괴테의 사랑은 아름다웠고 순수했다. 그림과 사람이 구분되는, 그래서도 뒷말이 많은 스페인의 화가 피카소와는 한참 대비가 된다. 8명의 여성과의 불륜 사건과 여성 편력 때문인데, 괴테와는 달리 추하다는 느낌이다.

한때 미투 운동으로 세상이 발칵 뒤집혔다. 2018년 1월 29일 한 현직 여검사가 JTBC 뉴스룸에 출연해 당시 상급자인 검사장의 성폭력 실상을 공개적으로 밝히면서 미투 운동이 본격적으로 대중에 알려졌다. '미투(Me-Too)' 운동, '나도 당했다'는 뜻, 그러니까 그동안 당했지만 감추어왔던 사실을 폭로한다는 것이다. 뒤따라 연극연출가 이 아무개의 성추행 사실이 SNS를 통해 폭로되고, 최 모 시인이 「괴물」이라는 시를 통해 고 아무개의 성폭력 사태를 폭로하면서 큰 충격을 안겼다. 인간은 어디까지 그 겉과 속이 일치할 수 있을까. 시인, 연극연출가인 그들은 명성이 높기에 알 만한 사람은 다 안다. 그들의 실체가 밝혀지면서 그들은 추악했다. 감각적 세계에 대한 인식이나 감수성이 일반인들보다 예민하게 발달한 그들은 아무래도 인간이 겪는 고통에 대한 감각이 발달되어 있다. 아니, 그 고통을 들추어내어 그 아픔을 같이 겪거나 치유하는 마음을 갖는 게 그들에게 부여된 의무이자 책임이 아닌가. 그런데 그들에게 약자인 시인이나 배우들에게 성 착취라는 고통을 가했다는 것은 도저히 용납할 수 없는 추행이자 만행이다. 그들은 그들에게 부여된 윤리와 도덕을 망각한 야만인이다. 그들의 시와 연극이 더러웠다. 이들은 이른바 문화 권력들로, 당시 좌파라는 확실한 문화 자본을 거머쥔 권력이었던 것이다. 이후 계속 미투 운동은 이어지면서 극작가 오 아무개, 배우 조 모와 조 아무개, 정계인사 안 아무개, 정 아무개 등 20명에 달하는 인사들이 가해자로 폭로되었다. 한마디로 '위력에 의한 성폭력'에 대한 고발이 대한민국을 강타했다.

진실의 겉과 속은 어디까지일까. 겉만 번드레하게 치장하고 속은 추하기 짝이 없는 이들이 겉만 가지고 자신을 우뚝 세우고 다니는 위선적인 면모를 언제까지 속고만 받아들여야 하는 것일까. 최대한 진실의 겉과 속을 파헤쳐 볼 수 있도록 해 보자. 동서양을 막론하고, 지금 모든 이들로부터 존경과 우러름의 대상이 된 인사들은 과연 겉과 속이 하나로 일치하는 것일까. 아나키즘의 창시자-급인 러시아 바쿠닌은 마르크스의 위선을 폭로한다. 그는 마르크스를 불성실하고 교활한 허풍쟁이라고 불렀다. 그가 친구에게 보낸 서신에 다음과 같은 내용이 그 증거이다.

마르크스는 늘 하던 악행을 이곳(브뤼셀)에서도 저지르고 있네. 허풍에 심술, 험담, 잘난척 이론을 떠벌리면서도 실천에는 소심한 작태 말일세. 삶과 행동과 성실함에 성찰한다면서 정작 그들에게는 삶도 행동도 성실성도 없네. (…) '포이어바흐는 부르조아이다' 그들은 이렇게 말하면서 부르조아라는 욕을 역겹도록 떠들고 다니지만, 정작 그들 자신이야말로 머리부터 발끝까지 속속들이 촌뜨기 부르조아라네.

꼭 마르크스를 둔갑시킨 듯 우리가 알고 있는 마르크스는 없다. 혹 마르크스의 명성을 질시하고 모함한 바쿠닌의 불순한 의도일까. 그것을 밝힐 방도도 없고, 그냥 믿고 받아들인다면 마르크스의 위선은 극을 치닫는다. 부르조아에 대한 비판으로 그들의 세계의 종말을 선언하기까지 한 마르크스가 아닌가. 그런 그가 머리부터 발끝까지 촌뜨기 부르조아 행태라니, 참으로 믿기 어렵다. 바쿠닌의 말이 진실이라면 마르크스는 말과 행동이 완전 엇갈리는 거짓 그 자체인 셈이다. 마르크스와는 다른 영역이지만 세계적으로 명성이 드높았던 종교적 인물도 있다. 마더 테레사, 그녀는 성인의 반열에 들 정도의 성스러운 수녀였다. 비폭력 저항 운동의 대명사인 인도의 마하트마 간디가 1937년부터 1948년까지 무려 5차례 평화상 후보로 올랐지만 번번이 탈락하고 만 그 노벨 평화상을 1979년에 수상한 성녀 마더 테레사, 그런데 놀랍게도 크리스토퍼 히친스가『자비를 팔다』에서 그녀의 위선적(?) 실체를 밝힌다.

히친스는 마더 테레사가 세계의 고통받는 사람들을 위해 진정한 선행을 했느냐에 대한 의문을 제기하면서, 인도 서벵골 주의 주도인 콜카타에 있는, 마더 테레사가 운영하는 시설 <죽어가는 이들을 위한 집>에서 자원봉사를 한 메리 라우던이 한 증언을 인용, 소개한다.

내가 처음 받은 인상은 전에 본 벨젠 혹은 그 비슷한 나치 수용소
의 사진이나 필름 같다는 것이었어요. 모든 환자가 삭발을 하고 있었
거든요. 어디에도 의자는 없고, 그냥 들것 침대뿐이었지요. 제1차 세
계대전 시절 것처럼 보이더군요. 정원은커녕 마당조차 없었어요. 정
말 아무것도 없었습니다. 나는 생각했어요. 이게 도대체 뭐지? 방이
두 개고, 한방에 오륙십 명의 사내가, 다른 방에는 오륙십 명의 여자
가 수용되어 있다. 그들은 죽어가고 있다. 변변한 치료도 받지 못하면
서. 정말 아스피린 이상의 진통제도 받지 못했고, 어쩌다 운이 좋으면
함염증제인 브루펜 같은 걸 받았는데, 그나마 말기암 따위 죽어가는
병에 따르는 종류의 고통을 느끼는 경우였어요….

충격적인 증언이다. 성스러운 자비의 수녀 데레사가 운영하는 시설
을 두고, 처음 받은 인상이 벨젠 나치 수용소 같다느니, 하는 운운이라
니. 지금까지 머릿속과 가슴 속에 촉촉이 쌓여 온 데레사에 대한 감동적
인, 사랑의 화신의 이미지와는 좀체 매치가 되지 않는다. 거짓된 증언인
가, 라는 의문이 들기도 하고, 사실이라면, 겉 다르고 속 다른, 인면수심
의 실체라는 인상이 엄습하기도 한다. 상식적인 의료 보건 기술이 무참
히 깨지고 있다. 한 번 사용한 주삿바늘은 소독을 해서 세균을 말끔히
정화해야 하는데도 여러 번 사용하는가 하면 그냥 바늘을 수도꼭지 밑
에서 찬물로 헹구기도 할 정도로 불결하더라는 것이다. 또한 한 병실에
15세 소년이 죽어가고 있었는데, 사실 그 소년의 병은 비교적 단순한
신장 문제였는데, 항생제를 주지 않는 바람에 병이 악화되었다는 것이
다. 치료를 해 보려고 노력한 미국인 여의사가 한 수녀에게 병원에 데려
가서 치료하라고 말하자, 그 수녀는 "한 사람에게 그렇게 해주면 누구
나 그래야 하니까"라는 납득 불가의 답변을 하더라는 것이다. 그런데

데레사 명의로 운영되고 있기는 하지만 시설 안의 모든 세부적인 사항까지 데레사가 일일이 다 점검하기는 어려운 일, 늘 문제는 명의인 것이다. 아쉬운 것은 데레사 본인의 명의로 된 시설이기에 데레사 본인이 한 번쯤 수용 환자 점검을 했더라면 보완이 되었을 것이고, 헛소문을 양산할 불필요한 오해는 불식시킬 수 있을 터인데, 하는 점이다.

마더 테레사는 큰 기업이나 부유층으로부터 천문학적인 기부금이나 성금을 받는다고 한다. 전 세계에서 받는 기부금 수입은 상상조차 하기 어려울 정도의 금액이라는데, 그 금액이라면 일급 진료소 몇 개를 차리고도 남는다고 한다. 그런데도 그녀가 운영하는 시설은 마구잡이 날림 운영이라는 것이다. 그녀는 말기암으로 고통을 받고 있는 시설의 환자에게 하는 말이 이렇다고 한다. "당신은 십자가에 달린 예수처럼 고통받고 있습니다. 그러니 예수께서 당신에게 입 맞추고 있는 게 분명합니다." 환자는 이렇게 대답했다고 한다. "그렇다면 그 입맞춤을 제발 멈추라고 말해 주세요." 환자가 실제로 겪는 참혹한 고통에는 관심이 없고 오로지 종교적인 설교밖에 없다는 것이다. 그런데 데레사의 그 말은 종교적인 당위성이 있지 않은가. 죽음을 앞에 두고 고통을 받는 환자에게 예수를 등장, 죽음에 대한 큰마음의 준비를 다지게 하려는 의도가 뚜렷하기 때문이다. 그런데 테레사는 정작 자신이 심장 질환 및 노환으로 투병 생활을 할 때 서양에서 가장 값비싸고 이름난 병원에서 치료받았다고 한다. 글쎄, 데레사의 위선일까. 위선인지 아닌지, 사실 종잡기가 좀 난망하다. 시설에 수용된 환자와 같은 병환으로 고생을 한다면 반드시 환자와 같이 고통을 받아야만 데레사의 진실한 모습인지, 아니면 환자로서 병원에서 치료를 받는 게 당연하기도 한데, 참 모호하다. 그 당연한 입원 치료를 두고 위선, 기만, 가식 운운은 무리인 듯하기도 하고, 또 그렇게 닿기도 한다. 그 진실은 데레사 본인에게 숨겨져 있는 듯하다.

종교는 신성하다. 우문이지만, 인간에게 대처 불가능의, 가장 큰 공포는 무엇이겠는가. 죽음의 공포일 것, ─그 대처 불가능의, 죽음의 공포를 불식, 안정을 꾀할 수 있게 하는 초자연적인 힘은 종교인 것, 그래서 독일의 철학자 오스발트 스펜글러도 그런 인식을 표명했지만, 죽음의 공포는 바로 종교의 기원일 것, 종교는 과학적 합리성을 떠나 인간의 삶에 필요한 동력이다. 사랑의 믿음의 천사 데레사의 진실은 여기에 있을 것인데, 난데없이 생뚱맞게 흙물이 튄 것일까. 살짝 흙물이 튀어 흔들린 듯한 데레사의 존엄이 안타깝기만 하다.

언젠가 우연히 프랑수와 누델만의 『철학자의 거짓말』이라는 충격적인 글을 접한 적이 있는데, 특히 루소, 푸코, 보부아르가 충격을 안겼다. 글과 사람이 어긋나는 대표적인 위선의 인물과 책은 장 자크 루소와 그의 저서인 『에밀』─에밀이라는 이름의 어린이가 태어나서부터 결혼에 이르기까지 이상적인 가정교사의 세밀한 지도를 받으며 성장해 가는 과정을 그리고 있는 소설─이다. 루소는 어린 자녀 5명을 어린이 보호 위탁소 곧 고아원에 보낸, 부모의 의무를 유기한 냉혈한이다. 그런 냉혈의 인간이 자녀 교육론을 다룬 소설의 형식인 『에밀』을 통해 자연주의 교육론과 아동이 주체가 되는 교육을 강조하다니, 가히 위선의 절정이다. 자연주의 교육론은 가령, 나무는 본래 자라는 방향으로 자연스럽게 자라게끔 해야 하는데, 정원의 나무는 대부분 인간이 좋아하는 모양대로 구부러뜨리고 자른다. 또 강제로 가지치기를 해서 자연적 생장과는 다른, 이상한 모양으로 변형시킨다. 자연주의 교육론은 그 것에 대한 비판적인 방향으로서의 교육론이다. 정원의 나무처럼 인간 의 자녀 교육도 역시 그렇다는 것이다. 그렇다면 루소 자신이 5남매 자 식에게 저지른 행동은 자연주의 교육론에 입각한 것인가. 말과 행동이 극단적으로 어긋나 있다.

또 『광기의 역사』 『성의 역사』 등을 저술한 미셸 푸코라는 프랑스 철 학자도 만만치 않은 위선자이다. 감옥에 갇힌 수감자의 인권 활동, 이 주 노동자에 대한 인종 차별 반대 운동, 베트남전 반대 운동 등 그럴듯 한 사안에는 모두 발을 다 담그고 목소리를 낸, 한 마디로 오지랖이 엄 청 넓은 푸코는 놀랍게도 1960년에 튀니지에서 벌어진 추악한 성추행 작태를 주도한 인물인데, 그는 아동 성착취자, 소아성애자이다. 프랑스 언론은 알고도 보도하지 못했다. 그가 철학의 왕, 프랑스의 신으로 떠 받들려진 인물이기에 감히 폭로하지 못했다. 예나 지금이나 어디를 가 나 언론은 비열하고 비겁하다. 툭하면 자칭, 진실 정의 운운하는, 언어 도단의 언론이지만 강자에게는 약하고, 약자에게는 강한, 비열하고 가 증스러운 두 얼굴의 언론이다. 결국 그는 에이즈로 사망하고 만다. 마 지막 강연에서 '진실을 말하는 용기'를 주장했지만 정작 자신이 아동 성착취자, 소아성애자라는 사실을, 그리고 에이즈에 걸렸다는 사실은 숨겼다. 역시 그는 위선으로 똘똘 뭉친 인간이었다.

페미니즘의 선구자로 알려진 시몬 드 보부아르 역시 그렇다. 『제2의 성』에서 "여성은 태어나는 것이 아니라 만들어진다."는 유명한 말을 날린 그녀는 미국의 작가 넬슨 엘그렌과 사귀면서 아주 다중 인격적인

면을 드러낸다. 연인의 품 안에서만 '그녀 자신'이 된다는 말을 하는 그녀는 자신의 충실함과 절대적 복종을 증명하기 위해 그에게 "아랍 아내만큼이나 친절하고 얌전하겠으며 순종하겠어요"(<넬슨 엘그렌에게 보내는 편지>)라고 약속한다. 사르트르와의 알제리 방문에서 아랍 여성의 가정 내 고립과 사회적 소외를 두 눈으로 똑똑히 보고서도 말이다. 페미니즘이 아니라 자발적 노예 상태를 즐기고 있는 것이다. 자신이 이전에 "여성은 태어나는 것이 아니라 만들어진다"고 했던 말을 스스로 뒤엎어버리곤 다음과 같이 바꾼 셈이다. "여성은 태어난 것이 아니라 여성 자신이 만든다"로 말이다.

파스칼은 시인을 두고 "인간이긴 하지만 참되지 못한 인간"이라는 섬뜩한 말을 남겼다. 왜 그랬을까. '참되지 못한 인간'이라는 말의 뉘앙스는 겉 다르고 속 다르다는 말인데, 까놓고 말하면, 위선적이라는 말이 아닌가. 추정할 근거가 명확하지는 않은데, 그가 남긴 생각이자 사색인 '팡세' 가운데 이런 팡세가 하나 발견된다. "인간의 가장 큰 저속함은 영예의 추구이다. 그러나 바로 이것이 그의 우월성의 표시이기도 하다." 한마디로 인간이 지상의 영예와 영광에 집착하는 것은 공허한 공명심의 발로로서 저속하고 추잡한 일이라는 것이다. 그런데 문제는 그것이 우월한 자의 표시라는 것이다. 시인 같은 이는 당연히 우선 엮이지 않았을까. 지금 시인 가운데 파스칼의 지적에서 자유로운 시인은 얼마나 될까.

소크라테스를 고발, 법정에 세워 사형 선고를 받게 한 고소인이 시인 멜레토스라는 사실, 소크라테스는 시인이 시를, 세상에 대한 지혜로서가 아니라 천성적으로 타고난 감각이나 영감으로 짓기에 세상에 대한 진실을 모르는 존재로 보았다. 멜레토스가 세상에 대해 지혜로운 인간이었다면 소크라테스를 고소했을까. 혹 정치인 아니토스의 종용을 받아 그를 고발한 것이 아닐까. 실제로 소크라테스는 "젊은이들을 타락시키고 국가가 인정한 신을 믿지 않는다."는 죄명으로 고발당한다. 소크라테스는 아테네의 오랜 전통인 민주주의를 부정하고, 유일신이 아닌 다양한 신을 믿도록 젊은이들에게 설교했던 것, 그것이 빌미가 되어 당시 정치권력자 아니토스에 의해 '패씸죄'에 걸려 그가 동원한 어리석은 민주 시민들에 의해 사형 선고를 받고 만다. 대중은 제쳐 두고 그나마 시인만은 진실을 들여다볼 수 있는 안목과 지혜의 존재여야 했는데, 그 이후에도 멜레토스는 스스로 시인임을 자처했을까.

역사적 진실의 허위성으로 주체의 진실과는 달리 추악하게 치부된 인물들이 있다. 그 가장 대표적인 인물이 역사상 최악의 폭군으로 알려진 로마 제국의 황제 네로이다. 우리에게 깊이 박힌 네로의 이미지는 영화 《쿼바디스》를 통해서이다. 《쿼바디스》에서, 네로는 고대 역사가 타키투스의 『연대기』에 기록된 "네로가 수도가 불타는 모습을 보며 노래를 불렀다."는 소문이 돌고 있었다는 내용 그대로 연기를 하고 있다. 그런데 로마 5현제 중 한 명인 트라야누스 황제는 "어느 다른 황제의 업적도 네로의 5년에 미치지 못한다."는 평가를 내렸다고 한다. 현대사에서도 사악한 폭군으로 알려진 네로에게 내려진 이러한 평가를 어떻게 받아들여야 되는 것일까. 그런데 네로는 로마가 불타고 있을 당시 네로는 로마에 없었으며 인근 도시인 안티움에 있었다고 하고, 불타는 로마를 보며 노래를 부르기는커녕 적극적인 구호 활동을 펼쳤으며, 황제의 저택에 임시 숙소를 세우는 한편, 공공건물을 개방하고 시민들에게 곡물을 안정적으로 공급하고자 노력했다고 한다. 문제는 당시 역사를 기록하는 주체가 네로와 각을 세운 지배 계층, 곧 귀족 엘리트들이었으므로 그들에게 미움을 산 네로에 대한 평가는 부정적이고 왜곡될 수 있다는 사실이 충분히 짐작된다. 네로가 친정을 시작하면서 그는 정계의 유력 인사들을 탄압, 견제하는 동시에 정치 경제적으로 친평민 정책을 적극적으로 시행했다. 네로의 친평민 정책은, 당시 그와 적대적인 관계에 있던 원로원 귀족들로 하여금 네로에게 반감을 가지게 했다. 이전의 황제들이 해왔던 정책을 시행해도 네로가 하면 늘 트집을 잡았던 것인데, 가령, 위대한 황제라는 평가를 받는 아우구스투스 때도 사치스러운 건축 사업이 활발히 진행되었다. 당시의 건축 사업은 경제적 필요성뿐 아니라 사람들에게 구체적으로 통치자의 업적을 과시할 수 있는 좋은 수단으로 여겨졌으며, 긍정적인 덕목으로까지 평가되었지만, 네로가 하면 사치스럽고 지나친 건축사업과 재정지출로 국고를 낭비했다는 비난을 가했던 것이다. 그런데, 문제는 평민들 곧 대중들이다. 그들은 친평민 정책을 펼치던 네로에게 반감을 가지는 것이다. 단지 소문 때문이다. 그들은 로마 화재에 대한 소문 곧 "네로가 수도가 불타는 모습을 보며 노래를 불렀다."는 소문을 비롯한 각종 소문에 휘돌렸으며, 심지어 이후 "네로가 수도를 다시 건설하고 거기에 자신의 이름을 붙이려는 야심을 평소에 품고 있었다."라는 소문을, 그들은 사실로 믿었기 때문이다. 타키투스에 의하면 "네로는 군대에 의해서라기보다는 소식과 소문에 의해서 제위에서 쫓겨났다."고 한다. 네로는 분명 부정적인 역사적 평가를 받는 데에는 이유가 있다. 이복동생과 어머니를 살해하고 임신한 아내를 걷어차서 죽이는 등 도덕적으로 상상할 수 없는 일들을 자행했고, 정적들을 탄압했기 때문이다.

한 대상에 대한 역사적 이미지나 평가는 이해관계에 놓여 있는 특정 정치 집단이나 대중매체에 의해 누군가가 원하는 대로 만들어지기 쉽다. 사실 아닌 것이 사실인 것처럼 되어 역사를 속이는 일이 비일비재하다. 허권수 교수는 그 대표적인 예로, 진시황(秦始皇)을 들면서 진실의 겉과 속을 거론한다. 진시황, 하면, 먼저 무자비하게 사람들을 많이 죽인 폭군이라는 선입감이 든다. 진시황은 문자를 통일하고, 도량형기를 통일하고, 법을 제정하고, 도로를 내고, 수리시설을 정비하는 등 수많은 업적을 남겼다. 물론 진시황이 나쁜 점도 많지만, 진나라를 멸망시킨 한(漢)나라가 자기 정권의 정당성을 확보하기 위해서 진시황을 오랫동안 계속 매도해 온 까닭에 많은 사람들이 폭군이라는 인식을 갖게 됐고, 그것이 역사의 진실로 남게 됐다. 이런 식으로 실제와 다르게 매도당한 지도자들이 한둘이 아니다.

프랑스 혁명이 일어나면서 단두대에서 사라져간 마리 앙투아네트(오스트리아 이름 마리아 안토니아)를 음해하는 가짜뉴스도 그렇다. 백성들이 빵이 없어 굶주리고 있을 때, 그녀는 '빵이 없으면 케이크를 먹으면 되지 않냐?'라는 말로 공분을 샀었다. 이 말은 장자크 루소의 자서전인 『고백록』(1770년)에 나오는 말인데, 그해 15살이던 오스트리아 공주 마리아 안토니아가 프랑스로 시집오는 해이다. 사치와 낭비, 향락의 왕비, 심지어는 아들과의 근친상간도 저질렀다는 황당하기 짝이 없는 가짜뉴스, 전혀 사실이 아닌 가짜뉴스를 만들어 그녀를 사악한 인간으로 만들었다. 실제로 그녀는 왕비치고는 오히려 매우 검소한 편이었으며 선량하고 동정심 많은 성격이었다고 한다. 사교적이었고, 만나는 누구에게나 친절하고 사근사근했으며, 신분 고하를 막론하고 편견 없이 사람을 대했다고 한다. 루이 16세가 사냥 중에 농민을 다치게 하자, 직접 달려가서 간호해 주고 모든 손해를 물어주었다는 일화가 전해진다.

진실은 선동의 쓰나미 앞에서 아무런 힘을 발휘하지 못한다. 진실을 밝혀내야 할 언론이나 지식인들까지, 심지어는 법까지도 합세하기도 한다. 결국 정의도 강자의 이익이라고 하는 말처럼, 역사도 강자가 취하는 이익인 셈이다. 그래서 역사는 어디까지가 진실인지 알 수가 없다. 언론과 부화뇌동해서 자기 쪽으로 역사를 바꾸어 버리면 민중들, 대중들이 무슨 수로 그것을 알겠는가. 지금까지 70여 년 가까이 살아온 경험을 토대로 추정하면, 대중들은 기억력이 극히 낮은 단계의 존재들인바, 은인도 시간이 지나면 원수로, 원수도 시간이 흐르면 은인으로 기억하는 그들인데.

진실에도 겉과 속이 있다니, 그러나 겉과 속의 이중성 내지 위선이 없는 진실 그대로 사는 인물도 부지기수로 많을 터, 순간 머릿속에 진실 그 자체인 한 분이 곧바로 생각난다. 다석 유영모 선생이다. 선생에겐 3남 1녀가 있는데 자식들을 제도교육의 질서 속에 넣지 않았다. 많이 배우면 착취나 일삼는 귀족이 되어 씨알(民) 앞에 거들먹거릴 것을 경계했기 때문이다. 넥타이를 매는 것도 원치 않았고 재산을 움켜쥐는 것은 더욱 금했다. 선생은 아들 셋 모두 서울에서 경기고 휘문고를 나와서 출중한 데다가 대학 공부시킬 돈이 있는데도, 대학 가면 틀림없이 아랫사람을 짓밟을 가능성이 크다며 대학에 보내지 않았다고 한다. '대학 나오지 말라' '관공서에 취직할 생각하지 말라' '농사지어라'는 훈칙을 가르친 다석은 한 마디로 출세, 돈벌이, 공명심의 세 욕심을 다 끊은 분이었다. 가능한 일인가, 라는 강한 의문이 곧바로 솟구치지만 다석 선생은 그렇게 진실로 사신 분이다. 다석 선생의 부인은 다석의 괴팍한 뜻을 다 따랐지만, 두 가지 면에선 대들었다고 한다. 아이들이 모두 서울에서 경기고 휘문고 나와서 출중한 데다가 대학 공부시킬 돈이 있는데도, 선생은 대학 가면 틀림없이 아랫사람을 짓밟을 가능성이 크다며 안 보낸 데 대해 선생과 대판 언쟁을 벌였다고 한다. 그리고 선생이 천안 광덕에 있는 땅을 소작인에게 거저 주다시피 하기로 하자, 부인은 '자식들 농사지으라고 해놓고 땅을 다 남 줘버리면 우리 아들은 어떻게 하느냐'고, 모성 어린 소박하기만 한 불만을 토로했다고 한다. 부인으로서는 지극히 당연한 행동이다. 현실을 살지 않으면 몰라도 현실을 살아가는 마당에서는 선생이 내린 결정은 곁에 있는 가족들을 참으로 힘들게 만드는 처사이니, 당연히 항의성 불만을 표출할 수밖에 없는 일이다.

다석 선생과 부인의 이야기를 듣는 순간, 이 세상과는 다른 낙원의 세상에 온 듯한 기분이 든다. 두 분의 다툼은 일방적인 다툼이겠다. 한 분은 이미 결단을 내린 뒤 이내 실행했을 것이고, 또 한 분은 외쳐대 봤자 메아리처럼 돌아오는 자신의 소리만 되들을 뿐, 내외분의 다툼을 듣는 이는 가난한 마음이 한없이 풍요로워진다. 물질적으로는 차고 넘쳐 범람하는 경제 수준이지만 정신적으로나 마음으로는 모자라고 빠져서 늘 가난하기만 한데, 다석 선생의 사소한 이야기를 들으면서 채워지고 또 채워져 만땅 부자가 된 기분이다. 진실의 소리가 들린다. 눈만 뜨면 허위와 위선, 거짓의 소리와 모습만 넘칠 뿐인 이런 어긋난 세상이라니, 진정한 세상살이의, 진실의 소리가 그립기만 하다. 다석 선생은 시인이다. 시를 써서 시인이기보다는 시의 세계를 살기에 시인이다. 순간드는 의문 하나, 시를 쓰지만 진정한 시의 세계를 사는 시인은 얼마나 될까. 앙드레 지드가 말하지 않았던가. "시인은 보는 사람이다. 그는 무엇을 보는가. 바로 낙원이다." 시인은 진실을 말함으로써 낙원을 사는 사람이기에 다석 선생은 시인이다. 공자의 회사후소(繪事後素)가 그대로 맞추어 적용될 정도로, 진실의 겉과 속이 하나로 겹치는 시의 세상을 사는 다석 선생 같은 분이 어쩌다 드물게라도 곁에 있다면 내 세상은 낙원 세상일 텐데. 내게 낙원 세상은 오기나 할까. 침묵이 온다.

학교는 힘이 세다

— 안타까운 인간상이여, 에피메테우스여.

1

한 지인이 있다. 독문학과 출신이다. 지금까지 했던 일은 부동산 중개업을 하다가 경기가 풀리지 않아 경제의 어려움을 겪다가 아파트 경비직을 택하게 되었다. 독문과 출신이 인문학과는 사돈 팔촌만큼 먼 거리의 부동산 중개업과 경비직이라니. 지인만 그런 것이 아니다. 대학 4년간 이수한 전공과, 사회에서 생계를 위한 직종의 일과는 전혀 무관하거나 일치되지 않는 일을 하는 이들이 상당한 비율을 차지한다. 자신의 미래를 계획, 추진해야 하는 청년기에 소중한 시간과 엄청난 에너지를 낭비하고 탕진한 셈이다. 인간의 한정된 시간에서 자신의 삶을 계획, 추구하는 젊은 그 시절의 시간은 얼마나 귀하고 소중한가. 불필요한 유흥장에 가서 금쪽같은 시간을 헛되이 말아먹은 것이나 진배없다.

E. 라이머가 "교육의 인플레적 가치 하락" 운운하며 "많은 사람들이 대학교 및 고등학교를 졸업하게되지만 실제로 교육받은 양으로 보나 질로 보나 보잘것없는 것이고, 실제 취업 관계에서 그리고 실수입 면에서도 형편없는 것이다."(『학교는 죽었다』)고 운위했는데, 교육의 인플

레적 가치 하락은 이 나라의 교육 현실에 그대로 적용된다. 바로 앞의 지인의 처지를 의식한 듯 기술한 대목으로 읽힐 정도인데, 엔간하면 누구든 대학에 진학하고 졸업한다.

대학을 왜 가는가. 서양의 경우, 대학 진학률이 턱없이 낮다. 참고로 한국의 경우, 2020학년도 대학 진학률이 79.4%를 기록했는데, 일본의 경우, 2021년에 남녀 각각 58.1%, 51.7%였고, 2020년 태국의 진학률은 28.4%, 미국과 유럽의 진학률은 대략 40~50% 수준이라고 한다. 한국의 대학 진학률은 경제협력개발기구(OECD) 회원국 중 최고 수준이다. 도대체 대학을 왜 나와야 하는가. 대학을 나오지 않으면 일단 대우가 불공평하다는 사실에서 시작된다. 직장 내 직위나 임직원 인사제에서 부당한 취급을 받고, 급여도 차이가 심하다. 그래서 누구든지 대학을 안 가면 그냥 도태되거나 존재감 상실의 심리적 박탈감을 겪는다. 그럴 것이다. 에리히 프롬이 말하지 않았던가. "일반적으로 우리의 교육제도는 학생들에게 소유물로서의 지식을 공급해 주려고 애쓰고 있고, 그 지식은 이를테면 그들이 훗날 살아가면서 확보하게 될 재산이나 사회적 특권에 상응한다. 그들이 획득한 최소한의 지식은 장차 그들이 일을 원활히 하는 데에 필요한 양만큼의 정보인 것이다." 지식이 소유물이라는 사실, 학력이 높아질수록 소유물은 커지기 마련, 그 지식은 의당 물질적 소유 재산이거나 사회적 지위와 같은 특권인 것이다. 뒤에 잠시 언급하겠지만 한국의 경우, 뒷골이 당길 정도로 아픈 역사적 경험 곧 과거 조선조 서원 제도의 특권으로 인한, 소유물로서의 지식에 대한 지독한 행패를 경험한 일이 있지 않았는가.

그래서 지금은 고등학교를 졸업하면 다음 진로는 대학 진학이 압도적인 추세이다. 대학 학력이 아니면 사회 진출이 어렵고, 열에 여덟은 다 대학을 졸업한 경력을 갖추니까 남보다 처질 수는 없으니 부득불 대학을 나오지 않을 수가 없는 것이다. 대학이 뭔가. 어떤 분야에 대해 전문적인 지식과 안목을 키우고 늘려서 해당 분야에서 나름 전문가로서의 존재감을 갖는 것이다. 대학은 자기 능력을 발견하거나 발견하여 그 능력을 최대한 끌어올리는 열정과 욕망을 충족시키는 기회의 제도이다.

사람에 따라 학교 점수 따기에 능할 수도 있고, 다른 분야에 능할 수도 있다. 그 상대적 독자성과 다양성이 인정되어야 하는데, 한국의 현실은 그렇지가 않다. 무조건 학교 점수 따기에 능한 정도에 따라 사람의 등급은 매겨진다. 이른바 계급이 형성되는 것이다. 인간 평등의 기회가 아니라 인간 차별의 제도화가 구축된 계급 피라미드가 곧 학교인 것이다.

2

국가 주도의 학교교육 제도의 횡포는 현금의 세계적인 현상이다. 학교교육을 받지 않으면 사회에 발을 디딜 수 없도록 제도화시켜 놓았다. 가스통 바슐라르는 전통적인 대학교육과정을 거치지 않고, 독학으로 매진하여 철학교수 자격시험을 통과, 대학교수가 된 극히 드문, 틀에 박힌 진부한 학교교육 제도를 뛰어넘은 철학자이다.

도대체 학교는 왜 만들어진 것일까. 스페인의 페레르는, 과거에 무교육에 의한 무지로 민중을 통제했던 국가가 19세기에 와서는 충성스러운 국민을 배출하기 위해, 또 기업은 유순하고 훈련된 산업노동자의 육성을 위해 교육을 이용했다고 보았다. 즉 교육을 통한 사회혁신이 아니라, 자본의 이익을 올리기 위해 완성된 노동의 도구, 개인, 노동자를 필요로 했기에 학교가 만들어졌다는 것이다. 『호모데우스』의 저자 유발 하라리는 19세기에서부터 20세기에 걸쳐 유럽을 중심으로 일본 등 세계 각국에서 학교를 세운 것도 국가에 충성할 유능하고 말 잘 듣는 시민들을 길러내기 위해서였다고 언급하기도 한다. 노예살이, 종살이가 떠올라 페레르와 하라리의 학교에 대한, 칼 같은 시선을 부정하고 싶기만 하다. 학교의 목표는 무엇일까. 에리히 프롬이 발한, "존재 양식의 지고의 목표는 보다 깊이 아는 것"(『소유냐 존재냐』)이란 언급에서 학교의 목표와 목적을 찾을 수 있었으면 하지만, 안타깝게도 헛바람에 그칠 뿐이다.

1971년 E. 라이머가—니체의 '신은 죽었다'는 선언처럼, '학교는 죽었다'(『학교는 죽었다』)를 선언했다. 신과 학교는 범접해서는 안 될 성역으로 자리매김되어 있는데, 신과 학교를 모독하는, 아니 우상을 파괴하는 엄청난 불경을 자행한 것이다. 충격이었다. 물론 극소수자에 국한된 충격이지만, 그런데 언제부터 학교교육 제도에 대한 의구심이 짙어가고 풀 길 없는 문제점들이 하나하나 들추어지기 시작했다.

평등이 아닌 차등을 양산해 내는 시스템이 학교교육 제도라는 사실이다. 『학교 없는 사회』의 저자 이반 일리치에 따르면, 학교화는 학교제도에서 현재 어떤 과정을 이수함으로써 목표가 달성되었다고 구조화되어 있는 '학교의 구조 자체'인데, 결과론적으로는 목적과 수단을 혼동시키는 과정 전체를 뜻하는 오류적인 대명사로 고착되고 말았다. 그러니까 학교화된 교육에서 중요한 것은 무엇을 제대로 배우느냐가 아니고, 그 과정을 이수해야 한다는 사실이다. 학교에 다니면서 습득한 것은 '수업을 받는 것'과 '배운다'는 것을 혼동하게 되었다는 것이다. 대학에서 전자공학과 4년의 커리큘럼을 이수하면 전자공학을 배운 것으로 생각하고, MBA 2년 과정을 이수하면 경영 전문가가 되었다고 여긴다. 실제로 그가 전자공학과 회사경영을 아는지는 중요하지 않다. 중요한 것은 그가 과정을 이수했다는 것이다. 이렇게 학교화된 사회가 보여주는 바가 '가치의 제도화'로서, 문제점은 사회구조 자체가 학교화되어 있다는 사실이다. 실제로 학교교육과정을 통해 확인해 볼 수 있다. 가장 대표적인 경우가 영어교육인데, 도대체 영어를 가르치는 목적이 무엇인가. 말하고 듣고 읽고 쓰기가 교육과정의 핵심인데, 그렇다면 말하고 듣고 읽고 쓰기 위주로 가르쳐야 하지 않은가. 그런데 왜 영문법 위주로만 가르치는가. 무려 6년 동안 영어교육을 받아도 정작 외국인을 만나면 '굿-모닝' 외에는 도대체 대화가 어렵다. 수학은 또 뭔가. 더하기 빼기, 곱셈 나눗셈과 인수분해 등 기본적인 것 말고, 수학을 전문으로 할 계획을 잡은 학생이라면 당연한 학습 과정이지만 무슨 학습 이유로 그렇지 않은 학생들에게도 학습 선택권을 박탈, 필수적으로 미적분, 확률과 통계 등에 대해서 가르치는가. 그것을 배운다고 해도 학습 의욕이 없는 까닭에 잠깐 돌아서면 그냥 기억에서 날아가버리는 시간 낭비에 불과하다. 그런 경우는 학생들의 선택권에 맡겨야 하지 않은가. 한국의 학교교육 제도는 추상적인 단계에 대한 공허한 목적을 추구하는 데 그 지향 목표가 있다.

학교화를 통해서 가치의 제도화를 자연스럽게 받아들이는 사전 치밀한 훈련이 학교교육이다. 가치는 언제나 새롭게 창조되거나 발견된다. 그런데, 학교교육의 제도화를 통해 기존의 가치는 대물림되고, 학습되는 것이다. 백에 아흔아홉은 그 학습에 그대로 교육되어 따른다. 어쩌다 한 명 정도가 기존의 가치관에 반발하여 혁명에 역모를 꾀하는 바, 자신만의 새로운 가치관을 창조하는 것이다. 인간 세상의 역사적 위인들이 그랬다. 소크라테스가 그랬고, 플라톤이 그랬고, 칸트가, 마르크스가, 헤밍웨이가, 아인슈타인이 그랬다. 그런 까닭에 진정한 배움은 학교 밖에서 자신들이 각기 추구하는 다양한 지향성의 기능을 얻기 위해 이뤄진다. 이것이 비학교화다. 사람은 태어나 사람답게 세상을 살아갈 이유가 있다. 사람답게 세상을 살아가는 길은 다양하다. 중요한 건 자신만의 독자적인 세계관과, 그 세계관에 대한 인식관과 철학이 있어야 한다는 것이다.

그런데 한국의 학교교육 곧 학교화의 치명적인 맹점은 인간 교육 나아가 인격 교육이 아닌 단순한 입시 교육에 끝나고 만다는 사실이다. 그래서 공부는 의미 없는 행위의 언어 기호이다. 진정한 공부는 국영수 점수 올리기 위한 것이 아니라 자신 곧 자신의 삶을 위한 인식을 바탕으로 한 지혜를 바탕-힘으로 해서 앞으로 나아가고 위로 올라감의 공부인 것이다. 점수 올리기 위한 외우기가 공부인가. 인간 세상사의 이치를 꿰고 정확히 알기 위한 정신적 몰입이 공부 아닌가. 공부의 목표는 지식이 아니라 지혜 찾기이다. 지혜를 바탕-힘으로 해서 자신의 삶을 보다 알차고 실하고 넉넉하게 살아가기 위해 공부하는 것이다. 학교교육의 공부는 공부와는 완전 역방향으로 굴러가고 있는, 공부의 본질을 오도하고 전도하고 와전, 곡해하고 있는 학교교육의 현실이다. 톨스토이가 『학교는 아이들의 실험장이다』에서 말하기를, "교육은 아이들 스스로 각양각색의 잠재력의 꽃망울을 틔우는 데 없어서는 안 되는" 중대 사안이라는 것이다. 한국은 어떤가. 초등학교, 중학교, 고등학교 교육과정은 어떻게 교육되고 있는가. 최종 목표는 대학이다. 전단계의 교육과정은 상위 교육기관인 대학으로 가기 위해 반드시 거쳐야 할 중간단계에 그칠 뿐이다. 최종 단계에 성공적으로 이르기 위해서는 철저히 암기 위주에 치우친 공부하기, 이게 교육인가. 초등학교는 중학교 진급을 위한, 중학교는 고등학교 진급을 위한, 고등학교는 대학교 진학을 위한 전단계에 그칠 뿐이다. 그래서 한국의 학교교육은 차라리 일제 식민 치하에서 이름지어진 국민학교가 초등학교보다 훨씬 더 세계관의 크기와 의미가 깊다. 초등학교는 글자 그대로 어리고 유치한 분위기가 물씬한 반면에, 국민학교는 국민의 자격을 부여받아 당당히 사회에 진출, 자기만의 세계를 개척한다는 뉘앙스가 느껴지는 것이다. 학교 명명 그대로이다. 과거의 국민학교 졸업자와 지금의 초등학교 졸업자를 비교해 보라.

학교 체제에 진입함으로써 '각양각색의 잠재력의 꽃망울을 틔우'기는커녕 오히려 개인의 잠재적 가능성이 무참히 짓눌러지는 현실이다. 학교 성적이 서열을 매김으로써 낮은 등급의 서열에 매겨짐으로써 한 인간의 가능성이 무참히 박탈되고 마는 현실이다. 학교 공부는 공부가 아니다. 지식도 겉만 훑는 수박 겉핥기식으로, 이런 게 있어, 라는 식이다. 따라서 그것은 진정한 지식도 앎도 아니다. 죽은 공부들이다. 죽은 공부를 위해 이 나라의 청소년들은 밤낮을 잊고 산다. 죽으라고 영어

단어나 외우고, 죽으라고 수학 문제만 풀고 죽으라고 외우고 죽으라고 문제만 푼다. 문제 풀이 기계들. 학교교육은 오지선다형에 따라 단편적인 지식, 틀에 박힌 사고만 난무한다. 학교가 개인의 인생을 망친다. 학교 점수에 의해 인간이 등급화 차별화되는, 국가 주도의 사회적 구조 체제로는 합리적이지만 인간 존재론의 측면에서는 불합리한 시스템이다. 인간을 살려야 마땅한 제도가 인간을 죽이는 제도라니. 이 나라에서 피가 되고 살이 되어, 기쁨이 되고 감동이 되는 그런 공부가 있는 실험장으로서의 학교는 언제쯤 만날 수 있을까. 교육을 통해, 가르침을 통해 무한한 가능성을 가진 존재가 될 수 있도록 지원을 아끼지 말아야 하는데, 무한한 가능성의 어린 세대들이 그들이 살아가고 싶은 미래를 기획, 추진할 수 있도록 교육은 최대한 그 뒷받침에 힘써야 하는데.

학교는 두 얼굴을 지녔다. 배움을 주는 제도적 공간인 동시에 편견과 고정관념을 불어넣어 주는 공간이기도 하다. 이어령은 "학교는 생사람을 잡는 곳"이라고 했는데, 한국의 뛰어난 인물들은 대체로 학교교육을 제대로 받지 않았다는 사실이 별나다. 오히려 체계적인 학교교육을 받지 않았기 때문에 그들은 뛰어난 지성의 창조적 인물이 되었다는 사실, 김우창, 이어령 같은 분들 외 무수한 이들이 그렇다. 학교교육을 제대로 받았다면 그들은 그냥 평범한 교수가 되었을 뿐, 뛰어난 사유와 지혜, 창조적 안목을 지닌 인물이 되었을지는 불투명하다. 모르긴 해도 학교교육은 그 싹을 꺾어 죽였을 것이다. 일제식민치하를 거쳐 6·25 전쟁, 좌우 이념의 치솟는 소용돌이 속에서 제대로 된 학교교육은 언감생심, 그런 시대적 불운이 아이러니하게도 독창적인 잠재력의 그들을 독창적인 인물로 성장하게 한 것이다. 그들은 획일화된 지식이든 가르침이든 일체 의문을 제기하고 거부한다. 가령, 학교교육은 무지개색을 일곱 색이라고 가르친다. 과연 그런가. 획일화된 주입식 교육이다. 여기서 다양성의 개성이, 창조성이 깡그리 죽임을 당할 수밖에 없다. 오로지 입시 교육, 학원, 점수제 교육, 단편 지식 암기가 핵심인 학교교육은 오히려 창의를 가로막고 망치는 원인이다.

칼 포퍼는 "뇌를 마비시키는 학교 수업은 고통스럽기 짝이 없었다."고 했는데, 한국의 학교만 그럴 줄 알았더니 서구 역시 그렇다니, 역시 학교교육은 동서를 떠나 공유 영역이 있는가 보다. 뇌를 열어주기는커녕 꽁꽁 마비시켜 닫아버린다. 文이 무엇인가. 사람의 머리에 있는 정수리 문을 통해 들어오는 게 바로 문(文) 곧 글이 아니던가. 이어령 선생은 천자문을 들어 창조성을 죽인 원흉으로 간주한다. 그에 따르면 천자문은 사물의 이치를 가르치기보다 주입식 암기를 강요한다는 것이다. 뛰어난 암기력이 신동으로 인정받는 "이런 풍조가 한국인의 창조성을 말살해 버"렸다고 간주한 것이다. "천자문으로 공부해 과거에 합격한 사람에게 무슨 상상력이 있었겠으며, 멀리 내다보는 혜안이 있었겠어? 또 이런 사람들이 무슨 지적 반란이나 패러다임 변혁을 일으킬 수 있겠냐고." 상상력을 일반인들은 거저 문학예술에만 한정시켜 이해한다. 그렇다면 뉴턴이 개발한 각종 위대한 발명품들은 상상력에 의한 것이 아니던가. 아인슈타인의 상대성 이론은 어떤가. 물음표는 상상력의 기본 기호이다.

그의 예리한 지적은 현 학교교육 제도의 맹점을 정확히 읽어낸 것이다. 학교교육은 창의성이 결여된, 한 마디로 획일적 암기식 주입 교육이다. 조금이라도 생각할 여지를 주고 암기를 하도록 해야 하는데, 도대체 그렇게 하지를 못하는 것이다. 총체적인 교육 부실 크게는 교육 부재 현장이다. 그리고 더욱 치명적인 결함은 기존의 패러다임에 의문을 던지는 질문 자체가 허용되지를 않는 것이다. 질문의 대가인 이어령은 이런 질문을 던졌다고 한다. 지구는 둥글다고 했다가 로마 교황청 종교 재판에 회부되어 화형을 당할 위기에 처하자, 갈릴레오는 자신의 과학적 진리를 포기하겠다고 말한 뒤 재판장을 나오면서 "그래도 지구는 돈다"고, 혼잣말했다는 이야기를 듣고 "혼잣말하는 것을 누가 들었지요?"라고 질문하다 교사의 눈 밖에 난 적이 있다는 일화가 있다고 하는데, 그런 질문이 얼마든지 나올 수 있지 않은가. 혼잣말로 했는데, 그 혼잣말을 누가 듣겠는가. 옆 사람이 들을 정도의 말이라면 혼잣말일 수 있겠는가. 그리고 판결을 받고 나온 갈릴레이가 자기 무덤을 스스로 파겠는가. 과학적 진리를 중요시했던 그도 그 진리가 자기의 목숨을 위태롭게 하자 쉽사리 그 진리 주장을 포기해 버렸지 않은가. 이어령 선생의 질문 시기는 당시 본인의 국민학교 시절이었다고 한다.

인문학의 대가 김우창 선생의 경우, 1951년부터 53년까지 고등학생이었는데, 당시 그의 학창 시절 이야기를 들어보면 지금 교육 현실과는 너무 동떨어져 실감이 나지 않는다. 입시 준비하느라 정신없을 그때 교육과정상 외국어인 독일어를 독일어 담당 교사에게 방과 후에도 배운 끝에 독일어로 된 수필을 읽었고, 교과서 외의 것을 읽어야 된다는 생각 아래 철학과 문학 등 다방면의 분야에도 관심을 가졌고, 자연을 보러 놀러 다니기도 했다는 것이다. 지금 틀에 박힌 규격화된 교육과정을 거치고 있는 고교생들이 들으면 조금도 실감을 느끼지 못할 정도로 딴판이다. 그랬기에 김우창이라는 대단한 인문학의 대가가 탄생한 것이다.

서구의 경우, 학력과는 관계없이 자신의 독특하고 창의적인 생각이 발화되는 경우를 곧잘 목격하게 된다. 중등교육이라고 해도 학생들에게 과제를 주어, 그들이 직접 그 과제를 해결할 수 있도록 한다는 것이다. 학교교육의 획일성에서 벗어난 까닭이다. 그 과제를 해결하기 위해 학생들은 도서관을 찾아가 과제 해결에 필요한 독서를 하고, 그것을 기반으로 자신의 생각을 정리한 후 발표하도록 하는 제도가 되어 있는 까닭이다. 한국은 어떤가. 오로지 교사의 주도적 명령에 따라 철저히 수동적인 학습 자세로 임하면 모범 우등생이다. 창의 혹은 창조라는 단어는 거창한 발명이라기보다는 제 머리로 생각할 줄 아는 능력이다. 말로는 쉽게 하지만 사실 창의나 창조는 선택받은 이에게만 부여된 특권이다. 제 머리로 생각하고 판단해서 살아가는 사람이 몇이나 될까. 문제는 그렇게 할 수 있도록 학교교육이 노력조차 해보지 않는다는 사실이다. 도리어 학교는 창의나 창조를 죽이고 있는 실정이다. 그만큼 학교는 폭력적이고 살상적이다.

그래서도 어린 나이일수록 질문이 많아야 한다. 그들이 처음 접하는 모든 게 의문이고 호기심이고, 그래서 그들에게 모든 게 질문 덩어리가 아닌가. 그런데 아예 묻지도, 생각하지도 않는다. 그냥 하라는 대로 인형처럼 따라 할 뿐이다. 거기서 무슨 창의성 운운하겠는가. 질문 자체가 전면 차단된 학교교육, 학교교육을 그렇게 만든 국가나 사회가 요구하는 딱 맞는 사지선다형, 혹은 오지선다형 시험 제도, 답은 이미 정해져 있어 해답은 전격 차단하고 정답만 요구하는 제도이다. 그래서 엉뚱한 소리이지만 이념도 그렇게 받아들인 것인가. 좌냐 우냐, 진보냐 보수냐. 좌와 우, 진보와 보수를 넘나드는 것은 일절 인정하지 않고, 사이비로 간주한다.

한국의 학교교육은 정답을 맞추게 하는 교육이다. 해답을 찾게 하는 교육이 되어야 하는데, 세상살이가 하나의 정답만 있는가. 바람직한 삶의 방향은 답이 하나만 있는 게 아니다. 여러 가지 답이 있다. 곧 해답이 있는 것이다. 누구의 답이 더 정확한가는 알 수가 없다. 그것은 삶의 방향이 천차만별인 데에서인데, 누가 가장 바람직한 삶을 살았는가는 판결 내리기 어렵다. 그리고 판결을 내릴 수도 없다. 질문이 사라진 학교교육, 질문은 답이 정해져 있다면 질문이 아니다. 답이 정해져 있지 않기에 질문이다. 학생이 질문을 했을 때 교과서에 답이 있는 질문이면 그것은 시간 낭비에 수업 방해가 될 뿐이다. 그래서 누가 질문을 한다고 하면 그 누가는 다른 학생들에게 누(累)가 될 뿐이다. 질문이 실종되거나 원천 봉쇄된 학교 현실이다.

훈계식 유교적 제도에서는 질문은 금기 사항이다. 가르치는 대로 받아들여 행동의 지침으로 삼아야 한다는 지침이 전제이다. 지적 수준이건 세상에 대한 이해건 안목이건 그들에게 길들여져 어른들의 수준을 넘어가지 못한다. 기존의 것을 넘어서려면 그것을 파괴하고 새롭게 창조하는 길로 들어서야 한다. 어른의 세계를 뛰어넘지 않고서는 지겹게 어른의 길을 답습해야 한다. 얼마나 답답하고 지겹겠는가. 창조하려면 파괴해야 한다.

『학교는 죽었다』의 저자 E. 라이머는 "나쁜 학교가 보통 주입식 교육을 한다. 훌륭한 학교는 인간의 기본적인 가치를 가르친다."고 한다. 그의 말에 따르면 이 나라의 교육은 온통 주입식 교육이 아닌가. 플라톤 역시 『국가론』에서, "진정한 의미에서 교육이란, 장님의 눈에 빛을 넣어주는 식의 주입식 교육이 되어서는 안 된다는 것이네."라고 말했는데, 그렇다. 교육은 강제로 억지로 시켜서는 안 된다. 어릴 때의 학습은 오락처럼 이루어져야 하며, 그래야만 타고난 소질을 파악해 올바른 길로 이끌 수 있으니까, 말이다. 톨스토이가 학교를 세워 그런 철학으로 어린아이들을 가르치면서 학교를 운영했다.

주입 암기식 교육 위주의, 오직 오지선다형 점수따기가 최종 목표인 학력 위주의 풍토에서 과연 진짜 뛰어난 인물이 부각될 수 있을까. 사실 뛰어난 인물은 독자적인 사유를 통해 자신만의 세계를 구축하는 인물이다. 그런데 오늘날 보통의 인간이 혼자 힘으로 생각하는 것은 거의 드물다. 대체로 학교와 대중매체에서 제시하는 자료들을 기억하고 있을 뿐, 자신이 알고 있는 것들 중 자기 자신의 관찰이나 사고를 통해 알게 된 것은 사실상 거의 없다고 해도 과언이 아니다. 남의 생각을 빌리고 따르고 할 뿐, 자신의 능동적이고 통찰력 있는 사고를 이끌어내지 못한다. 지금 시대는 과거시험에 4번이나 낙방한 남명 조식 선생이 남명 조식 선생으로 역사에 깊이 남을 수 있는 그런 시대가 아닌 까닭에 남명 선생 같은 뛰어난 인물에 대한 꿈은 엄두도 내지 말아야 한다. 한국 교육의 전형적인 형태인 외우기는 답습이다. 기억력의 우열을 따지고 드는 지식의 답습은 창조와는 역방향이다. 따라서 삶의 방향도 수동성이고, 능동성은 원천 봉쇄되어 있거나 결핍 또는 상실되어 있다. 어쨌든 우수한 오지선다형 학력 점수를 우월한 암기력으로 딴 뒤 명문대학을 나와야만 제대로 평가 대상이 되는, 진부한 보수적인 틀에 박힌 세상이다.

3

이문열의 소설 「정산 선생(正山 先生)」(『그대 다시 고향에 가지 못하리』)에 주목할 대목이 있다.

> 대성(필자 주—공자를 일컬음)께서는 말씀하셨다. 군자불기(君子不器)라고. 그런데 너희들이 만든 교육제도와 너희가 자제에게 권유한 생각은 모두 저들을 그릇으로 만들었다. 초등학교 중학교 고등학교에서는 입시(入試)를 위한 일회용(一回用) 지식을 담는 그릇이 되게 만들었고, 대학에서는 취직 시험용 지식을 담는 그릇이 되게 만들었다. 장차는 돈을 담는 그릇, 명예 담는 그릇, 권력 담는 그릇을 만들고자 한다. 이제 그릇과 그릇이 부딪쳤으니 어찌 소리가 없겠느냐. 그나마 그릇의 선택마저 너희는 자제의 결정에 남겨주지 않았다.

철저히 경쟁 시대인 지금 현대에 '군자불기(君子不器)' 인용은 유교적이라는 비아냥이 터져나올 수도 있다. 그렇지 않은가. 왜 학교를 가는가. 오로지 '그릇-되기'가 목표이자 목적이 아닌가. 학교를 거치지 않고서는 불가능한 일, 유일한 통로가 학교인데, 가서 큰 그릇이 되고 싶어하지 않을 이가 있겠는가. 검사 판사, 의사 교수, 고시를 합격한 장차 고위 관료 등의 그릇이 되기를 다 간망하지 않은가. 그 목표와 목적을 달성하기 위해서는 학교 제도에 철저히 굴종하여 따르는 추종자가 되어야 한다. 국영수 점수 따기가 그릇이 되기 위한 가장 큰 방법이니 거기에 몰입해야 한다. 문제의 원인은 여기에 있다. 과거시험이면 수차례에 걸쳐 치르는 대로 당당히 장원 급제를 한 율곡 선생이 있기도 하지만 3번이나 낙방한 퇴계 이황 선생도 있고, 4번 이상 모조리 다 낙방한 남명 선생 같은 분도 있다. 하지만 율곡을 포함한 세 분 모두 뛰어난 인물로 역사로 남았다. 지금도 과거시험제에 해당하는 고시제가 있다. 어떻게 뽑을까. 결국 시험이다. 시험이지만 과거제와 고시제는 천양지차로 다르다. 과거제도는 인문학적 기본과 소양을 바탕으로 당면한 당대 현실 문제나 시국 현안에 대한 소견을 진술하는 형태였는데, 이를 '책문(策問)'이라고 부르는바, 가령, 세종이 낸 책문으로, <인재를 등용하고 양성하는 방법에 대해 논하여라.>와 같은 문제가 그렇다. 지금 고시제는 어떤 시험 형식일까.

소설 속 '그릇'이 되기 위해서는, 곧 한국에서 성공적으로 살아가려면 세태에 의문을 품고 소신이나 철학대로 살 것이 아니라 적극 편승해서 세태의 질서에서 뒤떨어지거나 뒤처지지 않도록 하는 길 외에는 다른 방법이 없다. 그러니까 학교 수업 외 과외 수업을 시키거나 하는 편법을 무조건 거부할 것이 아니라 적극적으로 활용해서, 학교 점수따기에 앞선 걸음을 걷도록 부모가 머리를 최대한 굴려야 하는 것이다. 부모가 머리를 굴리지 않은 자식은 낙오자가 되기, 딱 십상이다. 그런데 그런 적의한 시기에 머리를 틀지 않는 부모는 자식이 성인이 되고 사회인이 되었을 때 뛰어난 동년의 타인들을 보게 되면 자책감도 들고, 곱지 않은 따가운 시선을 감수해야만 한다. 나름 인간 세상에 대한 자신만의 소신 때문에 제대로 점수따기 공부를 안 시킨 탓에 결국 이 모양이 꼴의 초라한 존재가 되었다는 원망을 어떻게 감당해야 할까. 부모는 자식의 세상 '그릇'-되기에 온 정신을 집중해야 하고, 그 방법 모색에, 나아가 그 방법의 구체적 실천에 온 힘을 쏟아야 한다는 명제의, 명심 또 명심의 절실한 현실이다.

E. 라이머의 말이 들린다. "사람들은 사회를 받아들이도록 학교에서 교육되지만, 그들이 배우는 것은 사회를 창조하거나 혹은 다시 새로운 사회를 건설해야 한다는 것이다." 묘한 뉘앙스가 느껴지는 취지의 발언이다. 학교교육의 허실함이 그대로 반증 또는 입증된다. 교육의 진정한 의미와 가치라고 할 것이다. 진정한 교육은 자신이 살고 있는 세계의 불합리한 점을 예리하게 포착, 그것을 그대로 내버려두거나 방치하지 않는다는 사실이다. 그러나 현행 교육은 E. 라이머의 말과는 역-방향이다. 기존 질서의 시스템을 숙지하고, 그 숙지나 실행 여부에 따라 사회적 성공도가 가름되는 까닭이다. 이른바 기존의 질서 시스템에 길들여지는 과정이 학교 제도이다. 학교 제도는 말로는 평등화를 앞세우지만 실은 불평등이 조장되는 시스템이다. 학교 성적으로 등위를 매기고, 그 등위를 기반으로 해서 대학이 결정된다. 대학이 결정되면 사회는 대학 순위나 등급제에 따라 차등화하고 차별화한다. 말이 평등이지 실은 불평등의 조장이 학교 제도이다. 심지어는 인간도 그렇게 매겨지고 차등화된다. 흔히 말하는 '명문' 운운이다. 5, 60년대 서울 경기고, 하면 대한민국 최고의 명문고였다. 진주의 진주고등학교 역시 널리 알려진 명문고였다. 지금은 초중고 명문 운운은 사라졌지만 7, 80년대에 학창 시절을 보낸 세대라면 명문에 대한 쓰라린 경험의 기억을 가진 이들이 많을 것이다. 그 영향력은 그 세대의 현재에도 여전히 작용한다.

평준화 정책에 따라 초중고에는 명문과 비명문의 우열성이 사라졌지만 대학의 경우, 그 엉터리 위세는 여전하다. 대졸 학력에 비해 고졸 학력은 인간 차별화되고, 대학도 대학끼리 인간 차등화된다. 명문대와 비명문대, 서울과 경기지역의 대학과 지방대학의 차별화는 극심하다. 그 여전함으로 인해 고통을 받거나 열등감 자격지심으로 자신의 못남을 꾸짖고 학대하는 이들은 과거처럼 여전히 넘친다.

대학 간 차별화를 통한 특정 대학의 위세 곧 횡포를 생각하니 대원군이 철폐를 감행한 조선조의 서원이 생각난다. 서원이 관공서나 일반 백성들에게 자행했던 행패와 부패상이 떠오른다. 서원은 오늘날로 치면 일종의 대학인 셈이다. 얼마나 서원의 권위가 높았으면, 서원의 묵패(墨牌)를 두고, 묵패는 조(彫, 도장의 일종으로 서원의 상징)에 묻혀 찍은 문서를 일컫는데, 묵패의 효력은 관가의 체포영장이나 고지서보다도 훨씬 큰 위력을 발휘했다고 한다. 묵패의 위력은 "사충사(뿐만 아니라 조선 안 모든 서원)의 조─그것은 이 나라에 있어서는 옥새의 다음 가는 권위 있는 '도장'으로서, 각 지방의 방백의 관인(官印)보다도 훨씬 세력이 높은 것이었다." (김동인의 『운현궁의 봄』)

조선 최초의 서원인 '소수서원'은 퇴계 이황의 건의로 세워진 서원이다. 퇴계 선생이 후대의 이런 서원의 작태를 예견했다면 서원을 설립하려 했을까. 관아나 일반 백성들에게 자행한 그들의 추악한 횡포는 일일이 입으로 거론하기 번거로울 정도로 허다하다. 중앙부처에서도 그들의 횡포를 제어할 수 없었던 상황이었다. 서원은 사회적 부정, 정치적 비리 등 온갖 부정부패의 온상이었다.

물론 지금 대학 정도의 위세는 서원의 위세와는 비교할 수조차 없지만 지금의 대학 역시 마찬가지다. 대학 졸업을 하지 않으면 차별시되는 현실이 아닌가. 게다가 대학 간의 차별 역시 극심한 현실이다.

서두에서도, 에리히 프롬이 소유냐 존재냐, 하는 명제 아래 던진 교육제도에 대해 거론했는데, 그런데 한국에 비해 턱없이 낮은 유럽과 미국의 진학률을 어떻게 설명할 수 있을까. 대학이란 "지식의 꾸러미들을 생산하는 공장에 불과"하고, 단지 대학들은 "광범한 '메뉴들이 끓고 있는 부뚜막'"을 제공할 뿐이고, "학생들은 각자 이것저것 조금씩 맛을 본" 것에 불과한데 말이다. 어쨌든 한국은 에리히 프롬의 논리를 정석 그대로 조금-치의 이탈 없이 충실히 이행하고 있다. 학교화의 문제점이 심각하게 표면화되고 있어도 '그러려니'하는 전형적인 무사유의 태도로 아무런 문제점 인식조차 없이 자연스럽게 흘러가는 이치로 받아들이고 있다. 국영수 점수의 차이로 대학 간 또는 수도권대 지역 간의 차등화가 발생했는데, 전공 분야도 그대로 국영수 점수 차이의 논리에 따른, 대학 간 전공 분야의 차등화가 연계되는 것일까. 글쎄, 부정의 태도를 강력히 보이고 싶은데, 이 논리는 오류일 가능성이 높다. 외국인 가운데, 대학 과정을 거치지 않은 가스통 바슐라르가 그 오류의 가능성을 받쳐줄 강력한 인물이다. 요는, 학교화된 학교를 죽여야 사람이 살고, 사람의 정신과 이성, 지식과 역량이 살아난다는 사실이다.

학교 제도에서 오랫동안 아쉽게 인식되는 한 가지는 학교 교육의 주축인 교사이다. 세상에는 역사상 위대한 교사들이 있었다. 어두운 장막을 걷고 세상의 진리와 진실을 파헤쳐 보여주는 종교, 정치, 문화, 이념

등에서 그런 위인들이 있었다. 불교의 석가가, 기독교의 예수가, 유교의 공자, 노자, 장자가 그랬고, 마르크스, 프로이트, 다윈, 아인슈타인이 그랬다. 진리를 간파해 낸 그들의 혜안으로 인해 우리는 세계의 진실을 잘 알게 되었다. 우리도 세계의 위선을 폭로하고 비밀을 간파하며, 세상의 진리를 밝힐 수 있다. 그러나 그것을 뒷받침하고 힘이 되어 주어야 할 학교 교육이 오히려 장애가 되고 있는 현실이다. 그 장애의 축은 교사이다.

교사의 자격 요건은 세 가지이다. 첫째, 앎이 커야 한다. 적어도 전문직이라는 소리를 들으려면 일반인보다 훨씬 전문적이고 깊이 있는 앎을 가지고 있어야 한다. 둘째, 언행이 바른 인격을 갖추어야 한다. 격은 사람의 내적 높이이다. 그것이 품격이고 인격이다. 높이가 낮거나 없으면 인격이 없는 것이고, 품격이 낮은 것이다. 셋째, 세상을 바라보는 통찰력과 예지를 갖추어야 한다. 사범대학 자격증만 가지고 선생 노릇은 역부족이다. 죽을 때까지 앎을 위해서 공부해야 하고, 인격을 높이려고 노력해야 하고, 세상의 돌아가는 이치에 대한 자기만의 세계관이 있어야 한다.

파울루 프레이리는 『페다고지Pedagogy』에서 '은행적금식'의 주입식 교육보다는 '문제제기식'의 교육을 해야 한다고 역설했다. 은행적금식 교육이란 교사가 현실을 고정적이고 정태적이고 예측가능한 것으로 이야기하면서 학생들에게 설명을 주입하는 교육을 말한다. 문제제기식 교육은 교사와 학생들이 서로 대화를 통해 가르치면서 배우는 교육이다. 파울루 프레이리는 은행적금식 교육으로 교사가 벌이는 10가지 교육 방식을 거론한다. 몇 가지만 거론한다면, 교사는 가르치고 학생들은 배운다, 교사는 모든 것을 알고 학생은 아무것도 모른다, 교사는 생각의 주체이고 학생은 생각의 대상이다, 교사는 말하고 학생은 얌전히 듣는다, 교사는 행동하고 학생들은 교사의 행동을 통해 행동한다는 환상을 갖는다, 교사는 학습 과정의 주체이고 학생들은 단지 객체일 뿐이다, 등등. 프레이리가 거론한 교사와 학생의 관계 방식은 한국을 의식해서 적출한 듯 한국에 그대로 적용된다.

학교화된 사회에서는 자격증을 가지고 있는 사람만이 가르쳐야 한다는 틀이 있다. 사범대학을 나와야만 가르칠 수 있는 제도인데, 과연 그것이 가장 이상적인, 아니 이성적 합리적 제도일까. 사범대학을 나왔다고 해서 그 분야에 지식을 전담하고 효율적인 교육 역량을 가지고 있다고 할 수 있을까. 내 생각으로는 전혀, 그렇지 않다, 이다. 끊임없이 자기 전공 분야에 대한 공부를 집중해야 하는데, 한국의 교사들은 일단 자격증을 취득한 이후로는 공부하지 않는다. 각 대학의 사범대학은 교육이라는 말에 부응하는 역량과 자격의 진정한 교육자를 양성하는 기관이라기보다는 그냥 직업으로서의 교사 양성 기관에 그친다. 제도가 그렇게 만들었다. 학교화 제도 말이다. 학교교육을 담당하는 교사는 지혜는커녕 지식도 어중간하고, ―그런데 답답한 현실은 교사들이 자기 전공 공부를 하지 않는 사실 이면에는 암기 위주의 학교교육이기에 저단계의 지식으로도 충분한 가르치기가 가능한 개연성이 있다는 사실이다―, 학생들의 인간 교육을 하기에도 인격의 층위에서 의문시되는 현실이다. 강조하지만 교사의 가장 중요한 핵심 층위는 지혜와 인격이다.

4

학교교육은 반드시 거쳐야 하는 과정이기보다는 자신의 삶을 찾는 것이 중요하다. 물론 사치스러운 소리라는 빈정거림을 면치 못하겠지만. 만약 헤르만 헤세가 정상적인 교육과정을 밟았다면 헤세가 탄생할 수 있었을까. 13세에 라틴어 학교에 입학했고, 이듬해 신학교에 들어갔는데, 역시 속박이 심한 기숙학교 생활에 잘 적응하지 못하고 방황을 거듭했다. 탈출 소동을 벌이고, 신경쇠약에 걸리고, 자살 시도까지 한 것이다. 결국 학교를 그만두고 집에 있다가 다시 고등학교에 들어갔으나 1년도 지나지 않아 그만두게 되었다. 그의 꿈은 시인이 되는 것이었다고 한다. 그랬기에 규격화된 학교생활에는 전혀 적응하지 못했던 것 같다.

톨스토이는 1859년에 가족의 영지 야스나야 폴랴나에 학교를 세웠다. 그의 영지에 학교 건물에 걸맞은 거창한 건물이 있기나 했을까. 또 그 학교 교사는? 정식 자격증을 가진 도시의 교사가 월 200루블 정도의 높은 보수를 받는다고 하는데, 그들도 그 정도의 수입을 받았을까. 톨스토이 학교 교사는 마을들을 돌며 월 2루블(한 농가당 15코페이카씩 모아 만든 급여. 1코페이카는 0.36원 정도, 1루블은 36원 정도. 물론 당시 화폐-급이므로 지금과는 큰 차이가 있음) 정도의 낮은 급여를 받고 가르치는 교사들이 운영하는 농촌학교였다고 하는데, 톨스토이 학교 교사는 정식 자격증 교사는 아니었던 모양이다. "두 개의 방을 학교로 쓰고 방 하나는 서재를 썼다"(로맹 롤랑, 『톨스토이 평전』)에서 톨스토이 학교의 규모는 대략 짐작이 간다. 다음 그의 말에서 그의 학교의 실체가 조금씩 드러난다.

아직 아이들 머리 속에는 아무것도 없다. 어제 무엇을 배웠든지 오늘이면 다 잊어버린다. 그리고 오늘 수업에 걱정도 없다. 단지 오늘도 학교에 가면 어제처럼 즐거울 것이란생각만으로 학교에 온다. 수업이 시작되기 전에는 수업에 대해 생각하지 않는다.

—로맹 롤랑, 『톨스토이 평전』

교사는 언제나 저도 모르게 자신에게 가장 편한 교수법을 선택하려 한다. 어떤 교수법이 교사에게 더 편할수록, 학생들에게는 더 불편하다. 오로지 학생들이 만족하는 교수 방식이 옳다.

— 톨스토이, 『학교는 아이들의 실험장이다』

훈육은 우리에게 훌륭해 보이는 사람을 양성할 목적으로 어떤 사람이 다른 사람에게 행하는 강압적이고 강제적인 영향이다. 그러나 교육은 인간의 자유로운 관계다.

— 톨스토이, 『무엇을 어떻게 가르쳐야 하는가?』

당시 전체주의 체제 학교는 교사의 권위주의적이고 독단적인 훈육, 강압적 처벌과 시험에 의존했다. 톨스토이의 교육 방식은 자율과 창의성이었다. 부담 없이 편안하게 등교하는 아이들, 교사에게 편한 교수법보다는 학생들이 만족하는 교수 방식, 인간의 자유로운 관계로 인식되는 교육 등등을 보면, 톨스토이 학교의 필요성이 간절히 요청된다. 틀에 박힌 진부한 교육 체제가 아닌 교사가 수업을 억지로 이끌어가거나 주도하지 않고 학생들의 자발적인 수업 참여를 유도하는 학교, 교사는 학생들을 정해진 틀에 맞춰 강요하지도 억압하지도 않고 지식 습득보다는 재능 발달을 중심으로 이성과 감성을 깨우치고 창조적인 삶을 살아가도록 유도한다. 교육의 본질은 학생이 삶에 대해 갖는 관심을 개발하고 삶의 문제점을 아동과 함께 해결하는 것, 톨스토이 학교는 학생을 구속하는 일체의 속박을 두지 않으려고 애썼다. 톨스토이는 "등교하지 않거나 심지어는 학교에 다니더라도 교사의 말을 듣지 않을 권리"를 학생들이 가지고 있다고 천명했다. 영국의 시인 헨리 워튼은 교육기관에 대해 이렇게 말한다. "교육기관은 법률보다 더 중요하다. 왜냐하면 만약 어린 나무들이 처음에 뿌리가 잘 붙으면 버팀목이나 울타리도 필요 없기 때문이다." 그렇다. 뿌리가 튼실히 내리도록 교육의 내실이 중요하다는 점이다. 그래서도 교육이 얼마나 중요한가. 물론 원론적인 소견이지만 간절하다.

학교교육 말고는 답이 없을까. 그래서도 학교교육을 대체할 '배움의 네트워크'가 필요하다. 개인적이고 창의적이고 자율적인 상호작용이 일어나는 네트워크 말이다. 그러니까 주변의 사물, 친구, 어른으로부터 끊임없이 배우며, 마지막으로는 전문지식의 소유자로부터 깊은 지혜와 수준 높은 기술을 익히는 관계가 일상적으로 이루어지는 체계를 말한다. 본인의 생각에 따라, 초등학교는 취학하더라도 중·고등학교 시절은 자유롭게 배움의 네트워크를 인정해 주어야 한다고 생각한다. 특히 학교화는 진지한 숙고가 요청된다. 그러나 가능하기보다는 결코 가능치 않은 쪽으로 쏠리는 것은 현실적인 사회 규칙에 따른 제약이 실로 엄청난 까닭이다. 가령, 대학을 나오지 않았는데도 대학 학력자와 동등하게 인정해 줄까. 중고등학교 학교제도를 거치지 않았는데도 동등하게 수용할까. 상위 사회체제 시스템보다는 불평등하고 불합리한 학교제도를 거친 대다수의 대중들이 더 강력하게 반발하여 들고 일어설 것이다. 물론 대중들의 반발은 추상적인데, 실제적인 사회구조 체계가, 학교제도를 거치지 않은 이들에게 편견이나 선입견을 발동하지 않고 평등한 관계에서 수용할까. 가령, 사회생활의 중요한 단계인 일자리 취직을 위해 공공기관이나 기업 면접을 거쳐야 할 경우, 어떻게 처리할까.

그리고 이반 일리치가 거론했듯이 학교는 불평등을 심화하고 배움의 자유를 억압하는 곳이라는 오명을 씻었으면 좋겠다. 더 이상, 학교는 졸업장과 점수로 사람들의 등급을 매김으로써 사회적 기회를 차단, 박탈하고 불평등을 심화하며, 제도적 서비스에만 의존하는 무능력한 인간을 길러내는 최악의 교육 공간이 아님을 선언했으면 한다. 또한 톨스토이의 교육관을 담은 '학교는 아이들의 실험장이다'라는 제목대로, 학교는 어린아이들의 창의적 가능성을 실험하는 곳이어야 한다. 브라질의 교육자 파울로 프레이리는 "교육은 자신의 실-존재에 유효한 행위를 하도록 유도하여 자신의 실-존재를 정확히 깨닫게 하는 것이다"고 했다는데, 그의 실-존재 운운의 원론적인 교육관은 이 나라의 교육 현실과는 너무 동떨어져 실없이 허탈한 헛웃음만 실실 터져 나올 뿐이다. 세칭 소수의 엘리트는 자신의 실-존재를 정확히 깨달은 '그릇'이고, 학교화를 제대로 거치지 않은 다수는 실-존재의 '그릇'과는 거리가 먼 열등자나 낙오자로 만드는 나쁜 학교 제도를 과감히 거부한다.

마지막으로 이반 일리치가 재창조한 신화적 인물인 에피메테우스적 인간을 올린다. "모든 사람에게 학교 교육을 받게 함은 프로메테우스적 사업의 정점임을 인식할 수 있고, 그 대안이 되는 것은 에피메테우스적 인간이 살기 적합한 세계라고 말할 수 있다." 프로메테우스적 사업은 학교 제도가 만든 틀인 교육과정의 계획에 따라 진행되는 것을 의미한다. 반면에 에피메테우스적 인간은 주변의 사물이나 사람과의 상호작용을 통해 배워가는 과정을 거쳐 가는 인간형이라고 보았다. 자연과의 조화, 생명과의 공존만이 인류가 살아남을 길임을 잠정하고, 그 길을 추구하는 모델상이 에피메테우스적 인간상인데, 환언하자면 학교 시스템에서 벗어나 자유로운 교육이 이루어지는 사회를 살아가는 인간을 에피메테우스적 인간이라고 명명한 것이다. 이반 일리치가 에피메테우스적 인간상을 입에 올린 지 근 50년이 지난 지금도 에피메테우스적 인간 세상은 거리가 멀고, 프로메테우스적 사업은, 글쎄, 국가 주도 아래 일사불란, 충실히 운영되고 있는 현실을, 그래서 에피메테우스적 인간상은 정착되기 어려운 세상을 우리는 살아가고 있다. 학교는 힘이 세다. 아쉽고 안타까운 인간상이여, 에피메테우스여.

'한국 시민입니다'의 선언

"망아지를 낳으면 제주도로 보내고, 사람이 자식을 낳으면 서울로 보내라."는 속담은 교육을 제대로 받고 또 출세하기 위해서는 서울로 가야 한다는 의식을 반영한 것이다. 이 속담은 조선조에 생겨난 일상적, 상투적인 담론이지 싶은데, 그 당시에도 서울이라는 지명이 불리었던 모양이다. 기록상 조선조에는 한성으로 불리었는데, 서울이라는 이름은 입말로 함께 불리었던 것으로 보인다. 『하멜 표류기』(1668년)에 "조선 사람들은 수도를 sior 곧 서울이라고 부른다"는 기록이 있다고 하는데, 그 기록을 보면 서울이라는 지명은 오래전부터 사람들 입에 오르내렸던 것으로 추정된다. 지금 서울은 '수도'를 지칭하는 상징 명사로 사용되고 있는바, 조선조 수도였던 한성이 사람들 입에 서울로 불리었다는 사실은 시사하는 바가 크다. 그것은 서울의 연원이 '신라'에, 신라의 수도 '서라벌'에, 또 서라벌의 한자식 명칭인 '동경(東京)'에 있다는 것, 그러니까 서울과 신라와 서라벌과 동경은 어원이 각기 모두 연결된, 동일한 지명이라는 사실이다.

서울의 옛 표기 곧 훈민정음식 표기는 '식벌'이다. 서울의 '서'는 동쪽을 뜻하는 '식'에서 바뀐 낱말인데, 동쪽은 아침이면 해가 솟아 세상을 새롭게 하기에 새롭다는 뜻이 되는 것이다. 그래서 샛바람(東風), 새벼리(東壁)의 '새'는 동쪽의 뜻이다. '벌'은 넓고 평평한 땅이라는 '벌(판)'의 훈민정음식 표기인데, 한글의 옛 자모인 'ㅸ'은 뒤에 음성모음을 만나면 '우'로 바뀌는 데에서 '벌>울'이 되었다. 그래서 '식벌'은 서울의 옛 표기이다. '식벌'은 곧 서라벌의 다른 표기이고, 서라벌의 한자식 표기는 신라(新羅)인 것이다. 신(新)은 새롭다 혹은 동쪽의 뜻인 '식'로, 라(羅)는 '닉' 곧 벌판의 뜻인바, 서라벌의 '벌'과 의미가 겹치는 관계로 생략 처리된다. 우리말에는 잉여성, 곧 의미가 중복되는 겹말의 형태가 많다. 가령, '시도 때도 없이', '역전앞' 등이 그렇다. 해서 신라는 옛말로 표기하면 '식닉', 곧 이두식 표기인 신라(新羅)가 되는 것이다. 참고로, 향가(鄕歌)를 가리키는, '신라('식닉>사뇌')의 노래'라는 뜻의 '사뇌가(詞腦歌)'도 동일한 맥락의 명칭이다. (참고로 다른 해석도 있다. 사뇌가(詞腦歌)는 '사(詞)를 골수(腦)로 하는 노래'라는 정의가 그것이다. 사(詞)는 중국 문학의 한 종류로 詩와 분리된 노래 가사를 뜻하는데, 그래서 사뇌가(詞腦歌)란 '가사를 골수 곧 핵심으로 하는 노래'라는 것이다.) 사뇌가는 10구체의 향가를 일컫는데, 비슷한 이두식 표기로, 사내(思內), 시뇌(詩腦)라고도 한다. 향가 곧 시골 노래는 중국을 전제한, 신라가 중국에 비해 시골이라는 자의식적인 명칭인데, 사뇌가는 신라의 노래라는 민족의 주체성을 덧세우기 위한 자존심의 명칭이다.

동경(東京) 역시 신라와 같은 뜻이다. 京은 높은 언덕의 뜻, 높은 언덕 위에 지은 궁성의 뜻이다. 임금의 집이나 신전은 비교적 높은 언덕

위에 지었다. 따라서 이곳은 정치, 경제, 문화의 중심지가 된다. 곧 동쪽에 있는 높은 언덕, 벌판이라는 뜻인데, 지금의 서울은 동쪽이 아니라 서쪽이다. 그것은 서울이 한 지명이 아니라 수도의 상징적인 명칭이 된 까닭이다. "東京明期月良 셔블 밝기 다래(서울 밝은 달밤에)/ 夜入 伊遊行如可 밤드리 노니다가(밤늦도록 돌아다니다가)" (<處容歌>의 앞대목에서) '東京'을 '싀볼>셔블'로, 셔블은 곧 서울로 풀이한다. 일본의 수도 도쿄 곧 동경(東京)은 바로 신라의 수도인 서라벌 혹은 싀볼>셔블 곧 동경((東京)을 그대로 베껴 따간 것이다. 참고로 일본(日本)도 '해가 뜨는 곳'이라는 뜻이니, 해 뜨는 곳이라는 신라 또는 서라벌의 다른 한자식 표기인 셈이다. 요는, 서울은 신라시대의 한 산물이라는 것, 한 나라의 수도명이 된 것은 신라의 수도인 '싀볼' 혹은 '셔블'의 원어인 서라벌에서 유래되었다는 사실이다. 조선시대에 서울의 공식적 명칭인 한성은 일제 강점기에는 '경성부'로 부르다가 해방 이후 1946년 11월 23일 수도의 명칭인 '서울'로 공식화되었다.

그런데 '서울' 지명에 대한 황당한 인터넷 정보가 떠돌고 있다. "서울의 서는 수리·솔·솟의 음과 통하는 말로서 높다·신령스럽다는 뜻을 가진 말에서 유래했고, 울은 벌·부리에서 변음된 것으로 벌판, 큰 마을, 큰 도시라는 뜻을 가진 말에서 유래했다. 서울이라는 말은 한자로 경(京)과 도(都)자로 표시되는데, 경은 크다는 뜻이며, 도는 거느린다·번성한다는 뜻을 가지고 있다." 반은 맞고 반은 잘못된 정보인데, 구체적으로 '울'에 대한 해석은 맞고, '서'에 대한 해석은 잘못되었다. 더 잘못된 인터넷 정보도 있다. 이렇다. '서울'이라는 명칭은 출발은 한자였는데, '서울'은 눈 설(雪) + 울타리가 합쳐진 단어라는 것이다. 조선 초 무학대사가 새로운 도읍을 정하기 위해 돌아다녔는데, 그때가 겨울이었고, 그러다 서울을 발견하게 되었는데, 다른 곳은 모두 눈이 쌓여 있었지만, 서울 지역만 볕에 눈이 녹아, 마치 눈이 울타리를 쳐놓은 듯한 모습이라는 것이다. 그래서 우리가 익히 알고 있는 '서울'이 탄생하게 되었다는 것, 그러니까 눈 설(雪)의 받침 'ㄹ'이 빠지고 남은 '서'가 첫 글자라는 것이다. 무학대사 눈이 얼마나 높고 컸기에 서울에 내려 쌓인 눈이 울타리로 보였단 말인가. 드론으로 본 눈인가. 근거가 맹랑한 어원설이다.

언젠가 손아래 외족을 만난 일이 있는데, 첫 인사말이 '서울시민입니다'라는 말이 튀어나오는 것이었다. 이게 무슨 말투인가. 서울에 산다는 것을 다 알고 있는데, 굳이 서울시민이라니. 꼭 자신이 지역과는 엄정하게 차별화되는, 높은 계급의 도시에 살고 있다는 뉘앙스를 풍기게 하는 말투이다. 세상에, 서울이 다른 나라의 도시 이름인가, 한 나라에 살고 있는 한국민이 이런 인사말을 하다니. 헤어지고 나서도 줄곧 그 말은 머릿속을 뱅뱅 돌고 있는 것이었다. 도대체, 왜 그 말이 튀어나온 것이지? 생각 끝에 내린 답은, 아하, 한국민이지만 급이나 격이 다른 도시에 살고 있는, 따라서 급이나 격이 다른 한국민이라는 것을 강조하기 위해서 그런 천하고 유치한 말을 의식적으로 뱉었구나, 로 가닥이 잡혔다. 하긴 옛날부터 한양에 사는 것은 다른 지역에 살고 있는 것과는 차원이 달랐다. 한 급 내지 한 격 아니면 몇 급 내지 몇 격이 높다고 스스로들도, 다른 지역민들도 그렇게 인정하고 수긍했던 것이다. 썩 흔쾌하지 않은 이런 의식의 유산이 아직도 남아 있다니, 전혀 반갑지 않은 현상이다. 서울과 지역의 차이는, 정확히는 차별은 사람의 급과 격에만 그치지 않는다. 땅값이다. 서울은 부동산 공화국의 수도라는 인터넷에 떠도는 말도 있지만 지역의 땅값 집값에 비해 서울의 땅값 집값은 금값이다.

20대 대선이 끝난 뒤 4월 13일 한 신문 경제란에 기사가 떴다. "대선 끝나자 압구정 현대 8억 올라 …" 라는 제명 아래 서울 강남구 아파트 가격에 대해 보도를 했다. 한 마디로 억! 소리가 나면서 벌어진 입을 다물지 못했다. 처음 대하는 서울의 아파트 가격이었다. 전용면적 183m²(약 59.47평) 아파트 가격이 대선 전에는 52억 정도이었는데, 대선 이후 59억 5,000만 원으로 상승했다는 것이다. 158m²(51.35평) 아파트는 36억에서 51억으로, 81m²(26.325평) 아파트는 19억 5,000만 원에서 22억 7,500만 원으로 올랐다는 것이다. 그런데도 강남권 지역 매물은 급속도로 줄어들고 있다는 보도가 같이 나왔다. 더 오를 것이라는 기대감에서 매물을 거두어들였다고 한다. 자본주의 폐단의 극치를 대하는 기분이다. 내가 살고 있는 지역과는 하늘과 땅 차이의 격차이다. 빈부의 차이는 날이 갈수록, 해가 거듭될수록 심화되고 있다. 이런 세상에서 살아남으려면 ≪論語≫·≪老子≫·≪莊子≫와 같은 인간 윤리 도덕의 가르침에 머리를 박아두어서는 절대 안 된다. 투자니, 투기니 하는 반-프로테스탄티즘과 거리를 두면 알게 모르게 시간이 흘러 거지꼴이 되어가고 있는 우리 자신을 발견하게 된다. 만시지탄의 뒤늦은 발견에 어리석은 소리다. 처음부터 '서울시민'으로 살지 않으면 청년기에는 밀리고 밀려 중장년기에는 퇴보에 퇴보를 거듭해서 노년기에는 자식에게 민폐가 된다는 사실을, 대한민국 국민이면 누구든 처음부터 깨달았어야 하는데, 말이다. 더욱이 길흉사를 계기로 오랜만에 반갑게 대하게 되는 손아래 '서울시민' 외족한테 무안이나 당하지 않은

가. 자본주의 세상을 멀리 높게 보는 드론의 눈을 갖추었더라면 자식은 청소년기에 들어서는 순간, 앞뒤 가릴 것 없이 무조건 '서울시민'으로 귀화시켰어야 했는데, 후회막급이다. 다른 나라의 다른 민족과 공동체 생활을 하는 것도 아니고, 같은 민족과 함께 나란히 살아갈 수 있으리라, 당연히, 으레, 그러려니, 하고 생각했는데, 안이했다. 한 치 앞을 예측하기 어려운 한국의 세상을 냉철하게 멀리 짚었어야 했는데. 그 세상을 멀리 전망하기에는 역부족인 본인의 근시안을 힐난, 자책해 보았자 이미 끝난 일이다.

한국의 서울은 너무나 거대화되어 있다. 이탈리아의 수도 로마의 인구가 약 290만 명이라고 한다. 서울은 천만 명에 육박한다. 두 나라의 인구는 어떤가. 이탈리아의 인구는 약 6,000만 명 정도인데, 한국에 비해 천만 명 정도 많은 편이다. 그런데도 수도 인구의 비율은 비교가 안될 정도로 한국이 월등히 높다. 더욱이 수도권, 그러니까 서울을 중심으로 한 경기도 지역의 인구를 합치면 한국 인구의 반 이상이 그곳에 거주한다는 사실이다. 이러한 인구 집중 현상은 마르크스가 『공산당 선언』에서 언급한 대로 부르주아지의 영향권 아래에서 벌어지는 일들이다. 마르크스는 '현실 자체에서 이념을 찾겠다'며 자본의 논리로 야기되는 인간 소외의 문제를 철저하게 분석함으로써 인간 해방의 가능성을 모색했다. 마르크스의 논리에 따르면 한국의 도시형, 특히 서울 수도권은 전형적인 부르주아지의 영향권 안에 있다. 마르크스는 말한다. "부르주아지는 농촌을 도시의 지배 아래 종속시켰고, (그들은) 거대한 도시들을 건설"하여, "인구를 밀집시키고, 생산 수단을 한곳으로 모으고, 소유를 소수의 손에 집중시켰다." 거대 도시 서울은, 그의 말대로, 전형적인 부르주아지의 도시인 셈이다. 그러다 보니 서울과 수도권 지역의 경제적 차원은 다른 지역과는 비교 자체가 안 되는 실정이다. 그래서도 노무현 정권의 서울 집중 분산 정책은 주목할 만한 정책이었다. 서울에 집중된 모든 권력 시스템을 지역으로 분산화시키려 한 그 정책은 노무현 정권의 치적 가운데 앞자리에 들만한, 형안의 정책이었다.

어느 나라에서건 그 나라의 수도에는 정치 교육 경제 사회 등등 각 분야에 걸쳐 그 권력이 집중되어 있다. 한국 역시 당연히 그렇지만, 문제는 한국은 다른 나라와는 비교가 안 될 정도로 극심한 편이라는 사실이다. 생활 전반에 걸쳐 일체 모두가 서울 중심인 것이다. 대학은 당연히 서울에 있는 대학 아니면 수도권 경기 지역에 있는 대학에 들어가야 하는데, 심지어 지역에 있는 국립대학도 서울 경기 지역의, 세칭 삼류 대학보다 바닥인 낮은 단계로 떨어지는 현실인 만큼 무조건 서울 경기 지역의 대학에 들어가는 것이 크게는 대학 졸업자의 인생에, 짧게는 사회생활에 유리하다. 한마디로 서울 유리 운운하는 차원을 떠나 지역에 대한 극차별 현상이다. 서울 지상주의, 가장 큰 불이익은 대학을 졸업하고 취업하려 할 때 겪는다. 지방대를 나오면 가장 먼저 기다리는 것은 차별로 인한 몰안시, 푸대접의 투명 인간 취급이다. 면접에서 서류상 지방대이면 무시되기 십상, 심지어는 무관심 속에서 제쳐지기도 한다는데, 그런 극차별 불온 현상은 지역에서도 그대로 답습, 적용된다.

병원도 그렇다. 지역에서 큰 병에 걸리면 무조건 서울로 가라고 한다. 왜 이런 현상이 벌어지는 것일까. 지역에서도 치료할 수 있는 의사가 있어야 하지 않은가. 서울은 존재 인정, 지역은 서울 입성 실패—인정이다. 어쩌다 이렇게 된 것일까. 말은 이렇게 하지만 개선될 여지는 조금도 없다. 그렇지 않은가. 비록 유명 의사라도 지역 병원에 근무한다면 그 이미지가 추락할 여지가 많다. 대학 교수도 그렇다. 유명 대학에서 학위를 받았다면 응당 수도권에서 교수 생활을 하려 할 것이다. 존재의 위상 문제가 걸린 중대 사안인 까닭이다. 만약 지방대학에 내려오면 어쨌든 수도권 대학으로 자리를 옮기려고 기를 쓴다. 그렇다고 그분들을 힐난할 의도는 전혀 없는 일, 그분들도 그렇지 않겠는가. 서울에 소재하는 대학에서 학문 생활을 해야 바라보는 시선이 제대로 꽂힐텐데, 그 시선을 의식하지 않을 수는 없는 일, 주변에서 그런 경우를 많이 접했기에 말할 수 있다. 허두에 인용한, 말은 낳으면 제주도로 보내고 사람은 낳으면 서울로 보내라던, 오래전의 그 속담이 전하는 대로, 현대일수록 서울의 힘은 여전히, 아니, 더 큰 위력을 떨치고 있다.

대학이건 의학계이건 서울 집중 현상의 현실을 보면 선히 떠오르는 서양의 인물이 있다. 아프리카에서 활동한 알베르트 슈바이처이다. 그는 1913년 부인과 함께 프랑스령 아프리카의 랑바레네(현 가봉공화국에 위치함)로 건너가 현지 흑인 환자들을 대상으로 의료 봉사에 나섰다. 그의 헌신적인 의료 활동으로 많은 사람들이 건강을 회복했기에 당시 원주민들은 슈바이처를 '오강가(마법사)'로 칭송했다고 한다. 그는 1952년에 노벨 평화상을 수상하곤 그 상금을 아프리카의 나환자촌 건설에 전액 기부하기도 했다. 그는 가족에게도 진정한 삶의 동기를 부여하여 그의 딸 밀러 역시 아프리카에서 의료 봉사활동을 했다. 그래서 부러움과 동시에 아쉬움이 진하게 덮친다. 이 나라에서도 서울에서의 짧은 명성과 사리에 빠지기보다는 열악한 지역에서 봉사하고 있는 데에도 단지 알려지지 않을 뿐, 지역민을 위해 열정과 의무를 아낌없이 다하는 숨은 이들도 많으리라, 애써 믿는다.

그런 면에서 노무현 씨의 지역분권과 국가 균형 발전은 드문 치적이다. 한마디로 '지역 등권'인데, 물론 그 정책은 김대중 씨로부터 발상, 정책화되기 시작했다. 노무현 씨는 국회의원 당시, 김대중 씨의 지방 자치를 지역분권과 참여 민주주의로 한 단계 더 발전시키고자 했다. 그는 2002년 대통령 선거에서 놀라운 공약을 걸었다. 수도권 비대화가 가져오는 국력 낭비를 막고 지역 균형발전을 위해 수도를 세종으로 옮기겠다는 것이었다. 집권 이후 참여정부는 '지방화와 국가균형 발전시대'를 선포하며 천도를 추진했지만, 헌법재판소에서 관습에 없는 '신행정 수도법은 위헌'이라고 판정하는 바람에 수도 이전은 취소되고, 대신 행정중심복합도시라는 모호한 개념으로 현 세종시가 건설되었다. 참여정부는 혁신도시 추진과 공공기관 지방 이전을 멈추지 않고, 줄기차게 추진하여 2005년에 공공기관 이전 계획을 수립, 혁신도시들을 선정했다. '혁신도시 특별법'의 주요 내용은 지역 분권을 위해 서울에 몰려 있는 공공기관의 지방 이전을 강제화하는 것으로, 전국 혁신도시 10곳을 지정하여 112개 공공기관 이전을 완료했다. 사실 각도별 거점을 중심으로 한 지역 균형 발전 계획은 오래전, 그러니까 김대중 노무현 정권보다 훨씬 이전인 박정희 정권 때 이미 수립되어 있었는데, 전두환 씨가 집권하고 난 뒤 그 계획은 유야무야되고, 오로지 '서울시민입니다'의 발언에 힘을 실어준 발전 계획에만 집중되었다.

그렇다고 문제가 전혀 없는, 무탈의 완벽 상황은 아니다. 혁신도시,

세칭 신도시가 조성됨으로써 구도시는 추락하는 단계에 처해 있다는, 이른바 슬럼 현상이 벌어지는 것이다. 혁신도시로 지정된 지역의 부동산이 투기화됨으로써 빈부 격차도 심해지고, 토지 개발로 인한 기존 생활 터전이 파괴되고 있는 현실인데, 모든 조건을 다 완비, 충족시킬 수는 없는 일, 모쪼록 일부 불편이나 상대적 빈부 차별은 기꺼이 감수하고서라도 지역별 특성을 살려 특성화한 도시로 개발하는 게 답이다. 서울이라는 거대 도시에 모든 권력의 중심을 집중시키는 전근대적 중앙 집중식 도시형에서 탈피, 다양한 특성을 살린 중앙 분산식 도시로 나아가야 마땅하다.

'서울시민입니다', 하는 그 외족의 목소리가 다시 환기된다. 그가 힘겹게 살다가 서울에 입성하여 나름 그 터전을 만든, 험난한 고생으로 점철된 지난날들의 자신의 삶을 보상하는 소리일 것이다. 그 소리를 유발한 원인 제공으로서의 기억들이 소환되기도 한다. 그는 가정 환경상 동년배들과는 달리 기초 학력을 비롯한 기본 조건의 혜택은 거의 받지 못하고, 사회에 일찍 진출하여 밑바닥부터 자신의 삶을 개척, 일구어 나갔던 자립인이다. 그리곤 자신이 설 자리를 그나마 확보한 끝에, 그래서 자신이 살아온 삶에 대한 안도감과 뿌듯한 자긍심이 생겨서 그런 소리를 발했을 것으로 추정이 되면서 이해가 되기도 한다. 지금의 자신의 삶을 구축하기에 얼마나 힘들었을까. 그런데 그 소리에 대한 이해는 충분히 가납되지만, 그 소리가 발해지는 순간, 속물적 우월 의식이라는 인상이 강하게 받치는데, 이 우월 의식에 대한 선입견은 그만의 잘못은 결코 아니다. 그는 다만 '서울시민'이라는 우월 의식에 아무 생각 없이 편승했을 따름이다.

소크라테스에 대해 키케로가 한 말이 생각난다. "소크라테스는 그는 그가 어디 태생이냐고 하는 질문을 받았을 때 그는 '세계시민'이라고 대답했다. 그는 스스로를 우주 전체의 주민이며 시민이라고 생각하고 있었던 것이다." 역시 위대한 인물이다. 1948년 5월 25일, 미국 평화주의 운동가 게리 데이비스는 미국 국적을 포기하고 스스로 '세계시민'임을 선언했다. 역시 큰 사람과 작은 사람은 한마디 말에서도 그 세계관의 크기 차이가 난다. 본인도 그릇이 작은 탓이라 '세계시민입니다'는 선언이 부담스럽고 도저히 감당이 안 되어서인지 그다지 체감적으로 와닿지 않는다. 사람의 그릇을 고려한 소리를 내야 절절히 다가오는 법, '한국 시민입니다'가 더 절절히, 가깝게 다가온다. 한국에서부터 먼저 골고루 평등해지고, 나란히 같이 가는 마음 씀씀이가 있어야 하지 않은가. 너무 먼 것은 허상이고 추상이고, 그래서 헛소리 빈-소리로 들릴 뿐인데, '한국 시민'도 일종의 헛소리 빈-소리에 가깝지만 그나마 '서울시민'이 함의한 문제점을 전제로 한 대상적 심리를 담은 욕망의 기호이다. 한 민족끼리 지역적 차별과 차이로 인해 갈라지고 나뉘고 해서도 문제이고, 높고 낮고 많고 적고의 차이로 인해서 내려다보는 시선은 그 시선을 견디기가 여간 힘들지 않다. 그렇다고 공산-사회주의 체제에 올인, 꿈꾸는 것은 아니지만 가능하다면, 이런 말 자체가 이상이라는 허상의 텅 빈말에 그치겠지만, 그 체제의 이상적인 좋은 제도가 도입, 바람직한 이상적 사회 체제로 나아가 한 민족 간에 큰 차별 없이 골고루 평등하게, 어깨를 펴고 당당히 살아가는 사회가 되었으면 하는 마음이다. 삶은 소유가 아니고, 소유의 정도를 가지고 간주하거나 재단할 단계의 프레임이 아니다. 삶은 존재이고 존재로서의 가치인 이유이다.

그리고 상식적으로 납득하기 어려운 언어적 횡포가 하나 있다. 사투리에 대한 차별과 편견인데, 아니, 차별과 편견을 넘어 아예 내리깎음의 횡포이다. 사투리 곧 방언은 지역마다 사용되는 고유한 언어이고, 표준말은 서울을 중심한 경기 지역에서 사용하는 언어이다. 그런데 문제는 지역에서 태어나 성장, 생장한 세대들이 겪는 상식 불가의 일인데, 취직 등의 직업상 면접에 대비해서 표준말인 서울말을 학원에서 배운다는 것이다. 가급적이 아니라 절대적으로, 지역-말인 사투리 곧 방언을 사용하지 않도록 교육받는다는 것이다. 만약 사투리를 사용했을 경우, 합격에 치명적인 불이익을 당한다는 것이다. 세상에, 이런 상식 밖의 일이 벌어지고 있는 이 나라가 사람 사는 세상인가. 소통이 가능한 범위 내에서 지역어를 최대한 존중해야 마땅한 일, 이 나라에서는 다양한 사회 현상인 미래지향적인 사람살이 현상은 어느 한 가지도 찾기 어렵다. 참고로 조선총독부에서 1912년 '보통학교용 언문철자법' 기본 원칙 제1항에 "現代京城語を標準とし"(현대 서울말을 표준으로 삼는다)이라고 명시한 이래 내내 지금까지 서울말이 한국의 표준어로서 공식적 지위를 인정받았다. 표준말 지정은 식민지 한국을 효율적으로 통치할 목적으로 정한 실무 위주의 교육정책의 일환으로 보인다. 그 일제 식민 통치 정책이 그대로 유효하게 이 나라 언어 소통 문화를 장악, 진리처럼, 진실의 구현처럼 지금도 실행되고 있다.

　그런데 여기서 잠깐 막스 피카르트의 사투리에 대한 인식관을 소개한다. 그는 요한 페터 헤벨의 산문집『보석상자』에 나오는, 독일 문학의 가장 아름다운 이야기 중의 하나인「예기치 않은 재회」를 거론하면서, 이렇게 평가한다. "만약 이것이 방언으로 쓰였다면 이야기는 숭고한 보편성에서 사적인 일화로 떨어져 내렸을 것이다. 누군가 방언으로

이 이야기를 하면, 몇몇 사람만이 램프 불빛 아래서 귀를 기울였으리라. 숭고한 보편성은 개인적인 사연으로 변한다. 반면에 고지 독일어로 적히면, 모든 이가 귀 기울인다. 인간뿐만 아니라 언어 자체도 귀 기울인다."(『인간과 말』)『보석상자』에 사용된 언어에 초점을 둔 발언인데, 방언이 일체 사용되지 않았다는 사실에 주목해서 평가를 내린 것이다. 그러니까 표준말인 고지 독일어로 쓰였기에 숭고한 보편성을 확보한 것이라는 뜻인데, 만약 『보석상자』에 사용된 언어가 사투리였다면 독일 문학의 가장 아름다운 이야기 모음인『보석상자』는 사적인 일화 곧 개인적인 사연으로 떨어져 내렸을 것이라는 평가를 내린다. 살짝 그의 말에 고개가 갸우뚱거려진다. 언어는 인간 존재와 삶의 표상이 아닌가. 사람마다 사람의 삶은 다 천차만별로 다르기 마련이다. 언어는 그것을 대변한다. 가령, 철학자의 철학적 언어를 하루하루 노동을 해서 살아가는 일일 노동자들이 자신을 숭고하게 높이기 위해 일상적으로 부려 쓸 수 있겠는가. 각기 삶에 따른 언어가 있기 마련이다. 절실한 일일 노동자의 삶은 일일 노동의 언어로 표현되어야 절절하게 드러나는 법, 사투리 역시 그런 논리가 적용된다. 표준말이 보편성을 지닌 언어 체계인 것은 분명한 사실이지만 사투리를 겨냥해서인지 '숭고한'을 관두한 것은 사투리를 상대적으로 깎아내리는 듯 지나친 편견이다. 인간은 하나같이 같을 수는 없다. 차이와 차별성이 있는 것이다. 그래야만 인간이고, 그 나름의 삶을 살아가기 마련이다. 언어 역시 마찬가지다. 지역 말인 사투리 역시 지역민의 삶의 표상인 것이다. 괴테의 말을 귀담아 듣자. "언어의 힘은 그것이 낯선 것을 거부하는 데에 있지 않고, 그것을 흡수하는 데에 있다." 괴테가 말한 '언어'는 낯선 외국어도, 같은 나라 언어인 낯선 사투리도 그 범주에 든다.

사투리를 통해서 화해와 화합, 다양성, 이질성의 교합, 서로 다른 것에 대한 존중성 등의 긍정적인 측면이 뚜렷한데, 그렇다고 의사소통이 가로막히는 것도 아닌데도, 참, 대한민국은 갈수록 단일화, 획일화되어 가고 있다. 표준어는 정해질 수는 있다. 그러나 다른 언어를 배타적으로 비하시키거나 멸종 상태로 몰고 가는 것은 최악의 언어 정책이다. 심각한 언어 사용권 침해에다가 불합리한 차별화, 차등화, 불평등의 작태이다. 정승철의 『방언의 발견』을 참고로 하면, 조선시대에도 각 지역의 사투리(邊野之語)에 대해 기록한 문헌이 많았다. 그런데 서울말과 사투리 곧 방언의 차이를 기술하고 있지만 지역의 방언에 대한 편견이나 부정적 인식이 전혀 드러나 있지 않다는 것이다. 심지어 서울 사람이 지역 사투리를 따라 하기도 했다는, 곧 방언에 대한 우호적인 태도를 보였다는 것이다. 본래 방언은 중국에 대해 변방 국가의 언어를 가리키는 뜻으로 사용되었다. 서두에서 언급했지만, '신라의 노래'를 향가(鄕歌)라고 명명하지 않았던가.

존재(存齋) 위백규(1727~1798)는, 지방의 말이나 풍속이 서울식으로 바뀌는 것을 기뻐할 만한 일이라고 하는 데 대한 견해에 대해 그는 되레 기뻐할 일이 아니라고, 부정적 인식을 표명한다. 그리고 "퇴옹(退翁)이 영남의 발음을 고치지 않은 것은 참으로 의미가 있다." 곧 중앙 관직에 진출하고도 경상도 사투리를 바꾸지 않고 그대로 사용했다는 사실에 대해 의미를 부여하고 있다. 그런데 어색하고 낯설기만 하다. 자기가 태어나 자란 고향-말을 사용하는 일이 자연스럽고 당연한 데에도 의미 부여 운운이라니.

지역마다 사투리의 특징이 있는데, 경기도 말씨는 천속(淺俗)하지만 새침하고 새초롬하다. 그리고 강원도 말씨는 순박하다. 충청도 말씨는 외식 곧 격식을 차리면서 에둘러 말한다. 직접적이거나 단정적이기보다는 격식을 차려 빙빙 돌려 말하는 우회적 성향이 강하다. 정중하고 유연한 말투이다. 전라도 말씨는 내교 곧 내공이다. 안으로 갈고 닦은 힘이 많이 드러난다는 뜻이다. 그만큼 말투가 은근하고 구성지며 맛깔스럽다. 구수하다. 황해도 말씨는 재치 있고, 평안도 말씨는 강인하며, 함경도 말씨는 묵직하다는 인상을 준다. 경상도 말씨는 강직하다. 씩씩하다. (정승철, 『방언의 발견』) 각 지역의 언어마다 독특한 내성을 드러내고 있는데, 무슨 이유로 그 언어의 내면적 고유성을 죽이려 드는가. 각기 서로 다름과 다양성은 강한 생명성의 자랑이지 부끄러움이 아니지 않은가. 그런 층위에서도 진주의 사투리를 큰 스케일의 대하 사전 기술하듯이 오래고 질긴 역사적 삶의 차원에서 맛깔지고 오지게 꼼꼼히, 흡사 사투리의 신처럼 능수능란하게 발성한 김동민 작가의 대하소설 『백성』(≪문이당≫, 2023.10.)은 대작이다.

　독장군(獨將軍)-적 '서울시민입니다'가 아닌 대승적, 포용적 긍정적 인식의 '한국 시민'이었으면 한다. 한국 시민은 서울시민만이 아니라 전국의 시골 바닥에 살고 있는 모든 사람들이 다 시민들이다. 그래서 그런 마음과 삶에 대한 가치 인식으로 일체가 되어 우리는 다 같이 "한국 시민입니다."를 오랜 내성의 목소리로 선언해야 한다.

먼동이 트는 사랑방 이야기

초판 1쇄 인쇄일	ㅣ 2024년 10월 2일
초판 1쇄 발행일	ㅣ 2024년 10월 14일

엮은이	ㅣ 강외석
펴낸이	ㅣ 한선희
편집/디자인	ㅣ 정구형 이보은 박재원
마케팅	ㅣ 정찬용 정진이
영업관리	ㅣ 한선희 이민영 한상지
책임편집	ㅣ 정구형
인쇄처	ㅣ 으뜸사
펴낸곳	ㅣ 국학자료원 새미(주)
	등록일 2005 03 15 제25100 · 2005 · 000008호
	경기도 고양시 덕양구 권율대로656 클래시아더퍼스트 1519호
	Tel 02-442 · 4623 Fax 6499 · 3082
	www.kookhak.co.kr
	kookhak2010@hanmail.net

ISBN	ㅣ 979-11-6797-195-1 *03810
가격	ㅣ 18,000원